Friesen Fummel

Bengt Thomas Jörnsson, geboren 1969 in Bremerhaven, ist Pädagoge, Germanist und promovierter Psychologe. Bevor er sich ganz dem Schreiben widmete, war er einige Jahre in der Wissenschaft tätig. Jörnsson ist verheiratet und lebt und arbeitet in Kiel.

BENGT THOMAS JÖRNSSON

Friesen Fummel

EROTISCHER HEIMATKRIMI

emons:

Bibliografische Information der Deutschen Nationalbibliothek
Die Deutsche Nationalbibliothek verzeichnet diese Publikation in der Deutschen Nationalbibliografie; detaillierte bibliografische Daten sind im Internet über http://dnb.d-nb.de abrufbar.

FSC
www.fsc.org
MIX
Papier aus verantwortungsvollen Quellen
FSC® C083411

Umschlagmotiv: Montage aus shutterstock.com/Pawel Kazmierczak, Denis Tabler, Susan Schmitz
Umschlaggestaltung: Franziska Emons, Tobias Doetsch
Gestaltung Innenteil: César Satz & Grafik GmbH, Köln
Lektorat: Carlos Westerkamp
Druck und Bindung: CPI – Clausen & Bosse, Leck
Printed in Germany 2017
ISBN 978-3-7408-0184-7
Erotischer Heimatkrimi
Originalausgabe

Für alle, die den Mut haben,
ihren eigenen Weg zu gehen

1

Von einer Sekunde auf die andere war es stockfinster. Dann flammte ein einzelner Scheinwerfer auf und beleuchtete einen ovalen Fleck auf den rötlich glänzenden Brettern der Bühne. Aus der Dunkelheit tauchte ein Schemen auf, eine dunkle Gestalt, von Rauchschwaden umgeben. Im nächsten Moment trat sie ins Licht.

Es war eine große Frau mit blonden Haaren, die ihr bis zu den Schultern reichten. Sie trug ein schlichtes schwarzes Kleid mit einem weiten Ausschnitt und schwarze Pumps. Zwischen den Fingern hielt sie eine Zigarette. Als sie mit der Hand einen Kreis beschrieb, der den Rauch in einer Spirale nach oben steigen ließ, brandete Applaus auf.

»Das ist sie«, flüsterte Ellen Berg ihrer Tochter zu. »Dominique O.«

»M-hm.« Katharina, die mit ihrer Mutter in der ersten Reihe saß, musterte die Künstlerin. Sie hatte ausdrucksvolle Gesichtszüge, eine markante Nase und schöne, in dezentem Rot geschminkte Lippen. Die Haare waren leicht gelockt und von feinen grauen Strähnen durchzogen. Man konnte die Frau nicht unbedingt hübsch nennen, aber sie strahlte eine Präsenz aus, die Katharina berührte.

Dominique O. setzte sich auf den Barhocker, der in der Mitte der Bühne stand, und nahm das Mikrofon vom Ständer.

»Hallo, meine Lieben«, begrüßte sie ihr Publikum, und Katharina verspürte unwillkürlich ein Kribbeln im Magen. Diese tiefe, rauchige Stimme ging unter die Haut.

»Ich muss gestehen, dass ich in meinem ganzen Leben noch nicht in Garding war«, fuhr die Sängerin fort und ließ die Zigarette in einem Aschenbecher verschwinden, der sich auf einem silbernen Stehtisch in Reichweite befand. »Ich hoffe, ihr verzeiht mir das.«

Sie wartete die vereinzelten Lacher ab, ehe sie aufstand und an den Bühnenrand trat. Sie legte eine Hand über die Augen, um das Licht des Scheinwerfers abzuschirmen, und spähte in den dunklen Raum.

»Wie ich sehe, hattet ihr keine Probleme, dieses Juwel auf Eiderstedt zu finden«, sagte sie. »Damit gebt ihr meiner alten Freundin Andrea recht, die der Meinung war, dass dies der richtige Ort für ihre neue Kulturscheune ist.«

Wieder klatschten ein paar Zuschauer. Selbst Katharina, die für diese Art der Aufwärmtaktik gewöhnlich nicht viel übrighatte, beteiligte sich. Was bei anderen Künstlern steif wirkte, transportierte bei Dominique O. eine Wärme, die sich im gesamten Raum verteilte.

Katharina schaute zu der Veranstalterin, die gleich neben ihrer Mutter saß. Andrea Wilke war hager, hatte kurze rötlich braune Haare und sah ein wenig verhärmt aus. Sie machte nicht den Eindruck, als hätte sie viel Vergnügen an sinnlichen und kulturellen Experimenten. Doch vielleicht war das auch nur die Anspannung. Immerhin ging es hier um nicht weniger als den Versuch, sich eine neue Existenz aufzubauen.

Von ihrer Mutter wusste Katharina, dass Andrea Wilke früher im Hamburger Kulturbüro gearbeitet hatte. Ellen Berg, bis vor zwei Jahren Inspizientin am Thalia Theater, hatte dort gelegentlich mit ihr zu tun gehabt. Deshalb war sie auch zur Eröffnung der Kulturscheune gebeten worden. Dass sie der Einladung gefolgt war, hatte allerdings mehr mit der auftretenden Künstlerin zu tun.

»Aber wir sind nicht gekommen, um langweilige Reden zu halten«, erklärte Dominique O. von ihrem erhöhten Platz auf der Bühne aus. »Wir wollen singen, tanzen und feiern. Und uns im Rausch der Musik verlieren, bis alle Grenzen verschwinden.«

Ein zweiter Spot flammte auf und beleuchtete den schwarzen Flügel, der sich hinter der Sängerin auf der Bühne befand. Der Pianist, ein kleiner dunkelhaariger Mann, beugte sich über die Tasten und ließ ein paar Töne anklingen, die durch den Raum schwebten.

Dominique O. trat ans Klavier. Sie legte ihr Mikrofon beiseite und griff nach der Sektflasche, die auf einem Tablett bereitstand.

Mit routiniertem Schwung füllte sie ein Glas und prostete ihrem Publikum zu.

»Es tut mir leid, dass ihr nichts zu trinken habt«, verkündete sie, nachdem sie das Mikrofon wieder in die Hand genommen hatte. »Aber ich muss meine Stimme ölen.«

Sie nippte an ihrem Glas, stellte den Kelch für einen Moment auf dem Stehtisch ab und befestigte das Mikrofon am Ständer. Der Pianist schlug in die Tasten und verwandelte sein Hintergrundspiel in eine Melodie, die zart und zugleich mitreißend war.

»Außerdem sollte jeder Mensch ein Laster haben«, erklärte Dominique O. und zündete sich eine neue Zigarette an. »Oder, besser noch, mehrere.«

Mit dem Sektkelch in der einen und der Zigarette in der anderen Hand trat sie ans Mikrofon und ließ ihren Blick über ihr Publikum schweifen. Dann warf sie ihre Haare nach hinten und begann zu singen.

***

Leon Kramer spähte durch einen Spalt in der Scheunenwand. Ärgerlicherweise konnte er nur einen schmalen Ausschnitt der Bühne sehen. Außer einem silbernen Tisch mit einem Aschenbecher und einer Hand, die gelegentlich Asche von einer Zigarette streifte, war nicht viel zu erkennen.

Vielleicht hätte er Maras Einladung doch annehmen sollen. Sie hatte ihm eine Freikarte für die Eröffnung angeboten. Aber er hatte vorgegeben, dass ihn die Sache nicht interessierte.

Was ihn in Maras Gunst nach oben befördert hatte. Auch sie stand der Idee ihrer Mutter skeptisch gegenüber. Doch jetzt bedauerte er es selbst. Wann bekam man schon die Gelegenheit, eine bekannte Diseuse live in Garding zu sehen?

Öfter, fiel ihm ein, als er sich an die hitzigen Gespräche zwischen seiner Mutter, seinem Bruder und seinem Stiefvater erinnerte. Das heute war nur die Premiere. Danach sollten weitere, regelmäßige Konzerte folgen. Genau das war ja der Stein des Anstoßes gewesen.

Leon löste seinen Blick von dem Spalt in der Scheunenwand und schaute über den Hof. Rechts lag das Wohnhaus der Wilkes, links der ehemalige Kuhstall, in dem Andrea Wilke, soweit er wusste, neuerdings ihre Hühner hielt. Um das Anwesen herum erstreckten sich grüne Wiesen und weite Felder. Die Felder waren bereits abgemäht, und nur die kurzen, verdorrten Halme ragten noch aus dem Boden. Auf den Wiesen grasten hier ein paar Schafe, dort ein paar Kühe. Und hinter dem Zaun, der das Gelände umspannte, lag ein weiterer Hof.

Ein Wohnhaus, das mächtiger und adretter aussah als das windschiefe und mit viel Holz gebaute Haus der Wilkes. Eine Scheune, die ebenso groß war wie die auf dem Wilke-Hof, daneben eine Fahrzeughalle aus Leichtbaumaterialien und ein großer, lang gezogener Schuppen. Es war der Hof, auf dem er mit seiner Mutter, seinem Bruder und dem neuen Lebensgefährten seiner Mutter wohnte. Leider. Das weite Eiderstedter Land mochte Besuchern ein Gefühl von Freiheit vermitteln, doch er selbst fühlte sich eingesperrt. Weil die Welt, das wirkliche, richtige Leben so unendlich weit entfernt war.

In der Scheune stimmte die Sängerin eine neue Ballade an, und schon bei den ersten Takten stellten sich ihm die Nackenhaare auf. Es war »Unter die Haut« von Tim Bendzko, einer seiner absoluten Lieblingssongs. Er presste ein Ohr an den Spalt in der Wand, um keinen Ton zu verpassen.

Er wünschte sich plötzlich nichts sehnlicher, als bei den Leuten dort drinnen zu sein und die Sängerin nicht nur zu hören, sondern auch zu sehen. Vielleicht konnte er sich ja in der Pause hineinschleichen und sich einen freien Platz suchen?

Er blickte an sich hinunter und erkannte, dass das keine gute Idee war. Er trug noch immer die Sachen von seiner Arbeit im Westküstenpark. Die Turnschuhe waren schmutzig, und die Jeans hatte einen Riss an einer Stelle, die selbst bei großzügiger Auslegung nicht als modisch chic galt. Und sein Parka verströmte, wie ihm jetzt auffiel, einen unangenehmen Stallgeruch. So konnte er sich auf keinen Fall unter die gut gekleideten Konzertbesucher mischen.

Also schloss er die Augen und versuchte sich vorzustellen, dass er zwischen den Gästen saß.

»*Das geht mir unter die Haut … wie ein warmer Sommerwind … ich hab es erst nicht geglaubt … dass ich hier nicht allein bin.*«

Ein Kneifen an seinem rechten Arm riss ihn aus seinen Träumen.

»Na, Kleiner?«, spottete eine Stimme. »Spannst du ein bisschen?«

Leon löste sich eilig von der Scheunenwand und bemühte sich um eine gleichgültige Miene. Der Störenfried war sein Bruder Kevin. Er war drei Jahre älter, zehn Zentimeter größer und ungefähr zwanzig Kilo schwerer als Leon. Wenn es sich irgendwie einrichten ließ, ging er ihm aus dem Weg. Die Begegnungen mit Kevin waren meist schmerzhaft.

»Nee.« Leon rieb sich den malträtierten Arm. »Ich wollte nur mal sehen, was die da machen.«

Kevins stahlblaue Augen durchbohrten ihn wie Röntgenstrahlen.

»Und?«, erkundigte er sich lauernd. »Gefällt es dir?«

Leon schob die Hände in die Hosentaschen.

»Weiß nicht«, sagte er. »Die steht da und singt alte Lieder. Nichts Besonderes. Und nichts, weshalb man empört sein müsste.«

Kevin packte ihn am Kragen seines Parkas.

»Willst du dich mit mir anlegen?«

Leon brauchte seine ganze Willenskraft, um die Hände nicht aus den Taschen zu nehmen. Er wusste, dass er lieber den Mund halten sollte. Aber irgendetwas an dem Gesang, der durch den Spalt in der Scheunenwand zu ihm drang, ließ ihn sich mutiger fühlen, als er gewöhnlich war.

»Ich weiß nur nicht, worüber ihr euch so aufregt, Mutter, Lutz und du.«

Die Augen seines Bruders funkelten.

»Soll ich es dir erklären?«, fragte er und schüttelte Leon durch.

Leon, der wusste, dass Kevin vor allem schlagkräftige Argumente verwendete, zog nun doch die Hände aus den Taschen und hielt sie schützend vors Gesicht. Aber sein Bruder ließ ihn plötzlich los und lächelte dümmlich.

Leon drehte sich um und entdeckte Mara, die gerade um die Ecke der Scheune kam. Sie war siebzehn und das coolste Mädchen auf ganz Eiderstedt. Das war das Einzige, worin sich die beiden Brüder einig waren.

»Was macht ihr denn da?«, fragte sie, als sie Leon und Kevin erreicht hatte.

»Der Kleine hier linst heimlich durch den Spalt«, erläuterte Kevin. »Wahrscheinlich erhofft er sich Anregungen.«

Mara sah Leon verletzt an.

»Ich habe dir doch gesagt, du kannst eine Karte haben.«

Leon fühlte sich unbehaglich. Er wusste ja selbst nicht, was ihn angetrieben hatte. Er hatte wirklich nicht hingehen wollen, um sich mit Mara zu solidarisieren. Doch zugleich quälte ihn die Neugier.

»Ich wollte ja nicht rein. Ich wollte nur mal gucken.«

Mara musterte ihn mit einem seltsamen Blick.

Kevin grinste schmierig.

»So ist das, wenn man sechzehn ist«, erläuterte er. »Da juckt es einen ständig in der Hose.«

Leon spürte, wie er sich innerlich verkrampfte. Er wollte protestieren und nicht zulassen, dass Kevin ihn vor Mara blamierte. Aber er brachte kein Wort heraus.

Abrupt wandte er sich ab und rannte davon. Er wollte sich nur noch verkriechen.

***

Clemens Raddatz schaute wütend in den großen Garderobenspiegel. Er wusste schon jetzt, dass es ein Fehler gewesen war, sich auf Dominiques Bühnenkonzept einzulassen. Ihm hätte doch klar sein müssen, dass Julian und er keine gleichberechtigten Partner bei der Show sein würden, sondern nur schmückendes Beiwerk. Dabei sollte doch er es sein, der dort im Rampenlicht stand, und nicht diese alternde Diva mit ihrer öden Performance.

Nur sie im schwarzen Kleid, mit Jérômes langweiligem Geklimper im Hintergrund. Er hörte ihren Gesang durch die geschlossene Tür und fragte sich, was die Leute daran fanden. Mit diesen pseudointellektuellen Schnulzen holte man doch nicht mal einen Hund hinter dem Ofen hervor.

Er hatte bemerkt, dass auch Julian unzufrieden war. Aber was der sich vorstellte, war fast noch schlimmer als Dominiques minimalistisches Konzept. Wenn es nach Julian ginge, würde die ganze Bühne in Farben explodieren, mit so viel Tüll und Glitter, dass einem schon vom bloßen Hinschauen schlecht wurde.

Clemens lachte verächtlich. Die beiden hatten ja keine Ahnung. Hätte er mehr zu sagen, würde die Sache anders aussehen.

Was Clemens wollte, war eine Show, die unter die Haut ging. Die so sinnlich war, dass die Luft zwischen Bühne und Publikum vibrierte. So erotisch, dass sich der Herzschlag der Zuschauer beschleunigte und das Blut in ihren Adern pulsierte. Mit ein paar knackigen Tänzern in engen schwarzen Lederhosen und mit nackten, glänzenden Oberkörpern, die sich auf den Bühnenbrettern wanden wie Schlangen. Und dazwischen er, der aufstieg und sich entpuppte, göttlich wie Adam und verführerisch wie Eva.

Er verstand einfach nicht, warum Dominique mit ihrer Masche Erfolg hatte, während er selbst immer noch durch die Kneipen tingeln und vor betrunkenen Kerlen singen musste, die sich bei seinem Anblick grölend auf die Schenkel schlugen. Doch er würde schon dafür sorgen, dass er seine Chance bekam.

Er griff nach dem Make-up und verteilte eine weitere Portion auf seinen Wangen, weil der verdammte Bartschatten immer noch durchschien. Mit dem Kohlestift verstärkte er den Lidstrich und verwandelte seine widerspenstigen Brauen in einen perfekten Bogen. Zum Abschluss tuschte er vorsichtig Mascara mit dem Pinsel auf seine langen Wimpern und zog noch einmal den knallroten Lippenstift nach. Wenn in diesem Trio jemand das Potenzial zum Star hatte, dann war er das. Und genau das würde er dem Publikum jetzt zeigen. Auch wenn das Konzept, auf das er sich mit Dominique und Julian letztlich verständigt hatte, nur ansatzweise dem entsprach, was er sich gewünscht hatte.

Natürlich würde er seinen Beitrag dazu leisten, dass die gemeinsame Show ein Erfolg wurde. Ohne die beiden anderen gäbe es die für die Zukunft geplanten wöchentlichen Auftritte in Andrea Wilkes Kulturscheune schließlich überhaupt nicht. Doch das würde ihn nicht daran hindern, dafür zu sorgen, dass er den meisten Applaus bekam. Und dann würde Dominique ja sehen, dass es an der Zeit war, mehr zu wagen und die Show zu modernisieren.

Er zog Hemd und Hose aus und schlüpfte in den Body, der neben dem Schminktisch bereitlag. Seine Hand strich über das Kleid, das er über die Stuhllehne gehängt hatte. Ein tiefroter, flirrender und seidiger Stoff, der sich schon unter seinen Fingerspitzen betörend anfühlte. Er zog das Kleid über den Kopf, und es glitt über seinen Körper und streichelte ihn wie ein zärtlicher Liebhaber.

Clemens bückte sich und stieg in die Stiefel mit den hohen Absätzen. Die Schäfte reichten ihm bis zu den Hüften. Er richtete sich wieder auf und ging vorsichtig ein paar Schritte. Wackelig und unsicher waren sie, weil er die Knie kaum beugen konnte und Mühe hatte, auf den Pfennigabsätzen die Balance zu halten, aber der Effekt war einfach umwerfend.

Er angelte sich die blonde Perücke vom Schminktisch und stülpte sie über seine eigenen, schon reichlich gelichteten dunklen Haare. Als Letztes nahm er die langen Handschuhe, die aus demselben tiefroten und seidigen Material bestanden wie das Kleid, und zerrte sie über Hände und Arme. Dann schaute er wieder in den Spiegel.

Es war einfach das Heißeste, was er sich vorstellen konnte. Diese perfekte weibliche Schönheit und darunter seine harte, kraftstrotzende Männlichkeit. Das war eine Mischung, die jede Nervenfaser vibrieren ließ und lustvolle Schauer durch seinen Körper jagte.

Clemens öffnete die Garderobentür und machte sich auf den Weg zur Bühne. Wenn der Scheinwerfer ihn erfasste und die Leute ihn so sahen, würden sie toben.

2

Es war, wie auf einer Wolke zu schweben. Eingehüllt von den Liedern, die von der Tragik und der Leichtigkeit des Seins handelten. Begleitet von den humorvollen Zwischentexten, die Dominique O. vortrug. Und gestreichelt von dieser Stimme. Rauchig und melancholisch und von einer solchen Intensität, dass Katharina die Vibrationen fast körperlich spürte.

Als Tochter eines Schauspielers und einer Inspizientin war sie von Kindesbeinen an mit allen Formen der darstellenden Kunst vertraut. Doch sie hatte selten etwas so genossen wie diesen Auftritt. Sie spürte den Blick ihrer Mutter und wandte ihr den Kopf zu.

»Habe ich dir zu viel versprochen?«, wisperte Ellen Berg.

Katharina lächelte. »Nein«, flüsterte sie zurück. »Es ist genauso großartig, wie du gesagt hast.«

Sie lehnte sich wieder in ihren Sitz und lauschte.

»Wenn ich mir was wünschen dürfte … käm ich in Verlegenheit … was ich mir denn wünschen sollte … eine schlimme oder gute Zeit«, sang Dominique O., und Marlene Dietrich selbst hätte es kaum schöner gekonnt.

Katharina klatschte begeistert, als die letzten Töne verklungen waren.

Dominique O. trat an den Bühnenrand, und Katharina hatte das Gefühl, dass ihre kieselgrauen Augen direkt auf sie gerichtet waren.

»Dieser Abend«, verkündete die Sängerin, »ist Neuland für mich. Nicht nur in Bezug auf den Veranstaltungsort, sondern auch in künstlerischer Hinsicht. Zum ersten Mal bin ich nicht allein unterwegs, sondern mit zwei Kollegen, die mich im folgenden Teil des Konzerts begleiten werden.«

Von der Rückseite des Raums waren Geräusche zu hören, und Katharina wandte sich unwillkürlich um. Auch der Mann, der das Schlaglicht bediente, drehte seinen Schweinwerfer suchend in diese Richtung. Er erfasste zwei weiß gekleidete Gestalten mit spitzen Kapuzen über den Köpfen. Es waren Männer, beide groß gewachsen, der eine schlaksig, der andere breit und bullig. Ihre Gesichter waren hinter weißen Masken verborgen.

Das Publikum klatschte. Auch Katharina applaudierte, doch dann fiel ihr Blick auf Dominique O. Sie wirkte irritiert und keinesfalls so, als handele es sich bei dem Auftauchen der beiden um den geplanten Auftritt ihrer Mitstreiter.

Katharina sah genauer hin und entdeckte, dass die Eindringlinge große Blecheimer in den Händen trugen, mit denen sie zielstrebig auf die Bühne zumarschierten. Ehe jemand reagieren konnte, hatten sie die Bretter erklommen und schütteten die Kübel aus. Sofort breitete sich ein durchdringender Gestank nach Stallmist aus. Der Beifall brach ab.

»Dreck!«, brüllte der Bullige und schleuderte Dominique O. den restlichen Inhalt seines Eimers ins Gesicht. »Was ihr euch hier anseht, ist Dreck! Stinkende Scheiße!«

Damit sprang er von der Bühne und rannte an den verdutzten Zuschauern vorbei zum Ausgang. Sein Kompagnon tat es ihm gleich.

Dominique O. stand wie erstarrt auf den Brettern und machte nicht einmal den Versuch, den Schmutz aus ihrem Gesicht zu wischen. Auch im Publikum rührte sich niemand. Der Schock hatte alle auf ihren Plätzen festgeschweißt.

Katharina schnellte von ihrem Sitz hoch und lief den Männern hinterher. Sie stürzte aus dem Scheunentor und schaute sich um, konnte aber niemanden entdecken. Eilig hastete sie um das Gebäude herum und spähte über die Felder. In einiger Entfernung sah sie zwei weiße Silhouetten, die in ein kleines Waldstück eintauchten.

»Verdammt.« Katharina blieb stehen. Der Vorsprung, den die beiden hatten, war bereits zu groß. Es hatte keinen Sinn, ihnen zu folgen.

Sie ging zurück in die Scheune und setzte sich wieder an ihren Platz.

Andrea Wilke hatte sich mittlerweile vom ersten Schock erholt. Sie erklomm die Bühne, ohne sich um den Stallmist zu kümmern, und nahm Dominique O. das Mikrofon aus der Hand.

»Es tut mir leid«, erklärte sie. »Diese Aktion gehört natürlich nicht zur Show. Aber vor Kleingeistern, die nicht über den eigenen Tellerrand hinausschauen können, ist man wohl nirgendwo gefeit. Wir machen jetzt eine kurze Pause und beseitigen das Malheur. Gehen Sie solange vor die Tür und trinken Sie auf Kosten des Hauses ein Glas Sekt oder Bier. Und kommen Sie anschließend bitte wieder. Wir haben noch ein ganz wunderbares Programm für Sie, das Sie nicht verpassen sollten.«

Damit schaltete sie das Mikrofon aus und führte die verstörte Dominique O. von der Bühne. Katharina konnte nicht anders, als ihre Souveränität zu bewundern. Für die Betreiberin der Kulturscheune hing einiges davon ab, dass der Eröffnungsabend ein Erfolg wurde. Dieses Fiasko konnte sie den Kopf kosten, doch sie schien nicht gewillt, sich davon beeindrucken zu lassen. Andrea Wilke mochte steif sein, aber auf jeden Fall hatte sie Rückgrat.

»Komm.« Ellen Berg machte eine Geste in Richtung des Durchgangs, der neben der Bühne in den Backstagebereich führte. »Wir leisten ihr ein wenig Beistand.«

Katharina erhob sich und folgte ihrer Mutter. Auch die anderen Besucher lösten sich aus ihrer Starre und strömten nach draußen.

Katharina hoffte, dass sie nach der Pause zurückkehren würden. Für Andrea Wilke. Und vor allem für Dominique O.

3

Dominik Otten legte den Kopf in den Nacken, während Andrea Wilke vorsichtig sein Gesicht säuberte. Hinter seinen Lidern brannte es, aber er würde nicht weinen. So war das eben. Wer sich nicht an die gesellschaftlichen Normen hielt, musste mit Anfeindungen und Hass rechnen. Es war weiß Gott nicht das erste Mal, dass man ihn deshalb angegriffen hatte. Allerdings war es bisher bei verbalen Attacken geblieben. Dass man ihn nicht nur metaphorisch, sondern tatsächlich mit Dreck bewarf, war eine neue Erfahrung. Er hätte gern darüber gelacht, spürte aber zu seinem Ärger, dass es ihn betroffen machte.

Was war so schwer daran, ein wenig tolerant zu sein? Den anderen so leben zu lassen, wie er es wollte? Warum fühlten sich manche Leute bedroht, wenn sie einem Mann begegneten, der Frauenkleider trug?

Weil es ihre eigenen starren Regeln in Frage stellte, antwortete er sich im Stillen. Viele Menschen definierten sich über ihre Geschlechtsrolle, weil sie sonst nichts hatten. Wenn man ihnen diese Sicherheit nahm, gerieten sie in Panik.

Dominik seufzte, und Andrea hielt beim Abtupfen seines Gesichts inne.

»Ist alles in Ordnung?«, fragte sie besorgt.

»Ja, schon gut.« Dominik fand, dass es an der Zeit war, den Kopf wieder zu heben. Das Wichtigste war schon immer gewesen, sich nicht unterkriegen zu lassen. »Die Dummheit stirbt eben nicht aus.«

Andrea machte ein zerknirschtes Gesicht.

»Es tut mir wirklich unendlich leid«, beteuerte sie.

Dominik rang sich ein Lächeln ab. Das war seine Strategie, um die Welt auf Distanz zu halten.

»Du hast sie schließlich nicht eingeladen, oder?«, erwiderte er.

Andrea wollte etwas entgegnen, doch ein Klopfen unterbrach sie. Eine kleine schlanke Frau mit kurzen grauen Haaren streckte den Kopf durch die Tür.

»Hallo«, sagte sie. »Wir wollten nur schauen, ob Sie okay sind.«

Dominik nickte ihr freundlich, wenn auch ohne besonderes Interesse zu. Das änderte sich allerdings schlagartig, als er erkannte, dass sie nicht allein gekommen war. Hinter ihr stand die Frau, die in der ersten Reihe gesessen hatte. Sie trug eine weite schwarze Hose und schwarze Sneakers, dazu eine knallig orangefarbene Bluse. Ihre dunklen Locken fielen ihr über die Schultern, und sie hatte das schönste Lächeln, das er jemals gesehen hatte. Seit sie ihm aufgefallen war, hatte er nur noch für sie gesungen.

Er warf Andrea einen fragenden Blick zu, und sie tat ihm den Gefallen, die beiden Frauen vorzustellen.

»Das ist Ellen Berg«, erklärte sie und deutete auf die Ältere. »Wir kennen uns aus meiner Zeit im Hamburger Kulturbüro. Sie war Inspizientin am Thalia Theater. Und das«, sie wies auf die Jüngere, »ist Ellens Tochter Katharina.« Andrea runzelte die Stirn. »Was hast du noch gesagt, was sie beruflich macht?«

Ellen Berg schmunzelte.

»Ich habe es gar nicht erwähnt«, bekundete sie. »Aber wenn es dich interessiert: Sie ist Kriminalhauptkommissarin bei der Polizeidirektion Husum.«

***

Katharina Berg erlebte es eher selten, dass die Nennung ihres Berufs besondere Euphorie hervorrief, doch dieses Mal war es anders. Nicht nur Andrea Wilke, auch die beiden Personen, die sich bisher leise in der anderen Ecke des Raums unterhalten hatten, stürzten sich auf sie. Katharina brauchte einen Moment, bis sie erkannte, dass es sich wie bei Dominique O. um Männer in Frauenkleidern handelte.

»Das ist ja wunderbar«, rief der eine der beiden, ein junger Mann mit femininen Gesichtszügen, himmelblauen Augen und kurzen blondierten Haaren. Er steckte in einem silbernen Paillettenkleid und hielt eine Perücke mit langen schwarzen Haaren in der Hand. Mit der anderen wedelte er aufgeregt vor Katharinas Gesicht herum. »Eine echte Kommissarin! Da können Sie doch gleich losgehen und diese Unholde verhaften, die Dominique das angetan haben, nicht wahr?«

Katharina musste sich zusammenreißen, um nicht zu schmunzeln. Sie hätte ein Monatsgehalt darauf verwettet, dass der Mann schwul war. Jede seiner affektierten Gesten entsprach so sehr dem Klischee, dass er beinahe wie eine Karikatur wirkte.

»Wenn Sie wissen, wer das war?«, erkundigte sie sich.

»Da können Sie einen drauf lassen«, wetterte der zweite Mann. Auch er hatte einen bemerkenswerten Aufzug gewählt, ein weich fallendes tiefrotes Kleid über hüfthohen Lederstiefeln mit Pfennigabsätzen und lange Handschuhe aus demselben Material wie das Kleid. Die blonde Perücke, die auf einem der Schminktische lag, gehörte offenbar zu seinem Kostüm, und vermutlich sah er damit sogar hübsch aus. Sein spärliches schwarzes Naturhaar nahm sich dagegen eher seltsam zu der Verkleidung aus.

»Das waren diese verkorksten Gestalten vom Nachbarhof. Die wollen uns hier unbedingt rausekeln. Weil wir nicht in ihre beknackte Rückbesinnungsphilosophie passen.«

Katharina, die kein Wort verstand, wandte sich an die Hofbesitzerin.

»Glauben Sie das auch? Dass Ihre Nachbarn für diese Aktion verantwortlich sind?«

Andrea Wilke kniff wütend die Lippen zusammen.

»Allerdings«, fauchte sie dann. »Seit Gabriele mit Lutz zusammen ist, tickt sie nicht mehr ganz sauber.«

Dominique O. erhob sich und legte der Hofbesitzerin eine Hand auf die Schulter. Katharina bemerkte erstaunt, dass sie – oder er? – größer war, als sie angenommen hatte.

»Lass uns das in Ruhe besprechen, ehe wir noch mehr Öl ins Feuer gießen«, bat er. »Vielleicht stellen wir uns erst einmal vor? Ich bin Dominique O., mit bürgerlichem Namen Dominik Otten. Das«, er zeigte auf den blondierten Mann, der seine Hände nicht still halten konnte und unablässig an seiner Perücke herumzupfte, »ist Julian Brunner, Künstlername Jeanette de Brune. Und der Kollege hier«, er wies auf den Dunkelhaarigen im roten Kleid, »ist Clemens Raddatz. Oder, wenn er auf der Bühne steht, Cindy Dars. Zusammen sind wir ›Die drei Diseusen‹.«

»Hübsch«, sagte Ellen Berg und schaute Clemens Raddatz an. »Aber warum haben Sie nicht auch einen französischen Vornamen gewählt? Clementine hätte sich doch angeboten.«

Der Angesprochene schnaubte verächtlich. »Meinen Sie, ich will so heißen wie eine Apfelsine?«

Seine Entgegnung war alles andere als freundlich, aber der spontane Abscheu in seiner Stimme reizte alle zum Lachen. Die Befangenheit, die nach der Attacke geherrscht hatte, löste sich auf. Ellen Berg, an den Umgang mit den Allüren von Stars und solchen, die es sein wollten, gewohnt, legte ihm leicht eine Hand auf den Arm.

»Sie haben vollkommen recht«, stimmte sie zu. »Das wäre kein Name für eine starke Frau wie Sie.«

Clemens Raddatz schien sich nicht sicher, ob sie ihn hochnehmen wollte, verzichtete aber auf eine weitere harsche Erwiderung.

Andrea Wilke atmete tief durch.

»Gabriele Kramer ist die Besitzerin des Hofs gleich neben meinem«, erläuterte sie. »Sie hat vor Kurzem mit ihrem neuen Lebensgefährten Lutz Hellmann ein ›Zentrum für Rückbesinnung‹ gegründet. Für gestresste Manager und andere Leute, die wieder besser in Kontakt mit ihren Gefühlen kommen wollen.«

»Aha?« Katharina hörte aufmerksam zu, konnte aber nicht erkennen, was das mit dem Angriff auf den Travestiekünstler zu tun haben sollte.

»Die sind total rigide«, mischte sich Clemens Raddatz, der Mann im roten Kleid, ein. »Und alles, was irgendwie mit Sex zu tun hat, ist für die das große Tabu.«

»M-hm.« Katharina begann langsam zu ahnen, worauf die Sache hinauslief.

»Als ich Gabriele erzählt habe, dass ich eine Kulturscheune aufbauen und Dominique engagieren will, ist sie total ausgeflippt«, berichtete Andrea Wilke. »Sie meint, dass ihnen die Kundschaft wegbleibt, wenn wir hier so perverse Dinge veranstalten. Ihre Worte, nicht meine«, fügte sie an Dominik Otten gewandt hinzu.

Katharina nickte. Das also hatte die Hofbesitzerin mit den Kleingeistern gemeint.

»Sie denken, das waren Gabriele Kramer und Lutz Hellmann, die Dominique mit Dreck beworfen haben?«

Andrea Wilke lachte, aber es klang nicht fröhlich.

»Gabriele war es sicher nicht«, erklärte sie. »Die hätte ich erkannt. Sie ist nicht gerade die Schlankste.«

Katharina, die ihre eigenen überflüssigen Pfunde normalerweise mit Wohlwollen betrachtete, zog unwillkürlich den Bauch ein.

»Aber der Dünne kann nur Lutz gewesen sein«, sagte Andrea. »Und der andere, der Kräftige, war Gabrieles Sohn Kevin.«

Katharina versuchte, sich die Namen und Zusammenhänge einzuprägen.

»Wollen Sie Anzeige erstatten?«, erkundigte sie sich.

Andrea Wilke warf Dominik Otten und den beiden anderen Mitgliedern der »drei Diseusen« einen fragenden Blick zu. Julian Brunner und Clemens Raddatz nickten energisch. Otten schüttelte den Kopf.

»Lass es sein«, riet er. »Das ist vergebene Liebesmüh. Und es bringt nur noch mehr Ärger. Wir sollten die Sache einfach vergessen und fortfahren, als wäre nichts gewesen. Das Beste, um solche Leute zum Schweigen zu bringen, ist, sie einfach zu ignorieren. Wenn man irgendwie reagiert, fühlen sie sich nur ermutigt, weiterzumachen.«

Was aus psychologischer Sicht wahrscheinlich richtig war, doch Katharinas Gerechtigkeitsempfinden protestierte trotzdem heftig. Sie wollte die Übeltäter nicht einfach so davonkommen lassen. Am liebsten hätte sie den beiden persönlich Handschellen angelegt und sie in die nächste Jauchegrube gestoßen, so wütend war sie.

»Wir machen es so, wie du willst«, erklärte Andrea Wilke.

»Gut.« Dominik Otten hob den Kopf und warf seine blonden Haare zurück. Im Gegensatz zu seinen beiden Kollegen benötigte er keine Perücke. Die Haare waren echt.

»Dann gehen wir jetzt da raus und entführen die Leute in eine andere Welt«, entschied er und angelte nach dem Etui mit den Zigaretten, das auf einem der Schminktische lag. Er zündete sich eine an und nahm seine Bühnenpose ein.

Es waren nur ein paar winzige Veränderungen in der Körperhaltung, doch sie reichten aus, damit sich Dominik Otten vor Katharinas Augen wieder in Dominique O. verwandelte.

4

Am Ende war es doch noch ein gelungener Abend geworden. Tatsächlich waren fast alle Gäste der Eröffnungsfeier nach der erzwungenen Pause zurückgekehrt, und Dominique O., Jeanette de Brune und Cindy Dars hatten die Zuschauer mit ihrem Programm gefesselt.

Jede der drei hatte ihren ganz eigenen Charme. Dominique war die seriöse Chansonistin, die mit ihrem emotionalen Gesang das Publikum in den Bann zog. Jeanette war der schrille Paradiesvogel, tonal nicht immer ganz sicher, dafür aber von einer solch sprühenden Lebensfreude, dass sie sich sofort auf die Zuschauer übertrug. Und Cindy Dars, die ihre erotische Darbietung auf der Bühne zelebrierte, hatte sich als unfreiwillig komisch erwiesen. Sie selbst hatte den Auftritt vermutlich anders geplant, doch ihr Tanz in den hohen Lederstiefeln, in denen sie sich wie auf Stelzen bewegte, war die perfekte Karikatur einer sinnlichen Vorführung gewesen. Katharina konnte sich nicht erinnern, wann sie zuletzt so herzlich gelacht hatte.

Sie fühlte sich rundherum wohl, als sie jetzt zwischen ihrer Mutter und Andrea Wilke auf dem Hof vor der Scheune stand und mit den anderen Premierengästen auf die abgeschminkten Künstler wartete. Es war ein herrlich lauer Sommerabend, und am Horizont war noch immer ein letzter hellblauer Streifen unter der hereinbrechenden Nacht zu sehen. Die Stimmung war gelöst, nicht zuletzt, weil das Büfett, das Andrea Wilke hatte aufbauen lassen, einfach köstlich war.

Katharina kaute ein Lachs-Kanapee und spülte mit einem Schluck des kräftigen Rotweins nach, den die Hofbesitzerin ihr eingeschenkt hatte.

»Dominique hatte recht«, erklärte Andrea Wilke. »Es war gut, diesen unerquicklichen Zwischenfall einfach zu vergessen.«

Katharina war geneigt, ihr zuzustimmen. Die großartige Show der »drei Diseusen« hatte den unappetitlichen Zwischenfall mit Zuckerguss überzogen und erfolgreich verdeckt. Trotzdem blieb ein Zweifel zurück. Konflikte, die zu solchen

Auswüchsen führten, lösten sich gewöhnlich nicht einfach in Luft auf.

Unter den Gästen der Feier brandete Applaus auf, und Katharina sah, wie Dominik Otten und Julian Brunner aus der Scheune traten. Otten trug nach wie vor das schwarze Kleid, das er jetzt mit einer rosafarbenen Federboa ergänzt hatte. Julian dagegen hatte sein Paillettenkleid gegen eine beige-braune Camouflagehose und ein mehr als eng sitzendes schwarzes T-Shirt und schwarze Turnschuhe getauscht. Als die beiden näher kamen, sah sie, dass Julian auch jetzt geschminkt war, allerdings etwas dezenter als bei seinem Auftritt auf der Bühne.

Otten blieb vor Katharina stehen und warf die blonden, von grauen Strähnen durchsetzten Haare zurück. Es war offenbar eine Geste, die er nicht nur als Kunstfigur zelebrierte. Oder war er in diesem Moment immer noch eine Bühnengestalt?

»Ich hoffe, es stört Sie nicht, dass ich Dominik in der Garderobe gelassen habe?«, fragte er und schenkte ihr einen tiefen Blick. »Heute Abend fühle ich mich mehr als Frau.«

Katharina rang sich ein Lächeln ab. Sie mochte Menschen, die sich nicht von gesellschaftlichen Grenzen einengen ließen. Doch in diesem Augenblick verunsicherte es sie. Sie hatte geglaubt, dass es nicht die Diva, sondern der Künstler war, der sie in der zweiten Hälfte des Konzerts so offen angesungen hatte. Aber womöglich hatte sie sich ja auch getäuscht.

»Nein, nein«, behauptete sie. »Das ist vollkommen in Ordnung.«

Ihre Mutter, die fraglos mitbekommen hatte, dass Katharina nicht recht wusste, wie sie auf Otten reagieren sollte, sprang ihr zur Seite.

»Meine Tochter ist an schräge Vögel gewöhnt«, erläuterte sie. »Sie stammt aus einer Künstlerfamilie.«

»Ach ja?« Otten versenkte seine kieselgrauen Augen in Katharinas, und sie verspürte schon wieder dieses Kribbeln im Magen wie im Konzertsaal. »Und Sie selbst hatten keine Ambitionen in dieser Richtung?«

»Nein.« Katharina trank einen Schluck Rotwein, um ihren Mund, der sich plötzlich staubtrocken anfühlte, zu befeuchten.

»Ich mochte das bunte Treiben um mich herum. Aber für mich wollte ich etwas anderes. Etwas, das echt ist.«

Die grauen Kiesel leuchteten.

»Das kann ich verstehen«, verkündete Otten. »Das ist genau das, was ich auch suche.«

Katharina räusperte sich. Der Wein hatte nicht die erhoffte Wirkung. Ottens Präsenz berührte etwas in ihrem Inneren, das sie sprachlos machte. Wieder rettete ihre Mutter sie.

»Als kleines Mädchen hat sie es geliebt, sich zu verkleiden. Mal als Prinzessin, mal als Seeräuber mit Pistole und Säbel«, berichtete Ellen Berg. »Wenn ihr Vater zu Hause war, hat sie mit ihm oft stundenlang seine Rollen geprobt. Aber sie hat natürlich auch mitbekommen, wie es hinter den Kulissen aussieht.« Ihre Mutter breitete die Arme aus. »Sie wissen das ja selbst. Nirgends wird bösartiger getratscht und intrigiert als am Theater. Und das hat sich mit Katharinas Gerechtigkeitsempfinden nicht vertragen.«

»Oh ja!« Julian Brunner warf affektiert die Hände in die Luft. »Da sagen Sie etwas Wahres. Jeden Moment könnte ein Kollege hinter dem Vorhang stehen, um einem den Dolch zwischen die Rippen zu bohren.«

Dominik Otten nickte, löste seinen Blick aber nicht von Katharina.

»Also sind Sie Ihrem Herzen gefolgt«, sagte er weich. Seine Stimme, wie ein Windhauch, der über ihre Arme strich, verursachte ihr eine Gänsehaut. Sie fühlte sich, als wäre sie unversehens in ein starkes Magnetfeld geraten.

»Ja. Ich habe mich entschieden, gegen das Böse zu kämpfen.«

Dominik neigte den Kopf. »Das tue ich auch. Ich kämpfe gegen Dummheit und Intoleranz. Und ich versuche, den Menschen zu zeigen, wie wunderbar das Leben sein kann, wenn man sich öffnet und seinen Gefühlen keine Schranken auferlegt.«

Katharina griff wieder nach ihrem Weinglas. Diese ganze Situation war einfach bizarr. Es war nicht zu übersehen, dass Otten – oder besser gesagt: Dominique – mit ihr flirtete. Und wenn Katharina ehrlich war, tat sie dasselbe. Schlimmer noch: Es machte ihr Spaß. Was passierte da gerade mit ihr? Fahrig fuhr sie sich durch die Haare und lachte, ein wenig zu aufgesetzt, wie sie selbst fand. Dass sie sich dabei nicht nur von Julian Brunner und Andrea Wilke beobachtet fühlte, sondern auch noch von ihrer Mutter mit einem Schmunzeln bedacht wurde, machte die Sache nicht leichter.

»Wo ist eigentlich Ihr Kollege?«, erkundigte sie sich, um wieder festen Boden unter die Füße zu bekommen.

Dominik Otten, der ihr Rückzugsmanöver durchschaute, lächelte.

»Clemens? Der wollte nicht mit uns feiern. Er war ein wenig beleidigt.« Otten strich mit einer gewollt affektierten Geste seine Haare zurück. »Er kann einfach nicht begreifen, warum das Publikum über seine Darbietung gelacht hat.«

»Ja«, warf Julian Brunner ein. »Das versteht man nicht.«

Er legte den Kopf in den Nacken, öffnete den Mund weit und vollführte mit einer Hand ruckartig auf und ab gleitende Bewegungen vor seinem Schritt, während er gleichzeitig um den Tisch herumstakste wie ein Storch im Salat.

»Dabei ist das doch hocherotisch.« Er blieb stehen und blinzelte Katharina und ihrer Mutter zu. »Oder etwa nicht?«

5

Nils Hansen stierte trübsinnig in sein Bierglas. Er hätte sich ohrfeigen können.

Katharina Berg hatte ihn angerufen und gefragt, ob er Lust hätte, sie und ihre Mutter in die neue Gardinger Kulturscheune zu begleiten. Und er hatte Nein gesagt. Weil er nicht schon wieder mit irgendwelchem Schmuddelkram zu tun haben wollte. Schließlich wusste er mittlerweile, dass dann Dinge passierten, die er nicht kontrollieren konnte. Obwohl er es wollte.

Aber ein Abend mit Katharina Berg wäre das Wagnis womöglich wert gewesen.

Stattdessen saß er jetzt allein im Gardinger Dorfkrug und trank mehr, als ihm guttat.

Dabei hatte er den Tag doch eigentlich feiern wollen. Schließlich hatte er heute die neue Uniform erhalten. Die mit den drei hellblauen Sternen auf den Schulterklappen. Polizeiobermeister. Das war sein Traum gewesen, seit er vor zwei Jahren als Polizeimeister in Garding angefangen hatte.

Allerdings hatte er den dritten Stern nicht bekommen, weil er irgendetwas Besonderes geleistet hatte. Sondern einfach, weil man den Dienstrang des Polizeimeisters abgeschafft hatte. Jeder Berufsanfänger wurde jetzt sofort Polizeiobermeister.

Wenn man es recht bedachte, war es fast eine Beleidigung. Man stellte ihn mit den Neulingen, die noch grün hinter den Ohren waren, auf eine Stufe. Hätte man ihn nach seinem Engagement bei den beiden Mordfällen, die er gemeinsam mit Katharina Berg gelöst hatte, nicht gleich zum Polizeihauptmeister ernennen müssen?

Nils Hansen hob die Hand und bedeutete dem Wirt, ihm noch einen Schnaps zu bringen.

Der beäugte seinen Gast skeptisch. »Sicher, Nils?«, erkundigte er sich. »Du hattest schon drei Bier und drei Doppelte. Hast du morgen keinen Dienst?«

Nils Hansen blinzelte. Das Bild des Wirts vor seinen Augen war absolut klar.

»Doch. Aber ich kann das ab«, erklärte er fest.

Der Wirt machte eine gleichmütige Geste.

»Du musst es ja wissen.« Er stellte Hansen einen neuen Schnaps hin. Der kippte ihn hinunter und schaute zur Tür, die sich im selben Moment öffnete.

Nils Hansen kniff die Augen zusammen.

Vielleicht hatte er doch zu viel getrunken. Das, was er sah, konnte keinesfalls die Realität sein.

Immerhin waren es keine weißen Mäuse. Es war eine Frau. Jung. Blond. Und so schön, dass es sich nur um eine Halluzination handeln konnte. Allein das rote Kleid, das ihre schlanken Beine umspielte, war einfach umwerfend.

Die Fata Morgana setzte sich neben Nils auf den Barhocker, warf ihre langen Haare zurück und lächelte.

»Hallo. Ist hier noch frei?«

Nils Hansen nickte. »Ja«, presste er hervor.

Das konnte doch nicht wahr sein. Die Frau war echt. Sie redete mit ihm. Plötzlich merkte er, wie viel Alkohol er bereits intus hatte. Er konnte kaum noch geradeaus denken.

Die Frau winkte nach dem Wirt.

»Magst du auch einen Cocktail?«, fragte sie Hansen.

»Cocktail?«, wiederholte er und schalt sich im Stillen einen Narren. Sehr viel geistloser, als er es gerade tat, konnte man einen Flirt kaum gestalten. Doch die Blondine schien sich nicht daran zu stören.

»Zwei Caipirinha«, orderte sie.

»So was haben wir hier nicht«, brummte der Wirt. »Wir sind ein Dorfgasthof, keine Schickimicki-Bar.«

Die blonde Schönheit schenkte ihm ein strahlendes Lächeln.

»Aber irgendetwas Süßes mit viel Alkohol können Sie doch sicher zaubern?«

Der Wirt dachte kurz nach. »Wie wär's mit Cola-Rum?«

»Her damit«, verlangte die Blondine. »Zweimal. Groß. Und stark. So wie mein Freund hier.«

Nils Hansen grinste dümmlich. Er rubbelte mit der Hand über seine roten Haare, als könnte das helfen, den Motor in seinem Kopf wieder in Gang zu setzen. Der Wirt stellte zwei große Gläser Cola-Rum auf den Tresen.

»Prösterchen«, sagte die Blondine und stieß ihr Glas gegen Hansens. Nils blieb nichts anderes übrig, als den Toast zu erwidern und an seinem Glas zu nippen.

Der Wirt hatte es gut gemeint. In dem Glas befand sich mindestens ebenso viel Rum wie Cola.

Die Blondine schlürfte genüsslich.

»Trinkst du immer wie ein Spatz?«, neckte sie Nils. »Ich dachte, richtige Männer nehmen große Schlucke. Und du bist doch ein echter Kerl?« Sie streckte die Hand aus und fuhr ihm spielerisch über die Brust.

Nils Hansen keuchte.

»Klar«, erklärte er und leerte das halbe Glas in einem Zug. In seinem Kopf begann sich alles zu drehen.

Die blonde Schönheit zupfte ihn am Ohrläppchen.

»Bist du von hier?«, erkundigte sie sich.

»Nee.« Hansen setzte das Glas auf die Theke. »Poppenrade.«

Die Frau kicherte.

»Poppenrade?«, sagte sie gedehnt und wedelte mit dem Zeigefinger. »Du willst mich wohl veräppeln, Schätzchen.«

»Nee.« Hansen schluckte und versuchte, sich zu konzentrieren. Es kam nicht oft vor, dass sich eine Frau für ihn interessierte. Und dann noch eine, die so bombig aussah. Er wollte es auf keinen Fall vermasseln. Wenn nur die Gedanken in seinem Kopf nicht wie auf einem Karussell rotieren würden. »Das ist ein Dorf zwischen Garding und Westerhever.«

»Und da wohnst du?«

»Nee. Da leben meine Eltern. Die haben einen Bio-Bauernhof.«

Die Blondine schlürfte an ihrem Cocktail und lachte.

»Bist du immer so einsilbig?«, erkundigte sie sich.

»Nee.« Hansen raufte sich erneut die Haare, aber es nützte nichts.

»Trink noch einen Schluck, damit du lockerer wirst«, schlug die Frau vor.

Nils Hansen wollte nicht, doch das würde seiner Bekanntschaft bestimmt nicht gefallen. Also leerte er sein Glas in einem Zug. Der Nebel in seinem Kopf verdichtete sich.

Die Blondine strahlte.

»Das ist mein Mann!« Sie machte dem Wirt ein Zeichen. »Noch mal zwei Cola-Rum«, orderte sie. »Aber mit ein bisschen mehr Rum, wenn's geht.«

Der Wirt betrachtete Nils Hansen. Der junge Polizeiobermeister konnte sich kaum noch auf dem Barhocker halten. Doch er war ja alt genug, um selbst zu wissen, was er tat. Er stellte den beiden zwei frische Gläser hin.

Die Blondine prostete Hansen zu, und er trank ergeben einen weiteren großen Schluck.

Der zweite Mix war tatsächlich noch stärker als der erste. Hansen spürte, wie sein Magen rebellierte. Wenn das so weiterging, würde er den Abend über einer Toilettenschüssel beenden. Oder einfach vom Stuhl kippen.

»Also«, setzte die Frau das Gespräch fort. »Deine Eltern wohnen in Poppenrade. Und du?«

»Garding«, erwiderte Hansen. Zu mehr als Ein-Wort-Sätzen fühlte er sich nicht mehr in der Lage.

»Also hier«, kombinierte die Frau. Sie musterte Hansen prüfend. Dann kramte sie in ihrer Handtasche und legte dem Wirt einen Fünfzig-Euro-Schein auf den Tresen.

»Stimmt so«, erklärte sie und zog Nils Hansen vom Barhocker. »Lass uns gehen!«, kommandierte sie. »Du brauchst ein bisschen frische Luft.«

Nils Hansen, der dieser Einschätzung nur zustimmen konnte, folgte ihr bereitwillig. Er atmete tief ein, als die kühle Nachtluft durch die aufschwingende Tür hereinströmte. Sein Kopf schien tatsächlich wieder ein wenig klarer zu werden.

Die Blondine wartete, bis die Tür der Gaststätte ins Schloss gefallen war. Dann drängte sie Nils Hansen gegen die Hauswand, strich ihm sinnlich durch die Haare und legte ihre Lippen auf seine.

Das Karussell in Hansens Kopf begann sich wieder zu drehen. Die Frau ging vielleicht ran!

Vorsichtig erwiderte er ihren Kuss und legte seine Arme um ihren Körper. Er konnte noch immer nicht glauben, dass sie wirklich ihn wollte.

Doch die Blondine ließ keinen Zweifel daran. Sie griff nach Hansens Händen und presste sie auf ihre Brüste. Ihre Finger glitten über Hansens Rücken und umfassten seine Pobacken.

Hansen knetete die großen, weichen Brüste und fühlte, wie es ihn erregte.

Du meine Güte! Er konnte doch nicht hier … auf offener Straße …

Doch er trieb auf einer Woge aus Alkohol und Lust, und seine Finger begannen wie ferngesteuert ihre Wanderung vom Busen der Frau über ihren flachen Bauch und weiter hinab.

Im nächsten Moment stieß er die Blondine von sich weg.

Das, was er zwischen ihren Schenkeln ertastet hatte, gehörte bei einer Frau definitiv nicht dorthin.

***

Katharina Berg blickte an die Decke. Von draußen fiel fahles Mondlicht herein.

Sie hatte sich schon vor einer Stunde ins Bett gelegt, konnte aber nicht einschlafen. Der Gedanke an Dominik Otten ließ sie nicht los.

Als das Telefon auf ihrem Nachttisch zu klingeln begann, war sie beinahe erleichtert.

»Berg?«

»Hallo, meine Kleine«, hörte sie die Stimme ihrer Mutter. »Ich hoffe, ich habe dich nicht geweckt?«

»Nein.« Katharina warf einen Blick auf die Leuchtziffern des Weckers. Es war kurz nach zwei. »Bist du gut nach Hause gekommen?«

Sie selbst war gegen halb zwölf aufgebrochen, aber Ellen Berg war noch geblieben. Im Gegensatz zu ihrer Tochter musste sie ja nicht mehr arbeiten.

»Ja, wunderbar«, erwiderte ihre Mutter. »Du weißt ja, ich fahre am liebsten nachts, wenn die Straßen leer sind. Bis kurz vor Hamburg sind mir höchstens drei Autos begegnet.«

»Hm.« Katharina, die sich beim Klang ihrer Stimme entspannte, fühlte, wie ihr die Augen zufielen.

»Ich habe mich noch ein bisschen mit Andrea unterhalten«, erzählte ihre Mutter. »Wir hatten in den letzten Jahren ja kaum noch Kontakt, seit sie mit ihrem Mann auf den Hof nach Garding gezogen war.«

»M-hm.«

»Das war schon ein Schicksalsschlag«, fuhr Ellen Berg fort. »Sein Tod hat sie ganz schön aus der Bahn geworfen. Und dann plötzlich ganz allein die Verantwortung für den Hof und die Tochter.«

Katharina öffnete die Augen wieder.

»War er krank?«

»Nein. Es war ein Unfall«, berichtete ihre Mutter. »Kristian Wilke war ein leidenschaftlicher Bergsteiger. Aber er hat sich überschätzt. Bei seiner letzten Tour ist er abgestürzt.«

»Ach.« Katharina verspürte Mitleid. Das erklärte möglicherweise, weshalb Andrea Wilke so ausgezehrt wirkte. »Und jetzt versucht sie, mit der Kulturscheune an ihr altes Leben anzuknüpfen.«

»Genau. Deshalb hat sie auch Dominique O. engagiert. Die beiden hatten damals, als Andrea noch im Kulturbüro war, öfter miteinander zu tun.«

»So?« Katharina setzte sich auf. Sie hatte doch gewusst, dass ihre Mutter nicht mitten in der Nacht anrief, um mit ihr über den verstorbenen Mann von Andrea Wilke zu sprechen.

»Eine faszinierende Frau, findest du nicht?«, erkundigte sich Ellen Berg. »Dominique, meine ich.«

»Ja.« Katharina beschloss, dass es das Klügste war, so wenig wie möglich zu sagen.

Ihre Mutter dagegen hatte weniger Hemmungen.

»Wäre das nicht was für dich?«, fragte sie.

Katharina schwang die Beine aus dem Bett und trat ans Fenster.

»Ich weiß nicht, ob es dir schon mal aufgefallen ist«, entgegnete sie. »Aber ich interessiere mich mehr für Männer.«

Ihre Mutter lachte. »Das ist er doch auch.«

Katharina schaute auf die dunklen Bäume und die hellen Wege des Husumer Schlossparks, die sich im Mondschein abzeichneten.

»Vielleicht möchte ich einen Mann, der nur das ist.«

Ihre Mutter schwieg eine Weile, und Katharina vermutete, dass sie sich in ihren Sessel setzte und mit den Fingern über den Stoff der Lehne fuhr, wie sie es immer tat, wenn sie nachdachte.

»Weißt du«, sagte sie schließlich. »Man sollte sich nie beschweren, wenn man mehr bekommt, als man sich gewünscht hat. Schlimm ist es nur, wenn man weniger erhält.«

Katharina wandte dem Fenster den Rücken zu.

»Schauen wir, was die Zeit bringt«, sagte sie. »Aller Voraussicht nach treffen wir uns ohnehin nie wieder. Und falls doch, werde ich versuchen, meiner inneren Stimme zu folgen.«

»Sehr schön«, erwiderte ihre Mutter, und Katharina konnte vor ihrem geistigen Auge sehen, wie sie schmunzelte. »Mehr wollte ich gar nicht hören.«

***

Es gab Tage, an denen gelang einfach nichts. Dabei hatte er geglaubt, der junge Kerl im Dorfkrug hätte genug intus, um sich nicht mehr darum zu scheren, mit wem er es trieb. Immerhin hatte er so ausgesehen, als wären ihm die Mädchen bisher nicht gerade nachgelaufen. Und bei Cindys Anblick hatte er regelrechte Stielaugen bekommen. Sogar einen Ständer hatte er schon gehabt. Und trotzdem hatte er ihn von sich gestoßen, als er bemerkt hatte, dass sie beide über die gleiche Ausstattung verfügten.

Clemens Raddatz fluchte, als er über eine hervorstehende Baumwurzel stolperte.

Bestimmt lag es daran, dass sie hier auf dem Dorf waren. Da waren die Leute eben noch prüde und verklemmt, selbst die jungen.

Er hätte einfach in Berlin bleiben sollen. Gelacht hatten sie hier genauso über ihn wie dort. Aber in den Schwulenkneipen auf dem Kiez fand sich zumindest nach der Show immer irgendjemand, der nichts gegen eine schnelle Nummer im Hinterhof einzuwenden hatte. Hier blieb ihm sogar das verwehrt.

Das Blöde war, dass er schon seit Stunden auf den befreienden Kick wartete. Er brauchte ja nicht viel. Das meiste erledigten schon die Frauenkleider. Der enge Body, den er – oder vielmehr: Cindy – bei der Show getragen hatte. Und das luftige Sommerkleid, das auch jetzt um seine Beine wehte. Er liebte es, wenn die Silikonpolster in seinem Spitzen-BH beim Laufen auf und ab wippten, und er genoss die Hitze im Unterleib, den er in ein enges Miederhöschen gezwängt hatte. Aber irgendwann musste er auch den Gipfel erklimmen. Wenn sich dieser Dorfdödel doch nur nicht so geziert hätte! Zu dieser späten Stunde würde ihm kaum noch ein anderer Mann begegnen, der ihn erlöste.

Dass er nun auch noch mitten in der Nacht über ein zerfurchtes Feld zurück zum Hof von Andrea Wilke staksen musste, machte die Sache nicht besser. Der Besitz gehörte zwar zu Garding, lag aber keinesfalls direkt am Ort, sondern knapp zwei Kilometer entfernt. Und die fühlten sich in seinen engen Pumps, die er für den Abend gewählt hatte, an wie zwanzig. Vielleicht hätte er doch den Weg die Straße entlang nehmen sollen. Der war zwar länger, aber zumindest nicht mit heimtückischen Stolperfallen durchsetzt.

Auf der anderen Seite war er hier geradezu himmlisch von der Welt abgeschieden. Konnte es einen besseren Ort geben, um den Abend doch noch mit einem unvergesslichen Höhepunkt zu krönen?

Raddatz kniff die Augen zusammen. Wenn das Leben ihm nicht die passenden Angebote machte, musste er eben seine Phantasie bemühen. Und die war durchaus lebhaft. Er stellte sich vor, wie ihn dieser knackige rothaarige Jüngling aus dem Dorfkrug küsste und sich immer inniger mit ihm verband. Wie er seine kräftigen Hände über seinen Rücken gleiten ließ, seinen Po umfasste und seine Brüste knetete, erst über dem Kleid und dann darunter. Und wie er sich schließlich nahm, was er wollte.

Die Finger, die über seinen Körper fuhren, fühlten sich an wie die des Fremden. Er spürte, wie das Blut schneller durch seinen Körper pumpte. Sein Kopf wurde leichter, und die Hitze zwischen seinen Beinen nahm immer weiter zu. Die karge norddeutsche Landschaft verschwamm vor seinen Augen.

Wie aus weiter Ferne hörte er ein tiefes Brummen und sah ein starkes Licht, das sich näherte und immer heller wurde. Das war der absolute Knaller. Solche Sinneseindrücke hatte er noch nie gehabt, wenn alles, was er sich wünschte, lediglich auf seiner inneren Leinwand ablief statt in der Wirklichkeit.

Erst als der Lärm und das Licht unangenehm wurden, begriff er, dass beides nicht in seinem Kopf stattfand. Aber da war es auch schon zu spät.

Die Erlösung blieb ihm verwehrt. Stattdessen krachte sein Körper gegen eine massive Wand aus Stahl.

6

Nils Hansen schreckte hoch, als das Telefon auf seinem Schreibtisch zu klingeln begann. Eilig richtete er sich auf und fuhr sich mit der Hand durch die verstrubbelten Haare. Jetzt war er doch tatsächlich im Dienst eingeschlafen. Und sein Kopf fühlte sich an, als wäre er unter einen fahrenden Zug geraten.

Er griff nach dem Telefonhörer und räusperte sich. Ein Blick auf die Uhr zeigte ihm, dass es bereits halb acht war. Er hatte fast eine halbe Stunde lang gedöst, anstatt seine Arbeit zu verrichten.

»POM Hansen, Polizeistation Garding«, krächzte er.

»Nils?«, erkundigte sich eine Stimme am anderen Ende, die nicht weniger rau als seine eigene war.

»Ja?«

»Pedersen«, sagte der Anrufer. »Du musst mal kommen. Auf meinem Acker liegt eine Tote.«

Hansen brauchte einen Moment, um die Information zu verarbeiten.

»Du meinst: eine Leiche?«

»Jo«, brummte Pedersen. »Das ist dasselbe.«

Nils Hansen versuchte sich zu konzentrieren, was nicht ganz leicht war. Ein ganzes Bataillon von Heinzelmännchen schien mit kleinen Hämmern seine Schädeldecke zu bearbeiten. Er konnte von Glück sagen, dass er von seinem Exzess am Abend zuvor keine Alkoholvergiftung davongetragen hatte.

»Ich bin gleich da«, sagte er deshalb nur.

»Gut«, erwiderte Pedersen und legte auf. Wahrscheinlich wunderte er sich nicht einmal über Hansens Einsilbigkeit. Die Bauern hier auf Eiderstedt redeten selbst nicht mehr als unbedingt nötig.

Hansen bugsierte den Hörer zurück auf die Telefonstation, was erst beim zweiten Anlauf gelang. Mit seiner Feinmotorik stand es an diesem Morgen nicht zum Besten. Er sah sich suchend um und entdeckte seine Dienstmütze auf dem vertrockneten Kaktus auf der Fensterbank. Irgendein Witzbold hatte sie dort so drapiert, dass die Pflanze an einen schlecht rasierten Polizisten erinnerte.

Nun ja. Vermutlich war er selbst dieser Komiker gewesen.

Er zupfte die Mütze vorsichtig herunter und setzte sie sich auf den Kopf. Anschließend schlüpfte er in die Uniformjacke mit den drei hellblauen Sternen auf den Schulterklappen. Heute Morgen konnte er sich noch weniger darüber freuen als am gestrigen Abend.

***

Peter Pedersen lehnte an seinem Traktor und sog an einer kurzen Stummelpfeife. Er hatte ein von den Jahren zerknittertes Gesicht und trug Hemd, Hose und Schiebermütze aus festem, mit der Zeit verblichenem blauen Stoff. Als Nils Hansen aus dem Auto sprang und dabei fast über seine eigenen Füße stolperte, hob er die Mundwinkel.

»Du warst auch schon mal besser in Form, Nils.«

Hansen lachte verlegen.

»Ich habe gestern gefeiert«, gab er zu. »Den dritten Stern.« Er deutete auf seine Schulterklappen.

»Ach was.« Der Bauer nickte. »Glückwunsch.«

»Danke.« Hansen grinste schief. An diesem Morgen schien jeder Weg, den er einschlug, in die falsche Richtung zu führen.

»Äh«, korrigierte er den eingeschlagenen Kurs. »Die Tote?«

Pedersen deutete mit dem Pfeifenstiel über seine Schulter.

»Dort hinten. Ich wollte gerade mit dem Grubbern anfangen, als ich gesehen hab, dass etwas Rotes auf dem Feld liegt. Ich dachte, da hätte sich jemand einen Scherz erlaubt. Aber die Frau ist echt.« Er fügte seiner Miene ein paar weitere Knitterfalten hinzu. »Ein Jammer. So ein junges Ding.«

Nils Hansen straffte sich. Er hatte in seiner kurzen Dienstzeit schon mehr Leichen gesehen, als ihm lieb war. Bisher hatte sich ihm dabei noch nie der Magen umgedreht. Doch heute hatte er ohnehin schon ein flaues Gefühl.

Vielleicht sollte er lieber gleich die Kriminalpolizei in Husum informieren. Aber die würden natürlich wissen wollen, was die erste Anschauung ergeben hatte. Was immer sein Inneres auch anstellen würde, er hatte gar keine Wahl.

»Zeig sie mir«, forderte er den alten Bauern auf.

Pedersen drehte sich gleichmütig um. Er war nicht so leicht zu erschüttern. Dazu hatte er schon zu viel erlebt.

Er führte Nils Hansen zur Mitte des Felds. Dort entdeckte dieser die reglose Gestalt. Sie sah aus wie eine umgefallene Vogelscheuche.

Hansen näherte sich der Toten schrittweise. Sie lag auf dem Rücken, die Arme zu den Seiten ausgestreckt. Zuerst konnte er nicht viel erkennen, weil das lange blonde Haar das Gesicht verdeckte. Er betrachtete das rote Kleid, das vorn an der Brust zwei große feuchte Flecken hatte. Irgendetwas daran kam ihm vage bekannt vor. Dann durchfuhr ihn die Erkenntnis wie ein heißer Blitz, und sein umnebelter Kopf wurde mit einem Schlag klar.

Der alte Pedersen trat neben ihn und kniff die Augen zusammen.

»Du hast die Deern gekannt?«, erkundigte er sich.

»Ja«, keuchte Hansen und wandte sich dem Bauern zu. »Aber das ist keine Frau. Das ist ein Mann.«

7

Katharina Berg raste mit ihrem roten Fiat Cabrio von Husum in Richtung Garding. Normalerweise klappte sie auf solchen Fahrten das schwarze Verdeck herunter und band ihre langen dunklen Haare mit einem bunten Tuch zurück. Sie liebte es, wenn ihr der Wind um die Nase wehte und sie den Blick über die Wiesen mit den Schafen und Kühen schweifen lassen konnte. Doch heute war sie viel zu angespannt dazu.

Man hatte sie informiert, dass auf einem Feld in der Nähe von Garding ein Toter gefunden worden war. Ein Mann in Frauenkleidern. Sie hoffte inständig, dass es nicht Dominik Otten war.

Schon von Weitem entdeckte sie die Fahrzeuge, die hastig auf dem Acker geparkt worden waren. Neben einem Traktor mit einem angehängten Arbeitsgerät in Himmelblau, das wie eine riesige Harke mit massiven Krallen aussah, waren es die Einsatzfahrzeuge von Polizei und Feuerwehr und ein Leichenwagen.

Katharina lenkte ihr Cabrio aufs Feld. Vorsichtig hoppelte sie über den zerfurchten Boden mit den Stoppeln, die nach der Getreideernte übrig geblieben waren. Neben dem Streifenwagen der Polizeistation Garding blieb sie stehen.

So eilig sie es die ganze Zeit gehabt hatte, so unbeweglich fühlte sie sich jetzt. Am liebsten wäre sie einfach im Auto sitzen geblieben. Aber es nützte ja nichts.

Sie stieß die Tür auf und ging auf den Mann zu, der neben dem Traktor lehnte. Das Gesicht mit der pergamentartigen Haut kam ihr bekannt vor.

»Moin«, sagte der Bauer. »Wenn das nicht die schöne Kriminalhauptkommissarin aus Husum ist.«

Katharina erinnerte sich, dass er einer der Männer war, die sie bei ihrem ersten Mordfall auf Eiderstedt kennengelernt hatte. Die Bauern aus der Gegend trafen sich regelmäßig im Hinterzimmer des »Gasthauses Peters« an der Durchgangsstraße nach Westerhever.

»Moin«, erwiderte sie. »Herr Pedersen, nicht wahr?«

Die alten Augen des Landwirts leuchteten. »Dass Sie sich an mich erinnern«, sagte er gerührt.

Katharina blinzelte ihm zu. »Wie könnte ich einen Mann wie Sie vergessen?«

Der Bauer winkte ab. »Übertreiben Sie's nicht. Bei Ihnen stehen die hübschen Kerle sicher Schlange.«

Was noch nie der Fall gewesen war, doch Katharina unterließ es, ihn zu korrigieren.

»Sie haben die Tote gefunden?«, fragte sie stattdessen. »Ich meine: den Toten?«

»Jo.« Pedersen kratzte sich unter seiner blauen Schiebermütze. »Ich dachte, es sei eine Frau. Aber Ihr Kollege«, er deutete über das Feld zu den Personen, die um ein rotes Bündel herumstanden, »hat sofort bemerkt, dass es in Wirklichkeit ein Mann ist.«

Katharina musterte die versammelten Helfer und bemerkte, dass sie einen von ihnen kannte. Die struppigen roten Haare, die unter der Dienstmütze hervorschauten, waren kaum zu übersehen. Es war der Polizeibeamte, mit dem sie bereits in den beiden vergangenen Jahren zwei ungewöhnliche Mordfälle bearbeitet hatte. So wie es aussah, sollte in diesem Sommer ein dritter hinzukommen.

»Polizeimeister Nils Hansen«, sagte sie.

»Obermeister«, korrigierte Pedersen und zwinkerte ihr zu.

Katharina schnippte mit den Fingern. Natürlich! Wie hatte sie die Reform der Dienstränge vergessen können? Dann besaß Hansen also endlich den dritten Stern, den er sich so sehnlich gewünscht hatte. Sie musste ihm unbedingt dazu gratulieren.

»Wann haben Sie die Leiche entdeckt?«, erkundigte sie sich.

Pedersen sah auf die Uhr.

»Vor einer Stunde, ungefähr. Ich habe sofort die Dienststelle in Garding informiert, und Nils war innerhalb von fünf Minuten hier. Er hat sich den Toten angesehen und gleich mit Husum telefoniert.«

Katharina legte den Kopf schief.

»Und Sie? Haben Sie sich den Toten auch angesehen?«

»Sicher.« Pedersen rieb sich das Kinn. »Es hätte ja sein können, dass er noch lebt. Aber der war mausetot.«

»Ist Ihnen sonst irgendetwas aufgefallen? Haben Sie jemanden bemerkt? Oder ein verdächtiges Fahrzeug?«

Pedersen dachte gründlich nach. Dann schüttelte er den Kopf. »Nee.«

Katharina, die sich mittlerweile an die wortkargen Eiderstedter gewöhnt hatte, nickte.

»Danke«, sagte sie und ging zu Polizeiobermeister Hansen und den anderen Kollegen.

***

Nils Hansen sah aus, als hätte er die Nacht auf einer Parkbank verbracht. Sein Gesicht war zerknittert, die Haut um die Augen gerötet, und darunter lagen dunkle Ringe.

»Moin, Hansen«, sagte Katharina. »Haben Sie gestern zu tief ins Glas geschaut?«

Offenbar hatte sie den Nagel auf den Kopf getroffen. Nils Hansen blickte verlegen zu Boden. Wie immer, wenn ihm etwas peinlich war, lief er rot an.

»Nein ... Ja ... Ich meine, ich habe ein bisschen gefeiert. Den dritten Stern.«

Katharina schaute auf seine neuen Schulterstücke.

»Richtig. Glückwunsch zur Beförderung«, sagte sie.

»Hm. Danke«, murmelte Hansen.

Katharina, die etwas mehr Enthusiasmus erwartet hatte, musterte ihn verwundert.

»Ich dachte, Sie würden sich freuen. War es nicht das, was Sie immer wollten?«

»Ja. Schon.« Hansen hob den Kopf. »Aber jetzt ist es ja nichts Besonderes mehr. Jeder Anfänger bekommt sofort nach der Ausbildung drei Sterne.«

»Ah.« Katharina verstand, wo der Hase im Pfeffer lag. »Sie fühlen sich benachteiligt. Sie denken, man hätte Ihre Leistung in den letzten Jahren etwas mehr würdigen sollen.«

Nils Hansen schaute sie schräg an. Er schien zu glauben, dass sie ihn auf den Arm nehmen wollte. Und womöglich hatte er recht.

Katharina sah zu dem Leichnam, der ein paar Meter entfernt lag.

Polizeiobermeister Hansen konnte sie vielleicht etwas vormachen. Aber vor sich selbst musste sie eingestehen, dass sie das Geplänkel mit ihm nur begonnen hatte, um den Moment hinauszuzögern, in dem sie dem Toten ins Gesicht blickte.

»Kommen Sie«, sagte sie mit mehr Entschlossenheit, als sie empfand. »Lassen Sie uns mit der Arbeit anfangen. Ich bin sicher, wenn Sie Ihren dritten Mordfall gelöst haben, wird man über eine Beförderung zum Polizeihauptmeister nachdenken.«

In Hansens Augen erschien ein hoffnungsvolles Leuchten.

»Meinen Sie?«

»Sicher«, behauptete Katharina, obwohl es alles andere als das war. »Sie haben den Erstangriff durchgeführt?«

»Jawohl!«, erwiderte Hansen und sah aus, als wolle er salutieren. »Ich habe den Leichnam in Augenschein genommen und die Kriminalpolizei informiert. Die Spurensicherung aus Flensburg und der Rechtsmediziner aus Kiel sind auch schon unterwegs.«

»Gut«, sagte Katharina und bewegte sich auf den Toten zu. Obwohl der Boden fest war, hatte sie das Gefühl, ihre Füße mühsam aus tiefem Morast ziehen zu müssen, um sie einen vor den anderen zu setzen.

»Wissen wir, wer der Tote ist?«, fragte sie und versuchte, ihre Angst im Griff zu behalten.

»Nein.« Hansen machte eine entschuldigende Geste. »Er hatte keine Papiere dabei. Nur eine Handtasche mit einem Portemonnaie und ein paar Schminksachen.«

Katharina holte tief Luft. Dann trat sie die letzten Schritte auf den Toten zu und beugte sich zu ihm hinunter.

Sie sah sofort, dass es nicht Dominik Otten war. Die blonden Haare waren nicht echt.

Sie spürte eine Welle der Erleichterung und schämte sich im selben Moment dafür. Der Tod war nicht weniger grausam, wenn er jemanden traf, der einem nichts bedeutet hatte.

Katharina nahm ein Paar Latexhandschuhe aus ihrer Jackentasche und zog sie über die Finger. Dann strich sie dem Toten vorsichtig die blonden Haare beiseite.

Das Gesicht, das darunter zum Vorschein kam, war blutverschmiert. Auch auf der Vorderseite des Kleids befand sich Blut. Außerdem waren da noch zwei dunkle feuchte Flecken.

»Ich kenne den Mann«, sagte sie an Nils Hansen gewandt.

»Ach so?« Auf Hansens Gesicht spiegelte sich Verwirrung.

Und noch etwas anderes, das Katharina nicht einordnen konnte. »Woher denn?«

»Das ist Clemens Raddatz alias Cindy Dars. Er ist einer der drei Travestiekünstler, die gestern in der neuen Kulturscheune aufgetreten sind«, erläuterte sie. »›Die drei Diseusen‹.«

Hansen, der ihre Einladung, sie dorthin zu begleiten, abgelehnt hatte, wirkte, als würde er seine Entscheidung im Nachhinein bereuen. »Wenn ich das geahnt hätte …«, murmelte er.

Katharina sah ihn streng an. »Das hätte nichts geändert. Es wäre trotzdem passiert.«

»Nein. Das meinte ich auch nicht …« Hansen schien noch etwas hinzufügen zu wollen, überlegte es sich dann aber anders.

»Was glauben Sie, was da passiert ist?«

»Wenn Sie mich fragen: Den hat einer über den Haufen gefahren«, mischte sich einer der Männer ein, die um den Leichnam herumstanden. Er trug die Uniform eines Rettungssanitäters und einen üppigen blonden Bart, der fast sein gesamtes Gesicht bedeckte.

Katharina nickte. Auch sie hatte in ihrem Berufsleben schon etliche Unfallopfer gesehen, die mit einem Fahrzeug kollidiert waren. Die Verletzungen, die sie erkennen konnte, schienen typisch dafür.

»Ich würde sagen, es war ein großes und schweres Fahrzeug«, ergänzte der Sanitäter. »Ein Lkw. Oder ein Traktor.«

Katharina sah sich um. Die Kollegen von der Spurensicherung und der Rechtsmedizin würden feststellen, ob der Körper von Clemens Raddatz nach seinem Tod bewegt worden war oder nicht. Möglicherweise war er auf der Straße angefahren worden, und der Unfallverursacher hatte ihn aufs Feld getragen, um Spuren zu verwischen. Vielleicht war er aber auch genau hier überrollt worden. An einen unglücklichen Zufall glaubte sie angesichts der Ereignisse bei der Eröffnung der Kulturscheune am Vorabend jedenfalls nicht.

***

Nils Hansen nagte an seiner Unterlippe. In seinem Kopf wirbelten die Gedanken durcheinander. Seine Kehle fühlte sich an, als hätte sich ein tennisballgroßer Kaugummi darin festgesetzt. Er hustete und starrte auf die grünen Wiesen, die sich hinter dem Wilke-Hof erstreckten. Dann warf er die Tür des Streifenwagens zu und wandte sich um.

Katharina Berg parkte ihr Cabrio vor dem Wohnhaus, einem hübschen Backsteingebäude mit Holzverstrebungen und reetgedecktem Dach. Sie hatte ihm von dem Vorfall auf der Premiere berichtet. Und vom Verdacht der Betreiberin der Kulturscheune, dass ihre Nachbarn dafür verantwortlich waren.

Womöglich hatte ihnen der Denkzettel, den sie Dominique O. verpasst hatten, nicht gereicht. Vielleicht waren sie noch viel weiter gegangen.

So wie es aussah, durften sie nicht ausschließen, dass Clemens Raddatz ermordet worden war. Und das bedeutete, dass er Katharina von seiner Begegnung mit dem Travestiekünstler erzählen musste.

Dabei hätte er dieses peinliche Erlebnis am liebsten so schnell wie möglich vergessen. Wieso hatte er nicht bemerkt, dass sich hinter der attraktiven Blondine in Wirklichkeit ein Mann verbarg? Einer, der ohne seine Perücke nicht einmal besonders hübsch gewesen war. Das hatte er gesehen, als der Rechtsmediziner die künstliche Haarpracht vorsichtig vom Kopf des Toten gelöst hatte.

Katharina Berg stieg aus ihrem Wagen und trat neben ihn. »Wir müssen herausfinden, wo Clemens Raddatz gestern Abend nach der Show war«, sagte sie in seine Gedanken hinein. »Unter Umständen ist er dort seinem Mörder begegnet.«

Hansen räusperte sich. Der Kloß in seiner Luftröhre bewegte sich nicht.

»Das glaube ich nicht«, brachte er mühsam hervor.

Katharina warf ihm einen seltsamen Blick zu. Hansen presste die Lippen zusammen. Das Unappetitliche drängte aus seiner Brust nach oben, doch er schluckte es wieder herunter. Er konnte es einfach nicht aussprechen.

Katharina legte den Kopf schief. »Nun spucken Sie es schon aus«, forderte sie ihn auf. »Sie wollen mir doch etwas mitteilen.«

Hansen nahm seine Dienstmütze ab und knetete sie. Er spürte, wie ihm heiß wurde.

»Ich habe sie gesehen«, gestand er, den Blick auf seine Füße gerichtet. »Gestern Abend. Im Gardinger Dorfkrug.«

»Ach so?«

Hansen hob energisch den Kopf und setzte seine Mütze wieder auf. Es gab überhaupt keinen Grund, warum er Katharina die peinlichen Details berichten sollte. Es reichte vollkommen aus, die Fakten darzulegen.

»Ich habe ein Bier auf meine Beförderung getrunken«, erklärte er. »Gegen zwölf kam diese Frau.«

Katharinas Blick ruhte forschend auf ihm, aber sie sagte nichts.

»Sie hat sich zu mir an die Theke gesetzt«, erläuterte Hansen. »Wir haben ein oder zwei Gläser Cola-Rum getrunken und uns unterhalten. Und anschließend sind wir gegangen.«

»Zu Ihnen oder zu ihr?«

»Weder noch.« Hansen merkte, wie die Hitze in seinen Wangen zunahm. Vermutlich hatte er mittlerweile Ähnlichkeit mit einer Tomate. »Ich bin nach Hause gelaufen. Sie hat den Weg über die Felder genommen.«

»Das war alles?«

»Ja«, behauptete Hansen und hoffte, dass Katharina nicht weiter nachbohren würde.

»Sie haben also die ganze Zeit geglaubt, Clemens Raddatz wäre tatsächlich eine Frau?«

Irgendetwas in Hansens Körpermitte zog sich zusammen.

»Woher hätte ich es denn wissen sollen?«, verteidigte er sich. »Sie sah wunderschön aus. Und ich … na ja … vielleicht habe ich auch nicht genau genug hingesehen.«

»Weil Ihre Wahrnehmung ein wenig beeinträchtigt war«, riet Katharina.

Hansen verzog den Mund. Er mochte nicht preisgeben, dass er betrunken gewesen war. Doch andererseits war das immer noch besser, als ausgerechnet Katharina Berg *das andere* zu gestehen.

»Kann sein, dass ich mehr als ein Bier intus hatte«, gab er zu.

»Sie hatten ja auch etwas zu feiern.«

Katharina schaute ihn nachdenklich an. Hansen wurde es unter ihrem Blick zunehmend unbehaglich.

»Sie haben sich also vor dem Dorfkrug von Cindy Dars verabschiedet«, sagte sie. »Und anschließend ist jeder seiner Wege gegangen.«

Hansen nickte.

Katharinas Mundwinkel zuckten, und ihre Augen blitzten.

»Wie kommt es dann«, fragte sie unschuldig, »dass Sie heute Morgen bei der Inaugenscheinnahme der Leiche sofort gewusst haben, dass Cindy in Wirklichkeit ein Mann ist? Sie war doch vollständig bekleidet und hatte immer noch die Perücke auf dem Kopf.« Sie deutete vage in Richtung des Ackers, auf dem der Tote gelegen hatte. »Der alte Pedersen hat es nicht gemerkt. Und der hat sogar nach dem Puls gefühlt, um zu sehen, ob sie noch lebt.«

Nils Hansen hätte sich am liebsten seine Dienstmütze vors Gesicht gehalten. Katharina hatte ihn in die Falle gelockt, und er war natürlich mitten hineingetappt.

»Na ja«, presste er hervor. »Wir haben uns nicht gleich getrennt. Diese Frau … dieser Mann, von dem ich dachte, er wäre eine Frau … der wollte was von mir.«

»Ach so?«

Hansen holte tief Luft. Nun war es auch schon egal. Wenn an dem Bild, das Katharina von ihm hatte, noch irgendetwas zu retten gewesen war, hatte er es an diesem Morgen zerstört. Nun konnte er ihr genauso gut das ganze schmutzige Geheimnis beichten.

»Sie hat mich geküsst«, erklärte er barsch. »Und es hat mir gefallen. Ich habe sie berührt. Sie hatte einen tollen Körper. Ich wollte sie überall anfassen. Aber dann habe ich da … zwischen ihren Beinen …«

Er hatte seine Verlegenheit mit Härte überspielen wollen, doch auch das gelang ihm nicht. Er konnte es einfach nicht aussprechen.

Zu seiner Überraschung lachte Katharina nicht. Stattdessen nickte sie verständnisvoll.

»Machen Sie sich keine Gedanken«, sagte sie weich. »Das hätte jedem passieren können. Und es war sicher ein Schock. Man kann nicht so leicht über seinen Schatten springen, wenn es um das andere … um das eigene Geschlecht geht …« Ein bewegtes Lächeln huschte über ihr Gesicht.

Hansen fühlte sich maßlos erleichtert. Und ein wenig irritiert. Wenn er es nicht besser gewusst hätte, hätte er angenommen, dass Katharina nicht nur über ihn sprach, sondern auch über sich selbst.

8

Das Mädchen, das ihnen die Tür öffnete, tat sein Bestes, um jeden Anschein von Weiblichkeit zu verbergen. Es hatte kurze dunkle Haare und trug Turnschuhe, Jeans und einen Parka, der seinen schlanken Körper umgab wie ein Panzer.

»Hallo«, sagte Katharina. »Ich bin Hauptkommissarin Katharina Berg, und das ist Polizeiobermeister Nils Hansen.« Sie deutete auf den Kollegen, dessen Gesichtsfarbe sich inzwischen wieder halbwegs normalisiert hatte. »Wir müssten mit Andrea Wilke sprechen.«

Die braunen Augen des Mädchens saugten sich an ihr fest.

»Hat sie Gabriele und Lutz jetzt doch angezeigt? Wegen dieser Sache mit den Mistkübeln?«

Katharina, die das Mädchen auf siebzehn oder achtzehn Jahre schätzte, ging im Geiste die Informationen durch, die sie von ihrer Mutter über die Familie bekommen hatte.

»Du bist Mara, nicht wahr? Die Tochter von Andrea Wilke?«

»Ja.« Mara verschränkte die Arme vor der Brust. »Das bin ich.« Sie zog die Brauen zusammen. »Hat sie nun oder hat sie nicht?«

»Anzeige erstattet? Nein. Das ist nicht der Grund, aus dem wir hier sind.«

»Sondern?« Noch immer versperrte das Mädchen den Eingang.

»Das würden wir gern mit deiner Mutter besprechen. Und mit ihren Gästen. Dominik Otten und Julian Brunner wohnen doch bei euch?«

Mara warf einen Blick in den dunklen Flur.

»Die wohnen alle drei hier«, erklärte sie. »›Die drei Diseusen‹.« In ihrer Stimme lag Verachtung.

Katharina legte den Kopf schief und musterte sie. Wenn sie selbst schon Schwierigkeiten hatte, mit Menschen umzugehen, die mal Mann, mal Frau waren, was musste dann eine junge Frau fühlen, die gerade dabei war, sich selbst zu finden?

Nils Hansen, dem die Sache anscheinend ebenfalls nicht behagte, trat ungeduldig von einem Fuß auf den anderen.

»Dürfen wir hereinkommen?«, fragte Katharina.

»Sicher.« Mara machte eine vage Geste und wandte sich abrupt ab. Dann riss sie die Tür am Ende des Flurs auf. »Mama. Du hast Besuch. Die Polizei.«

***

Die Küche des Wilke-Hofs war ein großer Raum mit viel hellem Holz. Um den Tisch in der Mitte standen eine Eckbank und Stühle, deren Polster mit groben Leinenstoffen bezogen waren. Der gewaltige Herd schien noch aus Großmutters Zeiten zu stammen ebenso wie das verschnörkelte und offenbar von Hand bemalte Büfett. Auf der anderen Seite ergänzten offene Regale mit einem Sammelsurium aus Tassen, Gläsern und Dosen die Einrichtung.

Es war eine Atmosphäre, in der sich Katharina sofort wohlfühlte. Und die so gar nicht zu Andrea Wilke zu passen schien, die mit dem Rücken zu ihnen an der Spüle stand. Sie hantierte mit der Kaffeemaschine und wirkte genauso steif und diszipliniert wie bei der Eröffnungsfeier ihrer Kulturscheune. Aber vielleicht war ja auch nicht sie, sondern ihr verstorbener Mann für die gemütliche Raumgestaltung verantwortlich gewesen.

Andrea Wilke zählte die Löffel mit Kaffeepulver aus einer Tüte mit Fair-Trade-Aufdruck ab und setzte die Maschine in

Betrieb. Erst dann wandte sie sich zu ihnen um. Sie sah noch verhärmter aus als am Abend zuvor, doch als sie Katharina erkannte, entspannte sich ihre Miene.

»Ach, Sie sind das«, sagte sie. »Und ich dachte schon …«

Katharina hätte gern erfahren, was ihr durch den Kopf gegangen war, doch Andrea Wilke sprach nicht weiter.

Stattdessen wies sie auf die Eckbank.

»Setzen Sie sich doch. Mögen Sie einen Kaffee?«

»Gern.« Katharina rutschte auf die Bank, die nicht nur hübsch, sondern auch bequem war. Die Nacht war kurz gewesen, und Koffein würde ihren Geist vielleicht ein wenig auf Trab bringen. Sie blickte zu Nils Hansen, der sich auf einen der Stühle setzte und sich verstohlen die Augen rieb. Er hatte den Wachmacher definitiv noch nötiger als sie selbst.

Andrea Wilke schaute zu ihrer Tochter, die mit verschränkten Armen im Türrahmen stehen geblieben war.

»Wolltest du nicht los?«, erkundigte sie sich. »Meine Tochter arbeitet ehrenamtlich im Westküstenpark in St. Peter-Ording«, erklärte sie an Katharina und Nils gewandt. »Sie hilft dort bei der Tierpflege, zusammen mit Leon, dem jüngeren Sohn von Gabriele.« Sie machte eine vage Geste aus dem Fenster in die Richtung, in der der Nachbarhof lag.

»Ist das der junge Mann, den Sie verdächtigen, Dominique O. mit Mist beworfen zu haben?«

Andrea Wilkes harte Miene hellte sich für einen Moment auf.

»Nein, um Gottes willen«, lachte sie. »Nicht Leon. Der ist ein richtiges Seelchen. Sein Bruder, Kevin, das ist der Teufel.«

Mara verzog das Gesicht. »Musst du immer von den Leuten reden, als wären sie irgendwelche Pappfiguren auf der Theaterbühne? Ein Seelchen. Ein Teufel«, äffte sie ihre Mutter nach.

Andrea Wilke presste die Lippen zusammen.

»Ich bringe die Dinge nur auf den Punkt«, entgegnete sie eingeschnappt. Mit routiniertem Griff nahm sie ein paar bunte Kaffeebecher aus dem Regal und verteilte sie auf dem Tisch.

»Du sortierst sie in Schubladen«, schimpfte ihre Tochter, die offenbar nicht bereit war, das Thema so schnell wieder fallen zu lassen. »Aber Kevin und Leon sind ganz normale Jungs«, erklärte sie Katharina und Nils Hansen. »Leon ist vielleicht ein bisschen sensibler als andere. Und Kevin flippt manchmal aus. Aber das ist auch schon alles.«

Andrea Wilke zog die Kanne aus der Maschine und schenkte Katharina und Hansen ein.

»Ich sehe das anders«, beharrte sie. Offenbar stand sie ihrer Tochter an Sturheit in nichts nach.

»Das wissen wir ja jetzt«, fauchte diese zurück.

Andrea Wilke lächelte aufgesetzt. »Milch? Zucker?«, erkundigte sie sich in einem Ton, als hätte man sich zu einem gemütlichen Beisammensein verabredet.

»Nur Milch«, bat Katharina. Sie sah, wie Hansen, der gerade den Mund geöffnet hatte, ihn wieder schloss und auf seinem Stuhl zurücksank. »Und für meinen Kollegen beides«, fügte sie hinzu und stellte erfreut fest, dass sich Hansens Mundwinkel wieder hoben.

Andrea Wilke stellte das Gewünschte auf den Tisch und ließ sich auf einem der Stühle nieder. Dann bemerkte sie, dass ihre Tochter noch immer in der Küchentür stand.

»Du hast meine Frage nicht beantwortet«, stellte sie fest.

Mara sah sie an. »Welche?«, erkundigte sie sich provokativ.

»Ob du nicht loswolltest«, erwiderte Andrea Wilke mit erzwungener Ruhe.

Mara hob die Augenbrauen. »Nee. Erst möchte ich wissen, was die Polizei bei uns will.«

»Dann setz dich an den Tisch.« Die Stimme ihrer Mutter gewann an Schärfe.

»Danke.« Mara schien den Disput zu genießen. »Ich stehe lieber.«

Andrea Wilke hob die Hände und ließ sie wieder fallen.

»Das ist das Alter«, klagte sie.

Katharina trank einen Schluck von ihrem Kaffee. Es war an der Zeit, die Gesprächsführung wieder in die Hand zu nehmen. Sie waren schließlich nicht hier, um eine Studie über die Erziehung von Jugendlichen durchzuführen.

»Frau Wilke«, sagte sie. »Wir müssen mit Ihnen sprechen. Und mit Ihren Gästen.«

»Oh.« Die Hausherrin blickte unwillkürlich zur Decke. »Ich fürchte, die sind noch gar nicht aufgestanden.«

»Dann sollten Sie sie jetzt wecken«, erwiderte Katharina. »Die Angelegenheit ist leider dringend.«

Andrea Wilke blickte zu ihrer Tochter. »Gehst du bitte nach oben und sagst ihnen Bescheid?«

In Maras Augen funkelte es.

»Nö«, sagte sie. »Keine Lust. Sind ja nicht meine Gäste.«

Sie erwartete offenbar einen weiteren Schlagabtausch mit ihrer Mutter, doch die stand wortlos auf.

»Entschuldigen Sie mich einen Moment«, bat sie Katharina und Hansen. »Ich bin gleich wieder da.«

***

Erst als sie aus der Tür war, schien Mara aufzugehen, dass sie sich mit ihrer Renitenz in eine unangenehme Situation gebracht hatte. Plötzlich war sie mit zwei Polizeibeamten allein im Raum.

Katharina nutzte die Gelegenheit.

»Du bist mit den beiden Jungen vom Nachbarhof befreundet?«

»Nee.« Mara fummelte am Reißverschluss ihres Parkas herum. »Eigentlich nur mit Leon.«

»Weil ihr beide gern Tiere mögt.«

»Ja. Auch.« Mara zog den Zipper von oben nach unten und wieder zurück.

»Und Kevin mag keine Tiere?«

Mara hob den Kopf.

»Doch. Wenn sie auf seinem Teller liegen«, gab sie angewidert zurück. »Er macht eine Metzgerlehre.«

»Ah.« Katharina schmunzelte. Die Tochter von Andrea Wilke befand sich offenbar in einer Lebensphase, in der es nur Schwarz und Weiß gab. »Und du isst kein Fleisch?«

»Nein.« Mara verschränkte die Arme vor der Brust. Offenbar

hatte sie keine Lust, über ihre Einstellung zu diskutieren. Weil sie der Meinung war, dass man sie ohnehin nicht ernst nahm.

»Hast du gesehen, was gestern Abend bei der Show passiert ist?«, wechselte Katharina das Thema. »Dass jemand Stallmist auf die Bühne geschüttet hat?«

Maras Mundwinkel zuckten. »Ja.«

»Du fandest das lustig?«

Mara hob die Schultern. Die Antwort war offenbar Ja, aber sie war klug genug, das für sich zu behalten. »Weiß nicht.«

»Glaubst du, dass Kevin einer der Männer war?«

Mara schaute Katharina herausfordernd an. »Muss ich Ihnen das sagen?«

Nils Hansen, der die ganze Zeit den Blick auf seine Kaffeetasse gesenkt hatte, sprang auf.

»Pass mal auf«, polterte er und fuchtelte mit dem Finger vor Maras Nase herum. »Das hier ist kein Spiel.«

»He!« Mara machte erschrocken einen Schritt zurück. »Ist ja schon gut. Ich hab keine Ahnung, ob es Kevin war.«

Hansen ließ nicht locker.

»Aber du könntest es dir vorstellen?«, hakte er nach.

Mara zog demonstrativ die Nase hoch. Dann hatte sie ihr Gleichgewicht wiedergefunden.

»Ich kann mir vieles vorstellen«, versetzte sie.

Katharina fixierte sie. Bei allem Verständnis für pubertäre Irrungen ging ihr langsam die Geduld aus.

»Vielleicht kannst du es uns ja erklären«, schlug sie vor. »Warum du glaubst, dass das besonders witzig war.«

Mara maß sie mit einem verächtlichen Blick.

»Da könnten Sie auch selbst draufkommen«, entgegnete sie patzig. »Sie waren doch dabei. Ich meine: Männer in Frauenkleidern. Wie peinlich ist das denn?«

Sie zuckte zusammen, als im selben Moment jemand neben sie trat. Es war Dominik Otten. Seine grauen Augen blickten sie an, und Mara erkannte Trauer und Schmerz in seinem Blick. Genau die Emotionen, die auch hinter der Mauer lauerten, die sie in ihrem eigenen Inneren errichtet hatte.

Am liebsten hätte sie sich unter die Küchenbank verkrochen, sich die Ohren zugehalten und leise vor sich hin gesummt, wie sie es als kleines Mädchen oft getan hatte. Sie schämte sich plötzlich unendlich.

»Das … Ich … ich hab das nicht so gemeint«, stotterte sie.

Otten sah sie an, als wollte er sich jedes Merkmal ihres Gesichts genau einprägen.

»Jeder hat ein Recht auf eine eigene Meinung«, sagte er rau. »Aber du verpasst etwas, wenn du nicht mit offenen Augen durchs Leben gehst.«

Katharina fragte sich, wie er es schaffte, so ruhig zu bleiben. Sie selbst wäre vermutlich wütend geworden. Seine Haltung beeindruckte sie, und auch Mara war ganz offensichtlich berührt. Sie senkte verlegen den Blick und zupfte an ihren Fingern.

***

Mara murmelte etwas Unverständliches und rutschte hastig auf die Eckbank. Es war wohl ein etwas verspäteter Versuch, nicht mehr Aufmerksamkeit auf sich zu lenken als unbedingt nötig.

Katharina hätte sie unter anderen Umständen sicher interessiert beobachtet, doch seit Dominik Otten die Küche betreten hatte, konnte sie nirgendwo anders mehr hinsehen.

An diesem Morgen präsentierte er sich nicht in Frauenkleidern, sondern mit Jeans und einem anthrazitfarbenen Hemd. Mit seinen halblangen blonden, von grauen Strähnen durchsetzten Haaren erinnerte er ein wenig an Prinz Eisenherz.

Er wandte ihr sein Gesicht zu und schaute sie an.

»Hallo.« Er lächelte nicht, und bis auf dieses eine Wort sagte er auch nichts, doch in seinen Augen konnte sie sehen, dass er ihr die Türen weit öffnete.

Katharina räusperte sich.

»Hallo«, erwiderte sie und überlegte, wie seltsam Dominik und sie auf die anderen wirken mussten. Doch ihre Blicke hatten sich ineinander verhakt, und es gelang ihr nicht, sich zu lösen.

Es war Dominik, der schließlich das Schweigen brach.

»Ich hätte nicht geglaubt, dass wir uns so schnell wiedersehen«, sagte er, als wären sie ganz allein im Raum. Und in gewisser Weise waren sie das auch. Die anderen, Nils Hansen, Mara und Andrea Wilke und Julian Brunner, der hinter Dominik durch die Tür getreten war, verhielten sich mucksmäuschenstill.

Dann verschluckte sich Nils Hansen an seinem Kaffee und hustete, und der magische Moment war vorüber. Die Denkprozesse in Katharinas Kopf kamen wieder in Gang. Und sie erinnerte sich an den traurigen Anlass, aus dem sie gekommen waren.

»Nein. Ich hatte auch nicht erwartet, dass wir uns so rasch wiederbegegnen«, erwiderte sie endlich. »Aber das ist kein Freundschaftsbesuch. Wir sind dienstlich hier.«

Sie sah, wie sich die einladend geöffneten Türen in Dominiks Blick verschlossen.

»Hast du dich jetzt doch entschieden, deine Nachbarn anzuzeigen?«, erkundigte er sich bei der Betreiberin der Kulturscheune. Seine Gedanken gingen offenbar in dieselbe Richtung wie die ihrer Tochter.

»Nein.« Andrea Wilke wirkte verschnupft. »Die Beamten sind aus eigenem Antrieb gekommen. Sie haben nur gesagt, dass sie mit uns allen sprechen wollen.«

Dominik schaute sich kurz um und wandte sich dann wieder an Katharina.

»Ich weiß nicht, wo Clemens ist«, erklärte er. »Er war nicht in seinem Bett. Das heißt: Es sah so aus, als hätte er überhaupt nicht darin geschlafen.«

Julian Brunner wedelte mit der Hand, als wolle er eine unsichtbare Fliege verscheuchen.

»Ach. Der ist bestimmt wieder auf die Pirsch gegangen. Der kann doch seinen Django nicht einen Tag lang in der Hose lassen.«

Katharina bemerkte, dass Nils Hansen schon wieder rot anlief. Irgendwie fand sie es beruhigend. So war sie mit ihren Schwierigkeiten auf dem glatten Parkett wenigstens nicht allein.

»Wir haben leider keine guten Nachrichten«, erklärte sie und machte eine kurze Pause, ehe sie den Satz aussprach, der ihr am schwersten fiel. »Clemens Raddatz ist tot.«

Andrea Wilke, ihre Tochter und die beiden Travestiekünstler starrten sie an.

»Er ist … was?«

»Ein Bauer hat heute Morgen seinen Leichnam auf dem Feld entdeckt. Es sieht so aus, als wäre er von einem schweren Fahrzeug erfasst worden.«

»Ein Unfall?«

»Das wissen wir noch nicht.«

Dominik Otten sank auf einen freien Stuhl.

»Sie meinen … er könnte ermordet worden sein?«

Andrea Wilke stand wie festgefroren mitten im Raum. Nur ihre Hände öffneten und schlossen sich unablässig.

»Das waren die«, verkündete sie und richtete ihren ausgestreckten Arm zum Fenster in Richtung des Nachbarhofs. »Die haben von Anfang an mit allen Mitteln versucht, die Travestieshow zu verhindern. Und nachdem nicht mal ihre Attacke gestern Abend etwas genützt hat …« Sie sprach nicht weiter, doch das war auch nicht nötig.

Mara sprang auf.

»Das ist doch Unsinn!«, rief sie. »Ich meine … deshalb bringt man doch niemanden um. Und zwischen ein paar Eimern Mist und einem Mord besteht ja wohl ein Unterschied.«

Was selbstverständlich richtig war. Aber vollkommen von der Hand zu weisen war der Verdacht von Andrea Wilke trotzdem nicht.

9

Auf Pedersens Acker wurde wieder gearbeitet. Allerdings hatten die Tätigkeiten nichts mit Landwirtschaft zu tun. Ein paar uniformierte Kollegen hatten das Gelände mit rot-weißem Flatterband eingeschlossen und standen Wache, obwohl weit und breit kein Schaulustiger in Sicht war. Innerhalb des markierten

Bereichs bewegten sich die Beamten des Kommissariats 6 für Kriminaltechnik, Erkennungsdienst und IT-Beweissicherung der Bezirkskriminalinspektion Flensburg in ihren weißen Schutzanzügen und suchten nach Spuren.

Nils Hansen parkte seinen Streifenwagen direkt neben der Absperrung und stieg aus. Er strich die neuen Schulterstücke glatt und rückte seine Dienstmütze zurecht. Für einen Moment genoss er das warme Gefühl in seiner Brust. Katharina Berg hatte ihn beauftragt, die Spurensicherung zu überwachen, bis feststand, ob sie es mit einem Unfall oder einem Mord zu tun hatten. Ihn. Polizeiobermeister Nils Hansen.

Irgendwo hinter ihm räusperte sich jemand, und Hansen zuckte zusammen. Er sah sich rasch um und entdeckte Peter Pedersen, der neben seinem Traktor lehnte, den er aus dem Suchbereich entfernt hatte.

»Das wird wohl heute nichts mehr mit dem Grubbern«, brummte der Bauer. »Oder was meinst du?«

»Nee.« Hansen, dem es peinlich war, dass ihn der Alte beim Posieren erwischt hatte, bemühte sich um eine dienstliche Miene. »Wir müssen hier erst die Tatumstände klären.«

»Klar.« Pedersen blinzelte ihm zu. »Gerade du bist dabei unverzichtbar.«

Damit wandte er sich ab und begann, den Grubber von seinem Trecker abzukoppeln. Offenbar brauchte er den Traktor für andere Dinge, hatte aber keine Lust, den Grubber in der Zwischenzeit auf seinen Hof zurückzubringen.

Nils Hansen seufzte. Selbst wenn er es eines Tages bis zum Kriminalhauptkommissar bringen sollte, für die alten Leute hier auf dem Land blieb er der kleine Stöpsel vom Bio-Bauern Hansen aus Poppenrade. Aber er würde es ihnen schon zeigen.

Energisch trat er an die Umzäunung und winkte einem der weiß gekleideten Kriminaltechniker.

»Moin!«, rief er. »Wo ist denn hier der Verantwortliche?«

Der Beamte, der mit einer Pinzette winzige Teile vom Acker auflas und in verschließbaren Plastikbeuteln verstaute, blickte nicht einmal auf.

»Max!«, brüllte er. »Dein Typ wird verlangt.«

Ein hochgewachsener Mann, der im Zentrum der Suche stand, drehte sich nach Hansen um. Dann kam er mit großen Schritten auf ihn zu. Geschmeidig schlüpfte er unter dem rot-weißen Band hindurch und nahm die Kapuze ab. Er hatte dichtes schwarzes Haar, einen kurz gestutzten Bart und ein markantes Gesicht.

»Moin. Was kann ich für Sie tun?«, fragte er, und seine sonore Bassstimme ging Hansen durch Mark und Bein. Wie hatte er diesen Typen nur vergessen können? Schon bei ihrer letzten Begegnung waren ihm beim Anblick von Max Meier die Knie weich geworden. Dieser geballten Männlichkeit hatte er nichts entgegenzusetzen. Dass Meier außerdem eine Schwäche für Katharina Berg zu haben schien, machte die Sache nicht besser. Obwohl er natürlich wusste, dass er selbst ohnehin nie eine Chance bei ihr haben würde. Trotzdem mochte er es nicht, wenn Musterexemplare wie dieser Meier seine Träumereien zu Staub zerbröseln ließen.

»Polizeiobermeister Nils Hansen«, sagte Hansen und reckte sich. »Kriminalhauptkommissarin Katharina Berg hat mich beauftragt, mich nach den vorläufigen Ergebnissen der Spurensicherung und der Leichenbesichtigung zu erkundigen.«

Er hörte selbst, wie dürftig das klang. Als Katharina ihm die Aufgabe zugewiesen hatte, war sie ihm wichtig erschienen, doch jetzt kam er sich vor wie ein Dienstbote. Es war wirklich nicht zu glauben. Wie konnte man sich einem Mann unterlegen fühlen, der in einem weißen Einweg-Plastikanzug steckte?

»Der Rechtsmediziner ist schon weg«, erklärte Max Meier sachlich. Er schien Hansens Gemütsbewegungen nicht zu registrieren. Oder er ignorierte sie. So wie der Anführer eines Löwenrudels die halbherzigen Attacken der Junglöwen nur mit einem gelangweilten Knurren zur Kenntnis nahm.

»Er sagt, die Frau ist höchstwahrscheinlich am Schock gestorben. Der Zusammenprall muss gewaltig gewesen sein. Sie wäre ohnehin ihren inneren Verletzungen erlegen, aber so war sie schnell erlöst.«

»Äh …« Nils Hansen starrte den Spurensicherer an. Dass er selbst darauf hereingefallen war, war eine Sache. Aber dem

Rechtsmediziner konnte doch kaum entgangen sein, dass der Tote in Wirklichkeit ein Mann war. Oder doch?

Max Meier studierte seine Miene.

»Sie wundern sich?«, fragte er. »Sie denken, wir hätten etwas übersehen?«

»Na ja.« Hansen, dem es unangenehm war, schon wieder an den Vorfall vor dem Dorfkrug erinnert zu werden, gestikulierte hilflos in Richtung des Fundorts. »Die Frau«, er betonte das Wort, »war ja eigentlich keine.«

»Nein?« Meier sah ihn ernst an. »Wissen Sie das sicher?« Er breitete die Hände aus, die noch immer in weißen Latexhandschuhen steckten. »Dr. Steinhaus und ich fanden, es wäre eine Frage des Respekts. Der Leichnam, den wir vorgefunden haben, war eindeutig weiblich gekleidet. Solange wir keine gegenteiligen Informationen haben, gehen wir davon aus, dass diese Person als Frau gesehen werden wollte. Wir sollten ihr das nicht verweigern, nachdem sie auf so tragische und brutale Weise zu Tode gekommen ist.«

Hansen schaute den Kollegen an. Der Plastikanzug spielte überhaupt keine Rolle. Es war dieses Selbstbewusstsein. Diese Präsenz. Und diese innere Sicherheit. Auch wenn er selbst noch zwanzig Jahre Zeit hatte, ehe er so alt war wie Meier, würde er diese Eigenschaften vermutlich nie erwerben. Es war ihm einfach nicht in die Wiege gelegt.

»Ich glaube nicht, dass er … dass sie eine Frau sein wollte«, erwiderte er. »Das war bloß ein Kostüm. Für diese Travestieshow in der Gardinger Kulturscheune.«

Meier hob die behandschuhten Finger.

»Sagen Sie einfach Bescheid, sobald Sie das sicher wissen. Dann vermerken wir es entsprechend in unseren Unterlagen.«

Nils Hansen zerrte an seiner Dienstkrawatte. Das verdammte Ding saß einfach zu stramm.

»Uns interessiert vor allem, ob es ein Unfall war oder Mord«, versuchte er wieder sicheren Boden unter den Füßen zu gewinnen.

Max Meier nickte, und Hansen fragte sich, ob er überhaupt

mitbekommen hatte, durch welche emotionalen Untiefen er ihn geführt hatte.

»Die Spurenlage ist eindeutig«, erklärte der Kriminaltechniker. »Der Leichnam wurde nicht bewegt, das heißt, der Zusammenprall hat hier auf dem Feld stattgefunden. Aufgrund der Verletzungen gehen wir davon aus, dass es sich bei dem Tatfahrzeug um einen Traktor handelt. Die Leiche hat Frakturen im Bauchraum, die nicht durch den Zusammenstoß mit der flachen Vorderseite eines Lastwagens zustande gekommen sein können. Dr. Steinhaus tippt auf eine Kupplung zum Andocken von Mäh- oder Ernteaufsätzen.«

Nils Hansen spürte, wie sich ihm der Magen umdrehte. Als Bauernsohn kannte er diese Vorrichtungen nur zu gut. Und er wollte sich lieber nicht vorstellen, wie es sich anfühlte, wenn man von einem Trecker in voller Fahrt mit einem solchen Aufsatz getroffen wurde.

»Deshalb auch das viele Blut«, fügte Meier hinzu.

Hansen dachte an den Anblick des Toten.

»Und diese Flecken?«, erkundigte er sich. »Da waren zwei feuchte Stellen oben auf dem Kleid, auf Brusthöhe. Das war doch kein Blut?«

»Nein.« Der Kriminaltechniker konnte nicht verhindern, dass seine Mundwinkel zuckten. »Das war der Inhalt der Silikonkissen, die sie im BH getragen hat. Die sind geplatzt und ausgelaufen.«

Nils Hansen, dem wieder einfiel, welchen emotionalen Aufruhr das Kneten genau dieser Objekte bei ihm ausgelöst hatte, zog eilig sein Notizbuch hervor und senkte seinen Blick darauf. Das fehlte noch, dass ausgerechnet Max Meier einen Widerschein dieser peinlichen Erinnerung in seinen Augen entdeckte.

***

Katharina Berg schob ihr Handy zurück in die Tasche und sah die vier Personen an, die um den Tisch in der Bauernhausküche des Wilke-Hofs herumsaßen. Mara zerteilte das Brot, das sie sich gemacht hatte, in immer kleinere Würfel. Ihre Mutter Andrea knetete ihre knochigen Hände. Und Julian Brunner zupfte unablässig an seinen blondierten Haaren. Nur Dominik Otten saß zurückgelehnt auf seinem Stuhl und betrachtete seine Hände, die er vor sich auf dem Tisch gefaltet hatte. So, als wüsste er längst, was geschehen würde.

»Es spricht tatsächlich einiges dafür, dass es Mord war«, berichtete Katharina, was sie soeben von Nils Hansen erfahren hatte. »Der Leichnam von Clemens Raddatz lag nicht nur auf dem Feld, er ist auch dort angefahren worden. Mit einem Traktor.« Was einen Unfall mehr als unwahrscheinlich machte.

Andrea Wilkes Kiefer mahlten.

»Ich habe das schon gesagt«, verkündete sie mit schriller Stimme. »Das waren die.« Sie bewegte ihren Kopf ruckartig in Richtung des Nachbarhofs. »Gabriele und Lutz mit ihrer rigiden Philosophie von der geistigen und körperlichen Reinheit. Oder Kevin. Wenn Sie mich fragen, steht der ganz schön weit rechts. Und da ist ein Travestiekünstler natürlich ein gefundenes Fressen.«

Mara fegte das Brett vom Tisch. Die Brotwürfel verteilten sich auf dem Fußboden.

»Hör doch auf, so einen Schwachsinn zu reden«, fauchte sie ihre Mutter an. »Weißt du überhaupt, was du da tust? Es geht doch hier nicht um eure dummen Streitereien. Du behauptest, dass sie einen Menschen getötet haben!«

Andrea Wilke sog scharf die Luft ein. Es hätte Katharina nicht gewundert, wenn sie aus der Haut gefahren wäre, doch die Betreiberin der Kulturscheune schaffte es auch dieses Mal, sich zusammenzureißen. Wie schon am Abend zuvor bei der Schmutz-Attacke auf die Künstler bewunderte Katharina ihre Haltung.

»Ich bin mir der Schwere meiner Anschuldigungen durchaus bewusst, Mara«, sagte Andrea Wilke, und der metallische Klang ihrer Stimme verursachte selbst Katharina eine Gänsehaut. »Aber ich habe mir das ja nicht ausgedacht. Jemand hat Clemens ermordet. Und die Einzigen, die aus meiner Sicht dafür in Frage kommen, sind diese Leute da drüben.«

Mara sprang von der Bank.

»Das kannst du überhaupt nicht wissen«, entgegnete sie aufgebracht. »Du hast diesen Clemens kaum gekannt. Der kann doch alle möglichen Feinde gehabt haben.«

»Die ihm dann ausgerechnet nach Garding gefolgt sind, um ihn in der Nacht mit einem Traktor zu überfahren?«

Mara schüttelte den Kopf.

»Du bist so kaputt«, zischte sie. »Du willst ja, dass die es waren.« Sie rannte aus der Küche und trat dabei auf die gebutterten Brotwürfel, die sie auf den Boden gefegt hatte. Im nächsten Moment fiel die Tür mit einem lauten Knall ins Schloss.

Ein paar Sekunden lang herrschte betretene Stille. Dann räusperte sich Katharina.

»Was genau«, erkundigte sie sich, »hat den Streit mit Ihren Nachbarn so eskalieren lassen?«

»Dummheit.« Ein trockenes Schluchzen entwich Andreas Kehle. »Intoleranz und Engstirnigkeit. Dieses sogenannte ›Zentrum für Rückbesinnung‹ ist in Wirklichkeit nichts anderes als ein sinnesfeindliches Trainingslager.«

»Sie halten nichts von dem Konzept Ihrer Nachbarn?«

Andrea Wilkes Mundwinkel wanderten nach unten. Die Falten, die dabei entstanden, ließen ihr Gesicht noch verbrauchter aussehen als sonst.

»Askese, Extremsport und kalte Bäder für ausgebrannte Manager. Ich glaube kaum, dass man so sein Seelenheil findet.« Sie strich sich ungeduldig eine Strähne ihrer rötlich braunen Haare aus der Stirn. »Aber das interessiert mich nicht. Von mir aus können die machen, was sie wollen. Sie sollen mich nur in Ruhe lassen.«

»Genau das tun sie aber nicht.«

Andrea wischte sich die geröteten Augen.

»Seit Gabi mit Lutz Hellmann zusammen ist, können wir nicht mehr vernünftig miteinander reden«, erklärte sie. »Die schweben auf ihrer eigenen Sauberkeitswolke.« Sie hob abwehrend die Hand, ehe jemand ihren bitteren Spott kommentieren konnte. »Ich gönne ihr den Erfolg. Wir hatten es beide schwer nach dem Unglück.«

Katharina sah die Betreiberin der Kulturscheune ratlos an. Ihre Mutter hatte ihr berichtet, dass Andreas Mann Kristian beim

Bergsteigen abgestürzt war. Was die Hofnachbarn damit zu tun hatten, erschloss sich ihr allerdings nicht.

Dominik Otten neigte sich zu ihr.

»Kristian und Bernd Kramer – Gabrieles Mann – waren befreundet«, erläuterte er. »Sie haben die Tour in die italienischen Alpen gemeinsam gemacht. Dabei hätte Bernd gar nicht fahren dürfen. Er hatte gerade erst eine Angina Pectoris überstanden, und auf dem Hof war viel zu tun. Aber er wollte Kristian unbedingt begleiten.«

Katharina spürte, wie sich etwas in ihrem Inneren zusammenzog.

»Sie sind beide abgestürzt?«

Andrea Wilke nickte düster.

»Wir standen plötzlich vor dem Nichts, Gabriele und ich. Allein mit den Kindern. Und mit den Höfen. Es war schlichtweg nicht möglich, sie ohne unsere Männer zu bewirtschaften …« Ihre Stimme versickerte, und sie machte eine ungeduldige Handbewegung, als wollte sie die Trauer, die sie zu überschwemmen drohte, wegwischen.

»Wir haben lange überlegt, wie es weitergehen soll«, fuhr sie fort. »Und als Gabi Lutz Hellmann kennengelernt hat, haben die beiden beschlossen, ihr ›Zentrum für Rückbesinnung‹ zu gründen.« Sie lachte, und es klang ein wenig schrill. »Ich habe mich sogar inspirieren lassen und mich auf meine eigenen Wurzeln besonnen. Aber Gabriele meint, dass ich ihr damit alles kaputt mache. Dass etwas von der schlechten Aura meiner Travestieshow zu ihnen hinüberschwappt. Angeblich haben sie reihenweise Absagen von Kursteilnehmern, seitdem ich für meine Kulturscheune werbe.«

Sie hob den Kopf.

»Sie hätten die Blicke sehen sollen, als Dominique, Julian und Clemens letzte Woche angereist sind, um hier bei mir ihr neues Programm zu entwickeln. Das war die reine Mordlust.«

Katharina, die langsam einen besseren Einblick in die Dynamik der beiden benachbarten Höfe gewann, wandte sich an Dominik Otten und Julian Brunner.

»Ich stimme Ihnen zu, dass da ein mögliches Motiv liegt«, erklärte sie. »Trotzdem muss ich Sie fragen, ob Sie sich noch andere Gründe vorstellen können, weshalb jemand Clemens Raddatz angegriffen haben könnte.«

Otten und Brunner wechselten einen kurzen Blick.

»Nein«, sagte Otten. »Clemens hatte sicher ein paar familiäre Probleme. Zu Hause, in Berlin. Aber hier?« Er machte eine hilflose Geste. »Ich sage das nicht gern, aber ich glaube auch, dass Andreas Nachbarn hinter dieser Sache stecken. Sie haben uns ganz offen angefeindet.«

Katharina wandte sich an Julian Brunner, der bisher noch kein Wort gesagt hatte. Sie wusste schließlich, dass es bei künstlerischen Projekten selten ohne Konflikte abging.

»Und wie war das bei Ihnen?«, fragte sie. »Sind ›Die drei Diseusen‹ gut miteinander ausgekommen? Oder gab es da auch Streit?«

Brunner hob die Arme und fuchtelte mit den Händen.

»Du lieber Himmel, nein«, säuselte er. »Wir waren ein Herz und eine Seele. Und Sie glauben doch nicht, dass sich einer von uns auf so eine Maschine setzen und einen Menschen über den Haufen fahren würde?«

Katharina betrachtete seine überbordende Gestik und gab ihm insgeheim recht. Das war zumindest in seinem Fall schwer vorstellbar.

***

Sie wusste nicht genau, was sie erwartet hatte. Aber angesichts der Tatsache, dass »Die drei Diseusen« erst vor einer Woche angereist waren, hatte sie zumindest mit einer rudimentären Ordnung gerechnet. Der Blick in das Zimmer auf dem Wilke-Hof, das Clemens Raddatz bewohnt hatte, belehrte sie jedoch eines Besseren.

Überall im Raum lagen Kleidungsstücke verstreut. Auf dem Tisch neben dem Fenster türmte sich ein Sortiment von Schminkutensilien, das jedem Drogeriemarkt zur Ehre gereicht hätte. Und auf dem Beistelltisch neben dem Sessel und auf dem ungemachten Bett lag eine ebenso eindrucksvolle Menge an Pornoheften.

Katharina nahm einige davon zur Hand und stellte verblüfft fest, dass es auch in der Schwulen- und Travestieszene zahlreiche Printprodukte gab. Sie hatte keine Ahnung davon gehabt. Aber die Genres trafen ja auch nicht ihre persönlichen Vorlieben.

Sie legte die Hefte auf einen ordentlichen Stapel und überlegte, ob sie Nils Hansen das eine oder andere davon mitbringen sollte. Der junge Polizeiobermeister war so herrlich verklemmt. Ein Blick auf diese außergewöhnliche Literatur würde ihm sicher die Röte ins Gesicht treiben. Ein Vorgang, der sie jedes Mal aufs Neue faszinierte. Doch eigentlich wollte sie ihn ja gar nicht ständig foppen. Schließlich war er ein wirklich angenehmer Kollege.

Katharina hob die verstreut herumliegenden Kleidungsstücke auf und sortierte sie aufs Bett. Es war eine seltsame Auswahl, die Clemens Raddatz mitgebracht hatte. Der Travestiekünstler besaß Jeans und dezent gestreifte Hemden, wie man sie in Berufen, die ordentliche, aber nicht zu formelle Kleidung erforderten, unter dem Sakko trug. Daneben gab es einige hübsche Kleider, die auch Katharina gefallen hätten. Sie hätte sie allerdings mindestens zwei Nummern größer gebraucht. Wirklich verblüffend war aber das, was Katharina auf den dritten Haufen schichtete. Sie hatte keine Ahnung, wo man solche Dinge überhaupt kaufen konnte. Doch Raddatz hatte offenbar eine gute Quelle gekannt.

Es waren Bodys und Mieder aus Lack und Leder, mit zahlreichen Schnüren, die eine gute Passform auch dann garantierten, wenn der eigene Körper dem Schnitt des Kleidungsstücks nur mäßig entsprach. Dazu gab es üppig gepolsterte Büstenhalter und Slips, die so konstruiert waren, dass die männlichen Geschlechtsorgane beim Tragen weitgehend unsichtbar wurden. Darüber hinaus verfügten sie über eine korrekte Nachbildung des weiblichen Pendants und schienen das anatomische Kunststück zu ermöglichen, als Mann den Toilettengang auf dieselbe Weise verrichten zu können wie eine Frau. Was darauf schließen ließ, dass es mehr Menschen wie Clemens Raddatz gab, die Gefallen daran fanden, sich so weit wie möglich in eine Frau zu verwandeln. Und dass man offenbar Geschäfte fand, die sich auf diese Klientel spezialisiert hatten.

Doch so spannend die Einsicht in die Travestiewelt auch war, Katharinas Interesse galt etwas anderem. In der Handtasche, die von den Kollegen der Schutzpolizei sichergestellt worden war, hatten sich nur Raddatz' Portemonnaie mit ein wenig Bargeld und ein paar Schminkutensilien befunden. Ausweisdokumente und ein Handy oder Smartphone waren nicht dabei gewesen.

Ihr Blick blieb an der Kommode hängen, die dem Bett gegenüberstand. Das war ein guter Ort, um solche Dinge zu deponieren. Selbst dann, wenn man einen so gering ausgeprägten Ordnungssinn hatte wie Clemens Raddatz.

Sie öffnete die oberste Schublade und hob die Augenbrauen. Dort lagen keinesfalls die gesuchten Objekte. Stattdessen erblickte sie eine Großpackung Kondome und ein Paar Klemmen, an denen lange rosafarbene Federn hingen. Im ersten Moment dachte sie, dass es sich um ausgefallene Ohrclips handele. Dann begriff sie, dass die Gebilde wohl eher dazu gedacht waren, an Körperstellen befestigt zu werden, die noch weitaus sensibler waren als Ohrläppchen. Clemens Raddatz hatte offenbar eine ganze Reihe ausgefallener sexueller Vorlieben gehabt.

Katharina schloss die Schublade wieder und öffnete die darunterliegende. Der Inhalt war vergleichsweise harmlos: ein paar Perücken in unterschiedlichen Haarfarben und -längen und einige Sets mit künstlichen Fingernägeln in schrillen Farben. Sie schob die Perücken beiseite und betastete den Boden des Schubfachs. Und tatsächlich: Dort, begraben unter all dem bunten Tand, fanden sich nicht nur Raddatz' Brieftasche und sein Smartphone, sondern auch ein handlicher Laptop.

Wenn der gewählte Aufbewahrungsort ein Indikator war, hatten diese Dinge in seinem Leben keine große Rolle gespielt. Aber vielleicht würden die Kollegen von der IT-Beweissicherung ja dennoch ein paar Informationen auslesen können, die ihnen nützten.

10

Was in der Küche der Wilkes aus Holz gewesen war, bestand auf dem Nachbarhof aus Kunststoff und Stahl. Abwaschbare Flächen dominierten die Einrichtung der großen Bauernhausküche, flankiert von chromglänzenden Geräten für alle Herausforderungen des Kochens und Backens. Katharina hätte höchstens von der Hälfte der Gegenstände gewusst, wozu man sie benutzte. Dabei kochte sie durchaus gern. Allerdings nur Gerichte, für deren Zubereitung nicht mehr als ein Topf und eine Pfanne nötig waren.

Gabriele Kramer, die Hofbesitzerin, sah ebenso sauber und adrett aus wie ihre Küche. Sie hatte tatsächlich, wie Andrea Wilke boshaft angemerkt hatte, die »Figur einer Ringelrobbe«, doch Katharina fand, dass es zu ihrer rosigen Erscheinung passte. Zusammen mit ihrer glatten Haut, dem pausbäckigen Gesicht und den strohblonden Haaren, die hinten am Kopf zu einem Knoten zusammengefasst waren, hätte sie bestens in einem Werbespot für das gesunde Landleben mitwirken können.

»Mögen Sie einen Kaffee?«, fragte Gabriele Kramer und setzte eines ihrer Chromungetüme in Betrieb, ohne Katharinas Antwort abzuwarten. Katharina nutzte die Gelegenheit, um das gerahmte Foto zu betrachten, das neben dem Kühlschrank hing. Es war die einzige Dekoration in der funktional gehaltenen Küche.

Das Bild zeigte einen großen, kräftigen Mann mit lichten hellen Haaren und einem kantigen Kinn. Rechts und links von ihm standen zwei Jungen, denen er jeweils einen Arm um die Schultern gelegt hatte. Der rechte, blond und bullig und fast so groß wie der Mann in der Mitte, schien das zu genießen. Der andere, der jünger, kleiner und schmächtiger war, fühlte sich offenbar unwohl.

»Das ist Bernd, mein verstorbener Mann, mit unseren beiden Söhnen«, sagte Gabriele Kramer und stellte zwei perfekte Gläser Latte macchiato auf den Tisch, zufälligerweise Katharinas bevorzugte Kaffeespezialität. Sie löffelte den Milchschaum ab und trank einen Schluck.

Gabriele Kramer setzte sich zu ihr. Sie schaufelte drei Löffel

Zucker in ihr Getränk und starrte in ihre Tasse. Dann hob sie den Blick und sah Katharina an.

»Ich sollte das nicht tun«, sagte sie, und Katharina setzte sich unwillkürlich ein wenig aufrechter hin. Wollte die Bäuerin ihr womöglich wichtige Informationen über den Angriff auf Dominik Otten oder den Mord an Raddatz auf dem Silbertablett präsentieren?

»Wegen der Kalorien«, setzte Gabriele Kramer hinzu und verrührte den Zucker. »Aber ohne ist es mir einfach zu bitter.«

»Hm«, machte Katharina ein wenig enttäuscht. Anscheinend, dachte sie, reagierte die Bäuerin genau wie ihre Nachbarin Andrea Wilke auf den plötzlichen Tod ihres Mannes, nur eben auf entgegengesetzte Weise. Während Andrea Wilke ihre Lebenslust verloren hatte und ausgezehrt wirkte, futterte sich Gabriele Kramer eine dicke Schutzschicht an.

»Lutz mag das gar nicht«, erläuterte die Bäuerin und erleichterte Katharina damit den Einstieg in das Thema, über das sie mit ihr sprechen wollte.

»Sie haben gehört, was passiert ist?«, hakte sie ein.

Gabriele Kramer senkte den Blick und beschäftigte sich plötzlich hoch konzentriert damit, den Zucker in ihrem Kaffee zu verrühren.

»Sie meinen gestern Abend bei der Eröffnung von Andreas Kulturscheune? Die Sache mit dem Stallmist auf der Bühne? Das waren wir nicht.«

»Nein.« Katharina wartete, bis die Bäuerin sie wieder ansah. »Ich rede von Clemens Raddatz.«

Das Erstaunen auf Gabrieles Gesicht schien echt zu sein.

»Clemens Raddatz?«, fragte sie. »Sagt mir nichts.«

»Er ist einer der drei Travestiekünstler, die gestern nebenan aufgetreten sind. Sein Künstlername ist Cindy Dars.«

»So?« Gabriele Kramer verzog den Mund. Es war kaum zu übersehen, dass sie nichts von Männern hielt, die sich als Frauen verkleideten. »Ich habe keinen von denen kennengelernt.«

»Weil Sie es nicht wollten.«

Die Bäuerin wedelte mit dem Zeigefinger.

»Das klingt, als hätte ich Vorurteile. Doch so ist das nicht. Wir leben ja nicht hinterm Mond. Ich persönlich habe nichts gegen Travestie«, erklärte sie. »Aber hier auf dem Land, da haben solche Dinge nichts verloren. Das bringt nur alles durcheinander. Und es vergrault unsere Kundschaft.«

Katharina hob eine Augenbraue.

»Das müssen Sie mir erklären.«

Gabriele Kramer setzte ein ernstes Gesicht auf.

»Lutz und ich helfen Menschen, die sich ausgebrannt fühlen, wieder zu ihren Wurzeln zu finden«, erläuterte sie. »Indem sie sich auf das Ursprüngliche, Natürliche und Reine zurückbesinnen.«

»Das klingt vernünftig«, sagte Katharina leichthin. »Aber ich sehe nicht, was das eine mit dem anderen zu tun hat.«

Gabriele Kramer holte so tief Luft, dass ihr Busen wogte.

»Wir können hier keine halben Sachen machen. Das ganze Konzept muss stimmen. Zu einer reinigenden Selbstfindung und Stärkung gehört auch eine reine und stärkende natürliche Umgebung. Gerade für die Wochenendseminare bietet unser Hof ideale Bedingungen in der Abgeschiedenheit dieser wunderschönen Landschaft. Jedenfalls war das bis jetzt so.« Sie stemmte ihre Fäuste auf den Tisch und beugte sich zu Katharina vor. »Aber damit ist es ja nun vorbei.«

Gabriele Kramer griff nach ihrem Glas und schlürfte an ihrem Kaffee.

»Jetzt soll hier ja jedes Wochenende dieses …«, sie riss sich sichtlich zusammen, um nicht ausfallend zu werden, »… dieses … erotische Halligalli stattfinden.«

Katharina lächelte bei der Erinnerung an den Auftritt von Dominique O. »Das gestern Abend war eine ganz wunderbare Vorstellung.«

Die Bäuerin leerte ihr Glas und erhob sich abrupt. Ganz offensichtlich schaffte sie es nicht länger, an sich zu halten.

»Aber diese Dinge gehören nicht in die Öffentlichkeit«, entfuhr es ihr. »Unsere Kunden wollen ihre reinen Kinderseelen wiederfinden. Und das geht nicht, wenn gleich nebenan die Perversen tanzen.«

Katharina fehlten für einen kurzen Moment die Worte. Natürlich wusste sie, dass es Menschen gab, die gesellschaftliche Abweichungen nicht tolerierten. Doch nur die wenigsten gaben das so offen zu erkennen. Zumindest einer Polizeibeamtin gegenüber.

Gabriele Kramer war entweder eine sehr direkte Frau – oder eine sehr dumme.

»Wenn es Sie so sehr empört … Was würden Sie denn tun, damit es aufhört?«, erkundigte sich Katharina mit aufgesetzter Freundlichkeit.

Gabriele Kramer stemmte die Hände in die breiten Hüften.

»Ich weiß wirklich nicht, was das soll«, beschwerte sie sich. »Wir haben gar nichts getan. Wir sind doch die Leidtragenden, nicht Andrea mit ihren kranken Gestalten.« Sie räumte ihr leeres Kaffeeglas vom Tisch und stellte es in die Geschirrspülmaschine. »Und was meinen Sie überhaupt? Ich dachte, da hätte nur jemand ein bisschen Stallmist auf die Bühne geschüttet. Das ist doch nun wirklich nicht so schlimm, dass man deswegen gleich die Polizei einschalten muss.«

»Das ist auch nicht der Grund, weshalb ich hier bin.«

Katharina dachte an Nils Hansen und das kurze Gespräch, das sie mit ihm geführt hatte. Und an die Schlüsse, die Dr. Wolfgang Steinhaus, der zuständige Rechtsmediziner, aus dem Zustand der Leiche gezogen hatte.

»Clemens Raddatz – eine dieser *kranken Gestalten* –«, sagte sie betont, »ist tot. Irgendjemand hat ihn letzte Nacht mit einem Traktor überrollt.«

Gabriele Kramer schnappte nach Luft wie ein Fisch auf dem Trockenen.

»Und da verdächtigen Sie uns?«, fauchte sie empört. Im nächsten Moment stürmte sie aus der Küche.

Katharina zuckte zusammen, als die Tür so heftig ins Schloss fiel, dass ihr Milchkaffee Wellen schlug.

***

Katharina sah durch das Fenster, wie Gabriele Kramer über den Hof zur Scheune lief, und beeilte sich, ihr zu folgen.

Die Bäuerin flitzte um das Gebäude herum und verschwand dahinter. Katharina beschleunigte ihre Schritte. Als sie ebenfalls um die Ecke gebogen war, blieb sie verblüfft stehen. Der Anblick, der sich ihr bot, war einfach zu skurril.

Fünf Männer in kurzen Hosen und Turnleibchen, die aus den fünfziger Jahren zu stammen schienen, mühten sich damit ab, einen großen Sandhügel zu erklimmen, der hinter der Scheune aufgeschüttet worden war. Erschwert wurde die Angelegenheit dadurch, dass die Männer Schwimmflossen an den Füßen trugen. Alle fünf hatten hochrote Köpfe. Sie sahen aus, als hätten sie ihre Leistungsgrenze nicht nur erreicht, sondern bereits überschritten.

Doch der Übungsleiter, der am Fuß des Berges stand, zeigte kein Erbarmen. Er betätigte eine Trillerpfeife und feuerte die Männer an.

»Gebt nicht auf!«, rief er. »Auch wenn ihr glaubt, es geht nicht mehr. Wenn ihr es wirklich wollt, könnt ihr es schaffen.«

Die Männer verstärkten ihre Anstrengungen, doch der Aufstieg gelang ihnen nicht. Immer wieder kamen sie mit ihren Flossen auf dem Sand ins Rutschen und verloren etliche Meter. Der schwächste von ihnen, ein magerer Mann mit wirren grauen Haaren und Nickelbrille, fiel auf die Knie.

Wieder ertönte ein Pfiff, und die anderen vier Männer blieben stehen, als hätte jemand die Szenerie eingefroren.

»Das war sehr gut!«, rief der Übungsleiter. Im Gegensatz zu den Sportlern trug er eine Art Karateanzug, bestehend aus einer weiten weißen Hose und einer passenden Jacke. Seine nackten Füße steckten in weißen Flip-Flops. »Ihr habt gezeigt, dass ihr bereit seid, an eure Grenzen zu gehen. Und jetzt habt ihr euch eine Abkühlung verdient.«

Die Männer eilten den Sandhügel hinunter und liefen zu einem großen Bassin, das man neben der Scheune errichtet hatte. Die Seitenwände des runden Beckens mochten an die zwei Meter hoch sein. Der Durchmesser betrug mindestens fünf Meter. Eine kleine Treppe mit einem Handlauf auf einer Seite führte nach oben.

Der erste der Männer erklomm sie. Er steckte seine Hand ins Bassin und zog sie sofort wieder zurück.

»Das Wasser ist eiskalt!«, rief er.

Der Übungsleiter postierte sich neben der Treppe und setzte eine zerknirschte Miene auf.

»Tut mir leid«, erklärte er. »Das hätte ich natürlich dazusagen sollen. Das Bad hier dient nicht allein der Erfrischung, es ist auch eure nächste Aufgabe. Und es ist, das muss ich zugeben, keine leichte Übung. Wir hatten schon eine Reihe von Kunden, die daran gescheitert sind. Aber ihr seid stark. Euch traue ich zu, dass ihr es schafft.« Er sah den Mann auf der Leiter ernst an. »Willst du es versuchen?«, erkundigte er sich.

Der Mann zögerte. Dann sprang er ins Becken und schrie auf.

Der Übungsleiter klatschte beifällig.

»Das war sehr mutig«, lobte er. »Und jetzt nimm die Empfindungen in dich auf. Spüre, wie dein Körper auf die Kälte reagiert. Und suche nach einem Weg, das Unbehagen auszuhalten.«

Er betätigte seine Trillerpfeife, und die anderen vier Männer folgten ihrem Kollegen ins Wasser. Obwohl sie versuchten, es zu unterdrücken, entwich dem einen oder anderen ein leises Quieken.

»Wie lange?«, keuchte der Erste. »Wie lange müssen wir hier drinbleiben?«

Der Mann im Karateanzug ging zu einer Säule, an die eine große Sanduhr montiert war. Er drehte sie um, und der weiße Inhalt rieselte langsam durch die Engstelle in der Mitte.

»Bis das letzte Körnchen auf der anderen Seite ist.«

Was nach Katharinas Einschätzung sicher zehn oder fünfzehn Minuten dauern würde. Sie sah dem Übungsleiter nach, der zur Rückseite der Scheune wanderte, wo, wie Katharina erst jetzt entdeckte, Gabriele Kramer auf ihn wartete.

Die beiden begannen miteinander zu tuscheln, und die Bäuerin zeigte zu Katharina hinüber. Der Mann im Karateanzug rückte seine Jacke zurecht und kam dann mit großen Schritten auf sie zu.

»Guten Tag«, sagte er und reichte ihr die Hand. »Ich bin Lutz Hellmann. Sie interessieren sich für unsere Arbeit?«

Katharina musterte den Mann. Er hatte wallende braune Haare und einen üppigen Bart. Und eine Augenfarbe, die an Bernstein erinnerte.

»Ja«, entgegnete sie. »Die Philosophie hinter diesen …«, sie suchte nach einem passenden Begriff, »… militärisch anmutenden Übungen würde mich in der Tat interessieren. Aber im Augenblick habe ich ein anderes Anliegen.«

Lutz Hellmann lächelte.

»Sie irren sich. Unsere Vorbilder sind Sebastian Kneipp und Turnvater Jahn.«

Was zumindest die antiken Turnhemdchen erklärte.

»Und die verbieten, dass Männer in Frauenkleidern auf der Bühne stehen?«, erkundigte sie sich provokativ.

»Nein.« Hellmann neigte den Kopf. »Man braucht kein Lehrbuch, um zu erkennen, dass es sich dabei um eine seelische Störung handelt. Das sagt uns der gesunde Menschenverstand.«

Katharina spürte, wie es in ihr zu brodeln begann.

»Deshalb lassen Sie nichts unversucht, um es zu verhindern? Weil Sie der Ansicht sind, dass es *krank* ist?«, fragte sie. Ganz ruhig, aber wer sie kannte, wusste, dass es die Ruhe vor dem Sturm war.

Hellmann verschränkte die Arme und erwiderte ihren Blick gelassen.

»Nein«, sagte er schlicht. »Wir haben nichts Illegales getan. Wir vertreten eine Philosophie, in der das friedliche Miteinander an oberster Stelle steht. Wir wollen das Gute und Reine aus den Menschen hervorholen, das von den schmutzigen Auswüchsen der modernen Welt verschüttet worden ist.«

Katharina betrachtete den Mann. Der Bart machte es schwer, seinen Gesichtsausdruck zu erkennen. Sie konzentrierte sich auf Hellmanns Augen.

»Und dabei hilft es, einen Berg zu erklimmen und in eiskaltem Wasser zu baden?«, erkundigte sie sich und deutete auf das Bassin, in dem die fünf Männer bibberten.

»Sicher.« Hellmann hob die Mundwinkel. »Unsere Teilnehmer sollen lernen, Reize von außen auszublenden und sich nur auf ihr inneres Gleichgewicht zu konzentrieren. Das ist eine gute

Übung, um den Geist zu klären und sich auf die ursprüngliche Kraft zurückzubesinnen.«

»Ach so?« Katharina hatte ein paar Semester Psychologie studiert, ehe sie zur Polizei gegangen war. Sie wusste, dass derartige Spielchen bei einer gewissen Sorte von Managertrainings nicht ungewöhnlich waren. Sie waren nicht einmal uneffektiv. Als Führungskraft musste man zwangsläufig auch unbequeme Entscheidungen treffen. Extremerfahrungen wie Hellmanns Turn- und Badeprogramm mochten als Ventil für den Druck, der auf den Teilnehmern lastete, sogar funktionieren.

Lutz Hellmann zwinkerte ihr zu.

»Tatsächlich«, sagte er, »ist es eine Lernaufgabe zur Teamfähigkeit.«

»Inwiefern?«

Die Bernsteinaugen funkelten.

»Überlegen Sie doch. Was würden Sie den Männern raten? Sie schwimmen zu fünft in einem Becken mit kaltem Wasser. Was wäre der beste Weg, mit der Situation umzugehen?«

»Sie müssten sich aneinanderklammern«, erkannte Katharina. »Damit sie sich gegenseitig wärmen und weniger Energie ans Wasser verloren geht.«

»Tja.« Hellmann deutete zum Becken. »*Sie* haben das begriffen. Meine derzeitigen Schüler noch nicht. Ich fürchte, da wartet noch einiges an Arbeit auf uns.«

»Hm.« Katharina wandte sich vom Anblick der Badenden ab. Sie war schließlich nicht hier, um über Hellmanns Kursangebot zu diskutieren.

»Kommen wir doch auf die Travestiekunst auf dem Nachbarhof zurück«, sagte sie. »Was genau stört Sie daran?«

Hellmann sah sie ernst an.

»Die Sexualisierung der modernen Gesellschaft ist der Kern des ganzen Übels«, erklärte er. »Oberflächlichkeit, Gier und Hemmungslosigkeit. Das sind die Sargnägel des zivilisierten Miteinanders.«

Was keine gänzlich unzutreffende, aber doch eine sehr verkürzte Analyse des Problems war.

»Und deshalb wollen Sie, dass die Künstler verschwinden.«

Hellmann lachte auf.

»*Kunst?* Das ist bestenfalls ein billiges Jahrmarktsspektakel. Und ein Angriff auf die sittliche Ordnung.«

Katharina spürte, wie ihr linkes Auge zu zucken begann. Das tat es immer, wenn sie kurz davor war, zu explodieren.

»Die worin genau besteht?«, erkundigte sie sich mit erzwungener Ruhe.

»Dass sich Männer und Frauen so verhalten, wie es ihnen die Natur vorgegeben hat.«

Katharina holte tief Luft.

»Ach ja?«, fragte sie schärfer, als sie beabsichtigt hatte.

Hellmann machte eine beschwichtigende Geste.

»Das ist natürlich Ansichtssache. Aber wenn Sie mich fragen, ist es nicht normal. Und das empfinde nicht nur ich so. Dasselbe denken auch die Leute, die zu uns kommen, um zu ihren Wurzeln zurückzufinden. Und die werden wegbleiben, wenn dieses abstoßende Theater dort nebenan nicht aufhört.«

Katharina musterte den Mann. Sie war sich sicher, dass er gestern Abend in einem der Ku-Klux-Klan-Kostüme gesteckt hatte. Am liebsten hätte sie ihn am Kragen gepackt und durchgeschüttelt. Der Karateanzug war prädestiniert dafür. Aber wirklich weiterbringen würde es sie nicht.

»Sie haben beschlossen, die Künstler mit allen Mitteln zu vergraulen, nicht wahr?«, sagte sie deshalb so gelassen, wie sie nur konnte. »Sie haben Dominique O. mit Dreck beworfen. Und als ›Die drei Diseusen‹ ihre Show trotzdem nicht abgebrochen haben, ist Ihnen der Kragen geplatzt. Sie haben gesehen, wie einer der drei in der Nacht über die Felder spaziert ist. Und daraufhin haben Sie den Traktor aus der Scheune geholt und ihn einfach überfahren.«

Lutz Hellmann gab seine Guru-Pose auf.

»Nein«, sagte er sachlich. »Das wäre ja schrecklich.« Er sah Katharina an, und sie spürte, wie seine Bernsteinaugen eine magnetische Wirkung entfalteten.

»Wir meinen das ernst mit den Werten, die wir vertreten«,

erläuterte er mit einer Stimme, die tief und samtweich war. »Wir wollen eine bessere Welt. Eine, in der Liebe und Respekt die Hauptrolle spielen. Unser Ziel ist, dass der Mensch wieder so wird, wie Gott ihn geschaffen hat. Dafür ist es nötig, den Schmutz und Unrat abzuwaschen. Das kann durchaus ein schmerzhafter Prozess sein. Aber Gewalt in jeglicher Form lehnen wir ab. Das Leben des Menschen ist uns heilig.«

Seine Augen glühten, als hätte jemand dahinter ein Feuer entzündet.

»Natürlich gefällt uns nicht, was da drüben passiert«, erklärte er. »Wir haben hier viel investiert. Wir sind überzeugt davon, dass wir etwas Gutes tun. Und seit bekannt ist, dass da drüben Männer im Kleid auftreten, springen uns reihenweise die Kunden ab.« Er breitete die Hände aus. »Diese Leute lassen es an Rücksichtnahme fehlen. Sie halten sich nicht an die Regeln. Aber deshalb tun wir noch lange nicht dasselbe.« Er lächelte. »Wir bewerfen niemanden mit Dreck. Und wir würden niemals jemanden verletzen. Das widerspricht allen Grundregeln, die wir für uns und unsere Lebensweise aufgestellt haben und die uns heilig sind.« Wieder richteten sich seine Augen mit diesem beschwörenden Ausdruck auf sie. »Das müssen Sie uns einfach glauben.«

Katharinas Blick wanderte zu Gabriele Kramer und dann zurück zu Lutz Hellmann. Was die beiden hier trieben, war noch verrückter als das, was Andrea Wilke auf dem Nachbarhof veranstaltete. Doch als kaltblütige Mörder konnte sie sich den selbst ernannten Guru und die rotwangige Bäuerin tatsächlich nur schwer vorstellen.

***

Keine fünfzig Meter entfernt öffnete Nils Hansen das Tor der Fahrzeughalle auf dem Kramer-Hof. Bis auf einen Traktor, der viel zu groß war für die kleine Sämaschine und den Grubber, die danebenstanden, war sie leer.

Hansen pfiff unwillkürlich durch die Zähne. Diese Zugmaschine – ein Deutz-Fahr Agrotron TTV der Serie 7 – war eine der schönsten, die es derzeit auf dem Markt gab. Damit kannte er sich aus, weil sein Vater im letzten Jahr einen neuen Trecker angeschafft und sich ausführlich mit ihm darüber beraten hatte.

Er signalisierte Max Meier, der auf dem Vorplatz stehen geblieben war, ihm zu folgen. Den weißen Tyvek-Anzug hatte der Kollege von der Kriminaltechnik mittlerweile abgelegt. Darunter waren eine dunkle Leinenhose und ein offenes weißes Hemd zum Vorschein gekommen, über das er nun ein schwarzes Jackett gezogen hatte. Dass er damit fast wie ein Model aussah, trug nicht zu Hansens Entspannung bei.

Nils Hansen zog seine Stabtaschenlampe aus dem Gürtel und richtete den Lichtstrahl auf die Front des Treckers. Natürlich besaß er eine Kupplung für Mähaufsätze, Düngemitteltanks oder die Gewichte, die man zum Ausgleich benötigte, wenn man hinten schweres Gerät anhängte. Das gehörte bei den meisten landwirtschaftlichen Zugmaschinen zur Standardausstattung. Ob diese hier am Zusammenprall mit einem Menschen beteiligt gewesen war, ließ sich mit bloßem Auge nicht erkennen. Nicht weil der Traktor, wie es bei seinem Vater der Fall war, von der Arbeit auf dem Feld verdreckt war. Sondern weil er im Gegenteil blitzblank war. Irgendjemand hatte ihn offenbar äußerst sorgsam mit dem Hochdruckreiniger bearbeitet.

Max Meier legte seinen großen silberfarbenen Koffer auf dem Boden ab und öffnete ihn.

»Ist das normal?«, erkundigte er sich. »Dass ein Trecker so sauber ist?«

Hansen machte eine vage Handbewegung.

»Das kommt schon mal vor«, sagte er. »Natürlich putzt man sie ab und zu. Aber eigentlich sind sie die meiste Zeit schmutzig.«

»Dann hat also womöglich jemand versucht, Spuren zu beseitigen«, schlussfolgerte Meier und entnahm seinem Koffer einige Utensilien. »Was allerdings schwieriger ist, als man gemeinhin glaubt.« Er schüttelte eine Dose und besprühte die Front des Treckers großzügig mit einer farblosen Flüssigkeit.

Nils Hansen sah ihm gespannt zu und war deshalb völlig überrascht, als er ganz in der Nähe ein Geräusch hörte. Im nächsten Moment materialisierte sich eine große und unübersehbar wütende Gestalt neben ihm.

Verblüfft drehte er sich um und blickte in ein Paar stahlblaue Augen. Der Mann, dem sie gehörten, hatte sich breitbeinig vor ihm aufgebaut. Er trug eine olivgrüne Armeehose und ein ebenfalls bundeswehrgrünes Tanktop sowie passende Kampfstiefel. Sein Schädel war kahl rasiert bis auf eine ovale Insel kurzer mittelblonder Haare oben auf dem Kopf.

»Was machen Sie hier?«, fauchte er.

Nils Hansen, der fand, dass die Frage angesichts seiner Uniform eigentlich überflüssig war, holte tief Luft.

»Wir sind von der Polizei«, teilte er dem Mann mit, der, wie Hansen jetzt erkannte, allerhöchstens so alt war wie er selbst. »Und wir untersuchen Ihren Traktor.«

Der andere kniff die Augen zusammen und trat einen Schritt zurück.

»Entschuldigung. Das habe ich nicht gesehen«, erklärte er. »Die Sonne blendet. Ich habe nur unbefugte Eindringlinge in unserer Fahrzeughalle entdeckt. Ich dachte, da sabotiert jemand unseren Trecker.«

Nils Hansen zog seine Jacke zurecht. In der Tat stand der junge Mann auf dem einzigen Fleck in der Halle, auf den durch ein Fenster oben im Giebel strahlendes Sonnenlicht fiel. Trotzdem mochte er ihm die Erklärung nicht so recht glauben. Auf der anderen Seite war es allerdings so, dass er tatsächlich keine Genehmigung besaß. Was, wie ihm jetzt aufging, ein ziemlich dummer Fehler war. Falls sie wirklich Spuren am Traktor fanden, waren diese Ergebnisse nicht gerichtsverwertbar. Das hatte er doch auf der Polizeischule gelernt.

Max Meier trat neben ihn und streckte die Hand aus.

»Meier, Bezirkskriminalinspektion Flensburg«, sagte er mit seiner sonoren Bassstimme. »Sie haben selbstverständlich recht. Wir hätten Sie um Erlaubnis bitten müssen.«

»Kevin Kramer«, erwiderte der junge Mann und verschränkte die Arme vor der Brust. Seine Bizepse wölbten sich, und Hansen entdeckte, dass er auf beiden Seiten Tattoos hatte. Es waren gewundene Bänder, aus denen rechts eine geballte Faust und links eine züngelnde Schlange erwuchs.

»Uns gehört der Hof«, verkündete Kramer und musterte Meier. Der selbstbewusste Mann im teuren Anzug missfiel ihm offenbar. Vielleicht betrachtete er ihn im Gegensatz zu Hansen auch nicht als richtigen Polizisten. »Ich kenn mich ja nicht aus«, setzte er hinzu, »aber Sie brauchen doch bestimmt eine Genehmigung, wenn Sie hier rumschnüffeln wollen?«

Meier ließ sich von der Aggressivität in Kevins Stimme nicht beirren. Er zog die verschmähte Hand zurück und schob sie lässig in die Hosentasche.

»Wir dachten nur, es sei in Ihrem Sinne«, erklärte er sachlich. »Man hat schwere Anschuldigungen gegen Sie erhoben. Angeblich soll Ihr Fahrzeug die Tatwaffe in einem Mordfall gewesen sein. Weil wir ohnehin in der Nähe waren, dachten wir, wir könnten diesen Verdacht rasch entkräften.«

Sein Gegenüber starrte ihn an, und zum ersten Mal bemerkte Hansen Verunsicherung in seinen Augen.

»Wie kommen Sie denn auf so etwas?« Kramer strich sich hektisch über das kantige Kinn, das von einem dürren struppigen Ziegenbart geziert wurde. »Wie soll man überhaupt jemanden mit einem Traktor ermorden?«

»Die richtige Frage wäre gewesen: Wer ist denn ermordet worden?«, sagte eine weibliche Stimme von der Tür aus, und nicht nur Kevin Kramer, auch Hansen und Max Meier wandten sich überrascht um.

»Im Übrigen haben wir selbstverständlich einen Durchsuchungsbeschluss«, erläuterte Katharina Berg und trat näher. »Der Untersuchungsrichter hat die Genehmigung bereits mündlich erteilt. Die schriftliche Ausfertigung wird nachgereicht.«

Kramer, der sich angesichts der verstärkten Staatsmacht offensichtlich unwohl zu fühlen begann, zog geräuschvoll die Nase hoch.

»Und?«, erkundigte er sich. »Wer ist ermordet worden?«

»Clemens Raddatz«, erwiderte Katharina, ohne sich um sein

Männlichkeitsgehabe zu kümmern. »Einer der drei Travestiekünstler, die nebenan auf dem Hof aufgetreten sind.«

Kevins Mundwinkel zuckten.

»Soll ich jetzt sagen, dass es mir leidtut?«

»Tut es das denn?«

»Nee.« Kevin blickte die Kommissarin provozierend an. »Ich bin froh, wenn die verschwinden.«

»Und weshalb?«

Kevin funkelte sie an. »Die sind doch alle schwul.«

Katharina legte den Kopf schief. Zumindest auf Dominik Otten schien diese Aussage ja nicht zuzutreffen.

»Selbst wenn es so wäre, wüsste ich nicht, was daran auszusetzen ist«, sagte sie mild.

»Das sollten Sie aber«, fauchte Kevin. »Schließlich ist es Ihre Aufgabe, in diesem Land für Recht und Ordnung zu sorgen.«

Katharina zuckte innerlich zusammen. Hatte sie etwa deshalb so abwehrend auf Otten reagiert? Weil sie fand, dass sich ein Flirt mit ihm nicht mit ihrer Rolle als Polizistin vertrug? Dabei war das doch völliger Unsinn.

»Das tue ich«, erwiderte sie und wies damit nicht nur Kevin, sondern auch sich selbst zurecht. »Aber die gleichgeschlechtliche Liebe stellt keinen Gesetzesverstoß dar. Homosexuelle dürfen heutzutage sogar heiraten.«

Kevin schnaubte.

»Ja. Weil alles den Bach runtergeht. Aber jeder vernünftig denkende Mensch weiß, dass das widernatürlich ist.«

Nils Hansen betrachtete Kevins bundeswehrgrüne Kleidung und die militärische Haarfrisur. Er hatte sich gleich gedacht, dass das nicht nur eine modische Entscheidung war. Sondern dass möglicherweise auch eine politische Einstellung dahintersteckte. Eine, die er verabscheute.

»Wir brauchen Ihre Fingerabdrücke«, erklärte er, obwohl es dafür eigentlich noch zu früh war. Sie wussten ja nicht einmal, ob es sich beim Traktor der Kramers überhaupt um das Tatfahrzeug handelte. Aber er hatte das dringende Bedürfnis, Kevins selbstgefälliger Dummheit etwas entgegenzusetzen.

Max Meier ging es offenbar ähnlich, denn er stand bereits neben Kevin und zückte den Fingerabdruckscanner.

Kevin ließ die Prozedur mit gut gespielter Verachtung über sich ergehen, stopfte jedoch eilig die Hände in die Hosentaschen, als Meier fertig war.

Nils Hansen deutete auf den Trecker.

»Wer hat den eigentlich so gründlich sauber gemacht?«, erkundigte er sich. »Wir haben auch einen, aber der ist meistens dreckig.«

Kramer musterte ihn verächtlich.

»Dann wird bei euch wohl kein Wert auf Ordnung gelegt«, entgegnete er. »Wir reinigen unseren jede Woche.« Er deutete auf den blitzenden Lack. »Das war ich. Mit dem Hochdruckreiniger. Macht tierischen Spaß.«

»Und dabei ist Ihnen nicht aufgefallen, dass an der Front etwas war, das da nicht hingehört?«, fragte Hansen ungläubig. »Blut?«

Kevin sah ihn an, als hätte er nicht alle Tassen im Schrank.

»Da hat alles Mögliche dran geklebt«, sagte er. »Da steck ich doch meine Nase nicht rein.«

Nils Hansen setzte zu einer scharfen Erwiderung an, aber Katharina Berg kam ihm zuvor.

»Wir werden uns den Traktor anschauen«, erklärte sie. »Und wenn wir etwas finden, nehmen wir ihn mit. Sie bekommen ihn so schnell wie möglich zurück.«

Kevin setzte eine gleichgültige Miene auf.

»Machen Sie doch, was Sie wollen«, verkündete er. Er sah aus, als wollte er auf den Boden spucken, ließ es dann aber sein. Stattdessen verließ er mit raschen Schritten die Scheune.

Nils Hansen sah ihm hinterher.

Natürlich hatten sie nichts gegen den Jungen in der Hand. Aber er war sich sicher, dass Kevin etwas mit dem Tod von Clemens Raddatz zu tun hatte.

Max Meier nahm eine Leuchtröhre aus seinem Koffer und schaltete sie ein. Sorgsam führte er das Gerät über die Vorderseite des Traktors. Ein bläuliches Licht fiel auf den grünen Lack.

Meier arbeitete sich langsam vor, doch auf der Oberfläche des Traktors war nichts zu sehen. Der Kriminaltechniker fuhr mit seiner Röhre über die Kupplung und ließ sich dann auf ein Knie nieder, um sie von unten zu beleuchten.

Im nächsten Moment sog Nils Hansen scharf die Luft ein.

Es war nur ein einziger, winziger Fleck. Doch der war Beweis genug.

Max Meier richtete sich wieder auf.

»Der Junge hat wirklich gründlich sauber gemacht«, befand er. »Trotzdem hat es nicht gereicht. Dieser Spritzer dort ist eindeutig Blut.« Er lächelte knapp. »Ich schicke den Kollegen in Kiel gleich eine Probe für die DNA-Analyse. Und ich sage meinen Leuten Bescheid, dass sie den Traktor abholen sollen.« Meier zupfte an seinem Latexhandschuh. »Die Reinigung des Fahrzeugs legt zwar den Verdacht nahe, dass jemand Spuren verwischen wollte. Aber theoretisch könnte das Blut auch von einem Tier stammen, das der Bauer überfahren hat. Und das im besten Fall schon tot war, als der Zusammenstoß erfolgt ist.«

Katharina lächelte ihn an.

»Trotzdem danke«, sagte sie. »Auch wenn es nur ein Indiz ist. Es hilft uns weiter.«

Nils Hansen betrachtete sie. Katharina Berg mit ihrer knallig roten Bluse und den dunklen Locken, die ihr über die Schultern fielen, und Max Meier mit seinem weißen Hemd und dem gepflegten Bart. Er verspürte einen Stich. Schon rein optisch waren die beiden einfach ein Traumpaar.

11

Die Ente sauste über den sandigen Weg genau auf das Seehundbecken zu. Leon war ihr dicht auf den Fersen, doch jedes Mal, wenn er zugreifen wollte, schlug sie einen Haken und entwischte ihm. Die Besucher, die sich an diesem trüben Samstagnachmittag unter dem Dach des an Land aufgestellten rostigen alten Kahns versammelt hatten, wandten ihre Köpfe und schauten interessiert zu. Eigentlich warteten sie auf die Fütterung der Robben. Doch Leons Vogeljagd zog alle Blicke auf sich.

Die grau-weiß getupfte Ente flatterte kurz auf und überwand damit den Maschendrahtzaun, der das Becken umgab. Dann landete sie auf der Plattform, auf der die Seehunde ihre Kunststücke vorführen sollten.

Leon kletterte über das Metallgatter im Zaun und wagte den Sprung vom Beckenrand auf den Ponton. Doch der lag knapp drei Meter entfernt, und Leon hatte keinen Platz gehabt, um Anlauf zu nehmen. Er landete ein gutes Stück vor der Plattform im knietiefen Becken. Das Wasser schwappte in seine Gummistiefel, und er spürte, wie sich die Hosenbeine seiner Jeans und seine Socken binnen Sekunden vollsogen. Hinter ihm wurde vereinzelt gekichert.

Leon achtete nicht darauf. Er kletterte auf den Ponton, vollkommen auf sein Ziel konzentriert. Ganz langsam näherte er sich der seltenen Marmelente, die aus ihrem Gehege entschlüpft war und nun auf der schwimmenden Plattform saß und scheinbar gleichgültig ihr Gefieder putzte. Wie in Zeitlupe beugte er sich vor und streckte die Hände aus. Doch gerade als er zugreifen wollte, flog der Vogel wieder auf und landete ein paar Meter entfernt im Seehundbecken.

Leon ruderte mit den Armen, um die Balance wiederzufinden, aber es war zu spät. Wie ein Stein stürzte er ins Wasser. Die wartenden Zuschauer im alten Kahn und in dem überdachten Gebäude mit den Informationstafeln, das als Tribüne diente, lachten und klatschten. So abwechslungsreich wurde ihnen die Zeit bis zur Robbenfütterung selten vertrieben.

Leon tauchte wieder auf und schüttelte sich. Er schluckte, als er den massigen Schatten entdeckte, der sich von der Seite näherte. Im nächsten Moment durchbrach der Körper die Wasseroberfläche, und Leon fand sich Nase an Nase mit einer der Robben.

Die klugen Augen des Tiers blitzten, und die Schnurrhaare zitterten. Der Seehund stupste ihn mit der Schnauze an. Wollte er spielen?

Das Publikum war begeistert. Leon, der sich in den vollgesogenen Kleidern und dem schweren nassen Overall zwar genauso dick, aber nicht halb so beweglich fühlte wie eine Robbe, war es nicht.

Er griff nach der Metallumrandung des Pontons und versuchte, sich aus dem Becken zu stemmen, doch der Seehund hatte etwas dagegen. Mit ein, zwei Schlägen seiner Schwanzflosse katapultierte er sich aus dem Wasser und rutschte auf die Plattform. Er reckte sich und klatschte mit seinen kurzen Flossen, ehe er unter dem Applaus der Zuschauer wieder ins Becken glitt. Die Welle, die dabei entstand, schwappte über Leons Kopf. Die Ente, die sich in sicherem Abstand positioniert hatte, schnatterte vergnügt.

Leon griff erneut nach dem Rand des Pontons und sammelte seine Kräfte. Er hätte heulen können, aber den Gefallen wollte er dem schadenfrohen Publikum nicht auch noch tun. Mühsam zog er sich hoch und stakste durch das flache Wasser zur Tribüne.

Von der anderen Seite kam Mara herbeigeeilt und musterte ihn.

»Meine Güte, Leon«, sagte sie. »Was tust du denn da?«

Leon deutete auf die flüchtige Marmelente, die gemächlich durch das Seehundbecken schwamm.

»Lass sie doch«, riet Mara. »Die kriegst du nie.«

Leon war insgeheim derselben Ansicht, doch vor Mara wollte er das auf keinen Fall zugeben. Er schaute sich um und entdeckte unter den Zuschauern ein Mädchen, das lustlos auf einem Brötchen herumkaute. Er ging auf das Mädchen zu.

»Hey«, sagte er. »Kannst du mir etwas von deinem Essen abgeben?«

Das Mädchen legte den Kopf schief und betrachtete seine nassen Kleider, aus denen das Wasser tropfte.

»Klar«, sagte es bereitwillig und hielt ihm das Brötchen hin. »Du kannst es ruhig haben. Es schmeckt sowieso nicht.«

»Danke.«

Leon stieg wieder über den Zaun. Er marschierte durch das Becken zur Plattform und kletterte hinauf. Oben angekommen, zerrupfte er das Brötchen in kleine Stücke und warf sie auf den Ponton.

Die Ente flog herbei und pickte die Brocken auf. Leon wartete, bis sie in Reichweite war. Dann griff er zu. Ein paar Seehundköpfe tauchten neugierig aus dem Wasser auf.

Die Ente zappelte empört, doch Leon ließ sie nicht los. Mit dem Tier in den Händen stieg er aus dem Becken.

Die Zuschauer applaudierten, als er die Beine über den Zaun schwang und sich die Ente resolut unter den Arm klemmte. Leon verneigte sich in ihre Richtung und schielte zugleich zu Mara hinüber. Die schüttelte in gespielter Verzweiflung den Kopf. Aber er konnte auch sehen, dass sie lächelte.

***

Das Dienstzimmer von Nils Hansen in der Polizeistation Garding mit dem zerkratzten Schreibtisch und dem altersschwachen Monitor sah genauso aus wie vor einem Jahr. Lediglich die Blume auf dem Fensterbrett, die nur noch aus einem vertrockneten Stamm bestanden hatte, war verschwunden. Stattdessen stand dort nun ein verdorrter Kaktus. Es war Katharina ein Rätsel, wie ein Bauernsohn am Gießen selbst der anspruchslosesten Topfpflanzen scheitern konnte. Aber es bestätigte zumindest, dass er die richtige Wahl getroffen hatte. Als Bio-Bauer hätte er kaum seine Erfüllung gefunden. Als Polizist blühte er auf.

»Ich habe schnell eine EIS-Abfrage gestartet«, sagte er gerade und deutete auf seinen Computer. »Schauen wir doch mal, was uns das Einwohnermeldeinformationssystem über Clemens Raddatz verrät.«

Er überflog die Daten auf seinem flimmernden Bildschirm.

»Raddatz war sechsunddreißig Jahre alt«, referierte er und runzelte die Stirn. Offenbar hatte er angenommen, der Travestiekünstler sei jünger gewesen. Allerdings hatte er mit der Schminke und der blonden Perücke auch tatsächlich eher wie Mitte zwanzig ausgesehen.

»Er ist verheiratet und hat zwei Töchter«, berichtete Hansen zunehmend verblüfft. »In Berlin.« Er drehte das Mausrad und scrollte weiter nach unten. »Bis vor drei Jahren hat er in einem

Autohaus als Verkäufer gearbeitet. Danach ist nichts mehr verzeichnet.«

Hansen drehte seinen Bürostuhl zu Katharina, die am Fenster stand und auf die graue Mauer schaute, die sich kaum zwei Meter entfernt befand und so hoch war, dass man nur ein winziges Stück Himmel darüber sehen konnte.

Katharina wandte den Blick von der wenig inspirierenden Aussicht ab. Auch sie war überrascht. Von den »drei Diseusen« hätte sie Clemens Raddatz eine so bürgerliche Herkunft am wenigsten zugetraut. Aber vielleicht war sein aufgesetztes Gehabe als Cindy Dars nur Show gewesen.

»Ich nehme an, anschließend hat er seine Karriere als Künstler gestartet«, sagte sie. »Sie können ja seine Frau danach fragen.« Sie deutete auf das Telefon auf Hansens Schreibtisch. »Wir müssen sie ohnehin über seinen Tod informieren.«

Sie bemerkte, dass sich auf Hansens Stirn Schweißperlen bildeten.

»Sollten das nicht lieber die Kollegen in Berlin machen?«, fragte er.

»Sicher.« Katharina, die sich bereits anders entschieden hatte, nickte. »Das wäre der korrekte Dienstweg. Aber ich möchte selbst erleben, wie seine Frau auf die Nachricht reagiert.«

Hansen sah aus, als würde er gründlich nach einem guten Gegenargument suchen, fand aber keines.

Versuchsweise schob er das Telefon zu der Ecke des Schreibtisches, an der Katharina stand.

Sie lächelte ihn an.

»Ich bin sicher, Sie schaffen das.«

Wenn Hansen nicht auf ewig der kleine Dorfpolizist bleiben wollte, musste er irgendwann den Sprung ins kalte Wasser wagen. Es gab nicht viel, was sie dabei für ihn tun konnte. Doch zumindest konnte sie ihn ermutigen, solange sie gemeinsam an einem Fall arbeiteten.

»Erklären Sie ihr, was passiert ist«, sagte sie. »Und fragen Sie sie, ob es in seinem Berliner Umfeld jemanden gibt, der ihm das angetan haben könnte.«

Nils Hansen zog das Telefon wieder zu sich heran und nahm den Hörer ab. Er atmete tief ein und drückte den Rücken durch. Dann tippte er die Nummer ein, die er von seinem Monitor ablas. Katharina trat neben ihn und betätigte die Lautsprechertaste, damit sie das Gespräch mithören konnte.

Es klingelte einige Male, ohne dass jemand abnahm. Hansen entspannte sich. Er machte eine bedauernde Geste und wollte den Hörer gerade zurücklegen, als es in der Leitung knackte.

»Raddatz?«, keuchte eine weibliche Stimme.

Nils Hansen räusperte sich umständlich.

»Frau Linda Raddatz?«

»Ja?« Die Frau klang ungeduldig, als wäre sie bei einer wichtigen Tätigkeit gestört worden.

»Polizeiobermeister Nils Hansen, Polizeistation Garding«, stellte sich Hansen vor.

»Garding?«

»Das ist eine Ortschaft auf Eiderstedt«, erläuterte Hansen hilfsbereit.

»So? Und was kann ich für Sie tun?« Offenbar ging Linda Raddatz nicht davon aus, dass ein Polizist aus Schleswig-Holstein ein Anliegen haben konnte, das für sie von Bedeutung war. Sofern sie sich der geografischen Lage der Halbinsel überhaupt bewusst war.

»Wir haben leider eine traurige Nachricht für Sie«, sagte Hansen sanft, und Katharina nickte beifällig. Er hatte den richtigen Ton getroffen.

»Was?« Linda Raddatz wirkte für einen Moment erschrocken. Dann hatte sie sich wieder im Griff. »Nein. Lucia und Leonie sind zu Hause. Es ist alles in Ordnung.«

»Es handelt sich nicht um Ihre Töchter«, erläuterte Hansen. »Es geht um Ihren Ehemann, Clemens Raddatz.«

Die Frau am anderen Ende schnaubte.

»Clemens? Der soll bloß bleiben, wo der Pfeffer wächst.«

Hansen wechselte einen hilflosen Blick mit Katharina. Sie bedeutete ihm, weiterzumachen.

»Clemens Raddatz – Ihr Mann – ist tot.«

»Tot?« Die Stimme der Frau schwankte.

»Jemand hat ihn mit einem Traktor angefahren«, erläuterte Hansen. »Wir gehen davon aus, dass es Mord war.«

»Mord?« Linda Raddatz klang zunehmend hysterisch. »Wer sollte denn Clemens ermorden?«

»Wir hatten gehofft, dass Sie uns da weiterhelfen können«, sagte Hansen. »Fühlen Sie sich in der Lage, uns ein paar Fragen zu beantworten?«

»Sicher.«

Hansen warf Katharina einen kurzen Blick zu. Die schnellen Gefühlswechsel von Raddatz' Ehefrau waren irritierend. Aber vielleicht hatte sie ja tatsächlich nichts von seiner Neigung geahnt und war völlig verstört gewesen, als sich ihr eigener Ehemann plötzlich in eine Frau im Glitzerkostüm verwandelt und die Familie im Stich gelassen hatte. Sie bedeutete Hansen fortzufahren. Sie hätte es selbst nicht besser machen können.

Hansen wandte sich wieder seiner Gesprächspartnerin zu.

»Hatte Ihr Mann Feinde? Gab es jemanden, der ihn bedroht hat?«

»Das weiß ich nicht.«

Linda Raddatz schniefte und schnäuzte sich. Als sie anschließend wieder sprach, war ihre Stimme kalt wie Eis.

»Ich habe keine Ahnung, was er in den letzten drei Jahren getrieben hat. Wir haben uns getrennt, weil er sich ständig an meinem Kleiderschrank bedient hat. Er meinte, alles andere turnt ihn nicht mehr an. Ich habe es im Guten versucht, aber Clemens war so verbohrt. Er musste sich unbedingt mit seinem Fetisch in der Öffentlichkeit präsentieren. Stellen Sie sich das vor – als Vater von zwei kleinen Mädchen. Ich habe ihn angebettelt, seine Leidenschaft geheim zu halten, aber er wollte nicht. Am Ende habe ich ihn rausgeworfen und ihm den Kontakt zu den Mädchen untersagt. Und er ist einfach gegangen und hat sich nie wieder gemeldet.« Ihre Stimme brach. »Seitdem habe ich ihn nicht mehr gesehen. Ich habe nur von Freunden gehört, dass er seinen Job als Autoverkäufer hingeworfen hat und als Dragqueen durch die Berliner Kneipen tingelt.«

Katharina sah, dass sich Hansen nach der Bedeutung des Begriffs erkundigen wollte, und nahm ihm eilig den Hörer aus der Hand.

»Frau Raddatz? Hier ist Katharina Berg. Ich bin Kriminalhauptkommissarin bei der Polizeidirektion Husum. Ich möchte Ihnen versichern, dass es mir leidtut, was mit Ihrem Mann passiert ist. Das ist sicher ein Schock für Sie. Aber vielleicht können Sie uns trotzdem helfen. Halten Sie es für möglich, dass sein Tod etwas mit seiner sexuellen Orientierung zu tun hat?«

»Nein.« Katharina meinte, ein leises Weinen zu vernehmen. »Man hat mir erzählt, dass er sich überall lächerlich macht. Aber ich habe nie gehört, dass ihn jemand deshalb bedroht hätte. Ich meine: Das hier ist Berlin. Da gibt es nichts, was es nicht gibt.«

»Danke, Frau Raddatz.« Katharina versuchte, so viel Wärme wie möglich in ihre Stimme zu legen. »Wir werden Sie informieren, sobald wir mehr wissen. Auch wenn Sie sich getrennt hatten – da gab es ja sicher noch Gefühle.«

Das Weinen am anderen Ende hörte abrupt auf.

»Ja. Eines«, erklärte Linda Raddatz barsch. »Hass. Weil er alles kaputt gemacht hat.« Damit drückte sie das Gespräch weg.

Katharina legte nachdenklich den Hörer zurück aufs Telefon.

»Das war interessant, nicht wahr?«, sagte sie.

»Hm.« Hansen zupfte an seiner Krawatte herum. »Aber ich habe nicht alles verstanden.«

Katharina schmunzelte.

»Clemens Raddatz war anscheinend ein Transvestit«, erläuterte sie.

Hansen erkannte offenbar nicht, was an dieser Information neu sein sollte.

»Ja«, sagte er. »Er ist bei dieser Show als Frau aufgetreten.«

»Richtig.« Katharina kräuselte die Lippen. »Das macht es ein wenig kompliziert. Aber es sind eigentlich zwei ganz verschiedene Dinge, Travestie und Transvestitismus.«

»Ach so?« Hansen sah jetzt endgültig verwirrt aus.

»Ein Travestiekünstler«, erläuterte Katharina, »ist ein Mann, der sich auf der Bühne als Frau präsentiert, um sein Publikum zu unterhalten. Ein Transvestit dagegen trägt die Kleider zu einem ganz anderen Zweck.«

Sie konnte förmlich zuschauen, wie sich die Räder in Hansens Kopf drehten.

Dann schien ihm endlich ein Licht aufzugehen.

»Sie meinen ... er verkleidet sich als Frau, weil ihn das ... äh ... *erregt?*«

»Ganz genau.«

»Aber ...«, Hansen, der versuchte, sich in Raddatz hineinzuversetzen, verzog den Mund, »... wie kann es denn das? Als Mann in einem Frauenkostüm muss man sich doch total lächerlich fühlen.«

»Tatsächlich?« Katharina konnte es nicht lassen, noch ein wenig auf Hansens Fauxpas im Dorfkrug herumzureiten. »War das Ihr Eindruck, als Sie Raddatz in seiner Rolle als Cindy Dars begegnet sind?«

»Nein.« Hansen richtete seinen Blick nach innen. »Sie ... ich meine: *Er* hat sich offenbar wohlgefühlt. Und er hat wunderschön ausgesehen. Deswegen bin ich ja auf ihn hereingefallen.«

»Hm.« Katharina nickte abwesend. Ihre Gedanken rasten bereits weiter. Eigentlich konnte sie sich nicht vorstellen, dass die Nachbarn von Andrea Wilke tatsächlich einen Mord begangen hatten, weil die Show auf dem Hof ihr Geschäft bedrohte. Die Angst schien da zu sein, aber war das wirklich ein hinreichendes Motiv? Auf der anderen Seite sah es nicht so aus, als hätte Raddatz in seiner Berliner Heimat Probleme gehabt, abgesehen von denen mit seiner Ehefrau. Und die Mutter von zwei kleinen Mädchen war wohl kaum mitten in der Nacht von Berlin nach Garding gereist, um ihren Mann mit dem Traktor der Familie Kramer über den Haufen zu fahren.

Natürlich würde sie die Berliner Kollegen bitten, Raddatz' Kollegen und Freunde unter die Lupe zu nehmen und sich im Milieu umzuhören, doch momentan schien es, als müssten sie den Mörder im unmittelbaren Umfeld des Wilke-Hofs suchen. Gabriele Kramer und Lutz Hellmann mit ihrer Missbilligung der Travestiescheune kamen zweifellos als Täter in Frage, auch wenn ihr Motiv vielleicht nicht stark genug war, ebenso wie Kevin

Kramer mit seiner Aggressivität und seiner kaum zu übersehenden Abneigung gegenüber Homosexuellen. Doch vielleicht gab es ja auch noch andere Beweggründe.

Das Telefon auf Hansens Schreibtisch begann zu klingeln, und Hansen griff nach dem Hörer.

»Polizeiobermeister Nils Hansen, Polizeistation Garding?«

Am anderen Ende war das Vibrieren einer tiefen Stimme zu hören. Hansen lauschte angestrengt und nickte mehrfach. Schließlich bedankte er sich und legte auf. Als er sich auf seinem Bürostuhl zu Katharina umdrehte, leuchteten seine Augen.

»Das war Max Meier von der Kriminaltechnik«, berichtete er. »Die Blutanalyse ist noch nicht fertig, aber Meier sagt, auf dem Lenkrad des Traktors der Familie Kramer befindet sich nur ein einziger Satz Fingerabdrücke. Und diese Abdrücke …«, er machte eine kleine Pause, um die Spannung zu steigern, »… stammen von Kevin Kramer.«

»M-hm.« Katharina dachte nach, doch Nils Hansen dauerte das offenbar zu lange. Energisch sprang er auf und zog sich seine Uniformjacke über.

»Den knöpfen wir uns vor«, rief er. »So einem verkappten Neonazi traue ich ohne Weiteres zu, dass er jemanden mit dem Trecker überrollt, weil der ein Trans… Travestie… weil er Frauenkleider trägt.«

Katharina spürte, wie etwas an ihr zerrte. Ein Teil von ihr wollte mit Hansen auf die Jagd gehen. Aber ein anderer wurde plötzlich von einer heftigen Angst überfallen.

Was, wenn es noch nicht vorbei war? Wenn der Mord an Raddatz nur der Anfang gewesen war?

»Warten Sie noch«, bat sie ihn. »Ich würde gern erst nach Husum fahren und ein paar Sachen packen. Solange wir den Täter nicht haben, sollten die Künstler auf dem Wilke-Hof nicht ohne Schutz sein.«

Nils Hansen runzelte die Stirn.

»Sie glauben nicht, dass es Kevin war?«

Katharina hob die Hände. Sie hätte nicht sagen können, ob es professionelle oder private Gründe waren, die sie antrieben.

Doch die Sorge um Dominik Otten überwog das Interesse, einen möglichen Tatverdächtigen im Mordfall Raddatz zu vernehmen.

»Ich weiß es nicht«, erwiderte sie. »Aber selbst wenn … Er wird es nicht zugeben. Und wir haben nicht genug in der Hand, um ihn festzunehmen. Nicht, solange wir nicht wissen, ob das Blut an der Kupplung zumindest theoretisch von Clemens Raddatz stammen könnte.«

Nils Hansen sah sie ernst an. Offenbar fand er ihre Argumentation überzeugend.

»Sie haben recht«, erklärte er. »Die Sicherheit der Künstler geht vor.«

Er nahm seine Mütze vom Haken und setzte sie auf.

»Kümmern Sie sich ruhig darum«, sagte er und griff nach seinem Waffengurt. »Mit Kevin Kramer werde ich schon fertig.«

Er riss die Tür auf und stürmte nach draußen.

»Passen Sie auf sich auf«, rief Katharina ihm nach. Dann lächelte sie. Diesen jungen Polizeiobermeister musste man einfach gernhaben.

***

Mara schob Leon in den Umkleideraum für die Angestellten des Westküstenparks. Sie hatten die Ente zurück zu ihren Artgenossen gebracht und das Loch im Drahtzaun verschlossen, durch das sie entwischt war. Dann hatte Mara Leon hierherbugsiert. Er wirkte auf seltsame Art entrückt und schien nicht einmal zu bemerken, dass er in seinen nassen Kleidern zitterte.

»Zieh das aus«, sagte Mara und zupfte am Ärmel seines Overalls.

Leon schlüpfte gehorsam aus dem Kleidungsstück, unter dem er Jeans und T-Shirt trug.

»Den Rest auch«, drängte Mara. »Du brauchst eine heiße Dusche, sonst wirst du krank.«

Leon war ohnehin nicht besonders robust. Er war ein schmächtiger Junge. Seine Haut mit den vielen Sommersprossen war so hell, dass sie beinahe weiß wirkte. Seine Haare waren hellblond, seine Augen von einem hellen Blau. Er war eine richtige Lichtgestalt. So zart und filigran und so sensibel. Und so ganz anders als die anderen Jungen. Die machten sich über sie lustig, weil sie kein richtiges Mädchen war. Weil sie keine Kleider und Röcke trug und sich nicht schminkte. Natürlich lackierte sie auch ihre Nägel nicht. Wozu auch? Bei der Arbeit hier im Westküstenpark wären lange Fingernägel nur hinderlich und der Lack ohnehin nach einer halben Stunde abgeplatzt.

Bei Leon dagegen hatte sie das Gefühl, dass er sie wirklich verstand. Die Freude in seinen Augen, wenn der Nachwuchs geboren wurde, die Trauer, wenn sie kranken Tieren nicht helfen konnten – das alles empfand er genau wie sie. Mit keinem anderen machte die Arbeit so viel Spaß wie mit ihm.

Ein wenig erinnerte er sie an ihren Vater. Der hatte auch die Natur geliebt. Genau das war ihm ja dann zum Verhängnis geworden.

Mara schob das Bild eilig beiseite. Sie wollte jetzt nicht den Schmerz spüren, der beim Gedanken an ihren Vater jedes Mal in ihr hochspülte.

Mit Leon könnte sie sich sogar noch mehr vorstellen. Das, was alle anderen Mädchen in ihrer Klasse schon längst getan hatten. Sie selbst dagegen hatte überhaupt erst ein einziges Mal einen Jungen geküsst.

Sie betrachtete Leon, der ihr den Rücken zugewandt hatte und sich mühsam aus seiner nassen Hose schälte. Von den Jungs in ihrer Klasse interessierte sie keiner. Die hatten bloß eine große Klappe und nichts dahinter. Schmierten sich tonnenweise Wachs in die Haare, protzten mit ihren getunten Mopeds und twitterten den ganzen Tag Belanglosigkeiten an ihre Freunde. Und sie waren total unreif.

Leon dagegen berührte etwas in ihr. Vielleicht, weil sie sich in dieser Hinsicht ähnlich waren. Sie war kein typisches Mädchen. Und er war kein typischer Junge. Aber wenn sie zusammen waren, stimmte die Menge an weiblichen und männlichen Eigenschaften. Dass Leon erst sechzehn und damit ein Jahr jünger war als sie selbst, störte sie nicht. In seinen Gedanken war er ohnehin viel weiter als andere in seinem Alter.

Leon streifte die Hose ab und zog sein T-Shirt aus. Jetzt trug er nur noch seinen nassen Baumwollslip. Er wandte sich halb zu Mara um und lächelte verlegen.

»Ich geh dann mal unter die Dusche«, sagte er. »Kannst du mir vielleicht einen trockenen Overall besorgen?«

»Klar«, erwiderte Mara, rührte sich aber nicht von der Stelle. Auch Leon bewegte sich nicht.

Mara machte schnell ein paar Schritte auf ihn zu, bis sie direkt vor ihm stand. Sie hob die Hand und strich ihm sanft die feuchten Haare aus der Stirn. Und dann beugte sie sich vor und küsste ihn auf die Lippen.

***

Andrea Wilke musterte irritiert den Koffer in Katharinas Hand.

»Was genau«, fragte sie, »haben Sie damit vor? Wollen Sie jetzt hier im Haus auch alles durchsuchen und mit schwarzem Pulver bestäuben?« Ihr Blick glitt über die schönen Holzmöbel in der Küche. »Bis ich das alles wieder sauber habe …«

Katharina musste lachen.

»Nein«, erklärte sie. »Das sind meine privaten Sachen. Ich wollte Sie fragen, ob ich mich bei Ihnen einquartieren darf, solange wir nicht wissen, wer den Anschlag auf Clemens Raddatz verübt hat. Es könnte ja sein, dass auch die beiden anderen Künstler in Gefahr sind. Das ist natürlich ein viel zu vager Verdacht, um Polizeischutz zu beantragen. Aber ich hätte ein besseres Gefühl, wenn ich in der Nähe wäre.«

Andrea Wilke verschränkte die Arme vor der Brust und musterte Katharina. Ihr Gesicht mit den tief eingegrabenen Falten gab keine Gefühlsregung preis. Katharina hätte gern gewusst, was in ihrem Kopf vorging. Versuchte sie, unter allem, was auf sie einstürmte, Haltung zu bewahren? Oder missfiel ihr das Eindringen in ihren privaten Bereich?

»Das ist sicher eine gute Idee«, sagte die Betreiberin der Kulturscheune endlich und quälte sich ein Lächeln ab. »Wenn ich mir vorstelle, dass hier noch mehr passiert …« Plötzlich wirkte sie zerbrechlich, als könne sie jeden Augenblick zusammenklappen.

Im nächsten Moment gab sie sich einen Ruck, und ihre Miene entspannte sich.

»Kommen Sie. Ich zeige Ihnen das Zimmer, das Sie nehmen können.« Sie blinzelte Katharina zu. »Es ist nicht das, in dem Clemens gewohnt hat. Ich vermute, auch eine Kriminalkommissarin schläft nicht gern im Bett eines Verstorbenen.«

»Nein.« Katharina wunderte sich über die seltsamen Gefühlssprünge, die Andrea Wilke vollführte. Im einen Moment schien die Last des Erlebten sie zu Boden zu drücken, im nächsten gab sie fragwürdige Witze zum Besten. Doch wahrscheinlich suchte sie nur einen Weg, mit dem Unfassbaren umzugehen.

Die Hofbesitzerin öffnete eine Tür und machte eine einladende Handbewegung. Katharina betrat den Raum und blieb verblüfft stehen.

Sämtliche Wände waren mit Theaterplakaten bedeckt. In einem Regal reihten sich Schauspielführer und Textbücher. Vor dem Fenster stand ein kleiner Schreibtisch aus rötlichem Holz, an der gegenüberliegenden Wand eine Couch mit einem bunten Bezug.

»Mein Arbeitszimmer«, erläuterte Andrea Wilke. »Das Sofa ist ein Schlafsofa. Ich bringe Ihnen später Bettzeug.«

Katharina studierte die Poster. Sie stammten alle aus Hamburger Theatern. Und keines davon war jünger als fünfzehn Jahre. Katharina entdeckte eine Reihe von Produktionen, an denen ihre Eltern beteiligt gewesen waren. Auf einem der Plakate war sogar ihr Vater abgebildet. Es stammte aus der Spielzeit 1978/79.

Sie erinnerte sich sofort. Es war eine seiner ersten großen Rollen gewesen. Der Hauptmann Karl Moor aus Schillers »Räubern«. Katharina, die damals gerade in die dritte Klasse gekommen war, hatte bei einigen Proben zusehen dürfen, soweit sie nicht am Vormittag stattfanden, wenn sie in der Schule war. Sie hatte es geliebt, ihren Vater auf der Bühne zu sehen. Und ihre Mutter, die die Produktion als Inspizientin begleitet hatte, war froh gewesen, dass sie niemanden engagieren musste, der sich um ihre Tochter kümmerte.

Katharina betrachtete das Bild und lächelte versonnen. Wie jung ihr Vater damals gewesen war! Gerade erst siebenundzwanzig und noch weit davon entfernt, der Star zu werden, der er heute war. Für sie war er allerdings schon damals der Größte gewesen. Von seinem Lampenfieber und den Existenzängsten, die ihn geplagt und die Beziehung zu ihrer Mutter belastet hatten, hatte sie ja als Kind nichts gewusst. Und auch nichts davon, dass er die Bewunderung anderer hübscher Frauen gebraucht hatte wie die Luft zum Atmen. Dass sie ihn umschwärmt hatten wie Motten das Licht, war jedoch kein Wunder. Er war, wie ihr wieder einmal auffiel, tatsächlich ein sehr attraktiver junger Mann gewesen mit seinen vollen dunklen Haaren und den ausdrucksvollen Augen.

»Das Plakat habe ich von meiner Mutter«, erläuterte Andrea Wilke. »Sie war ein großer Fan Ihres Vaters.« Sie machte eine Geste, die die restlichen Bilder umfasste. »Die anderen sind aus meiner Zeit im Hamburger Kulturbüro.«

Katharina bemühte sich, ihre nostalgischen Gefühle abzuschütteln. Es war seltsam, so unvermittelt in die Bilder und Emotionen der eigenen Kindheit zurückgeworfen zu werden. Auch wenn sie überwiegend gute Erinnerungen daran hatte. Natürlich hatte es Streitigkeiten und Krisen gegeben, doch letzten Endes hatten ihre Eltern sie gemeinsam bewältigt. Und Katharina hatte ihre Liebe gespürt, auch wenn sie als Schauspielerkind oft auf sich allein gestellt gewesen war, weil ihre Eltern so viel anderes im Kopf hatten und sich ihr Lebensrhythmus nicht gut mit dem eines Schulkinds hatte vereinbaren lassen.

Trotzdem war es nicht ratsam, dem kindlichen Ich während der Arbeit zu viel Raum zu gewähren. Wer den Blick nach rückwärts richtete, sah nicht, was vor ihm geschah.

Sie versuchte, sich wieder auf Andrea Wilke zu konzentrieren. »Ihr Beruf hat Ihnen viel bedeutet, nicht wahr?«

Die Betreiberin der Kulturscheune betrachtete die bunten Erinnerungsstücke.

»Es war eine wunderbare Zeit. Sie wissen das ja. Es ist einfach schön, sich mit Künstlern zu umgeben. Sie sind offener. Freier.

Wenn man mit ihnen zusammen ist, spürt man eine ganz andere Lebendigkeit.«

»Trotzdem haben Sie das alles aufgegeben.«

»Ja.« Andrea Wilke kniff die Lippen zusammen. »Als ich Kristian kennengelernt habe …« Sie hob die Schultern und ließ sie wieder fallen. »So ist das mit der Liebe. Man tut Dinge, die man sich nie hätte träumen lassen. Kristian hatte diesen Hof. Und er war sein Ein und Alles. Er wäre niemals von hier weggegangen. Also musste ich mich entscheiden: Kristian oder mein Leben in Hamburg. Ich habe lange Zeit mit mir gerungen. Doch als ich dann feststellte, dass ich schwanger war …« Sie sprach nicht weiter, aber ihrem Blick konnte Katharina den Rest der Geschichte entnehmen.

»Also sind Sie zu Kristian auf seinen Hof nach Garding gezogen«, vervollständigte sie. »Sie haben geheiratet und Mara zur Welt gebracht.«

»Ja.« Andrea Wilke rieb sich über die Oberarme, als würde sie frieren. »Wir hatten siebzehn gute Jahre. Und wir hätten noch mehr haben können, wenn er nicht so ein Sturkopf gewesen wäre. Wenn er diese dumme Tour in die italienischen Alpen nicht gemacht hätte.«

»Haben Sie Ihren Schritt manchmal bereut?« Katharina deutete auf die Plakate. »Das alles hinter sich zu lassen?«

Andrea Wilke verschränkte die Arme. Es lag ihr ganz offensichtlich nicht, Gefühle zu zeigen.

»Sicher habe ich es manchmal vermisst. Aber ich war glücklich mit Kristian.«

»Doch jetzt, nach seinem Tod … Da haben Sie die Gelegenheit beim Schopf ergriffen, in Ihren alten Beruf zurückzukehren.«

»Ich habe nie gelernt, einen Hof zu bewirtschaften. Das war Kristians Sache. Ich habe den Haushalt versorgt und mich um Mara gekümmert. Allein hätte ich überhaupt keine Chance gehabt.«

Katharina betrachtete die unzähligen Plakate. Erinnerungen an viele glückliche Momente. Unvergessliche Abende in einer Welt, in der alles andere ausgeblendet wurde. Sie konnte Andrea Wilkes Liebe zu diesem Metier nur zu gut verstehen.

»Die Kulturscheune ist eine großartige Idee«, sagte sie warm. »Ich hoffe sehr, dass Sie damit Erfolg haben.«

»Danke.« Die Hofbesitzerin ließ die Arme sinken, und zum ersten Mal wirkte ihr Lächeln echt.

»Sie kennen Dominik Otten von früher?«, erkundigte sich Katharina und spürte, wie sich die Energie in ihrer Körpermitte konzentrierte.

»Ja.« Das Lächeln auf Andrea Wilkes Gesicht verschwand so schnell, wie es sich entfaltet hatte. »Damals hat er noch ganz als Mann gelebt und sich nur auf der Bühne in eine Frau verwandelt. Er war noch nicht sehr bekannt, aber auf den einschlägigen Veranstaltungen und Straßenfesten gern gesehen. Ich habe des Öfteren etwas für ihn organisiert.«

»Und Sie waren befreundet?« Katharinas Neugier drängte sie, weiterzufragen.

Andrea Wilke machte eine vage Handbewegung.

»Befreundet ist vielleicht zu viel gesagt. Wir haben uns gelegentlich getroffen und in der Szene umgesehen.«

»Jetzt bin ich aber beleidigt.« Dominik Otten, immer noch in Jeans und anthrazitfarbenem Hemd, stand plötzlich in der Tür. Seine Worte galten ganz offensichtlich Andrea Wilke, doch seine Augen saugten sich an Katharina fest. »Du willst doch nicht deine liebe alte Freundin verleugnen?«

Katharina schluckte. Ihr Herzschlag beschleunigte sich unwillkürlich.

Andrea Wilke lachte aufgesetzt. Sie schien durch Dominiks plötzliches Erscheinen ebenso aus der Fassung gebracht worden zu sein wie Katharina.

Otten, der sich der Wirkung seines Auftritts wohl bewusst war, strich sich mit einer sinnlichen Geste eine Haarsträhne aus der Stirn. Es war die Handbewegung einer Frau, die seinem männlichen Outfit widersprach. Diese kräftigen Finger, die so zart über sein Gesicht fuhren, die langen blonden Haare, die um das hübsche und doch kantige Kinn glitten … das alles verlieh ihm etwas Schillerndes.

»Was tun Sie hier?«, fragte Otten.

»Frau Berg wird ein paar Tage bei uns wohnen«, erklärte Andrea Wilke, offenbar froh, dass er das Gespräch über die alten Hamburger Zeiten nicht vertiefte. »Sie sorgt sich um eure Sicherheit.«

»So?« Ottens kieselgraue Augen leuchteten auf. »Das freut mich aber. Dass Sie in unserer Nähe sind. Und dass Sie uns beschützen.«

Er legte eine Hand sacht auf Katharinas Arm, und sie spürte, wie sich von dort ein Kribbeln in ihrem ganzen Körper ausbreitete. Es war ein wenig verstörend, doch zugleich wunderschön. Für einen Moment war es, als wäre sie mit Otten allein auf der Welt. Ihre Blicke hafteten aneinander, als würde sie eine geheime Kraft zusammenführen.

Andrea Wilke unterbrach den Kontakt grob.

»Wir lassen Frau Berg jetzt auspacken«, verkündete sie und drängte Otten aus dem Raum. »Und du solltest dich langsam fertig machen. In zwei Stunden beginnt euer Auftritt.«

»Ja. Du hast recht.« Otten, der plötzlich schuldbewusst wirkte, warf Katharina über Andreas Schulter hinweg einen Blick zu.

»Wir haben lange darüber diskutiert, ob wir den Auftritt absagen sollen«, erläuterte er. »Aber da wir wegen der Ermittlungen ohnehin hierbleiben müssen …« Er machte eine hilflose Handbewegung. »Wir dachten, es wäre in Clemens' Sinn, dass wir weitermachen. Und für uns ist es eine Art Hommage. Ein letzter Gruß.«

Er lächelte zum Abschied.

»Wir sehen uns noch«, sagte er leise, ehe er sich umdrehte und über den Flur davonging.

Andrea Wilke folgte ihm und schloss die Tür hinter sich, und Katharina war plötzlich allein in dem Zimmer mit all den Theaterplakaten. Sie spürte, wie ihr Herz klopfte, und schaute zu dem Bild ihres jungen Vaters.

»Ach, Paps«, sagte sie. »Jetzt könnte ich deinen Rat gebrauchen.«

Selbstverständlich konnte der Räuberhauptmann auf dem Plakat nichts erwidern. Doch Katharina hätte schwören können, dass sich irgendwo in seinem verwegenen Schmunzeln eine Antwort verbarg.

12

Zuerst hörte er ein leises Sirren. Dann klirrte es, und Scherben schienen zu Boden zu prasseln.

Nils Hansen ging entschlossen auf den Schuppen zu, der etwas abseits vom Wohnhaus auf dem Kramer-Hof stand. Er hoffte, dass er Kevin dort fand. Wenn das an der Kupplung des Traktors tatsächlich menschliches Blut war, musste das Fahrzeug die Tatwaffe sein. Und dank der Fingerabdrücke wusste er, wer am Steuer gesessen hatte.

Er spürte, wie das Adrenalin durch seinen Körper jagte, und atmete tief durch. Dann zog er die Tür des Bretterverschlags auf und spähte hinein.

Es war ein länglicher, düsterer Raum. An der Rückseite standen auf einem aufgebockten Brett mehrere Flaschen. Direkt neben dem Eingang kauerte Kevin und wandte ihm den Rücken zu.

Er hielt etwas in der Hand, das wie eine Pistole aussah. Hansen öffnete automatisch den Knopf an seinem Holster, um notfalls nach seiner Waffe greifen zu können. Kevin hob den Arm, und Hansen erkannte, dass es sich bei dem Objekt um ein Bolzenschussgerät handelte. Normalerweise verwendete man es, um Schlachtvieh zu betäuben. Kevin Kramer dagegen benutzte es offenbar zum Trainieren.

Kevin drückte ab, und wieder war das leise Sirren zu hören. Der abgefeuerte Bolzen knallte gegen eine der Flaschen. Sie zerbarst mit einem Knall, und die Scherben fielen auf den harten Lehmboden.

»Guter Schuss«, sagte Hansen, und Kevin fuhr erschrocken herum.

»Was machen Sie denn hier?«, fragte er und sprang auf.

Hansen nahm ihm die Waffe aus der Hand.

»Das ist nicht erlaubt. Du könntest jemanden damit verletzen«, sagte er, wohl wissend, dass er Kevin eigentlich siezen müsste. Aber vielleicht war das Duzen eine gute Strategie, um ihn aus der Reserve zu locken.

Der bullige junge Mann schnaubte.

»Ach was? Hier?« Er machte eine ausladende Geste, die den staubigen Schuppen umfasste.

»Wenn du Schießübungen machen willst, musst du in einen Verein gehen«, erläuterte Hansen.

»Pfff. Ich wohne hier. Ich kann machen, was ich will.«

Hansen verzichtete darauf, ihn über die Gesetzeslage aufzuklären.

»Clemens Raddatz ist möglicherweise mit eurem Trecker getötet worden«, sagte er stattdessen. »Wir haben Blut an der Kupplung gefunden.«

»Na und?« Kevin verschränkte die Arme vor der Brust, sodass Hansen die beiden Tattoos auf seinen Oberarmen bewundern konnte. »Das war bestimmt ein Hase oder ein Kaninchen. Die überfährt man schon mal, wenn man auf dem Acker unterwegs ist.«

»Wir untersuchen das Blut. Wir werden herausfinden, ob es von einem Tier oder einem Menschen stammt.«

»Schön. Wenn Sie es wissen, können Sie ja wiederkommen.«

Hansen fragte sich, wie man mit neunzehn schon so abgebrüht sein konnte. Wenn er daran dachte, wie er selbst vor vier Jahren gewesen war … Aber das wollte er lieber nicht. Jetzt war er jedenfalls Polizeiobermeister. Und er hatte eine verantwortungsvolle Aufgabe.

»Die Kriminaltechnik hat deine Fingerabdrücke gefunden«, sagte er. »Auf dem Lenkrad des Traktors.«

»Ach was.« Kevin hängte seine Daumen in die Gürtelschlaufen seiner Armeehose. »Das is ja ’n Ding.« Er tat so, als würde er nachdenken. »Könnte daran liegen, dass ich den Trecker fahre. Wir machen zwar nicht mehr viel Landwirtschaft, aber ein paar

Äcker haben wir noch. Und die müssen natürlich bestellt werden.«

»Das erklärt, weshalb wir deine Abdrücke gefunden haben.« Hansen ließ nicht locker. »Aber wie kommt es, dass wir *nur* deine Abdrücke gefunden haben?«

Kevin scharrte mit den Füßen.

»Sie wissen doch noch nicht mal, ob es überhaupt unser Traktor war, mit dem die Schwuchtel umgefahren worden ist. Und selbst wenn. Dann hat der, der das gemacht hat, eben Handschuhe getragen.«

Was natürlich eine höchst plausible Erklärung war.

»Warum regt dich das eigentlich so auf?«, wechselte Hansen das Thema. »Homosexuelle Männer?«

»Das tut es nicht. Aber es ist ekelhaft.« Kevin strich sich über den dürren Ziegenbart. »Dieses schwule Pack ist doch pervers. Ich meine: Kerle, die sich freiwillig Strumpfhosen anziehen und sich gegenseitig in den Arsch ficken. Das ist doch abartig!«

Hansen, der selbst ein paar Probleme mit dieser Vorstellung hatte, tat sein Bestes, sich nichts davon anmerken zu lassen.

»Jeder so, wie er mag«, gab er zurück.

Kevin schnaubte verächtlich.

»Hören Sie doch auf. Sie finden das genauso widerlich wie ich.«

Nils Hansen spürte, dass er sich auf einem schmalen Grat bewegte. Er wollte nicht über seine Einstellung zu diesen Dingen sprechen. Weder über die, die sich zwischen Mann und Frau abspielten, noch über die zwischen gleichgeschlechtlichen Partnern. Und mit Sicherheit wollte er dieses Thema nicht ausgerechnet mit einem testosteronstrotzenden Jüngling wie Kevin Kramer diskutieren.

Auf der anderen Seite war er sich sicher, dass Kevin sein Mann war. Er wollte ihn gern dahin bringen, dass er mehr preisgab, als er eigentlich vorhatte. Natürlich hatte Lutz Hellmann geleugnet, dass Kevin und er Dominique O. am Vorabend mit Dreck beworfen hatten. Aber Andrea Wilke, die Betreiberin der Kulturscheune, war sich sicher gewesen. Und die Kramers hatten ja auch allen Grund.

Nils Hansen dachte nach. Lutz Hellmann und Kevin Kramer hatten gewollt, dass die Vorstellung abgebrochen wurde. Weil die Travestieshow ihrer Ansicht nach ihr eigenes Unternehmen schädigte. Also hatten sie die Diva attackiert. Doch die Aktion hatte ihren Zweck nicht erfüllt. Und Kevin hatte deshalb womöglich noch mehr getan. Er war genau der Typ, der aggressiv wurde, wenn die Dinge nicht so liefen, wie er es wollte. Einer, der leicht übers Ziel hinausschoss.

Aber wurde man so einfach vom Mistwerfer zum Mörder? Hansen musterte Kevin, der trotzig vor ihm stand. Zu einer Schlägerei konnte man ihn sicher leicht bewegen. Doch ein Mord war etwas anderes.

In Gedanken hörte er die Stimme seines Ausbilders. »Lassen Sie sich nie von Ihren persönlichen Gefühlen leiten«, hatte er gesagt. »Es spielt keine Rolle, ob Ihnen jemand sympathisch ist oder nicht. Behandeln Sie jeden mit demselben Respekt und derselben Objektivität.«

Persönlich konnte Nils Hansen Typen wie Kevin nicht ausstehen. Aber das durfte seine Überlegungen nicht beeinflussen. Er musste logisch denken.

Vielleicht hatte Kevin Raddatz gar nicht töten wollen. Womöglich hatte er nur mit dem Traktor eine Runde über das nächtliche Feld gedreht und den Travestiekünstler zufällig entdeckt. Und dann waren eben die Pferde mit ihm durchgegangen. Oder, korrigierte Hansen sich selbst, Kevin hatte Raddatz nur einen Schrecken einjagen wollen und dann das Tempo des schweren Fahrzeugs unterschätzt. Angesichts der vielen leeren Bierflaschen im Schuppen könnte dabei auch Alkohol eine Rolle gespielt haben.

Nils Hansen nickte, zufrieden mit seiner Analyse. Genauso musste es sich abgespielt haben. Die Frage war nur, wie er Kevin dazu bringen konnte, es zuzugeben. Oder zumindest die Sache mit dem Stallmist zu gestehen.

Nils Hansen blickte auf das Bolzenschussgerät in seiner Hand und hatte plötzlich eine Idee. Sie war ein wenig verwegen. Doch wenn sie funktionierte …

Mit einer gespielt gelangweilten Miene wandte er sich an Kevin.

»Was hältst du von einem kleinen Wettstreit?«, fragte er. »Wir schießen jeder dreimal auf die Flaschen. Wenn du besser bist, kriegst du das Ding zurück. Und wenn ich gewinne, antwortest du ehrlich auf meine Fragen.«

Auf Kevins Gesicht entfaltete sich ein Grinsen.

»Ich dachte, das ist verboten?«

»Wir machen eine Ausnahme.«

»Okay.« Kevin dachte nach. »Aber der Einsatz ist mir zu niedrig.« Er schaute Hansen herausfordernd an. »Wenn Sie besser sind, erzähle ich Ihnen haarklein, was ich letzte Nacht gemacht habe. Und wenn ich gewinne, kriege ich für einen Tag Ihre Uniform.«

Nils Hansen merkte, wie ihm heiß wurde. Er war kein besonders guter Schütze, obwohl er natürlich regelmäßig sein Schießtraining absolvierte. Aber wenn er Erfolg hatte und Kevin zugab, dass er gemeinsam mit seinem Stiefvater die Show der »drei Diseusen« torpediert hatte oder womöglich sogar, dass er Clemens Raddatz angefahren hatte – dann hätte er ganz allein diesen Fall geklärt.

Auf der anderen Seite war es natürlich verboten, die Dienstkleidung zu verleihen.

»Was willst du denn mit der Uniform?«, fragte er.

»Ach.« Kevin machte eine nichtssagende Geste. »Nur mal sehen, wie sie mir steht. Lutz sagt immer, wenn ich in diesem Land für Ordnung sorgen will, soll ich zur Polizei gehen.«

Nils Hansen bezweifelte, dass Lutz Hellmann und Kevin Kramer die richtige Einstellung zum Staatsdienst hatten. Doch das war jetzt nicht so wichtig.

»Du willst sie also nur mal anziehen?«

»Jepp.«

Nils Hansen rang mit sich.

»Okay«, sagte er schließlich. »Ich mache dir ein Angebot: Wenn du gewinnst, kannst du sie anprobieren. Aber anschließend bekomme ich sie sofort zurück.«

»Hm.« Kevin setzte eine bedenkliche Miene auf. »Hier kann

ich mir aber nicht anschauen, wie sie aussieht. Ich brauche einen Spiegel.«

Nils Hansen wog schnell das Für und Wider ab. Er wollte nicht zu große Zugeständnisse machen. Doch die Chance, die sich ihm mit dem Wettstreit bot, wollte er sich auch nicht entgehen lassen.

»Okay«, sagte er widerstrebend. »Du kannst die Uniform mit ins Haus nehmen und vor dem Spiegel anziehen. Eine halbe Stunde. Danach gibst du sie sofort zurück.«

Kevin bewegte unentschlossen den Kopf hin und her.

»Na gut«, verkündete er dann. »Einverstanden.«

Er streckte die Hand aus, um den Deal zu besiegeln, und Nils Hansen schlug ein.

***

Vor der Open-Air-Deichbühne in St. Peter-Bad, einem rot gestrichenen, rechteckigen Bau mit geschwungenem Dach, standen bereits einige Zuschauer und sahen zu, wie die weißen Klapptüren, die hier den Vorhang ersetzten, geöffnet wurden. Die ersten Plätze auf den hölzernen Sitzbänken, die in sechs Reihen davorstanden, und auf der dahinterliegenden niedrigen Mauer waren bereits besetzt. Dabei wurden gerade erst der Flügel in Position gerückt und die Mikrofone aufgestellt.

Auf der Promenade hinter den Sitzplätzen blieben einige Passanten stehen und sahen neugierig beim Aufbau zu.

Katharina mischte sich unter die Zuschauer und schlug den Kragen hoch. Über den ausgedehnten Salzwiesen, hinter denen das Meer lag, zogen bedrohlich aufgetürmte Wolken vorbei, doch die Menschen um sie herum ignorierten sie. Auch dem frischen Wind, der Frisuren und Kleidung beutelte, schenkte niemand Beachtung. Hier an der Nordsee war beides alltäglich. Die Touristen waren nicht nur darauf eingerichtet, sie schienen es sogar zu genießen. Schließlich war das raue Klima genauso ein Teil des Flairs wie die frische Seeluft und das Geschrei der Möwen.

Katharina atmete tief durch und sog den salzigen Geruch des Meeres ein. Ein paar Polizisten, die sie angefordert hatte, versammelten sich auf dem Vorplatz der Seebrücke bei »Gosch«. Nur für den Fall, dass es erneut einen Angriff auf die Travestiekünstler geben sollte.

Katharina sah zur Bühne, wo die Aufbauarbeiten mittlerweile zum Ende kamen. Sie hatte versucht, Dominik Otten und Julian Brunner den Auftritt auszureden. Aber Otten hatte darauf beharrt. Wenn man anfing, sich der Gewalt zu beugen, hatten die anderen schon gewonnen, fand er. Und tatsächlich war das Risiko überschaubar. Nachdem sie unter Beobachtung standen, würden Lutz Hellmann und Kevin Kramer wohl kaum einen neuen Angriff wagen.

Aber das war ja auch gar nicht der Hauptgrund, warum sie die Diseusen nach St. Peter-Ording begleitet hatte. Natürlich sorgte sie sich um Ottens Sicherheit. Doch vor allem zog es sie einfach in seine Nähe, auch wenn sie nicht genau hätte sagen können, weshalb.

Eine attraktive Blondine, die sich zwischen den Wartenden zu ihr hindurchdrängte, riss Katharina aus ihren Gedanken. Sie trug einen kurzen schwarzen Rock und ein enges rosafarbenes Top, das ihren üppigen Busen betonte. Erst als sie neben ihr stehen blieb, erkannte Katharina, dass es Julian Brunner war. Oder vielmehr: Jeanette de Brune.

»Wow!«, sagte sie. »Sie sehen toll aus. Aber hatte Jeanette nicht eigentlich dunkle Haare?«

Brunner wehrte mit einer weibischen Geste ab.

»Ach«, säuselte er. »Immer dieselbe Farbe ist doch langweilig. Eine Frau sollte sich schließlich ab und zu mal verändern, finden Sie nicht?«

Katharina, die hinsichtlich Haarfrisur und Kleidung sehr klare Vorlieben hatte, machte eine nichtssagende Geste.

»Ich bin nicht so der experimentelle Typ«, erklärte sie.

»Das ist schade.« Brunner musterte sie. »Sie haben wunderschöne Augen. Und diese Locken, so hübsch vom Wind zerzaust heute Nachmittag …« Er sah aus, als wollte er am liebsten mit beiden Händen hindurchfahren, ließ es aber sein. »Wenn Sie sich ein wenig schminken und ein Kleid tragen würden, sähen Sie aus wie eine Göttin.«

Katharina, die Kleider und Röcke ebenso wenig mochte wie Make-up, wehrte ab.

»Danke. Ich bin zufrieden damit, wie es ist.«

Brunner lächelte. »Verzeihen Sie. Ich habe mal eine Ausbildung zum Stylisten gemacht. Das wird man so leicht nicht los.« Er kniff die Augen zusammen. »Und Sie haben recht. Sie haben das gar nicht nötig. Diese Ausstrahlung … Sie würden auch dann noch phantastisch aussehen, wenn Sie einen Jutesack tragen würden.«

Katharina musste lachen. Sie hatte am Theater etliche homosexuelle Männer kennengelernt. Und natürlich gab es viele, die keines der bekannten Klischees erfüllten. Doch man traf auch immer wieder solche, die zu dieser Exaltiertheit neigten, die man oft mit dem Schwulsein verband. Da die meisten von ihnen dabei aber zugleich offen und zugewandt waren, empfand Katharina das nicht als unangenehm.

»Müssen Sie nicht zu Ihrem Auftritt?«, erkundigte sie sich.

»Nein.« Brunner gestikulierte in Richtung der Deichbühne, die Dominik Otten gerade im schlichten schwarzen Kleid betrat.

Katharina verspürte ein Flattern in der Herzgegend. Ottens Ausstrahlung war auch auf der Promenade hinter den Sitzen deutlich zu spüren. Wie immer hielt er in der einen Hand ein Sektglas, in der anderen eine Zigarette.

»Die erste Hälfte gehört Dominique«, erklärte Brunner und lächelte. Ganz offensichtlich hatte er bemerkt, wie sie auf Otten reagierte.

Der Pianist, der auch bei der Eröffnung der Kulturscheune dabei gewesen war, setzte sich an den Flügel. Er schlug ein paar Töne an, die sich zu einer Melodie verwoben. Otten trat ans Mikrofon und begann zu singen.

»Heute wird wohl kein Schiff mehr gehen
Und keiner geht mehr vor die Tür
Alle sind heute verschüchtert
Nur ich bin es nicht, und das liegt an dir

Am Fenster fliegt eine Kuh vorbei
Da kommt jede Hilfe zu spät
Ein Glas auf die Kuh und eins auf die See.«

Katharina spürte, wie sie der Gesang in den Bann zog, und auch die Zuschauer auf den Sitzen und auf dem Deich wurden still. Ein paar Spaziergänger, die zufällig vorbeikamen, gesellten sich dazu.

Katharina löste sich schweren Herzens von der Vorstellung. Die Gelegenheit, ein wenig mehr über Otten und die anderen Diseusen zu erfahren, war zu günstig, um sie ungenutzt verstreichen zu lassen. Sie signalisierte Brunner, ihr zu folgen, und entfernte sich ein Stück vom Zentrum des Geschehens. Brunner strauchelte mit seinen hohen Absätzen auf der Schräge neben dem Weg auf der Deichkrone. Katharina reichte ihm die Hand und stützte ihn, bis er sein Gleichgewicht wiedergefunden hatte.

»Erzählen Sie mir etwas über Ihr Trio«, bat sie ihn.

Brunner warf die Hände in die Luft.

»Was soll ich da sagen? Dominique ist jemand aus der Branche. Sie tingelt nicht nur durch irgendwelche Kneipen und Clubs, sondern steht auch auf großen Bühnen.«

Er sah Katharina bedeutungsvoll an.

»Dieses Angebot hat sie nur angenommen, weil Andrea Wilke eine alte Freundin ist. Sonst würde man Dominique nicht in einer Scheune oder am Deich zu hören bekommen. Sie hat sogar schon Alben veröffentlicht, mit ihren eigenen Texten und Kompositionen. Das hier, mit den ganzen Coverversionen«, er deutete auf die Deichbühne, »macht sie bloß, um für Andrea die Werbetrommel zu rühren.«

Er fächelte sich mit einer übertriebenen Geste Luft zu, als wollte er den neidischen Unterton, der sich in seine Stimme geschlichen hatte, eilig davonwedeln.

»Clemens und ich gehören zu der großen Masse der Travestiekünstler, die zwar davon leben können, aber eben mehr schlecht als recht. Mit Dominique aufzutreten ist ein Geschenk«, fuhr er fort und schaute zur Seebrücke, einer Konstruktion aus hellem Holz mit schräg stehenden gelben Laternen, die sich über einen Kilometer bis zum Strand erstreckte. »Sonst treten wir meistens auf Hochzeiten, Firmenfesten oder Junggesellenabschieden auf. Da ist die Gage oft nur ein besseres Schmerzensgeld. Und nur in den seltensten Fällen spielen wir vor einem Publikum, das uns zu schätzen weiß.«

Jetzt klang er beleidigt.

»Trotzdem haben Sie weitergemacht«, stellte Katharina fest. »Sie hätten ja auch in Ihrem Beruf arbeiten können. Stylist, nicht wahr?«

»Ach Gott, ja.« Wieder fuchtelte Brunner mit den Händen. »Das könnte ich natürlich tun. Aber ich will auf die Bühne. Da gehöre ich hin. Am Anfang ist es immer hart, wenn man sich mit der Kunst sein täglich Brot verdienen will. Man muss sich eben durchbeißen. Und auf die eine, große Chance warten. Auf den Durchbruch.«

»Den Sie sich von Ihrer Verbindung mit Dominique O. erhoffen.«

Brunners Augen leuchteten.

»Das ist *die* Gelegenheit! Eine ganze Reihe von Auftritten mit einer echten Diva. Damit kann ich auf einen Schlag bekannt werden.«

Katharina musterte den jungen Mann. »Was fasziniert Sie daran? Warum wollen Sie in Frauenkleidern im Rampenlicht stehen und singen?«

Brunner lächelte.

»Weil es Spaß macht«, erklärte er. »Ich mag diese bunten Kostüme. Und es ist, als hätte man zwei Leben. Eines als Mann und eines als Frau.«

»Treten Sie auch im Alltag als Frau auf?«

»Nein. Da bin ich ein ganz gewöhnlicher Mann.« Brunner zwinkerte ihr zu. »Das heißt: so normal, wie man das als typischer Gay eben ist.«

Katharina schmunzelte. Brunner war ihr sympathisch. Fröhlich und unkompliziert. Und so offen, wie es nur Menschen waren, die sich längst damit abgefunden hatten, dass sie nicht in Schubladen passten.

Sie neigte fragend den Kopf.

»Und Ihr Kollege?«, erkundigte sie sich. »Clemens Raddatz? Hat der das auch so gesehen?«

Brunner schnalzte mit der Zunge.

»Clemens!« Er gestikulierte heftig. »Man soll ja über Tote nichts Schlechtes sagen. Aber Clemens war total versaut. Der hatte nur Sex im Kopf. Der ist nicht auf die Bühne gegangen, um dem Publikum etwas zu bieten. Der wollte nur sich selbst befriedigen.«

Katharina hob die Augenbrauen.

»Gab es deshalb Streit?«

Brunner lachte aufgesetzt.

»Nein. Nicht wirklich. Natürlich haben wir das künstlerische Konzept diskutiert. Aber es war von Anfang an klar, dass Dominique das Sagen hat. Sie hat ›Die drei Diseusen‹ gegründet. Und ihr gefiel Clemens' Nummer.« Er zwinkerte ihr zu. »Ich hab das nicht gleich kapiert. Doch ich glaube, Dominique fand ihn einfach komisch. Das hat sie ihm natürlich nicht gesagt. Aber sie hat ihn machen lassen, und alle waren zufrieden.«

»Trotzdem gab es doch bestimmt Konflikte?«

Brunner stemmte mit einer höchst femininen Geste die Hände in die Hüften.

»Sie denken doch nicht, dass einer von uns etwas mit Clemens' Tod zu tun hat?«

Katharina schaute zu Dominique, die sich gerade unter Applaus auf ihrem Barhocker niederließ. Sie zündete sich eine frische Zigarette an und trank von ihrem Sekt, ehe sie dem Pianisten das Zeichen gab, ein neues Lied anzustimmen.

»Der Klavierspieler«, fragte Katharina. »Gehört der auch zum Ensemble?«

»Jérôme? Nein.« Julian Brunner warf dem dunkelhaarigen Mann am Flügel einen sehnsüchtigen Blick zu. »Leider nicht. Er arbeitet oft mit Dominique zusammen, aber er begleitet auch andere Künstler.«

»War er letzte Nacht auf dem Hof?«

»Nein.« Brunners Miene verdüsterte sich weiter. »Er ist gleich nach der Vorstellung nach Hamburg gefahren. Sein Lebensgefährte hatte Geburtstag.«

Katharina musste sich ein Schmunzeln verkneifen. Der hübsche Klavierspieler war für Julian Brunner offenbar ein Objekt der Begierde. Allerdings ein unerreichbares.

Brunner deutete zur Deichbühne.

»War es das? Ich muss mich jetzt auf meinen Auftritt vorbereiten.«

»Nur noch eine Frage.« Katharina schaute wieder zu Dominique O. und suchte nach einer passenden Formulierung. »Was für ein Mensch ist Dominik Otten? Ich meine: wenn er nicht auf der Bühne steht?«

Brunner hob spöttisch die Augenbrauen.

»Sie möchten wissen, in welches Kästchen Sie Dominique stecken können? In keines. Sie lebt so, wie sie es für richtig hält. Wenn nicht gerade das unerbittliche Auge des Gesetzes auf ihr ruht, meistens als Frau.«

Er winkte ihr übertrieben zu und stolzierte auf seinen hohen Absätzen davon. Katharina sah ihm nach und spürte, wie ihr Herz schwer wurde.

Das war nicht unbedingt das, was sie hatte hören wollen.

***

Kevin griff nach einem Plastiksack, der in der Ecke stand, und holte mehrere leere Flaschen hervor. Auf dem Brett an der Rückwand baute er zwei identische Anordnungen auf: jeweils drei Flaschen, eine bauchige Weinflasche, eine Bierflasche – und eine winzige Kümmerling-Flasche. Anschließend trat er beiseite und machte eine einladende Geste.

»Sie fangen an.«

Hansen nahm seine Dienstmütze vom Kopf und wischte sich den Schweiß von der Stirn. Er stellte sich hinter die Linie, die Kevin in den Lehmboden geritzt hatte, setzte die Mütze wieder auf und hob das Bolzenschussgerät. Er hielt die Waffe fest in beiden Händen und visierte die Weinflasche auf seiner Seite an.

Konzentriert atmete er ein. Dann hielt er die Luft an und zog den Abzug durch.

Der Bolzen flog aus der Waffe und zertrümmerte die Weinflasche.

»Fein.« Kevin streckte die Hand aus. »Das war nicht schlecht.«

Hansen sah zu, wie Kevin lässig mit einer Hand zielte und abdrückte. Die Weinflasche auf der anderen Seite zerbarst. Kevin gab Hansen die Waffe zurück.

Nils Hansen nahm wieder seine Schussposition ein. Er streckte die Arme aus und fixierte die Bierflasche. Mit zusammengebissenen Zähnen feuerte er – und traf. Erleichtert reichte er Kevin das Gerät.

Der nahm sich erneut kaum Zeit zum Zielen und fegte seine Bierflasche mit einem gut platzierten Schuss vom Brett. Ehe Hansen auch nur richtig Luft geholt hatte, hielt er die Waffe schon wieder in der Hand.

Er stellte sich breitbeinig hin und kniff die Augen zusammen. Diese Kümmerling-Flasche war wirklich verdammt klein. Wenn er die Waffe auch nur ein paar Millimeter verzog, würde der Schuss danebengehen. Zu seinem Ärger spürte er, dass seine Hände vor Aufregung bebten.

Entschlossen neigte er den Kopf ein wenig nach vorn und richtete seine gesamte Konzentration auf das Zielobjekt. Man musste sich einfach nur vorstellen, dass ein unsichtbarer Faden den Lauf der Waffe mit der Magenbitterflasche verband. Dann würde der Schuss wie von selbst sein Ziel finden.

Er atmete tief ein, hielt die Luft an und drückte ab.

Der Bolzen knallte gegen die Rückwand des Schuppens und blieb im Holz stecken. Die Kümmerling-Flasche stand unversehrt an ihrem Platz.

»Tja.« Kevin feixte. »Daneben.«

Hansen merkte, wie ihm der Schweiß ausbrach. Das Beste, worauf er bei diesem Wettstreit noch hoffen konnte, war ein Unentschieden. Kevin dagegen hatte noch alle Chancen auf einen Sieg.

Aber diese Flasche war tatsächlich winzig. Vielleicht hatte er Glück und kam noch einmal davon.

Kevin nahm das Bolzenschussgerät und ließ es um seinen Zeigefinger rotieren. Dann begab er sich in diese lässige Gangsterpose, die man im Fernsehen so oft sah und die kein vernünftiger Schütze jemals einnehmen würde: Er hielt die Waffe mit einer Hand, den Handrücken nach oben gerichtet. Auf diese Weise konnte man weder gut zielen noch den Schuss kontrollieren.

Hansen spürte, wie er ruhiger wurde. Wenn Kevin aus dem letzten Schuss eine solche Show machte, würde er niemals treffen.

Kevin blinzelte ihm zu.

»Sind Sie bereit?«

»Klar«, gab Nils Hansen so gelassen zurück, wie er konnte.

Kevin tat so, als würde er abdrücken, ließ dann aber die Waffe wieder sinken.

»Na ja. So kann man ja nicht treffen«, erklärte er und stellte sich breitbeinig hin. Er umfasste den Griff des Bolzenschussgeräts mit beiden Händen, atmete einmal tief ein und zielte konzentriert auf die Kümmerling-Flasche. Dann drückte er ab.

Der Bolzen sauste durch die Luft und fegte die kleine Magenbitterflasche vom Brett. Kevin ballte triumphierend die Faust.

»Ja, Mann!«, rief er. Dann drehte er sich grinsend zu Hansen um.

»Also«, sagte er. »Her mit der Uniform.«

»Wie? Jetzt?« Nils Hansen spähte zur Schuppentür und überlegte, ob er einfach davonlaufen sollte.

Kevin, der ihn durchschaute, versperrte ihm mit einem schnellen Schritt den Weg.

»Klar. Jetzt. Wann denn sonst?« Er schaute auf seine klobige Armbanduhr. »Nur eine halbe Stunde, wie abgemacht. So lange können Sie doch warten?«

Nils Hansen schwitzte.

»Und … was soll ich in der Zwischenzeit anziehen?«

Kevin hob die Hände.

»Keine Ahnung. Da hätten Sie vielleicht vorher drüber nachdenken müssen.«

»Also gut.« Nils Hansen seufzte. So kalt war es in dem Schuppen ja nicht. Er würde es wohl überleben, wenn er eine Weile in der Unterhose hier saß. Und was blieb ihm auch anderes übrig? Er hatte sich auf das Spiel eingelassen, und er hatte verloren. Nun musste er eben die Rechnung bezahlen. Wettschulden waren schließlich Ehrenschulden.

Er entledigte sich seiner Uniform und stopfte sie in die Plastiktüte, die Kevin aus einer Ecke hervorgekramt hatte und ihm hilfreich entgegenhielt. Die Schuhe steckte er dazu. Die Brieftasche, das Smartphone und den Waffengurt behielt er selbstverständlich, legte aber großmütig die Handschellen in den Beutel, als er Kevins enttäuschte Miene sah. Kevin verschloss die Tüte und öffnete die Schuppentür.

»In dreißig Minuten bist du wieder hier«, erinnerte ihn Nils Hansen. »Und wehe, auf der Uniform ist auch nur ein einziger Fleck.«

Kevin Kramer schaute ihn nachdenklich an. Auf seinen Lippen entfaltete sich ein Lächeln.

»Wissen Sie was?«, verkündete er. »Ich hab's mir überlegt. Ich behalte die Klamotten doch lieber bis morgen.«

Damit drehte er sich um und lief über den Hof davon.

»Halt!«

Nils Hansen rannte hinter Kevin her. Spitze Steine bohrten sich durch die dünnen Socken in seine Fußsohlen, doch er ignorierte den Schmerz.

»Bleib stehen!«, brüllte er, aber Kevin reagierte nicht darauf. Er bog um die Ecke der Scheune und entschwand aus Hansens Blickfeld. Als Nils Hansen den Punkt erreichte, an dem er Kevin zuletzt gesehen hatte, war von dem jungen Mann nichts mehr zu entdecken.

»Verdammt!«, fluchte Hansen. »Dieser kleine Mistkerl. Der wird mich kennenlernen.«

Er hörte ein Motorengeräusch und das Knirschen von Sand und Kies, als ein Wagen auf den Hof fuhr. Plötzlich wurde ihm bewusst, dass er nur in Unterhose und Socken herumlief. Eilig drückte er sich an die Scheunenwand. Sein Herz hämmerte bis zum Hals.

Was, um alles in der Welt, sollte er jetzt tun? Er blickte sich um und überlegte, wo er sich befand.

Der Hof seiner Eltern lag nur knapp zwei Kilometer entfernt. Es war zwar helllichter Tag, aber wenn er den Weg über die Felder wählte, sah ihn vielleicht niemand.

Besonders wohl war ihm bei dem Plan nicht. Aber er hatte ja gar keine Wahl.

13

Was stimmte bloß nicht mit ihm? Warum spürte er einfach nichts? Und weshalb reagierte sein Körper nicht, wenn Mara ihn so zärtlich berührte?

Kein anderes Mädchen mochte er so gern wie sie. Bei keinem anderen fühlte er sich so wohl. Das musste doch so etwas wie Liebe sein?

Er hatte ihren Kuss erwidert, und ihre Finger waren auf Wanderschaft gegangen. Doch es hatte sich einfach nicht richtig angefühlt. Da war nichts von dem gewesen, was Kevin beschrieb, wenn er über seine Abenteuer mit den Mädchen aus der Berufsschule berichtete. Aber Kevin war ja auch ein Großmaul. Wahrscheinlich gab er einfach nur an.

Leon trat in die Pedale. Er fuhr auf dem Deich in Richtung St. Peter-Bad. Das war nicht gerade der direkte Weg vom Westküstenpark nach Garding. Doch er hatte Mara nicht mehr in die Augen sehen können, nachdem er sich so linkisch angestellt hatte. Erst war er mit der müden Entschuldigung, ihm sei kalt, unter die Dusche geflohen. Und dann war er eilig in den trockenen Overall geschlüpft und hatte erklärt, dass er nach Hause wolle. Mara hatte ihn gebeten zu warten. Sie musste erst noch das Futter für die Schildkröten zum Tropenhaus tragen.

Er war einfach losgefahren, und jetzt würde Mara sicher versuchen, ihn einzuholen. Da sie viel sportlicher war als er, hätte sie das sicher schnell geschafft, wenn er den üblichen Weg gewählt hätte. Deshalb hatte er sich für die Strecke über den Deich entschieden. Er hatte ja Zeit. Und vielleicht fiel ihm unterwegs ein, was ihm bei Mara fehlte. Oder ob es gar nicht an Mara lag, sondern an ihm.

Er ließ den Blick über die Salzwiesen schweifen, die sich vom Deich bis zur Nordsee erstreckten. Dort lag auch der Strand. Besser gesagt: einer der Strände. In St. Peter-Ording gab es so viel herrlich weißen, feinkörnigen Sand, dass man sich beinahe vorkam wie in der Südsee.

Vielleicht war es ja das. Womöglich war der Umkleideraum einfach das falsche Ambiente gewesen. Wenn er mit Mara in einer lauen Sommernacht am Strand wäre … Wenn sie gemeinsam auf einem weichen Handtuch lägen und auf die funkelnden Sterne blickten, mit dem Rauschen des Meeres und dem Donnern der anrollenden Wellen in den Ohren … Wenn sie sich dann ausziehen und Hand in Hand nackt ins warme Wasser laufen würden … dann würde vielleicht auch das Blut in seinen Adern zu pulsieren beginnen, und er könnte dieses wunderbare Gefühl spüren, das er sich manchmal nachts unter der Bettdecke heimlich verschaffte.

Ein schrilles Klingeln riss ihn aus seinen Gedanken. Leon blickte auf und fand sich einem Tross von Fahrradfahrern gegenüber, die in hohem Tempo auf ihn zusausten. Er riss den Lenker herum und geriet ins Schlingern. Die Treppe, die zur Erlebnispromenade hinunterführte, kam bedrohlich näher.

Leon versuchte, vom Rad zu springen, und blieb mit dem Fuß an der Mittelstange hängen. Er kippte um und stürzte in die Büsche neben dem Weg. Ein scharfer Schmerz fuhr durch seine Hände und sein rechtes Knie. Die eilige Radwandergruppe preschte an ihm vorbei, als wäre nichts gewesen.

Leon rappelte sich mühsam auf und betrachtete seine aufgeschürften Handflächen. Er zog die Hose des Overalls hoch und entdeckte, dass auch seine Knie blutige Schrammen hatten. In seiner Kehle machte sich ein dicker Kloß breit.

Er wollte nicht heulen. Aber er konnte nichts dagegen tun. Die Tränen schossen ihm in die Augen, und seine Hände zitterten unkontrolliert.

Kevin hatte recht. Er war einfach nicht normal.

Er zerrte mühsam das Rad aus den dornigen Brombeerranken, in denen es sich verhakt hatte. Mit dem Ärmel seines Overalls wischte er sich über das Gesicht. Dann schob er das Fahrrad über den Deich weiter in Richtung St. Peter-Bad. Auf den Sattel wollte er sich lieber nicht wieder setzen.

Er schob das Fahrrad mit spitzen Fingern, weil seine Handflächen brannten, und wünschte sich ans andere Ende der Welt. Vielleicht gab es ja irgendwo dort einen Ort, wo die Menschen so waren wie er.

Als er die Deichbühne erreichte, hielt er an.

Dort oben sang der Mann, dem er vor ein paar Tagen bei einem Streifzug durch das kleine Wäldchen in Garding begegnet war. Der ihn mit seinen kieselgrauen Augen durchbohrt und ihm Dinge gesagt hatte, die er nicht hatte hören wollen.

Ganz sicher hatte dieser Mann sich geirrt. Er hatte von sich auf andere geschlossen. Und das war einfach falsch. Was mit Julian passiert war, war schließlich nicht Leons Schuld. Er wollte auch nicht darüber nachdenken. Über diese sonderbare Empfindung, als Julian ihn berührt hatte. Doch das war nur die Überraschung gewesen, weil er nicht damit gerechnet hatte. Es hatte überhaupt nichts zu bedeuten. Jedenfalls nicht das, was dieser Mann mit den kieselgrauen Augen glaubte. Er hatte es sicher gut gemeint und Leon nur helfen wollen. Aber trotzdem stimmte es nicht. Leon war nicht so wie diese Leute da oben auf der Bühne.

Obwohl er etwas abseits geblieben war, entdeckte ihn der Mann im Kleid sofort. Er nahm einen Zug von seiner Zigarette und hob sein Sektglas in Leons Richtung.

»Das ist für dich«, sagte er mit seiner rauchigen Stimme ins Mikrofon. Und dann sang er dieses Lied.

»I am what I am … I am my own special creation …«

Leon wollte davonlaufen. Er wollte nichts von den Gefühlen hören, die so verstörend waren, so warm und verlockend und zugleich so fremd und falsch.

Aber er stand da wie festgewachsen. Die Töne und Worte trafen an sein Ohr, bahnten sich einen Weg ins Innere und drangen in sein Herz.

In diesem Moment fühlte er sich zu Hause.

***

Der Junge fiel ihr auf, weil er ein wenig abseits blieb. Und weil er zugleich so versunken in die Darbietung von Dominique O. wirkte. Nicht wie jemand, der nur stehen geblieben war, um zu sehen, was sich gerade auf der Deichbühne abspielte. Sondern wie einer, der gerade eine echte Entdeckung gemacht hatte.

Katharina kniff die Augen zusammen und betrachtete den Jüngling genauer. Irgendetwas an ihm kam ihr bekannt vor. Diese helle Haut und die hellblonden Haare. Sie war sich sicher, dass sie ihm noch nie persönlich begegnet war, aber sie hätte geschworen, dass sie ihn schon einmal irgendwo gesehen hatte. Und dann fiel es ihr ein: Es war ein Bild gewesen, das ihn zusammen mit seinem kräftig gebauten Vater und dem beinahe ebenso bulligen Bruder zeigte. Ein Foto, das in einer Bauernhausküche neben dem Kühlschrank hing. Der schlanke Junge dort musste der jüngere Bruder von Kevin Kramer sein.

Sie lief den Deich ein Stück hinunter, machte einen Bogen um die Zuschauer der Travestieshow und näherte sich dem Jungen von hinten. Beim Näherkommen sah sie, dass er ein wenig ramponiert wirkte. Die Knie seiner Hose waren beschmutzt, die Hände verschrammt und blutig. War er mit dem Rad gestürzt? Oder hatte ihn jemand in eine Schlägerei verwickelt?

Eine Armeslänge von ihm entfernt blieb sie stehen.

»Hallo, Leon«, sagte sie.

Leon Kramer schaute sich um. Sein Blick glitt über sie hinweg, zu den anderen Personen, die in Rufweite standen. Als er niemanden entdeckte, den er kannte, kehrten seine Augen zu ihr zurück. Sie sah Vorsicht und Verunsicherung darin, aber auch so etwas wie Neugier.

Katharina trat näher.

»Ich bin Kriminalhauptkommissarin Katharina Berg«, stellte

sie sich vor. »Ich habe dich heute Morgen auf einem Foto in eurer Küche gesehen.«

»Ach so?« Leon presste unwillkürlich seine Ellenbogen enger an den Körper. »Dann stimmt es, was Mara sagt? Dass Sie glauben, dass wir etwas mit dem Toten zu tun haben?«

Katharina machte eine beschwichtigende Geste. Tatsächlich, fiel ihr auf, war Leon der Erste, den die Ereignisse emotional zu berühren schienen, während sich die anderen Mitglieder seiner Familie hinter ihrer distanzierten Abwehr verschanzten.

»Wir glauben noch gar nichts«, erläuterte sie. »Wir versuchen lediglich, uns ein Bild zu machen.« Sie deutete zur Bühne. »Hast du ihn gekannt? Oder kennst du die beiden anderen?«

»Nein.«

Leons Antwort kam viel zu hastig, und er strich sich nervös eine Haarsträhne aus der Stirn. Dabei entdeckte Katharina, dass seine Handfläche aufgeschürft war.

»Aber dir gefällt die Show«, sagte sie.

Leon zog die Schultern hoch.

»Nee. Ich meine: keine Ahnung. Ich wollte einfach nur mal gucken.«

»Ich habe dich eben eine Weile beobachtet«, bemerkte Katharina. »Ich hatte den Eindruck, dass es dir etwas bedeutet.«

Der Blick des Jungen flackerte. Es war nicht zu übersehen, dass sie mit ihrer Vermutung richtiglag. Zugleich schien ihm ihr Interesse unangenehm zu sein.

»Es geht mich auch nichts an«, sagte sie schnell. »Aber das sind wunderbare Menschen. Auch wenn es bei dir zu Hause vielleicht Personen gibt, die etwas anderes behaupten.«

Sie sah, wie sich etwas in Leons Blick veränderte. Für einen Moment zeigte sich seine Sehnsucht, sein Wunsch nach Verständnis, nach Wärme, nach Zuwendung. Dann schlug er die Augen eilig wieder nieder. Katharina konnte nur ahnen, welcher Tumult sich gerade in seinem Inneren abspielte. Bei seiner Familie würde er viel Mut brauchen, um seinen Weg zu gehen. Katharina konnte ihm dabei nicht helfen, aber wenn er reden wollte, würde sie zuhören.

»Lass dich nicht stören«, bat sie und wandte sich der Bühne zu. Ohne Einwilligung und in Abwesenheit eines Erziehungsberechtigten durfte sie den Sechzehnjährigen gar nicht befragen. Doch vielleicht hatte er ja von selbst den Wunsch, etwas zu sagen.

Sie beobachtete, wie Julian Brunner in seinem kurzen Kleid zu Dominique O. auf die Bühne trat und die beiden ein Duett anstimmten. Aus dem Augenwinkel bemerkte sie eine Bewegung. Als sie sich umdrehte, sah sie, wie Leon eilig über den Deich davonradelte.

Sie verspürte einen Stich der Enttäuschung. Offenbar hatte Leon nicht das Bedürfnis, sich ausgerechnet einer Kriminalkommissarin anzuvertrauen. Aber was hatte sie auch erwartet?

***

»Hände hoch!«

Kevin Kramer trat hinter dem Stallgebäude hervor und richtete sein Bolzenschussgerät auf Mara. Die Nachbarstochter drehte sich um und betrachtete ihn verwirrt.

Kevin grinste. Die Uniform von diesem Dorfbullen saß zwar ein wenig zu eng, aber sie passte. Und sie fühlte sich richtig gut an. In so einem Outfit war man jemand. Man hatte plötzlich die Macht, Befehle zu erteilen. Und sich das zu holen, was man schon lange hatte haben wollen.

»Du bist verhaftet.«

Mara ließ das Fahrrad fallen, das sie in den Schuppen hatte schieben wollen.

»Was soll der Quatsch, Kevin?«

Kevin zog Hansens Handschellen hervor.

»Dreh dich um.«

Mara tippte sich an die Stirn.

»Du spinnst doch.«

Kevin hatte keine Lust zu diskutieren. Er griff nach Maras Arm und zwang sie, ihm den Rücken zuzukehren. Dann legte er ihr schnell die Handfesseln an.

»He! Was soll denn der Scheiß?«

Mara wand sich, doch Kevin ließ sie nicht los. Er drängte sie in den Schuppen und schloss die Tür. Drinnen führte er sie zu dem Stuhl, den er bereitgestellt hatte, und drückte sie auf die Sitzfläche.

»Ich habe nur eine Frage«, erklärte er. »Wenn du die Wahrheit sagst, kannst du gehen. Wenn du lügst, wirst du bestraft.«

Sein Blick wanderte zu der ausgemusterten Werkbank, auf der eine Handvoll Brennnesseln lag. Er wusste noch nicht genau, was er damit anstellen sollte. Aber auf jeden Fall sahen sie hübsch bedrohlich aus.

»Sag mir, was da zwischen dir und Leon ist«, forderte er.

Maras Augen sprühten Funken.

»Was da ist?«, spuckte sie. »Nichts ist da. Leon interessiert sich nicht für mich.« Sie lachte bitter. »Wahrscheinlich mag er überhaupt keine Mädchen.«

Kevin, der seine Hand schon nach den Brennnesseln ausgestreckt hatte, hielt mitten in der Bewegung inne.

»Was soll das heißen?«, fragte er lauernd.

»Was wohl? Dein Bruder ist andersrum«, schleuderte ihm Mara entgegen. Jetzt, wo sie es sich selbst sagen hörte, wurde sie sich immer sicherer. »Einer vom anderen Ufer.«

Kevin konnte sie kaum noch verstehen. Das Blut in seinen Ohren rauschte viel zu laut.

»Das ist nicht wahr!«, brüllte er.

Mara funkelte ihn an.

»Ist es doch!«, schrie sie zurück. So leicht ließ sie sich nicht kleinkriegen.

Kevin schlug ihr mit der flachen Hand ins Gesicht. Maras Kopf flog zur Seite, und ein leuchtend roter Abdruck seiner Finger blieb zurück.

Mara biss die Zähne zusammen, weil sie nicht weinen wollte, doch die Tränen drängten trotzdem aus ihren Augen.

Kevin sah es und kam plötzlich zur Besinnung.

»Ach, Scheiße, nein! Das wollte ich nicht.«

Er löste eilig die Handfesseln.

Mara sprang auf.

»Mach so etwas nie wieder!«, fauchte sie Kevin an und verpasste ihm links und rechts ein paar schallende Ohrfeigen. Dann rauschte sie aus dem Schuppen.

»Mara!« Kevin machte einen Schritt zur Tür und blieb dann stehen. Er presste die Hände auf seine brennenden Wangen und ließ sich auf den Stuhl sinken.

»Ich wollte doch nur … ich wollte dir doch nur sagen, dass … dass ich total verknallt in dich bin«, murmelte er leise.

Er schlug sich die Faust vor die Stirn.

»Aber ich bin so ein Idiot«, fluchte er. »Ich hab's verkackt.«

Sein Blick wanderte zur Werkbank, wo die frischen Brennnesseln auf ein Opfer warteten. Und er wusste auch schon, wer das sein würde.

***

Mit jedem Schritt wurde sein Herz leichter. Links von ihm dröhnte ein Erntewagen über das Feld und mähte den Weizen, doch er war weit entfernt und in eine dichte gelbe Staubwolke gehüllt, sodass der Fahrer nichts würde sehen können. Und er gehörte zu jenen, die ihre Ernte allein einfuhren. Am Feldrand stand nur ein einzelner Anhänger ohne Zugmaschine, sodass ihn auch von dort niemand beobachten konnte.

Auf der rechten Seite grasten ein paar Kühe, die zu ihm herüberglotzten. Sie mochten sich ihre Gedanken machen, aber sie würden sie zumindest mit niemandem teilen können. Und direkt vor ihm lag schon der Hof seiner Eltern, ein hübsches weiß getünchtes Haus mit einem dunklen Reetdach, das aussah wie eine leicht schief sitzende Mütze, und blank geputzten Scheiben, die ihm zuzublinzeln schienen. Vor dem hohen strahlend blauen Himmel mit den vereinzelt dahintreibenden Wolken sah es aus wie ein romantisches Postkartenmotiv.

Nils Hansen hastete geduckt an den Büschen entlang und huschte eilig zur Hintertür. Wenn sie nicht abgeschlossen war, war er in Sicherheit.

Er drückte die Klinke hinunter und seufzte befreit. Die Tür war offen. Schnell trat er in den Flur und warf sie hinter sich zu.

Aufatmend lehnte er sich mit dem Rücken dagegen und schloss für einen Moment die Augen.

Er hatte es geschafft. Niemand hatte ihn gesehen. Zum Glück, denn er wäre sicher für alle Zeit das Gespött im Dorf gewesen, wenn ihn irgendwer dabei entdeckt hätte, wie er nur mit seinen Boxershorts und dem Pistolengurt bekleidet über die Felder gerannt war.

Neben ihm hüstelte jemand.

Nils Hansen riss die Augen wieder auf.

»Mutter.«

Marlies Hansen ließ ihren Blick von seinem Kopf bis zu seinen Füßen in den schwarzen Socken wandern. Kritisch beäugte sie die Unterhose, die mit unzähligen der alten weiß-grünen Polizeiautos mit rotierendem Blaulicht bedruckt war.

»Nils. Ist das deine neue Dienstkleidung?«

»Nein.« Hansen spürte, wie er rot wurde. »Das ist nur … ein Geschenk von den Kollegen. Zur Beförderung.«

»Und deswegen ziehst du das jetzt statt der Montur an?«

»Nein. Natürlich nicht.« Nils Hansen seufzte. Er suchte nach einer guten Erklärung, aber ihm fiel einfach nichts ein. »Die Uniform habe ich … äh … verloren.«

Seine Mutter hob bedeutungsvoll die Augenbrauen.

»Verloren?«

Hansen vollführte eine nichtssagende Geste.

»Das ist eine lange Geschichte. Ich erzähle sie dir später«, versprach er und sauste zur Treppe. Seine Mutter sah ihm hinterher.

»Da bin ich aber gespannt.«

14

Beinahe hätte sie ihr Handy nicht gehört, weil sie so in den Gesang von Dominique O. und Jeanette de Brune versunken war. Die beiden Stimmen ergänzten sich wunderbar, Dominiques tiefe, raue, rauchige und Jeanettes klare und reine. An manchen Stellen klang sie hart wie Metall und manchmal auch ein wenig schrill, doch die Kombination war einfach großartig. Dazu noch diese beiden grundverschiedenen Frauentypen: Dominique, die so schlicht war, wie es ein Travestiekünstler nur sein konnte, und Julian Brunner, der nahezu jedes Klischee der bunten Glitzerwelt bediente. Mit seinem mit Federn und Pailletten in allen erdenklichen Farben verzierten Bühnenkostüm wirkte er wie eine Erscheinung aus flirrenden Lichtern.

Katharina trat bedauernd ein Stück beiseite und zog ihr Handy aus der Tasche. »Berg?«, meldete sie sich, während Dominique und Jeanette mit der letzten Strophe von Adel Tawils »Ich will nur, dass du weißt« einsetzten.

»Hallo, Katharina«, erwiderte eine warme Stimme am anderen Ende. »Störe ich dich?«

»Nein.« Katharina musste schmunzeln. Dr. Wolfgang Steinhaus, der kahlköpfige Rechtsmediziner mit der Adlernase und dem scharfen Blick, hatte diesen sogar am Telefon. »Ich sehe mir nur gerade einen Auftritt der ›drei Diseusen‹ an.«

»Du meinst, der ›zwei Diseusen‹«, erwiderte Steinhaus trocken. »Die dritte liegt hier vor mir auf dem Tisch.«

»Hm. Hast du schon etwas herausgefunden?«, fragte Katharina und steckte sich einen Finger ins linke Ohr, um den Applaus auszublenden, der am Ende des Liedes eingesetzt hatte.

»Deswegen rufe ich an.« Der Rechtsmediziner, der seinen Beruf mit Leidenschaft ausübte, machte selten große Worte und kam lieber sofort auf den Punkt. »Die Kollegen im LKA haben sich mit der Blutanalyse mächtig ins Zeug gelegt. Und ich mich natürlich auch. Summa summarum: Die Verletzungen, an denen Raddatz gestorben ist, sind eindeutig von einer Kupplung verursacht worden, wie sie der Traktor der Familie Kramer besitzt. Und das Blut, das ihr gefunden habt, stammt von einem Menschen, nicht von einem Tier.«

Katharina hielt unwillkürlich die Luft an.

»Sag nicht, du kannst auch bestätigen, dass es das Blut von Clemens Raddatz ist.«

»Nein.« Steinhaus blätterte hörbar in irgendwelchen Unterlagen. »Die DNA-Analyse dauert noch.«

Katharina seufzte, doch Steinhaus hatte noch einen Pfeil im Köcher.

»Allerdings«, fügte er hinzu, »konnten wir feststellen, dass es Blut derselben Blutgruppe ist, die auch Raddatz hatte. AB plus.«

Er machte eine Pause und wartete darauf, dass Katharina etwas erwiderte.

»Das ist keine häufige Blutgruppe, nicht wahr?«

»Nein. Es ist mit vier Prozent die seltenste unter den Rhesuspositiven. Und das heißt, die Wahrscheinlichkeit, dass das Blut am Traktor von einer anderen Person als Clemens Raddatz stammt, ist außerordentlich gering.«

Katharina nickte. Das war eine Information, mit der sie arbeiten konnte. Sie wollte das Gespräch beenden, aber Steinhaus war noch nicht fertig.

»Ich lasse euch die Kiste mit den persönlichen Dingen zum Asservieren überstellen«, sagte er. »Wundert euch nicht. Da sind auch noch zwei Silikonkissen dabei.«

Katharina versuchte sich bildlich vorzustellen, was er meinte, doch es gelang ihr nicht.

»Er hatte vier«, erläuterte der Rechtsmediziner und unterbrach sich sofort. »Es ist doch richtig, wenn ich ›er‹ sage? Max Meier von der KT sagt, das Standesamt führt ihn als Mann.«

»Das ist in Ordnung«, erwiderte Katharina, die es bewundernswert fand, wie sich Wolfgang Steinhaus und Max Meier, zwei Männer, die sicher in ihrem gesamten Leben noch nie den Wunsch verspürt hatten, ein Kleid anzuziehen, darum bemühten, dem Toten gerecht zu werden. »Clemens Raddatz war nicht transsexuell. Er war lediglich ein Travestiekünstler. Und darüber hinaus ein Transvestit.«

»Ach so? Das erklärt vielleicht, weshalb unter dem Kleid nicht alles an seinem Platz war. Sein Miederhöschen war aufgeschnürt und ein Stück heruntergezogen. So, als hätte er sich kurz vor seinem Tod gerade sehr intensiv mit sich selbst beschäftigt.«

Katharina, der dieses Detail bei der Anschauung des Leichnams nicht aufgefallen war, stellte fest, dass sie gar nicht so genau wissen wollte, was Clemens Raddatz in den letzten Sekunden seines Lebens angestellt hatte.

»Was hat es denn nun mit diesen Silikonkissen auf sich?«, fragte sie.

»Wie gesagt: Es waren vier. Die beiden, die er unter dem BH getragen hat, sind beim Aufprall geplatzt. Aber die Buttpads sind noch intakt.«

»Was für Pads?«

»Butt. Silikonkissen für den Po.«

»So etwas gibt es auch?« Katharina musste gegen ihren Willen kichern. »Also, ich brauche so was nicht. Meiner ist schon von allein rund genug.«

»Sei froh«, erwiderte Steinhaus. »Schließlich hast du eine vorwiegend sitzende Tätigkeit. Da kann ein wenig Fett nicht schaden. Das schont die Knochen.«

Katharina lachte.

»Danke, Wolfgang«, sagte sie. »Du hast meinen Tag gerettet.«

***

Leon trat erschrocken in die Bremse, als auf der kurzen Strecke durch das Wäldchen plötzlich jemand direkt vor ihm auf den Weg sprang. Mit der dunkelblauen Uniform war die Person zwischen den Bäumen nicht zu sehen gewesen.

Leon geriet ins Schleudern und konnte sich gerade noch fangen. Beinahe wäre er zum zweiten Mal an diesem Tag gestürzt. Mit zitternden Beinen stieg er vom Rad und sah auf seine Handflächen, die vom abrupten Halt schmerzten. Dann betrachtete er verwirrt seinen Bruder.

»Kevin. Was tust du hier? Und wo hast du die Sachen her?« Er deutete auf die Dienstkleidung.

Kevin grinste. »Geliehen.« Seine Mundwinkel sanken herab. »Und ich will wissen, ob das stimmt. Dass mein Bruder ein warmer Bruder ist.«

Das Zittern verstärkte sich. Jetzt waren es nicht nur seine Beine. Sein gesamter Körper bebte.

»Ich weiß nicht, wovon du redest«, entgegnete Leon schwach.

Kevin packte ihn am Kragen, und Leons Fahrrad fiel zur Seite.

»Mara sagt, du stehst auf Männer.«

In Leons Kopf wirbelten die Gedanken durcheinander. Wie war Mara darauf gekommen, wenn er die Frage noch nicht einmal für sich selbst beantworten konnte? Und weshalb hatte sie ausgerechnet mit Kevin darüber geredet?

Kevin schüttelte ihn durch.

»Na los. Sag was.«

»Ich weiß nicht.«

Kevin lachte böse.

»Er weiß es nicht«, deklamierte er. »Mein kleiner Bruder weiß nicht, ob er eine verdammte Schwuchtel ist.«

Leon versuchte sich loszumachen, doch Kevin hielt ihn eisern fest und zog den Reißverschluss seines Overalls auf. Erst jetzt bemerkte Leon, dass Kevin seine dicken Arbeitshandschuhe trug und etwas in den Fingern hielt. Ein dickes Bündel saftig grüner Pflanzen.

Im selben Moment, als Kevin begann, ihm das Grünzeug in die Hose zu stopfen, erkannte er, was es war. Er zappelte, weil die frischen Brennnesseln sofort ihre Wirkung auf seiner nackten Haut entfalteten. Doch Kevin ließ nicht locker und schob die nesselnden Blätter immer tiefer hinein. Es brannte wie Feuer, und Leon schossen Tränen in die Augen. Er verfluchte seinen Bruder, und zugleich verfluchte er sich selbst. Warum konnte er nicht ein bisschen mehr so sein wie Kevin? Härter? Und stärker?

Kevin machte weiter, bis er die Brennnesseln dort platziert hatte, wo er sie haben wollte. Dann zog er mit einem Ruck den Reißverschluss wieder hoch und presste Leon an sich. Er drückte ihn so fest, dass sich die kleinen Nesselhärchen überall in die Haut bohrten, und presste ein Knie zwischen Leons Beine.

»Und?«, flüsterte er in Leons Ohr. »Gefällt dir das? Ist es das, was du willst?«

Leon schlug wie wild um sich. Er hatte das Gefühl, in Flammen zu stehen. Keine Sekunde länger hielt er diesen Schmerz aus.

Er traf Kevin am Ohr, und sein Bruder quiekte und ließ ihn los. Leon, längst nicht mehr Herr seiner Sinne, schlug und trat wie verrückt auf ihn ein.

Kevin wich zurück und stolperte über Leons Fahrrad, das quer auf dem Weg lag. Er drehte sich halb um die eigene Achse, um den Sturz aufzufangen, und sah, dass er genau auf den Graben zufiel, in dem noch das Wasser vom letzten Regenguss stand. Verzweifelt versuchte er, das Unheil abzuwenden, doch es war zu spät. Mit einem lauten Klatschen stürzte er kopfüber in den Schlamm.

Leon öffnete eilig den Overall und zog die Brennnesseln heraus. Dann schnappte er sich sein Fahrrad und sprang auf den Sattel. Hinter sich hörte er, wie Kevin prustend aus dem Graben kletterte.

Leon trat heftig in die Pedale. Sein Körper brannte von den kleinen Nesselhärchen, die auf seiner Haut zurückgeblieben waren, doch er spürte es kaum, weil ein anderes, größeres Gefühl die Pein verdrängte.

Er hatte Kevin besiegt. Zum ersten Mal in seinem Leben.

15

Das »Gasthaus Peters« hatte sich seit ihrem letzten Besuch vor zwei Jahren nicht verändert. Noch immer hing über der Eingangstür der grinsende Messingfisch. Zwischen der maritimen Dekoration im Gastraum mit den Fischernetzen und den künstlichen Seesternen saßen Feriengäste, die Männer in bunten Shorts und Freizeithemden, die Frauen mit leichten Strandkleidern oder hautengen Tops.

Im Hinterzimmer dagegen war vom Tourismus nichts zu spüren. Die Schwarz-Weiß-Bilder an den Wänden – das Pferd mit dem Pflug, die Kinder auf dem Heuwagen, der Bauer mit seiner Kuh – erinnerten an lange vergangene Zeiten. Die Männer, die an den schlichten Tischen saßen, hatten sie zum Teil noch erlebt.

Als Katharina mit ihrem Bierglas in der Hand den Raum betrat, in dem wie immer dicke Rauchschwaden hingen, leuchteten die Gesichter der alten Bauern auf.

»Katja, mien Deern«, rief Peter Pedersen, der Bauer mit der pergamentartigen Haut und der blassblauen Schiebermütze, die er auch in der Gaststätte nicht abnahm. »Ich hab den anderen schon berichtet, dass du wieder da bist.« Er klopfte auf das Polster der Sitzbank. »Setz dich.«

Katharina rutschte neben ihn, und Pedersen sog an seiner Stummelpfeife.

»Wat könn' wir denn diesmal für dich tun?«

Katharina stellte ihr Bierglas auf den Tisch und schaute die anderen Anwesenden an. An die meisten Gesichter erinnerte sie sich vom letzten Mal. Auch der flachsblonde Jens Jensen mit dem lustigen Gesicht war wieder dabei.

»Sie sind wegen dem Toten da, stimmt's?«, fragte er.

Katharina lehnte sich auf der Bank zurück. Sie mochte die Atmosphäre in diesem verräucherten Hinterzimmer und die Männer, die noch das alte Eiderstedt im Herzen trugen. Das raue Land, dem man mit Mühe den täglichen Unterhalt abgerungen hatte, lange bevor es zum Touristenmagneten geworden war.

»Das soll ja eine von den Flitzpiepen gewesen sein, die da bei Andrea rumhopsen«, mischte sich ein anderer ein.

Katharina wunderte sich, dass die Bauern auf Mutmaßungen angewiesen zu sein schienen. Immerhin war es der alte Pedersen gewesen, der den Leichnam entdeckt hatte. Sie schaute verblüfft zu ihm hinüber.

»Ich hab nix verraten«, erklärte der.

Jens Jensen beugte sich vor.

»Sag nicht, du wusstest schon Bescheid. Und dann erzählst du nichts?«

Pedersen nuckelte an seiner Pfeife.

»Ich dachte mir, dass die Katja vorbeikommt«, entgegnete er. »Wollte ihr nicht in die Ermittlungen reinfunken.«

»So.« Jensens himmelblaue Augen fixierten Pedersen. »Und wie hast du davon erfahren?«

»Bin quasi über ihn gestolpert. Oder über sie, je nachdem. Als ich mit dem Grubbern anfangen wollte.«

Die anderen machten große Augen.

»Der lag auf deinem Feld?«

»Jo. Im Kleid.«

»Ach du dickes Ei. Wenn ich mir das vorstelle … Ein Kerl im Fummel auf meinem Acker …«

»Sie sah gut aus«, sagte Pedersen nachdenklich. »Ich hab gar nicht gemerkt, dass sie keine richtige Frau war. Obwohl ich nachgesehen habe, ob sie noch atmet.«

Seine Stammtischbrüder schüttelten sich.

»Sie haben gehört, was Andrea Wilke mit ihrer Scheune plant?«, erkundigte sich Katharina.

»Klar.« Die Männer am Tisch lachten. »Sie wissen doch: Hier spricht sich alles schnell rum. Ist ja trotz allem noch ein Dorf.«

»Kultur will sie veranstalten, die Andrea. Warum auch nicht? Ist doch nicht das Schlechteste.«

»Nee. Muss ja auch einer machen.«

»Und dass da Männer in Frauenkleidern *herumhopsen*«, griff Katharina die Formulierung eines der Bauern auf. »Wie finden Sie das?«

Die Männer am Tisch wechselten ein paar kurze Blicke.

»Ich würd's ja nicht tun«, fasste Jens Jensen die anscheinend einhellige Meinung zusammen.

»Nee? Echt nicht?«, spottete einer der anderen.

»Vielleicht würd's dir ja gefallen«, ergänzte ein Zweiter, und die Männer giggelten.

»Nee«, wiederholte Jensen, als sich alle wieder beruhigt hatten. »Ohne mich. Aber wenn's denen Spaß macht …«

»Über so was regt sich doch heutzutage keiner mehr auf«, verkündete der alte Pedersen. »Gibt ja auch weiß Gott Verrückteres auf dieser Welt.«

Katharina war beeindruckt, wie offen die Bauern waren. Aber wahrscheinlich war es auch nur ein dummes Klischee, dass die Landbevölkerung weniger aufgeschlossen war. Allerdings waren ja nicht alle so tolerant.

»Die Leute auf dem Kramer-Hof sehen das anders«, bemerkte sie.

Jens Jensen verdrehte die Augen.

»Nee. Klar. Gabriele und ihrem Esoterik-Fuzzi, denen gefällt das natürlich nicht.«

»Sie kennen Lutz Hellmann?«

Die Bauern am Tisch brachen unisono in schallendes Gelächter aus. Katharina nippte an ihrem Bier. Sie verstand nicht, was an ihrer Frage so komisch war.

Jens Jensen fasste sich als Erster.

»Lutz Hellmann«, keuchte er, »den kennt hier jeder.« Er deutete zur Tür, die zum Gastraum führte. »Der hat diesen Schnickschnack da draußen verbrochen.«

Katharina musste einen Moment nachdenken, ehe sie begriff.

»Sie meinen die charmante Dekoration im Gastraum?«

Wieder kicherten die Bauern.

»Jo. Über Geschmack lässt sich ja bekanntlich nicht streiten.«

»Hellmann ist eigentlich Grafiker«, erläuterte Pedersen, der sah, dass Katharina noch immer Mühe hatte, den roten Faden zu finden. »Peters – der Wirt – hat ihn kennengelernt, als er ein paar Plakate fürs Stadtfest entworfen hat. Hellmann hat ihm gesagt, der Umsatz würde steigen, wenn er sein Lokal nordseetypisch dekoriert.« Er schaute auf seine Stummelpfeife. »Hat ja auch funktioniert. Den Gästen gefällt's.«

»Klar. Weil die lieber zwischen Plastikfischen sitzen als zwischen alten Holzbalken und Backsteinen.«

»Wir hatten früher unseren Stammtisch in der Gaststube«, erklärte Jens Jensen den Unmut. »Aber seit da dieses ganze künstliche Seegetier rumbamselt, sind wir lieber hier hinten. Ist eigentlich auch viel schöner. Hier haben wir unsere Ruhe.«

Katharina dachte nach.

»Und wie kommt ein Grafiker dazu, ein ›Zentrum für Rückbesinnung‹ zu gründen?«

»Nu ja.« Der alte Pedersen blinzelte. »Ein bisschen abgedreht war er wohl schon immer.«

»Allerdings.« Der flachsblonde Jensen grinste. »Meine Mutter behauptet, sie hätte ihn mal nachts über die Wiese rennen sehen. Sie sagt, er hatte ein langes weißes Nachthemd an. Und dann ist er stehen geblieben, hat es ausgezogen und ist splitternackt weitergelaufen. Und das Nachthemd hat er mit beiden Händen über dem Kopf gehalten und wie eine weiße Fahne hinter sich hergezogen.« Jensen hob die Hände. »Allerdings«, schränkte er ein, »sieht meine Mutter nicht mehr besonders gut.«

»Sie ist blind wie ein Maulwurf«, polterte ein anderer. »Letzten Samstag auf dem Wochenmarkt hat sie allen Ernstes behauptet, meine Äpfel wären gammelig.«

»Deine Äpfel *sind* gammelig, Holger«, korrigierte der alte Pedersen. »Weil du immer das Fallobst daruntermengst.«

»Soll ich es vielleicht liegen lassen? Nur wegen der paar Druckstellen? Das kann man doch noch essen.«

»Klar kannst du das verkaufen«, sagte Jensen. »Aber du musst es kennzeichnen.«

Der Mann namens Holger winkte ab.

»Dann lohnt es ja nicht mehr, für den Spottpreis, den man dafür kriegt. Dann mache ich lieber Mus daraus.«

Katharina spürte, wie sich bei dem Disput über die Lebensmittel ihr Hunger regte. Sie hatte den ganzen Tag noch nichts Richtiges gegessen. Wie auf Kommando knurrte ihr Magen.

»He, Peters«, rief Jens Jensen dem Wirt zu, der gerade mit einer frischen Runde Bier das Hinterzimmer betrat. »Mach der Kommissarin mal ein paar von deinen Reibekuchen.« Er schaute bedeutungsvoll zu Bauer Holger. »Mit Apfelmus.«

»Kommt sofort«, sagte Peters und verteilte die Biergläser auf dem Tisch. Er räumte die leeren ab und verschwand mit seinem Tablett zurück in die Gaststube.

Katharina machte eine dankbare Geste in Jensens Richtung und versuchte, den Punkt wiederzufinden, an dem das Gespräch abgeglitten war.

»Wissen Sie auch, wie Gabriele Kramer und Lutz Hellmann zusammengekommen sind?«

»Sicher.« Jens Jensen blinzelte ihr zu.

»Der Kleine, Leon, arbeitet ehrenamtlich im Westküstenpark«, erläuterte Peter Pedersen. »Das ist der Tierpark in St. Peter-Ording.«

»Die haben die größte mit reinem Nordseewasser gefüllte Seehundanlage Deutschlands«, warf ein anderer ein. »Und jede Menge Störche. Die bauen ihre Nester oben auf den Dächern der Ställe und über der großen Freiluftvoliere.«

»Jo.« Pedersen nickte. »Hellmann hat für den Park Plakate gemacht. Ein Seehundbild und ein paar Zeichnungen vom Streichelzoo. Die beiden sind ins Gespräch gekommen, als Gabriele Leon von der Arbeit abgeholt hat. Anscheinend hat es zwischen ihnen gefunkt. Zwischen Gabriele und Hellmann. Er ist ziemlich bald danach bei ihr eingezogen. Hat wohl seine Chance gesehen. Als Grafiker hat er sich ja schon seit Jahren mehr schlecht als recht durchgeschlagen. Und der große Hof war ideal, um seine seltsamen Pläne in die Tat umzusetzen.«

»Das ›Zentrum für Rückbesinnung‹.«

»Hm.« Der flachsblonde Jensen verzog den Mund. »Mit kalten Bädern und militärischem Drill zurück zu den Ursprüngen. Was für ein Quatsch.«

»Läuft aber gut«, warf ein anderer ein. »Diese Manager heutzutage sind ja ganz wild auf so was. Die eigenen Grenzen austesten und so.«

»Jo.« Pedersen kaute auf dem Stil seiner Pfeife herum. »Aber jetzt machen sie plötzlich einen Riesenaufstand wegen der Diven. Weil ihnen angeblich die Kunden wegbleiben.«

Peters, der Wirt, kam herein und stellte einen großen Teller mit Reibekuchen und Apfelmus vor Katharina auf den Tisch.

»Lassen Sie sich's schmecken«, sagte er und ging wieder.

»Danke!«, rief Katharina ihm nach und machte sich hungrig über die Kartoffelpuffer her. Sie waren herzhaft und locker, und das Apfelkompott war ein Gedicht.

»Sie glauben das nicht?«, erkundigte sie sich.

»Nee.« Der alte Pedersen legte sein Gesicht in noch mehr Falten, als es ohnehin schon hatte. »Ich vermute, den Managern ist das wurscht. Aber Hellmann und Gabrieles älteren Sohn, die stört das.«

»Wissen Sie auch, weshalb?«

Pedersen wiegte den Kopf.

»Bei Hellmann ist es der Reinheitstick. Der glaubt, dass es die Aura beschädigt.«

»Und Kevin?«

Der alte Bauer seufzte.

»Kevin war eigentlich ein prima Junge. Hat überall mit angepackt und nach der Schule eine Ausbildung angefangen. Beim Metzger in Garding. Aber seit sein Vater tot ist … da hat er die falschen Freunde.«

»Und die wären?«

»Na ja.« Pedersen druckste ein wenig herum. »Die mit den Springerstiefeln. Die lieber draufhauen als reden.«

Katharina glaubte zu wissen, was er meinte, fragte aber sicherheitshalber nach.

»Sie meinen, eher rechtsgerichtete Kreise? Die ihre aufgestaute Wut auf Ausländer und andere Minderheiten richten?«

Der alte Bauer lächelte.

»So gewählt hätte ich das nicht sagen können. Aber so ist es.«

Katharina legte ihre Gabel beiseite.

»Könnten Sie sich vorstellen, dass Lutz Hellmann oder sein Stiefsohn für den Angriff auf den Travestiekünstler verantwortlich ist?«, fragte sie ernst.

Die Männer am Tisch sahen sich ratlos an.

»Na ja. Wir reden über Mord, nicht wahr?«

»Da muss man schon verdammt wütend sein.«

»Oder total vernagelt.«

Katharina nahm ihr Besteck wieder in die Hand und zerteilte den nächsten Reibekuchen. Natürlich wollten die Bauern Lutz Hellmann und Kevin ungern belasten. Schließlich gehörten sie zur Gemeinschaft, auch wenn es Differenzen gab. So informativ das Gespräch mit den Männern gewesen war, am Ende musste sie selbst entscheiden, ob sie sich Hellmann oder Kevin als Täter vorstellen konnte oder nicht. Und dann galt es, die nötigen Beweise zu sammeln.

»Schon gut. Sie müssen niemanden verdächtigen. Sie haben

mir auch so geholfen«, sagte sie und schob sich ein Stück Kartoffelpuffer samt Apfelmus in den Mund.

Pedersen, Jensen und die anderen nickten. Nur der Älteste, der das Gespräch bisher schweigend verfolgt hatte, hob den Kopf.

»Hellmann war vor ein paar Tagen hier«, berichtete er. »Zusammen mit seinem Stiefsohn. Die beiden haben ziemlich hitzig diskutiert. Und Hellmann hat gesagt, wenn die nicht freiwillig verschwinden, dreht er diesen Singvögeln höchstpersönlich den Hals um.«

Die Blicke der anderen richteten sich wie Scheinwerfer auf ihn, und der Alte hob betreten die Hände. »Allerdings hatten die auch einiges intus. Und Hellmann sagt viel, wenn er sich in Rage redet.«

Katharina zerkaute das Stück Reibekuchen und schluckte es herunter. Sicher durfte man Worten, die im Eifer des Gefechts geäußert wurden, keine zu große Bedeutung beimessen. Aber Hellmanns Drohung entsprach so gar nicht der pazifistischen Haltung, die der Rückbesinnungsguru ihr gegenüber eingenommen hatte.

16

Die sechs Männer liefen im Gänsemarsch über den Feldweg. Sie waren alle mit identischen Anzügen aus weißem Baumwollstoff bekleidet. Sie hatten die Köpfe gesenkt und schienen die herrliche Landschaft um sich herum überhaupt nicht wahrzunehmen: die saftig grünen Wiesen, auf denen die Schafe grasten, und den hohen blassblauen Himmel darüber, an dem ein paar wattige weiße Wolken vorübertrieben. Auch der Anführer schien nicht zu bemerken, dass sie etwas verpassten. Dabei war es doch der weite Blick über das platte und leere Land, auf dem mehr Kühe und Schafe als Menschen lebten, der dieses Gefühl von Ruhe und tiefem Frieden vermittelte, das man auf Eiderstedt unwillkürlich empfand.

Katharina steuerte auf die kleine Prozession zu und entdeckte, dass die Männer barfuß waren. Deshalb hielten sie vermutlich auch ihre Augen konzentriert auf die Füße gerichtet. Der Marsch über den mit spitzen Steinen durchsetzten Weg musste die Hölle sein.

Der Anführer dagegen blickte geradeaus und gab ein ordentliches Tempo vor. Was daran liegen mochte, dass er im Gegensatz zu den anderen seine weißen Flip-Flops trug. Wer bereits erleuchtet war, musste sich offenbar nicht mehr selbst kasteien.

»Guten Morgen!«, rief Katharina, als sie die Gruppe fast erreicht hatte.

Lutz Hellmann blieb stehen, und die Männer hinter ihm taten es ihm gleich. Für einen Moment schienen sie erleichtert. Doch auf dem Weg eine Stelle zu finden, auf der man entspannt stehen konnte, war kaum weniger schwierig als der Spießrutenlauf über die Steine.

Hellmann legte die Handflächen aneinander und verneigte sich leicht. Das passte zu seinem Kampfsportanzug, nicht aber zu seinem üppigen Bart, den wallenden Haaren und dem Funkeln in seinen bernsteinfarben schimmernden Augen.

»Ich grüße Sie«, erwiderte er. »Aber Sie kommen ein wenig ungelegen. Wir machen einen Erlebnisgang nach St. Peter-Ording.«

»Und der führt komplett über steinige Wege?«, erkundigte sich Katharina, die sich nicht vorstellen mochte, wie die Füße der Teilnehmer am Ende der Wanderung aussehen würden.

»Nein, nein.« Hellmann lächelte. »Wir erkunden die verschiedensten Untergründe. Den glatten, harten Asphalt der Straße. Die spitzen Kieselsteine auf dem Feldweg. Das weiche, saftige Gras auf den Wiesen. Den federnden Waldboden. Und die Holzbohlen der Seebrücke. Am Ende laufen wir über den feinkörnigen Sand und das feste Watt am Strand und tauchen unsere Füße in das heilende Wasser der Nordsee. Das ist eine unglaubliche Erfahrung. Man entwickelt eine ganz neue Sensibilität, wenn man all diese verschiedenen Materialien unter den Fußsohlen spürt.«

»Und Sie selbst verzichten auf dieses wunderbare Erlebnis?«, erkundigte sich Katharina mit Blick auf Hellmanns Flip-Flops.

»Einer muss es tun«, erwiderte dieser, ohne auf Katharinas sarkastischen Tonfall einzugehen. »Wenn man sich ganz auf seinen Körper konzentriert, hat man kaum noch Kapazitäten für die Umgebung. Und irgendwer muss schließlich darauf achten, dass wir nicht alle vor ein Auto laufen.«

Erst in dem Moment, als er es sagte, schien er zu bemerken, dass es ein denkbar ungeeigneter Kommentar war angesichts dessen, was Clemens Raddatz widerfahren war.

»Ich meine: Es muss einen geben, der die Realität im Auge behält. Und das ist eben meine Aufgabe.«

»Wie großmütig.« Katharina konnte sich den Zynismus nicht verkneifen. »Aber ich muss Ihren Spaziergang leider stören. Weil nicht jeder das Glück hat, daran gehindert zu werden, vor ein Auto zu laufen. Oder vor einen Traktor.«

Hellmann machte eine bedauernde Miene.

»Tut mir leid. Aber das ist gerade sehr ungünstig. Ich muss mich um meine Gruppe kümmern.«

Katharina hatte nicht die Absicht, sich vertrösten zu lassen.

»Wir können das Gespräch natürlich verschieben«, bemerkte sie leichthin. »Aber ich könnte dann nicht umhin, mir Gedanken darüber zu machen, weshalb Sie sich nicht etwas kooperativer zeigen.«

Hellmann kniff die Augen zusammen. Katharina sah, dass es ihn ärgerte, sie nicht manipulieren zu können. Zugleich schien ihm ihre Entschlossenheit aber auch so etwas wie Respekt abzunötigen.

»Also gut.« Er wandte sich zu seiner Gruppe um. »Geht doch bitte ein paar Meter voraus. Ich muss mit der Dame hier schnell einige geschäftliche Dinge klären. Danach bin ich wieder voll und ganz für euch da.«

Die Manager schienen erleichtert, sich wieder bewegen zu dürfen. Sie befolgten Hellmanns Anweisung umgehend und marschierten weiter. Der Reinheitsguru deutete nach Westen.

»Wenn es Ihnen nichts ausmacht, Ihren Wagen stehen zu lassen, können Sie uns ein Stück begleiten«, schlug er vor. »Meine

Frau holt uns später mit dem Kleinbus in St. Peter ab. Sie kann Sie dann zu Ihrem Wagen zurückbringen.«

Katharina nickte. Es war ein traumhaft schöner Sonntagmorgen, und sie ging gern ein bisschen spazieren. Davon abgesehen hatte sie auch große Lust, sich den Fortgang des Prozesses anzusehen.

»Wir versuchen, Körper und Geist zu reinigen«, setzte Hellmann seine Belehrung fort, während er den Blick auf die Gruppe gerichtet hielt, die vor ihnen über den Feldweg ging. »Die Mittel, die man dazu braucht, kannte man schon vor hundert Jahren. Meditation, kalte Bäder und Körperertüchtigung.«

»M-hm«, sagte Katharina, während sie neben ihm herlief. Unter ihren Sohlen knirschten die Kieselsteine. »Und Männer, denen es Spaß macht, sich zu verkleiden, passen nicht in ihre saubere Welt.«

»Darüber haben wir uns doch bereits unterhalten«, erwiderte Hellmann. »Und ich habe Ihnen erklärt, was ich davon halte. Für mich sind das die kranken Auswüchse der modernen Gesellschaft. Das Schlimme daran ist, dass diese Leute nicht nur sich selbst besudeln. Sie ziehen auch alle anderen mit in den Schmutz. Aber das Ziel einer Zivilisation sollte sein, die niederen Triebe zu beherrschen. Sie versperren den Weg zur Erkenntnis.«

Katharina spürte, wie es in ihr brodelte, aber sie war nicht hier, um mit Hellmann über sein einseitiges Weltbild zu philosophieren.

»Ich habe gehört, dass Sie vor einigen Tagen mit Ihrem Stiefsohn im ›Gasthaus Peters‹ waren«, erklärte sie. »Sie sollen ziemlich wütend gewesen sein. Ein Zeuge sagt, Sie hätten erklärt, dass Sie ›diesen Singvögeln den Hals umdrehen‹ wollten, wenn sie nicht freiwillig verschwänden.«

»So?« Hellmann blieb stehen und fuhr sich durch den dichten Bart. Für einen Moment wirkte er verunsichert. Dann schüttelte er das Gefühl mit einer ungeduldigen Geste ab.

»Ja, mein Gott. Vielleicht war es so. Wollen Sie mir daraus einen Strick drehen? Solche Dinge sagt man schon mal, wenn man erregt ist. Deswegen setzt man sie noch lange nicht in die Tat um.«

»Normalerweise nicht.« Katharina lächelte. »Aber es könnte doch sein, dass einem in einer solchen Situation die Pferde durchgehen. Oder das Gaspedal.«

Hellmann funkelte sie an.

»Haben Sie mir gestern nicht zugehört? Für uns ist das Leben der Menschen heilig. Wir wollen es retten, nicht zerstören.« Er atmete betont langsam ein und aus. »Eine andere Antwort werden Sie von mir nicht bekommen.« Hellmann senkte den Kopf und bohrte seine Bernsteinaugen in ihre. »Weil es die Wahrheit ist.«

***

»Hanna!«

Andrea Wilke raste über den Hof und fuchtelte dabei so wild mit den Armen, als wollte sie den Flügelschlag des flüchtigen Huhns imitieren. Die Henne rannte genau aufs Nachbargrundstück zu und setzte über den Zaun. Dort erwarteten sie jedoch nicht Glück und Freiheit, sondern die ausgebreiteten Arme von Gabriele Kramer. Die rotwangige Bäuerin packte zu, und das Huhn gackerte empört.

»Was haben wir denn da?«, sagte Gabriele und musterte die Henne.

Andrea Wilke langte keuchend am Zaun an.

»Gib sie mir«, bat sie, doch ihre Nachbarin lachte nur.

»Ich soll dir einen Gefallen tun?«, fragte sie, und ihre blauen Augen blitzten. »Ich denke ja gar nicht daran.«

Andrea betrachtete Gabriele. Früher, als ihre Männer noch gelebt hatten, waren sie fast so etwas wie Freundinnen gewesen. Kristian und Bernd hatten sich bestens verstanden, und etwas von ihrer Sympathie füreinander hatte auch auf Gabriele und sie abgefärbt. Dabei gehörte die Nachbarin eigentlich zu jenem Frauentyp, mit dem Andrea noch nie etwas hatte anfangen können. Dieses Primitive, Bäuerliche. Die strohigen blonden Haare, die ihr, zu einem nachlässigen Zopf gebunden, über den Rücken fielen. Das pausbäckige gerötete Gesicht. Und das deutliche

Übergewicht, das von der biederen ärmellosen Bluse noch betont wurde. Aber die Kleidung war ja gar nicht das Schlimmste. Es war vor allem Gabrieles Naivität. Oder ihre Dummheit, je nachdem, mit wie viel oder wenig Wohlwollen man die Sache betrachtete.

Ihr wurde plötzlich bewusst, wie sehr sie die Kollegen aus dem Hamburger Kulturbüro vermisste. All die Künstler und Intellektuellen, mit denen sie gearbeitet hatte. Kluge und weltoffene Menschen, die ihr Leben bereichert hatten. Und jetzt musste sie sich stattdessen mit dieser engstirnigen Landpomeranze herumschlagen, die ihre wunderbare und rettende Idee mit der Kulturscheune so dermaßen hasste.

Andrea spürte, wie sie wütend wurde.

»Dumme Gans!«, wollte sie ihrer Nachbarin entgegenschleudern, konnte sich aber gerade noch beherrschen. Im Gegensatz zu Gabriele hatte sie immer noch Niveau.

»Gib mir das Huhn zurück!«, verlangte sie scharf. »Auf der Stelle.«

Gabriele trat einen Schritt vom Zaun zurück. Sie schaute die Henne nachdenklich an. Dann legte sie ihr eine Hand um den Hals.

»Ach«, sagte sie. »Wenn ich so darüber nachdenke … Ich könnte eigentlich eine kleine Hühnersuppe als Vorspeise für den Sonntagsbraten machen.«

Andrea erstarrte. Hanna war nicht einfach nur ein Huhn. Sie war ihre Lieblingshenne. Sie lief hinter Andrea her über den Hof, wenn sie das Futter verteilte oder die Blumen goss. Und manchmal hockte sie sich zu ihr auf die Veranda, wenn sie dort saß und ein Buch las. Das war Kristians Verdienst. Er hatte das Huhn so lange mit Körnern gelockt, bis es zutraulich geworden war. Durch Hanna blieb die Erinnerung an Kristian lebendig. Und das brauchte sie. Mit Mara gab es seit Kristians Tod ja nur noch Streit.

»Das wagst du nicht!«, fauchte sie.

Gabriele Kramer lächelte. Sie klemmte sich das Huhn unter den Arm und packte den Hals fester. Die Augen der Henne quollen hervor, und sie quiekte erbärmlich.

»Ich … ich zeige dich an«, drohte Andrea.
»Pah!« Gabriele Kramer schnaubte. »Soll ich deshalb Angst haben? Das ist doch bloß Sachbeschädigung. Und überhaupt …« Ihre Augen funkelten listig. »Was nützt es dir, nachdem ich dem Vieh den Hals umgedreht habe?«
Andrea schluckte.
»Was willst du denn, verdammt noch mal?«
»Mach deine widerwärtige Kulturscheune dicht«, verlangte Gabriele. »Und schick diese perversen Typen nach Hause.«
Andrea umklammerte die Oberkante des Zauns.
»Das ist doch nicht dein Ernst. Das kann ich nicht. Ich habe mein ganzes Geld in dieses Projekt gesteckt. Wenn ich jetzt aufgebe, muss ich den Hof verkaufen.«
»Soll ich etwa Mitleid haben?« Gabriele lachte schrill. »Was ist denn mit uns? Nimmst du vielleicht Rücksicht? Du siehst doch auch einfach zu, wie alles kaputtgeht.«
»Gabriele.« Andrea begriff, dass sie mit Forderungen nicht weiterkam. Und dass Gabriele mehr meinte als nur die Einrichtung der Travestiescheune. Dass es auch um ihre Männer, um Kristian und Bernd, ging. »Es tut mir leid, was passiert ist. Aber ich kann es nicht ändern.«
Gabriele Kramer schnaufte. Sie schaute zu Andrea und dann auf das Huhn.
»Du bist also nicht bereit, uns wenigstens jetzt einen Gefallen zu tun?«
»Hörst du mir nicht zu?« Andrea wischte sich ungeduldig mit dem Handrücken über die Augen. Das fehlte noch, dass sie hier vor Gabriele anfing zu heulen. »Ich kann nicht.«
»Tja.« Gabriele verstärkte ihren Griff um den Hals der Henne. »Dann …«
»Gabriele!« Andrea hatte das Gefühl, dass in ihrem Inneren ein Eisklumpen heranwuchs, der sie vollständig lähmte. »Bitte … bitte tu das nicht.«
Die rotwangige Bäuerin hob die Augenbrauen.
»Wer hätte das gedacht … dass du Bitte sagen kannst …«
Mit einer energischen Geste warf sie das Tier zurück auf das

Grundstück des Wilke-Hofs. Hanna gackerte und sauste blitzschnell davon.

Gabriele sah Andrea verächtlich an.

»Dein Huhn kannst du behalten. Wir haben selbst welche. Und an denen ist mehr dran als an deiner mageren Henne.«

Damit drehte sie sich um und lief zurück zum Haus.

Andrea Wilke ließ sich auf den Boden sinken. Sie zog die Füße heran, lehnte sich an den Zaun und umklammerte ihre Knie mit den Armen. Die Tränen, die sie so mühsam zurückgehalten hatte, rannen ihr über das Gesicht.

Wie sollte es nur weitergehen? Ohne Kristian war alles so sinnlos. Es gelang ihr nicht, ihr Leben zusammenzuhalten. Und egal, wie sehr sie sich anstrengte, Mara entglitt ihr immer weiter.

Sie hatte einfach keine Kraft mehr.

***

Nils Hansen blickte aus dem großen Wohnzimmerfenster über den Hof. Ihn beschäftigte, was Katharina Berg am Tag zuvor gesagt hatte. Dass es Clemens Raddatz sexuell stimuliert haben sollte, wenn er sich als Frau verkleidete. Er hätte zu gern gewusst, ob das stimmte.

Gedankenverloren nahm er zwei Orangen aus der Schale, die auf dem Tisch stand, und hielt sie sich vor die Brust. Wie mochte es sich wohl anfühlen, wenn man mit so großen, wippenden Brüsten herumlief?

Er ließ die Früchte sanft kreisen. Das war kein schlechtes Gefühl. Hansen verstärkte den Druck und schloss die Augen.

Er fuhr mit den beiden Orangen über seinen Oberkörper und genoss das warme Kribbeln, das sich in ihm ausbreitete.

»Nils? Was tust du da?«

Nils Hansen fuhr herum.

»Ich … äh … dachte … so ein paar Vitamine …« Er versuchte, sich beiläufig zum Tisch zurückzubewegen, um die Früchte wieder in die Schale zu legen.

»Das ist eine gute Idee.« Seine Mutter kam auf ihn zu.

Hansen wich zurück und ließ eine der Orangen auf seiner Hand hüpfen.

»Die sind noch zu hart.«

»Ich könnte dir einen Saft pressen«, schlug Marlies Hansen vor, und Nils kniff unwillkürlich die Beine zusammen.

Eilig trat er die Flucht nach vorn an.

»Das schaffe ich auch selbst«, verkündete er und hastete an seiner Mutter vorbei in die Küche. Er zog die unterste Schublade des Büfetts auf und angelte die Saftpresse heraus.

Aus dem Wohnzimmer hörte er die Stimme seiner Mutter, die sich in den Fernsehsessel kuschelte und durch den Türspalt zu ihm hineinlinste.

»Machst du mir auch einen?«, fragte sie vergnügt. »Man sagt ja, diese Vitamine sollen sehr anregend sein.«

»M-hm«, murmelte Nils und beeilte sich, aus dem Blickfeld seiner Mutter zu verschwinden.

Er nahm ein Messer und schnitt die beiden Früchte in der Mitte durch. Dann drückte er die erste Hälfte auf die Presse. Das Fruchtfleisch zerplatzte und verspritzte Saft.

Marlies Hansen tauchte in der Küchentür auf.

»Bist du sicher, dass du zurechtkommst?«, erkundigte sie sich.

»Klar.« Hansen wischte eilig mit einem Tuch über die Theke. »Ich kann mir ja wohl allein einen Saft machen.« Er wollte die ausgedrückte Schale beiseitelegen, doch sie glitt ihm aus den Fingern und hüpfte über den Boden.

Seine Mutter schaute bedeutungsvoll auf die orangefarbenen Flecken auf den weißen Fliesen.

»Ja«, sagte sie. »Das sehe ich.«

17

Noch nie in ihrem Leben war sie derartig angestarrt worden.

Kaum einer der Passanten, die ihnen begegneten, drehte nicht den Kopf nach ihnen um oder blieb gar stehen. Manche lachten, andere tuschelten. Einige ließen ihrer Empörung auch freien Lauf.

»Widerlich«, schleuderte ihnen ein Mann entgegen. Dabei hätte das Wort besser auf ihn selbst gepasst. Sein dicker Bauch hing über der Hose, und auf seinem Kopf kringelten sich ungewaschene schwarze Haare.

Dominik Otten, der neben Katharina über das Kopfsteinpflaster des Friedrichstädter Marktplatzes schritt, ignorierte ihn. Trotzdem spürte Katharina seine Anspannung. Ottens Blick war starr nach vorn gerichtet. Er hatte das Kinn ein wenig angehoben und die Kiefer so fest zusammengepresst, dass die Muskulatur an den Wangen hervortrat. Seine sonst so fließenden Bewegungen wirkten hölzern.

Die Souveränität, die er auf der Bühne ausstrahlte, ging dabei verloren. Steifbeinig und unbeholfen überquerte er den Platz. Das weich fallende blaue Kleid und die Pumps standen in hartem Kontrast dazu. Statt ihn fraulicher wirken zu lassen, betonten sie noch seine männlichen Züge.

Katharina, wie immer mit einer weiten schwarzen Hose, Sneakers und einer knallig bunten Bluse – heute war es eine gelbe – bekleidet, fühlte sich ausgesprochen unwohl. Sie hatte nicht erwartet, so viel offener Missbilligung zu begegnen, und das Verhalten der Leute machte sie zornig. Zugleich war sie auch ärgerlich auf Otten. Als sie seinem Drängen, einen Sonntagsspaziergang in der hübschen Holländerstadt zu unternehmen, nachgegeben hatte, war sie davon ausgegangen, dass er sie als Mann fragte. Doch die Person, die sich auf den Beifahrersitz ihres Cabrios sinken ließ, war nicht Dominik Otten gewesen, sondern Dominique O.

Katharina schnalzte unwillig mit der Zunge. Sie war, dachte sie, kein Stück besser als die Leute, die sie angafften. Sie schämte sich für Otten. Dabei war es nicht er, der etwas falsch machte. Er folgte nur seinem Herzen. Es war die Intoleranz der Menschen, die daraus ein Problem werden ließ. Aber es war auch nicht leicht, davon abzusehen, dass er mit seinen eckigen Bewegungen in dem zarten Kleid wie ein Harlekin wirkte.

Vielleicht sollte sie endlich aufhören, ihn als Mann zu denken. Otten zeigte deutlich, dass er nicht Dominik sein wollte, sondern Dominique. Der erste Schritt bestand darin, das zu akzeptieren. Doch irgendetwas in ihrem Inneren sträubte sich dagegen.

Auf der Bühne war Dominique die perfekte Frau. Aber ohne die Scheinwerfer und das Mikrofon traten die männlichen Züge stärker hervor. Die Anziehung, die Katharina empfand, machte es nicht leichter. So feminin er auch war, es war der Mann, der sie interessierte.

Katharina streckte sich und griff entschlossen nach Ottens Hand. Wenn sie sich schon dermaßen unwohl fühlte, wie musste es dann ihm … ihr gehen?

»Komm«, sagte sie und beschleunigte ihre Schritte, musste aber einsehen, dass sich Otten mit seinen hohen Absätzen auf dem Kopfsteinpflaster nicht schneller bewegen konnte.

Der Travestiekünstler lächelte schief.

»Tut mir leid«, sagte er. »Ich weiß nicht, wie ihr Frauen das macht. Ich kann mit diesen Dingern nicht vernünftig laufen.«

Katharina musste lachen.

»Ich auch nicht«, erwiderte sie und wies auf ihre Sneakers. »Deswegen trage ich ausschließlich flache Absätze.«

Es war, als würde ein Damm brechen. Sie konnten beide nicht an sich halten und kicherten wie ausgelassene Teenager. Die gesamte Anspannung, die sich in ihnen aufgestaut hatte, entlud sich darin. Die Blicke, die man ihnen zuwarf, wurden noch schiefer, doch plötzlich war es ihnen egal.

Hand in Hand schlenderten sie an den schmalen Kaufmannshäusern mit den Sprossenfenstern und den hohen gestuften Giebeln auf dem Marktplatz vorbei. Vor der Eisdiele blieben sie stehen. Als sie kurz darauf weitergingen, hatte jeder von ihnen ein voll beladenes Waffelhörnchen in der Hand. Katharina hatte sich für Mokka und Pistazie entschieden, Otten für Erdbeere und Vanille.

»Dabei bin ich doch überhaupt nicht der Vanille-Typ«, scherzte er, während sie einen der zahlreichen Kanäle überquerten, die sich durch die ganze Stadt zogen. Auf beiden Uferseiten leuchtete der Rasen in hellem Grün. Eine Reihe alter Weiden neigte ihre Äste über das Wasser.

Katharina schmunzelte. Sie hatte zwar selbst nichts mit der Homosexuellen- oder Travestieszene zu tun, aber die Bezeichnung »Vanilla« für langweiligen, biederen Sex hatte sie durchaus schon gehört.

Sie blieben auf der Brücke stehen. Sie war schmal und hatte auf beiden Seiten eine verschnörkelte schmiedeeiserne Brüstung. Die Friedrichstädter Grachten erinnerten tatsächlich stark an Amsterdam.

Otten lehnte sich neben sie ans Geländer und ließ seine Zunge um die schmelzenden Eiskugeln kreisen. Geschickt fing er die Tropfen auf, ehe sie an der Waffel herunterlaufen konnten. Katharina tat es ihm gleich und stellte fest, dass der Eismacher sein Handwerk verstand. Sie konnte die Mokkabohnen und Pistazien herausschmecken. Zugleich war das Eis cremig und streichelte ihren Gaumen. Oder lag es an Dominik, dass ihr der Genuss von ein paar Eiskugeln plötzlich sinnlich erschien?

Otten schloss seine Lippen um die oberste Kugel. Der Lippenstift, den er benutzt hatte, war von einem dunkleren Rot als das Erdbeereis. Er saugte an seiner Waffel und ließ sie dann sinken. Auf seinen Lippen blieb ein feuchter Schimmer zurück.

Otten öffnete sie leicht und fuhr betont langsam mit der Zungenspitze daran entlang. Dann schob er die Waffel wieder in den Mund und lutschte genüsslich sein Eis. Die kieselgrauen Augen hafteten unverwandt an Katharina.

Erst als etwas Feuchtes auf ihre Hand tropfte, bemerkte Katharina, dass sie ihr eigenes Eishörnchen vollkommen vergessen hatte. Schnell hielt sie die Waffel vom Körper weg.

Sie schlürfte die flüssige Schicht von den Kugeln und wechselte die Waffel in die andere Hand. Sie wollte die Tropfen von ihrem Handrücken ablecken, doch Otten kam ihr zuvor. Er beugte sich blitzschnell nach vorn und küsste das Eis von ihrer Hand.

Es dauerte kaum eine Sekunde. Aber es fühlte sich an wie ein Stromschlag.

Otten lächelte sie an.

»Lecker«, sagte er, und Katharina spürte, wie ihr ein Schauer über den Rücken lief. Dieser Mann … diese Frau berührte Saiten in ihr, von deren Existenz sie bisher nichts geahnt hatte.

Hastig biss sie von ihrem Eis ab und schluckte, weil der kalte Klumpen beinahe in ihrer Kehle stecken blieb. In Ottens Augen funkelte es belustigt. Er fuhr mit der Zunge durch das beinahe leere Waffelhörnchen, um den letzten Rest Eis herauszuschlecken. Katharina, die sich der Anzüglichkeit dieser Geste nur allzu bewusst war, konnte nicht verhindern, dass sich ein anderes Bild vor ihre Augen schob.

Eilig nahm sie ihr Eis in den Mund und saugte daran. Sie brauchte jetzt dringend eine Abkühlung. Egal, wie ihre Nerven vibrierten, sie musste vernünftig sein. Immerhin ermittelte sie in einem Mordfall und durfte nicht emotional involviert sein. Auch wenn Otten kein Verdächtiger war, gehörte er doch zu den Personen im unmittelbaren Umfeld des Mordes.

Otten, der ihr die Gedanken offenbar vom Gesicht ablesen konnte, knabberte den Rest seines Eishörnchens.

»Ich weiß«, sagte er weich. »Es ist nicht der richtige Zeitpunkt. Aber vielleicht können wir später daran anknüpfen.«

Er strich ihr eine Haarsträhne aus dem Gesicht, und Katharina, die lange nicht mehr so von jemandem berührt worden war, genoss es.

»Nein«, sagte sie rau. »Wir dürfen das nicht tun. Nicht jetzt.«

»M-hm.« Otten zog sie näher zu sich heran.

Katharina seufzte. »Hören Sie mir zu?«

»Ja.« Ottens Augen leuchteten. »Ihre Stimme hat einen wunderschönen Klang.«

Katharina schloss für einen Moment die Augen und lächelte. Es fühlte sich gut an. Aber es ging einfach nicht. Sie öffnete die Augen wieder und rückte ein Stück von ihm ab.

»Ich meinte, ob Sie den Inhalt verstanden haben?«

Otten trat ein Stück zurück und entließ sie aus seinem Bann.

»Ja. Leider«, erklärte er bedauernd.

Katharina zerbiss energisch ihre Waffel. Sie musste schleunigst wieder festen Boden unter den Füßen bekommen. Sonst würde

Dominik sie in einen Strudel ziehen, aus dem sie nicht mehr herausfand.

»Laufen wir noch ein Stück?«, fragte sie und setzte sich in Bewegung, ohne auf eine Antwort zu warten. Sie ging rasch und energisch, als könnte sie vor den Gefühlen, die in ihrer Brust herumwirbelten, davonlaufen.

Otten hastete hinter ihr her, hatte aber Mühe, in seinen hochhackigen Pumps dem Tempo zu folgen.

Katharina marschierte am Kanal entlang, bis sie zu einer weiteren Brücke kamen, die an einem kleinen Bootshafen vorbei zur Treene führte. Sie überquerte sie und betrat den Spazierweg, der unter Bäumen am Ufer entlang verlief. Die Sonne glänzte auf dem Wasser. Ein Kajakfahrer paddelte zügig vorbei. Im Schilf am gegenüberliegenden Ufer flogen ein paar Vögel auf.

Sie sog das Bild in sich auf und spürte, wie sich ihr Puls beruhigte. Als sie am Wegesrand eine Bank entdeckte, setzte sie sich und betrachtete eine rote Boje, die auf den Wellen schaukelte.

Otten setzte sich neben sie und zupfte den Rock seines Kleides über die Knie.

»Bleiben wir dabei?«, fragte er leise.

»Wobei?«

»Beim Du.«

Katharina wandte ihm den Kopf zu. Sie konnte sich nicht erinnern, es ihm angeboten zu haben.

»Du hast vorhin gesagt: ›Komm‹«, erläuterte Otten.

»Okay.« Katharina lächelte. Auch das war nicht gerade vorschriftsmäßig. Aber es wäre auch albern, das, was zwischen ihnen passiert war, zu leugnen. Sie waren sich zu nahe gekommen, als dass ein Sie noch glaubhaft gewesen wäre.

Sie rechnete damit, dass Otten erneut einen Annäherungsversuch unternehmen würde, doch er senkte stattdessen den Blick auf seine gefalteten Hände.

»Ich muss dir ein Geständnis machen.«

Katharina hatte das Gefühl, dass es ihr die Kehle zuschnürte. Kam jetzt eine Liebeserklärung? Oder wollte Otten womöglich zugeben, dass er Clemens Raddatz ermordet hatte?

Otten nestelte an der Handtasche herum, die er unter dem Arm getragen hatte. Ungeduldig zog er seine Zigaretten hervor und zündete sich eine an. Er hielt sie zwischen seinen langen, feingliederigen Fingern und inhalierte tief.

»Es ist meine Schuld«, sagte er und ließ den Rauch entweichen.

Katharina wandte ihm den Kopf zu. Für eine Frau hatte Otten ein zu markantes Profil. Das Kinn war kräftig, die Nase ein wenig vorspringend. Trotzdem wirkte seine Erscheinung mit den halblangen, gekräuselten blonden Haaren stimmig.

»Was ist deine Schuld?«

»Das, was mit Clemens passiert ist.«

Katharina wartete, doch er sprach nicht weiter. Er rauchte und starrte aufs gegenüberliegende Ufer der Treene, als wäre er in eine andere Welt abgeglitten.

»Das musst du mir erklären.«

Otten wandte ihr den Kopf zu, und sie sah, dass seine Augen dunkel vor Trauer waren.

»Wir haben Morddrohungen bekommen«, erklärte er. »Man hat uns aufgefordert, den Auftritt in Andreas Scheune abzusagen. Andernfalls … würden wir das mit dem Leben bezahlen.«

Er sog heftig an seiner Zigarette, die dabei bis zum Filter herunterbrannte.

»Ich habe Clemens und Julian nichts davon gesagt. Ich wollte sie nicht beunruhigen. Ich habe es auch nicht wirklich ernst genommen.« Er warf die Zigarette auf den Boden und trat sie aus. »Und jetzt ist Clemens tot.«

***

Katharina war wie elektrisiert. Sie trat das Gaspedal bis zum Anschlag durch und jagte ihr Cabrio über die Landstraße von Friedrichstadt nach Tönning. Endlich hatten sie eine Spur! Jemand hatte »Die drei Diseusen« bedroht. Und womöglich seine Drohung in die Tat umgesetzt.

»Warum hast du mir nichts davon gesagt?«, fragte sie. »Wir

haben uns doch erkundigt, ob es jemanden gab, der Clemens Raddatz etwas zuleide tun wollte.«

Dominik Otten zerbröselte seine Zigarette, die er aus der Schachtel genommen hatte, wegen des Fahrtwinds aber nicht anzünden konnte.

»Ich wollte es verdrängen«, gestand er. »Ich habe die Sache mit den Briefen für mich behalten, weil ich den Auftritt nicht absagen wollte. Ich habe Menschenleben aufs Spiel gesetzt, weil ich unbedingt meinen Kopf durchsetzen musste. Aber manchmal ist es ein Fehler, zu kämpfen. Wenn es Menschen gibt, die zu allem bereit sind, muss man sich der Gewalt beugen. Es wird nie passieren, dass alle das, was wir tun, akzeptieren. Wir sind und bleiben zu einem Leben in der Diaspora verdammt.« Er warf die zerfledderte Zigarette aus dem Wagen. »Ich wollte das nicht wahrhaben. Und jetzt habe ich die Strafe dafür bekommen.«

Katharina überholte einen Lastwagen und schaffte es gerade noch, vor der Abzweigung nach Garding wieder einzuscheren. Sie spürte die Kraft, die sie zur Seite zog, als sie das Cabrio schwungvoll durch die Kurve lenkte.

»So darfst du nicht denken«, stieß sie hervor, während sie erneut beschleunigte. »Du bist nicht verantwortlich für Dummheit und Intoleranz.«

»Nein.« Dominik schaute auf seine Hände. »Aber ich habe eine Verpflichtung den Menschen gegenüber, die sich mir anvertrauen. Ich hätte ihnen sagen müssen, dass wir bedroht werden. Damit sie selbst entscheiden können, ob es ihnen das Risiko wert ist.«

Katharina wollte ihm gern widersprechen. Aber Otten hatte ja recht. Es gab nichts, womit sie ihn hätte trösten können.

Wenige Minuten später hielt sie in einer Staubwolke vor dem Wilke-Hof. Dominik hatte seinen Kollegen zwar nichts von den Drohbriefen erzählt, aber er hatte die Schreiben mitgenommen. Und Katharina wollte sie so schnell wie möglich in den Händen der Kriminaltechnik wissen.

Andrea Wilke öffnete die Tür und sah sie mit fragendem Blick an. Sie wirkte noch verhärmter als am Morgen und zugleich sonderbar aufgewühlt.

»Was ist denn los?«, erkundigte sie sich. »Ist etwas passiert?«

Dominik Otten griff nach ihren Händen.

»Ich habe einen schrecklichen Fehler gemacht, Andrea«, sagte er. »Wir haben Drohbriefe bekommen, damit wir nicht bei dir auftreten. Und ich habe niemandem etwas davon gesagt.«

Der Blick von Andrea Wilke verhärtete sich, und sie entzog Otten energisch ihre Finger.

»Sie kennen meine Meinung«, sagte sie und wies mit der ausgestreckten Hand zum Anwesen der Kramers. »Das können nur Gabriele und ihr verbohrter Anhang gewesen sein.«

Katharina wollte abwehren, weil sie nicht gern vorschnelle Schlüsse zog. Doch im Grunde konnte sie Andrea Wilke nur zustimmen. Es deutete tatsächlich alles darauf hin, dass die Gewalt vom Nachbarhof ausging.

***

Sie folgte Dominik Otten die Treppe hinauf zu seinem Zimmer. Er öffnete seinen Kleiderschrank, und Katharina stellte fest, dass Otten, anders als Clemens Raddatz, perfekte Ordnung hielt. Auf der einen Seite hingen die Kleider, auf der anderen ein paar Hosen und Hemden. Alle Stücke sahen gebügelt aus.

Otten zog einen kleinen Koffer aus dem Schrank und öffnete ihn. Darin lagen ein Rasierapparat und ein Epiliergerät, ein Bündel Briefe – und ein Stofftiger, in dessen Bauch sich eine Wärmflasche befand.

»Mein derzeitiger Bettgenosse«, erklärte Otten. Er wollte nach den Briefen greifen, doch Katharina hielt ihn zurück.

»Warte.« Sie öffnete ihren Rucksack und nahm ein Paar Latexhandschuhe heraus. »Vielleicht hat der Schreiber Fingerabdrücke hinterlassen. Die sollten wir nicht zerstören.«

Sie zog die Handschuhe an und nahm die Briefe aus dem Koffer. Anschließend legte sie das Bündel auf die Kommode und öffnete den ersten Brief.

Er war kurz, aggressiv und dumm, und die nachfolgenden Schreiben standen ihm in nichts nach. Keines davon sparte mit widerlichen Schimpfwörtern und wüsten Drohungen. Die Kernaussage war jedoch in allen der insgesamt sechs Briefe, die über mehrere Wochen hinweg an Ottens private Adresse geschickt worden waren, dieselbe: Sollten »Die drei Diseusen« ihren geplanten Auftritt in der Kulturscheune von Andrea Wilke nicht absagen, erwartete sie ein grausames Schicksal. Von »abknallen« bis »ersäufen« waren alle gängigen Todesarten erwähnt.

Katharina schaute zu Otten, der sich auf das akkurat gemachte Bett gesetzt hatte und seine Handflächen an die Nase presste. Er war sichtlich darum bemüht, nicht die Fassung zu verlieren.

»Das ist harter Tobak«, sagte sie. »Wie hast du es geschafft, das für dich zu behalten?«

Dominik Otten stand wieder auf.

»Man gewöhnt sich daran«, sagte er. Sein Blick suchte Katharinas, und er hob seine Hände und umfasste Katharinas Gesicht. Ganz langsam näherten sich seine Lippen.

Der Kuss war kurz und zart und beinahe schüchtern. Dann schloss Katharina Dominik in die Arme.

Eine ganze Weile standen sie einfach nur da, ohne sich zu rühren. Schließlich löste sich Katharina vorsichtig von ihm. Sie wäre jetzt gern im Moment versunken. Aber zuvor gab es noch etwas zu tun.

18

Katharina drückte energisch auf die Türklingel des Kramer-Hofs. Eigentlich hätte sie die Briefe auf schnellstem Wege nach Kiel in die kriminaltechnische Abteilung des LKA befördern lassen müssen. Die Kollegen dort hatten die geeigneten Mittel, um die genaue Zusammensetzung des benutzten Papiers und Toners festzustellen und anhand ihrer Datenbanken zu ermitteln, von welchen Herstellern diese Gegenstände und womöglich sogar der Drucker stammten. Mit solchen Informationen konnte man

Verdächtige ausschließen oder einen Anfangsverdacht erhärten. Doch Katharina war dermaßen wütend, dass ihr selbst für dieses vergleichsweise schnelle Vorgehen die Geduld fehlte.

Sie hatte Nils Hansen gebeten, so rasch wie möglich zum Kramer-Hof zu kommen. Doch wenn er nicht bald auftauchte, würde sie die Sache allein durchziehen. Einen Durchsuchungsbeschluss besaßen sie ja bereits, mittlerweile sogar in vorzeigbarer Papierform. Was allerdings auch fast das Einzige war, was sie in dieser Angelegenheit vorschriftsmäßig handhabte.

Wenn sie ehrlich war, müsste sie den Fall eigentlich abgeben. Sie nahm die Sache viel zu persönlich. Doch genau deshalb mochte sie niemand anderen die Ermittlungen führen lassen. Sie wollte Dominik Otten und Julian Brunner beschützen. Und das konnte sie am besten, indem sie den Mörder von Clemens Raddatz fand.

Hinter der Tür tat sich nichts. Dafür fuhr ein Streifenwagen mit überhöhtem Tempo auf den Hof. Er kam schleudernd zum Stehen, und Nils Hansen sprang heraus. Im Laufen stülpte er sich seine Dienstmütze über den Kopf.

»Wo waren Sie denn so lange?«, fragte Katharina und betätigte erneut den Klingelknopf.

Hansen machte ein beleidigtes Gesicht.

»Es ist Sonntag«, erklärte er. »Da bin ich immer bei meinen Eltern zum Mittagessen.«

»Und da mussten Sie erst Ihren Nachtisch verspeisen, ehe Sie sich auf den Weg machen konnten?«

»Nein.« Hansen richtete seine Krawatte. »Aber ich musste noch nach Hause und meine Uniform holen.«

Katharina legte den Kopf schief.

»Ich dachte, Sie hätten eine Ersatzuniform bei Ihren Eltern? Für den Notfall?«

Hansen hüstelte.

»Na ja. Eigentlich schon«, gab er zu. »Aber die habe ich gestern gebraucht.«

Katharina hätte gern mehr darüber erfahren, doch in diesem Moment riss Gabriele Kramer die Haustür auf. Sie hatte eine

Kochschürze umgebunden, auf der ein übergroßer Kohlrabi abgebildet war. Ihre Gesichtsfarbe erinnerte an einen frisch gekochten Hummer.

»Ach, Sie!« Gabriele Kramer hob den Kochlöffel, den sie in der Hand hielt. »Am Sonntag?«

»Wir ermitteln in einem Mordfall«, erklärte Katharina. »Da gibt es kein Wochenende.«

Die Bäuerin deutete mit dem Löffel ins Innere des Hauses.

»Kommen Sie rein. Aber mitessen können Sie nicht. Dafür ist nicht genug da.«

»Keine Sorge. Wir sind nicht zum Essen gekommen. Wir wollten uns nur kurz Ihre Drucker ansehen.«

Gabriele Kramer, die sich bereits abgewandt hatte, um den Rückweg in die Küche anzutreten, blieb wieder stehen.

»Unsere Drucker?«

»Sie besitzen doch welche?«

»Ja. Sicher.« Die Bäuerin zog ihren strohblonden Haarknoten straff. »Aber ich verstehe beim besten Willen nicht, was Sie damit wollen. Dieser … Künstler ist doch überfahren worden, oder nicht?«

»Ganz recht.« Nils Hansen trat einen Schritt vor. »Und zwar mit Ihrem Traktor.«

»Wie bitte?« Gabriele Kramer schnappte nach Luft. »Das können Sie doch nicht einfach so behaupten.«

Hansen schaute die Bäuerin ernst an. »Das tun wir auch nicht. Es gibt klare Indizien.«

Gabriele Kramer öffnete den Mund und schloss ihn wieder. Sie hob den Löffel, als ob sie sich damit verteidigen wollte.

»Aber das heißt noch lange nicht, dass wir es waren«, wandte sie ein. »Der Trecker steht in der Fahrzeughalle, und der Schlüssel steckt. Den könnte jeder genommen haben.«

»Deshalb gehen wir auch anderen Spuren nach«, beendete Katharina den Disput.

»Und dafür müssen Sie unsere Drucker sehen?« Gabriele Kramer runzelte die Stirn. »Aber bitte. Tun Sie sich keinen Zwang an.« Sie deutete zur Treppe. »Die Zimmer von den Jungs sind oben. Die haben beide einen eigenen Drucker. Und Lutz und ich haben einen im Büro. Das ist hier unten rechts.«

»Danke«, sagte Katharina und warf im Vorbeigehen einen Blick in die Stube, doch der Raum war leer.

»Herr Hellmann und Ihre Söhne sind nicht zu Hause?«, erkundigte sie sich.

»Lutz ist mit seiner Gruppe draußen und meditiert. Kevin ist auf dem Feld. Und Leon ist im Westküstenpark und versorgt die Tiere«, erläuterte die Bäuerin. »Aber zum Mittagessen kommen sie alle nach Hause.«

»Sehr schön«, sagte Katharina und ging mit Nils Hansen über die Treppe nach oben. Gabriele Kramer verschwand wieder in der Küche.

Katharina öffnete eine Tür und hob die Augenbrauen. Das Zimmer, das sie betraten, gehörte offensichtlich Kevin. An den Wänden hingen Poster, auf denen Gefechtspanzer, Kriegsschiffe und Militärflugzeuge zu sehen waren. Eine Reichskriegsflagge nahm die Wand über dem Bett ein.

Nils Hansen, der ihr gefolgt war, gab einen Laut von sich, als hätte er einen Schlag in den Magen bekommen. Katharina lachte bitter.

»Zumindest macht er sich nicht die Mühe, seine politische Einstellung zu verhehlen«, bemerkte sie.

»Na toll.« Hansen schob eine Zwille, die auf dem Boden lag, mit dem Fuß beiseite. »Das verbessert natürlich meine Meinung von ihm.«

»Hm.« Katharina lachte leise. Sie merkte plötzlich, wie froh sie war, mit ihm zu arbeiten. Dieser ganze Fall war ein Sumpf. Da tat es gut, einen grundanständigen Kollegen wie Nils Hansen an ihrer Seite zu haben.

Sie betrachtete die Geräte, die auf einem niedrigen Fernsehwagen vor einem abgewetzten Sessel standen. Stereoanlage, Flachbildfernseher und Playstation, daneben eine ganze Reihe von Spielehüllen. Dass es in erster Linie Kriegsspiele waren, kam nicht überraschend.

Nils Hansen drückte versuchsweise einen Knopf am CD-Spieler und machte einen Satz nach hinten, als ihn unvermittelt ein Death-Metal-Sänger in Discolautstärke anbrüllte. Eilig schaltete er die Anlage wieder aus.

»Jasses!« Katharina rieb sich die Ohren, die sich anfühlten, als hätten sie einen Schlag abbekommen. Dann wandte sie sich dem Schreibtisch zu, auf dem der Computer stand. Der Drucker daneben war ein Tintenstrahldrucker. Zu den Drohbriefen passte er nicht, denn die waren ohne Zweifel mit einem Laserdrucker erstellt worden.

»Der ist es nicht«, sagte sie. »Die Drohbriefe hat Kevin anscheinend nicht geschrieben.«

»Zumindest«, bemerkte Hansen, »hat er sie nicht hier ausgedruckt.«

»Richtig.« Katharina schaute ihn an. »Aber meinen Sie, Kevin wäre so gerissen, dass er sich dafür einen anderen Drucker sucht?«

»Wer weiß?« Hansen machte eine Handbewegung, mit der er die gesamte Elektronik im Zimmer umfasste. »Heutzutage kennen die Leute sich doch aus. Die wissen, was die Kriminaltechnik alles kann. Und was man tun muss, um sie auszutricksen.«

»Hm.« Katharina trat ans Fenster und betrachtete die dunkelgrünen Plastiksoldaten, die Kevin auf der Fensterbank aufgereiht hatte. Nils Hansen hatte natürlich recht. Falls sie hier im Haus nicht fündig wurden, mussten sie sich auch in den Copyshops in der Umgebung umsehen.

Sie warf einen Blick aus dem Fenster und war für einen Moment abgelenkt.

Auf der Wiese neben dem Haus standen die fünf Manager in ihren weißen Karateanzügen im Kreis. Auch die Meditation war bei Hellmann offensichtlich mit Übungen zur Körperertüchtigung kombiniert. Statt im Schneidersitz auf einer Matte zu hocken, balancierten die Teilnehmer allesamt auf einem Bein. Sie erinnerten an eine Gruppe unbeholfener Flamingos.

Hansen, der neben sie getreten war, schnaubte.

»Die haben doch alle einen Schuss weg«, stellte er fest. »Aber solange sie nicht schießen …«

Katharina schaute ihn aufmerksam an. »Sie meinen, wir sollten auch die Kursteilnehmer als mögliche Täter in Erwägung ziehen?«

Hansen kaute nachdenklich auf der Innenseite seiner Wange.

»Im Prinzip kämen sie in Frage«, erwiderte er. »Immerhin sind sie es, die sich angeblich so sehr an der Travestie stören. Aber deshalb bringt man ja niemanden um.« Er hob die Hände. »Man bleibt einfach weg oder macht seinen Kurs anderswo.«

»Was ja auch genau das ist, was Lutz Hellmann und Gabriele Kramer befürchten.« Katharina deutete zur Tür, um anzudeuten, dass sie sich das nächste Zimmer ansehen wollte. »Trotzdem haben Sie recht. Jeder, der zur Tatzeit in der Nähe des Hofs war, kommt als Täter in Frage, auch unsere Manager da draußen.«

Nils Hansen kratzte sich am Kopf. Offenbar gab es einen Gedanken, der ihn störte.

»In diesem Fall aber nicht«, sagte er und zog sein Notizbuch hervor. »Genau, da steht's.« Er lächelte Katharina an. »Ich habe das im Internet nachgesehen. Der Kurs, der jetzt läuft, hat erst am Tag nach dem Mord angefangen. Und die Teilnehmer haben den Kollegen von der Polizeistation gesagt, dass sie am selben Morgen angereist sind.« Er steckte das Heft wieder weg. »Sie könnten natürlich gelogen haben. Allerdings wäre das schon sehr unwahrscheinlich.«

Katharina nickte anerkennend. Es gefiel ihr, dass Hansen Eigeninitiative zeigte.

»Ich hatte sie auch nicht ernsthaft im Verdacht«, bestätigte sie. »Aber es ist gut, wenn wir unsere Arbeit ordentlich machen.«

Nils Hansen lächelte, und Katharina war kaum überrascht, dass er angesichts des Lobs ein wenig rot wurde, doch dieses Mal war es ihm offensichtlich egal. Beschwingt marschierte er über den Flur, riss schwungvoll die nächste Tür auf und ließ Katharina zuvorkommend den Vortritt.

Auch hier gab es einen Fernseher und eine Spielekonsole, doch ansonsten bot der Raum das totale Kontrastprogramm zu Kevins Zimmer. An den Wänden hingen Tierbilder. Auf einem Regal an der Wand standen Bücher in Reih und Glied. Die vorherrschenden Themen waren Umweltschutz, Biologie und

Tierpflege. Neben dem Plüschsessel war eine Leselampe platziert. Die Stereoanlage hatte Miniformat, die CDs enthielten Musik deutschsprachiger Singer-Songwriter.

Verschiedener, dachte Katharina, konnten zwei Brüder kaum sein.

Der Computer unter dem Schreibtisch war ein älteres Modell, der Drucker ebenfalls ein Tintenstrahldrucker. Auch von ihm konnten die Drohbriefe nicht stammen.

»Sehen wir uns das Arbeitszimmer an«, sagte Katharina und schloss die Tür von Leons Wohnraum hinter sich.

Nils Hansen sauste die Treppe hinunter und stand schon im Büro, als sie unten ankam.

»Das ist ein Laserdrucker«, sagte er und wies auf das Gerät, das neben dem Schreibtisch stand. Wie in der Küche dominierten auch im Arbeitszimmer der Kramers Stahl und Glas. Außerdem herrschte eine geradezu akribische Ordnung. Möglicherweise gehörte auch das zu Hellmanns Reinheitskonzept.

Katharina zog die Prospekthüllen hervor, in die sie die Drohbriefe gesteckt hatte. Sie hatten alle denselben Makel: Etwa fünf Zentimeter vom linken Rand entfernt zog sich eine dünne, leicht gewellte Linie von oben nach unten über das Blatt. Sie stammte vermutlich von einer defekten oder verschmutzten Walze. Und sie war der Grund, weshalb Katharina darauf verzichtet hatte, die Schreiben sofort an die Kriminaltechnik zu schicken. Ein Gerät, das ein so charakteristisches Druckbild erzeugte, sollte auch ohne Hilfe der Experten zu identifizieren sein.

»Versuchen Sie doch mal, etwas auszudrucken«, bat sie Hansen, und der junge Polizeiobermeister setzte sich bereitwillig an den Tisch und schaltete den Rechner ein. Während der Computer hochfuhr, lehnte er sich auf dem Stuhl zurück und gab ein behagliches Geräusch von sich.

»Hm. Toller Stuhl«, sagte er und wippte vor und zurück. »Der könnte mir auch gefallen.«

Katharina betrachtete das Sitzmöbel genauer. Es war ein ergonomisches Produkt einer teuren skandinavischen Firma, die auch die entsprechenden Sessel und Fußhocker herstellte.

»Ich würde Ihnen ja vorschlagen, sich das Modell für Ihr Büro zu bestellen«, sagte sie. »Aber ich fürchte, das übersteigt das Budget einer staatlichen Behörde.«

»Schade.« Hansen drückte seinen Kopf an die gepolsterte Lehne. »Aber wenn die Dinger so viel Geld kosten, warum hat Hellmann dann einen? Ich dachte, die machen sich hier solche Sorgen um ihre Einnahmen.«

Katharina schmunzelte.

»Das ist Jammern auf hohem Niveau«, erwiderte sie. »Die fürchten nicht die Pleite. Die haben Angst, dass ihre Goldgrube verschüttet wird. Managerkurse sind ja alles andere als billig.«

»Schon klar.« Hansen öffnete wahllos ein Dokument und klickte das Druckersymbol an. Der Laserdrucker begann zu surren. »Auch wenn man es nicht versteht. Ich meine: Ich würde für so einen Blödsinn kein Geld ausgeben. Im Garten auf einem Bein stehen kann ich auch allein.«

»Aber da haben Sie niemanden, der Ihnen den Weg zur Erleuchtung weist«, sagte Katharina.

»Brauche ich auch nicht. Wenn ich einen Rat will, frage ich meine Mutter«, erwiderte Hansen.

Katharina lachte leise. Sie wollte etwas erwidern, aber in diesem Moment ratterte der Drucker. Katharina blickte gespannt auf das Blatt, das sich langsam herausschob. Da es mit der Rückseite nach oben herauskam, konnte sie noch nicht erkennen, ob sie das richtige Gerät gefunden hatten.

Als sie nach der Seite griff, sprang Nils Hansen von seinem bequemen Stuhl und schaute ihr über die Schulter.

Katharina drehte das Blatt um. Darauf befand sich ein Rezept für die Zubereitung einer griechischen Reispfanne mit Hackbällchen. Und eine schwarze, leicht gekräuselte Linie, die sich ungefähr fünf Zentimeter vom linken Rand entfernt von oben nach unten über die Seite zog.

19

»Ach Gott, wie süß.«

Julian Brunner ging vor Leon in die Hocke und fuhr sanft mit den Fingern über das wollige Fell des Lamms, das Leon im Arm hielt. Leon griff nach der Flasche und schob sie dem Tier in das weiche Maul. Das Lamm nuckelte emsig.

Leon genoss es, Julian alles zu zeigen und zu sehen, wie freundlich und behutsam er mit den Tieren umging. Als er das Lamm auf seinem Schoß streichelte, berührte er kurz Leons Hand. Es war nur ein leichtes Streifen, mehr aus Versehen denn aus Absicht, doch Leon zuckte zusammen.

Er versuchte, sich auf seine Aufgabe zu konzentrieren, aber Julians Nähe machte ihn nervös.

Julian spitzte die Lippen und imitierte die Schmatzgeräusche des Lamms. Er streichelte ihm den Kopf und berührte wie zufällig Leons Brustwarze.

Es war elektrisierend und schoss durch seinen Körper. Leons Hand, die die Flasche hielt, zitterte. Er wollte weglaufen, aber er konnte das Lamm nicht einfach loslassen. Wie festgenagelt saß er auf seinem Hocker. Er hätte protestieren müssen, doch seine Kehle war wie zugeschnürt.

Er wollte das nicht. Und zugleich wünschte er sich nichts sehnlicher, als noch einmal Julians schlanke Finger an seiner Brust zu spüren.

Warum empfand er nicht so, wenn Mara ihn anfasste? Weshalb war das, was Julians beiläufige Berührungen in ihm auslösten, so viel stärker als die Gefühle, die er hatte, wenn Mara ihn zärtlich streichelte?

Er wollte doch einfach nur normal sein. Dass er nie so stark und selbstbewusst sein würde wie Kevin, hatte er mittlerweile begriffen. Aber so wie Julian wollte er auch nicht sein. So bunt und auffällig, dass er alle Blicke auf sich zog. Er wollte nicht, dass die Leute mit dem Finger auf ihn zeigten und über ihn lachten. Doch sein verdammter Körper kümmerte sich nicht darum.

Julian hob die Hand und strich ihm über die Unterlippe, und Leon schluckte schwer. Wenn es doch nur nicht so schön wäre.

Das Lamm spuckte den Nuckel aus, weil die Flasche leer war, doch Leon schaffte es nicht, das Tier auf den Boden zu setzen. Die Hitze in seinem Körper machte ihn vollkommen handlungsunfähig. Und in seinem Kopf schien ein ganzer Bienenstock zu summen.

Julian legte sacht die Lippen auf seine, und Leon erbebte. Er wollte seinen Mund nicht öffnen, doch als er Julians Zungenspitze spürte, geschah es wie von selbst.

Julians Zunge neckte ihn und glitt sacht an seinen Zähnen entlang, und wie von selbst tat Leon bei Julian dasselbe. Es schmeckte so gut. Und der Nebel, in dem er sich verlor, war so unglaublich süß.

Julian löste sich sanft von ihm und hob das Lamm von Leons Schoß. Das Tier blickte sich kurz um, als wüsste es nicht recht, was es tun sollte, und trollte sich dann in die andere Ecke des Stalls.

Leon schaute auf seine Hose. Ohne das Lamm auf seinen Beinen kam er sich nackt vor. Und er würde Julian kaum weismachen können, dass ihm das, was dieser tat, nicht gefiel.

Julian knöpfte Leons Hemd auf und strich ihm mit beiden Daumen über die Brustwarzen, und Leon fürchtete, in Ohnmacht zu fallen. Er konnte sich kaum noch auf dem Schemel halten. Sein Herz raste wie verrückt, und sein Kopf fühlte sich vollkommen leer und federleicht an.

Julian öffnete den Reißverschluss von Leons Hose und schob seine Hand hinein. Im selben Moment zerplatzte etwas in ihm wie eine bunte Seifenblase, die feine glitzernde Tröpfchen in seinem gesamten Körper verteilte.

Leon stöhnte auf. Noch nie hatte er etwas derart Unglaubliches verspürt. Es war so wunderschön. Und zugleich war es so unfassbar peinlich.

Julian zog seine Hand zurück. Seine Augen glänzten, als hätte auch er einen Glücksmoment erlebt. Sanft wischte er Leon ein paar Tränen aus dem Gesicht.

»Beim nächsten Mal«, sagte er weich, »lassen wir uns ein bisschen mehr Zeit.«

***

Der Traktor bog im selben Moment um die Ecke, als Katharina Berg und Nils Hansen aus der Tür traten. Ein Koloss aus Stahl in Hellgrün und Schwarz mit riesigen Rädern und einem stabilen Aufsatz an der Front. Jener Kupplung, die Clemens Raddatz erfasst und ins Jenseits befördert hatte.

Der Fahrer oben in der Glaskanzel war nicht zu erkennen, weil das Sonnenlicht auf den Scheiben reflektierte. Der Fahrstil allerdings ließ kaum Zweifel daran, dass es sich um Kevin, den älteren der beiden Kramer-Söhne, handelte. Er hielt in hohem Tempo auf den Hauseingang zu und blendete die Scheinwerfer auf. So, als wollte er Katharina und Nils Hansen demonstrieren, was Clemens Raddatz in seinen letzten Sekunden erlebt hatte.

Katharina war mulmig zumute, obwohl sie sicher war, dass Kevin nicht einfach zwei Polizeibeamte über den Haufen fahren würde. Sie hatte sich nie zuvor bewusst gemacht, wie riesig moderne Trecker waren.

Nils Hansen dagegen schien ihr Unbehagen nicht zu teilen. Er schaute begeistert auf die gewaltige Zugmaschine.

»Das ist ein Deutz-Fahr 7250 TTV Agrotron«, erklärte er mit leuchtenden Augen. »Der hat zweihundertdreiundsechzig PS, vier Ventile pro Zylinder und Turbo-Boost. Damit kann man richtig große Grubber ziehen, sogar den Väderstad Carrier 820. Der ist acht Meter breit. Ausgeklappt natürlich. Da braucht man nur noch einen Bruchteil der Zeit wie mit einem kleineren Gerät. Dem Köckerling Trio 300 M, den mein Vater hat, zum Beispiel. Der hat nur drei Meter Arbeitsbreite.«

Katharina sah den jungen Polizeiobermeister verblüfft an. Natürlich wusste sie, dass seine Eltern Bio-Bauern waren. Aber sie hatte angenommen, dass sich Hansen nicht für die Landwirtschaft interessierte.

»Mein Vater hat sich gerade einen neuen Traktor angeschafft«, erläuterte Hansen. »Wir haben uns zusammen die Prospekte angesehen. Doch der da war uns zu teuer. Wir haben dann den Agrolux 75 genommen. Der kostet nur einen Bruchteil von dem, was man für den Agrotron hinblättern muss, hat aber auch nur zweiundsiebzig PS. Für einen besseren Grubber reicht das nicht. Aber wir haben ja auch gar nicht so große Felder.« Trotzdem hing sein Blick nach wie vor sehnsüchtig an der mächtigen Zugmaschine, die eine Staubwolke aufwirbelte, als sie endlich bremste und fünf Meter vor ihnen zum Stehen kam.

Die Fahrertür öffnete sich, und Kevin Kramer, bekleidet mit einem verwaschenen blassblauen Overall, sprang heraus. Er warf Nils Hansen einen Blick zu, den Katharina nicht deuten konnte.

»Was machen Sie denn hier?«, erkundigte er sich.

»Wir müssen noch ein paar Dinge klären«, erwiderte Katharina und wies auf den Trecker. »Macht es Ihnen nichts aus, mit einer Maschine zu fahren, mit der ein Mensch getötet wurde?«

Kevin verzog das Gesicht. »Sind Sie jetzt bei der Ethik-Polizei? Dann hätten Sie das Ding halt nicht zurückbringen dürfen. Und selbst wenn. Die Arbeit auf dem Feld muss ja gemacht werden. Und dafür brauche ich den Traktor. Einen zweiten haben wir nicht.«

Was wahrscheinlich auch der Grund war, weshalb Max Meier für eine schnelle Rückgabe des Treckers gesorgt hatte. Die Untersuchung des Fahrzeugs war abgeschlossen, die Spuren gesichert. Unter diesen Umständen lag es nahe, ein dringend benötigtes Arbeitsgerät nicht länger als unbedingt erforderlich unter Verschluss zu halten.

Nils Hansen sah aus, als hätte er Kevin am liebsten am Kragen gepackt, um seine Schnodderigkeit aus ihm herauszuschütteln, aber er beherrschte sich.

Kevin hob die Hände, die in groben Arbeitshandschuhen steckten.

»Also? Was gibt es denn noch?«

»Das würden wir gern mit der ganzen Familie besprechen«, sagte Katharina.

»Von mir aus.« Kevin zog den rechten Handschuh von den

Fingern und angelte sein Mobiltelefon aus der Brusttasche seines Overalls. Mit dem Daumen tippte er in Windeseile eine Nachricht und verschickte sie. Dann steckte er das Handy wieder weg und schlug mit der Faust auf den Klingelknopf neben der Haustür. Im Inneren schrillte die Glocke. Kevin verschränkte die Arme vor der Brust und grinste.

Tatsächlich dauerte es nur ein paar Sekunden, bis sich das Tor der Scheune öffnete und Lutz Hellmann herausstürzte. Mit energischen Schritten überquerte er den Hof und langte im selben Moment bei Katharina und Hansen an, als auch Gabriele Kramer aus der Haustür trat.

»Was ist denn nun noch?«, beschwerte sie sich und schwang den Kochlöffel. Vermutlich, um zu illustrieren, dass sie beschäftigt und zurzeit schlecht abkömmlich war. Katharina konnte sich nicht vorstellen, dass jemand tatsächlich ständig sein Küchengerät zum Öffnen der Tür mitschleppte.

»Ich muss mich ums Essen kümmern«, beklagte sich die Bäuerin denn auch prompt.

»Es dauert nicht lange.« Katharina musterte die drei, Kevin im blauen Overall, Hellmann mit seinem weißen Karateanzug und Gabriele Kramer in ihrer Kochschürze mit dem übergroßen Kohlrabi. Sie hätte gern ein Foto von ihnen geschossen, um es in ihrer Küche aufzuhängen. Es wäre ein schönes Motiv für trübe Wintertage, die nach ein wenig Erheiterung verlangten. Doch im Moment waren ihre Assoziationen zu der Bauernfamilie alles andere als lustig.

»Wo ist Leon?«, erkundigte sie sich.

»Im Westküstenpark«, entgegnete Gabriele Kramer verstimmt. »Er hat gerade angerufen, dass er lieber dableibt und die Tiere füttert, statt zum Essen zu kommen.«

Katharina nickte. Wenn es nötig war, würde sie dort mit dem jüngeren Kramer-Sohn sprechen. Auf ihrer Verdächtigenliste rangierte er ohnehin nicht an erster Stelle.

»Gut«, sagte sie. »Wir haben eigentlich auch nur eine Frage.« Sie zog die Hüllen mit den Drohbriefen hervor. »Wer von Ihnen hat diese Schreiben verfasst und an Dominik Otten geschickt?«

»Otten? Ist das dieser *Travestiekünstler*?« Gabriele Kramer rümpfte die Nase, als ginge allein von dem Wort ein unangenehmer Geruch aus.

»Dominik Otten ist der Gründer der ›drei Diseusen‹«, erläuterte Katharina. »Und jemand hat ihm mitgeteilt, dass es ihm nicht gut bekommen würde, wenn er den geplanten Auftritt in der Kulturscheune bei Andrea Wilke nicht absagt. Allerdings in deutlich weniger geschliffenen Worten.«

»Und?« Lutz Hellmann verschränkte die Arme in derselben Pose wie sein Ziehsohn Kevin. »Was hat das mit uns zu tun?«

»Die Briefe sind auf dem Drucker in Ihrem Büro ausgedruckt worden«, erwiderte Katharina und deutete auf den schwarzen Streifen. »Das Gerät produziert einen sehr charakteristischen Fehler.«

»Tatsächlich?« Hellmann lächelte gleichmütig. »Dann sollten wir ihn austauschen.«

»Das hätten Sie vielleicht tun sollen, bevor Sie die Drohschreiben gedruckt haben.«

»Ich habe niemanden bedroht«, entgegnete Hellmann. »Und der Drucker im Büro ist frei zugänglich. Den kann jeder benutzt haben. Zum Beispiel auch die Teilnehmer unserer Workshops.«

Katharina runzelte die Stirn. Sie mochte es nicht, wenn man sie für dumm verkaufen wollte.

»Wie lange dauern denn Ihre Veranstaltungen gewöhnlich?«, erkundigte sie sich.

»Ein Wochenende oder eine Woche, manchmal auch zwei. Weshalb?«

»Weil«, Katharina lächelte, »die Briefe über einen Zeitraum von sechs Wochen bei Dominique O. eingegangen sind. Seit bekannt war, dass es in der Wilke-Scheune in Zukunft regelmäßig eine Travestieshow geben soll.«

Sie sah, wie es in Hellmanns Kopf arbeitete.

»Und wer sagt Ihnen, dass der Verfasser die Briefe nicht alle auf einmal ausgedruckt und erst später verschickt hat?«, konterte er.

Katharina hätte fast gelacht. Lutz Hellmann war wirklich eine harte Nuss.

»Das werden wir aufklären.« Sie schaute den Rückbesinnungsguru herausfordernd an. »Die Kriminaltechniker in Flensburg werden sich Ihre Rechner ansehen. Ich bin sicher, Sie finden die Dateien zu den Drohschreiben.« Sie legte den Kopf ein wenig schief. »Ach ja: Unsere Kollegen von der IT-Beweissicherung können auch gelöschte Dateien wiederherstellen, inklusive Datum.«

»Schön.« Hellmann machte eine wegwerfende Handbewegung. »Dann war es eben keiner unserer Kursteilnehmer. Das war ja nur so dahingesagt.« Er kniff die Augen zusammen und funkelte Katharina an. »Ich habe die Briefe jedenfalls nicht geschrieben.«

Gabriele Kramer schwenkte ihren Kochlöffel. »Ich auch nicht.«

Kevin feixte. »Dann war es wohl Leon«, spottete er. »Ich persönlich hab's nicht so mit dem Schreiben. Aber Leon, das ist ein Kluger.«

Nils Hansen funkelte ihn an.

»Besonders *klug*«, wetterte er, »war der Inhalt der Briefe nicht.«

Katharina warf ihm einen warnenden Blick zu. Sie konnte gut verstehen, dass er sich aufregte. Aber es brachte sie nicht weiter.

»Schön«, sagte sie. »Ich dachte, wir geben Ihnen die Möglichkeit, die Sache ohne großes Aufsehen zu klären. Aber wenn Sie es nicht anders wollen, machen wir es eben auf dem regulären Dienstweg. Wir konfiszieren Ihre Computer und Ihren Drucker. Wir nehmen von Ihnen, Herr Hellmann, von Frau Kramer und von Leon die Fingerabdrücke – die von Kevin haben wir ja bereits – und untersuchen die Briefe auf Fingerspuren. Dann werden wir bald wissen, wer die Schreiben verfasst hat.«

Lutz Hellmann lächelte unbeeindruckt.

»Tun Sie, was Sie nicht lassen können. Die Geräte können Sie ruhig mitnehmen. Wir haben Wichtigeres zu tun, als Briefe zu schreiben.«

***

Mara Wilke wischte sich die Hände an der Jeans ab. Sie stand unentschlossen vor dem Schafstall und wusste nicht, ob sie hineingehen sollte. Dass Leon gestern einfach so weggelaufen war, hatte ihr wehgetan. Dabei war der Moment so schön gewesen. Wie er da vor ihr gestanden hatte, seine Haut und seine Haare noch feucht vom Wasser des Seehundbeckens. Seine Lippen hatten sich so weich angefühlt. Aber er hatte ihren Kuss nicht erwidert. Und dann hatte sie Kevin gegenüber böse Dinge über Leon behauptet. Sie war einfach so wütend gewesen. Dabei stimmte es wahrscheinlich gar nicht. Leon war nicht schwul. Er war einfach nur schüchtern.

Mara fuhr sich nervös durch die Haare. Leon hatte sicher längst erfahren, was sie gesagt hatte. Kevin war nicht der Typ, der so etwas für sich behielt.

Was würde Leon jetzt von ihr denken? Würde er überhaupt noch mit ihr reden?

Sie musste sich auf jeden Fall bei ihm entschuldigen. Er hatte ja jedes Recht, sauer auf sie zu sein.

Am besten brachte sie es gleich hinter sich.

Sie öffnete die Stalltür und spähte hinein. Im Inneren war es dunkel, und von Leon und seinem Lieblingslamm war nichts zu sehen. Bestimmt hatte er es wieder in das Abteil mit den Wärmelampen gebracht. Das Kleine war zu früh auf die Welt gekommen, und die Mutter war bei der Geburt gestorben. Ohne die Lampen und Leons liebevolle Fütterung hätte es überhaupt keine Chance.

Mara seufzte. Wie gern wäre sie manchmal anstelle des Schafs gewesen, das Leon so sanft streichelte.

Sie ging leise zu der Box, um Leon und das Schaf nicht zu erschrecken. Neugierig spähte sie über die Abtrennung.

Was sie sah, ließ ihr das Blut in den Adern gefrieren. Im ersten Moment wollte sie laut schreien und mit den Fäusten gegen das Holz trommeln, doch ihre Kehle war wie zugeschnürt. Sie schluckte und wich zurück, bis sie mit dem Rücken gegen die Stalltür stieß. Mit zitternden Fingern zog sie sie auf und stolperte ins Freie.

Das war ja so widerlich. Ekelhaft. Vor ihr lief er weg. Und mit dieser aufgetakelten Schwuchtel …

Aber das würde ihm noch leidtun. Und diesem Julian Brunner auch. Leon war schließlich erst sechzehn, und Brunner war ein erwachsener Mann. Was er da mit Leon tat, war bestimmt nicht erlaubt.

Sie würde das im Internet recherchieren. Und dann konnte Brunner sein blaues Wunder erleben.

20

Katharina Berg stellte ihr Fiat Cabrio auf dem Parkplatz vor dem Westküstenpark ab und kaufte sich an der Theke im Foyer eine Eintrittskarte. Mit dem Plan in der Hand trat sie durch die Glastür ins Freie und suchte nach den Schildern zu den Robben. Auch wenn sie dienstlich hier war – das größte nordseewassergefüllte Seehundbecken Deutschlands wollte sie sich auf keinen Fall entgehen lassen.

Laut der Übersicht, die sie zusammen mit dem Ticket bekommen hatte, begann in wenigen Minuten die Fütterung. Tatsächlich hatte sich bereits eine Besuchertraube in einem Holzunterstand versammelt, der an der Längsseite des Beckens aufgebaut war. Katharina schmunzelte, als sie bei näherem Hinsehen entdeckte, dass es sich in Wirklichkeit um einen rostigen alten Kahn handelte, den man entkernt und umfunktioniert hatte. Sie hätte sich gern dorthin gestellt, aber sie fand es zu voll.

Stattdessen wählte sie einen Platz am Maschendrahtzaun, der sich vom Kahn zu einem dahinterliegenden Betonbau zog, in dem sich ebenfalls neugierige Zoobesucher drängten.

Katharina stellte sich hinter ein paar kleine Mädchen, die aufgeregt vor dem Zaun herumhüpften. Selbst wenn sie hochsprangen, konnte sie problemlos über sie hinwegsehen. Und die Begeisterung der Kinder machte ihr Spaß.

Sie schaute auf das braune Wasser und lächelte, als plötzlich ein Seehundkopf auftauchte. Das Tier schien die versammelten Gäste kurz zu mustern. Dann verschwand es wieder in der Tiefe des Beckens.

Katharina sah genauer hin und entdeckte weitere Leiber, die sich im Wasser bewegten. Mit einem einzigen Atemzug konnten sie lange Zeit unter der Oberfläche bleiben. Zum Verdruss der Urlauber, die ihre Kameras bereithielten, taten sie das auch. Katharina lachte leise. Wahrscheinlich würden sich die Besucher zu Hause eine Menge Bilder ohne Seehunde, aber mit viel bräunlichem Wasser ansehen können.

Das änderte sich allerdings, als eine junge Frau in Wathose, Gummistiefeln und Parka den Holzsteg betrat, der um das halbe Becken herumführte. In dem Blecheimer, den sie trug, mussten Fische zum Füttern sein, denn schon schossen mehrere runde Köpfe mit schwarzen Knopfaugen aus dem Wasser und richteten sich auf die Frau.

Als sie näher kam, bemerkte Katharina, dass sie die Tierpflegerin kannte. Es war Mara Wilke, die Tochter der Betreiberin der neuen Gardinger Kulturscheune. Anders als zu Hause bei ihrer Mutter wirkte sie hier allerdings nicht verschlossen und muffelig, sondern fürsorglich und fröhlich.

»Hallo«, sagte sie in ihr Mikrofon. »Da freuen wir uns aber, dass wieder so viele gekommen sind, um bei unserer kleinen Show zuzusehen.«

Ihre Stimme, die aus den Lautsprechern an den Seiten des Beckens drang, klang etwas blechern, aber Katharina spürte trotzdem ihren Enthusiasmus.

Mara stellte ihre Schützlinge vor und warf ihnen die ersten Fische zu, die sie geschickt auffingen und in einem Rutsch verschluckten. Anschließend ließ sie die Seehunde ein paar Kunststücke vorführen. Während sie die Tiere dirigierte, schilderte sie, wie Robben in der freien Natur lebten.

Katharina sah verblüfft, dass die Seehunde ihr aufs Wort gehorchten und sogar darauf reagierten, wenn sie mit ihrem Namen angesprochen wurden. Sie klatschten mit ihren Flossen, stießen auf Kommando singende Laute aus und spielten miteinander Wasserball. Am besten schien es ihnen zu gefallen, wenn sie in hohem Tempo auf ihren Schwimmponton zusteuern und mit einem gewaltigen Satz aus dem Wasser springen durften. Dann landeten sie rutschend auf der Holzfläche, drehten sich um die eigene Achse und erwiderten den Applaus des Publikums. Natürlich gab es auch reichlich Fisch zur Belohnung.

Als der Eimer leer war, verschwanden die Seehunde so schnell in den Tiefen des Beckens, wie sie bei Maras Erscheinen an die Oberfläche gekommen waren. Dank ihrer Erläuterungen wusste Katharina nun, dass sie bis zu zweihundert Meter tief tauchen und bis zu dreißig Minuten unter Wasser bleiben konnten, ehe sie wieder auftauchen mussten, um Luft zu holen. Gewöhnlich dauerten ihre Tauchgänge allerdings nur drei Minuten.

Sie folgte Mara, als sie das Becken verließ und zu den Versorgungsgebäuden ging. Das war nicht schwer, denn kaum hatte sie die Fütterung beendet, schien Maras Fröhlichkeit wie weggeblasen. Schwerfällig trottete sie den Sandweg entlang und schien trüben Gedanken nachzuhängen.

Katharina hatte sie mit wenigen Schritten eingeholt.

»Hallo, Mara«, sagte sie. »Ich habe deine Seehundvorführung gesehen. Das war toll.«

Jetzt, aus der Nähe, fiel ihr auf, dass Maras Augen gerötet waren.

»Was ist los?«, erkundigte sie sich. »Geht es dir nicht gut?«

»Doch.« Mara umklammerte den Henkel ihres Eimers fester. »Wieso?«

»Ich dachte nur.« Katharina deutete ein Schulterzucken an. »Du wirkst ein wenig … bedrückt.«

Mara wandte ihr den Kopf zu.

»Sieht man das? Meine Mutter merkt so etwas nie.«

»Vielleicht zeigst du es ihr nicht.«

Mara gab einen verächtlichen Laut von sich.

»Du bist zurzeit ziemlich wütend auf deine Mutter, nicht wahr?«, erkundigte sich Katharina und fragte sich dabei, ob ihre wenigen Semester Psychologie ausreichten, um ein solches Gespräch zu führen. »Weil sie sich nach dem Tod deines Vaters verschlossen hat? Weil sie ihre Gefühle wegschiebt und gar nicht wahrnimmt, dass du auch trauerst?«

Mara blieb stehen.

»Woher wollen Sie das denn wissen?«

»Ich habe euch beobachtet, gestern, in der Küche.«

Maras braune Augen schimmerten feucht. Katharina sah, wie es in ihr arbeitete.

»Das war ein einziges Mal«, sagte sie schließlich. »Und trotzdem haben Sie es kapiert.« Sie blickte auf. »Hier sieht niemand, wie es mir geht. Keiner versteht mich.«

Katharina hätte das Mädchen am liebsten in die Arme genommen, doch das ließ sich mit ihrer Rolle als Kommissarin nicht gut vereinbaren.

»Du hast deinen Vater sehr geliebt?«

»Ja.« Ein stilles Lächeln stahl sich auf Maras Lippen. »Er war der beste Vater, den man sich vorstellen kann. Wir haben viel zusammen gemacht. Und er war total engagiert. Für den Tier- und Umweltschutz. Und für nachhaltige Landwirtschaft.«

»Und mit deiner Mutter ist das anders?«

Mara seufzte.

»Na ja. Es ist nicht so, dass sie sich nicht um mich kümmert. Sie macht alles für mich, und wenn ich etwas brauche, kauft sie es mir. Natürlich streiten wir, aber eigentlich akzeptiert sie, dass ich so bin, wie ich bin. Auch wenn es ihr lieber wäre, wenn ich mich mehr wie ein Mädchen benehmen würde. Mit Kleidern und Schminke und diesem Zeug.« Sie dachte nach. »Sie verbietet mir nichts. Sie versucht immer, mir alles zu erklären. Aber trotzdem … Es fehlt irgendwie etwas. Sie ist immer so …«, sie schaute auf ihren leeren Eimer, »… wie ein Fisch.«

Katharina verstand, was sie meinte. Sie hatte denselben Eindruck von Andrea Wilke. Sie strich Mara sacht über den Arm.

»Das ist hart.«

Mara nickte gedankenverloren. »Ja. Und dann passieren auch noch all diese schrecklichen Dinge.« Ihr Blick schweifte über die Wiesen, doch sie schien nichts von dem, was sie sah, zu registrieren.

Katharina räusperte sich.

»Eigentlich«, sagte sie, um den Moment nicht zu schwer werden zu lassen, »bin ich aus einem anderen Grund hier. Ich suche nach Leon.«

Mara kniff die Augen zusammen. Von einer Sekunde auf die andere wurden sie dunkel vor Wut.

»Dann schauen Sie doch mal dahinten in den Schafstall. Da hockt er und treibt es mit diesem schwulen Paradiesvogel, den meine Mutter ins Haus geholt hat«, fauchte sie und zeigte in die entsprechende Richtung. »Ach ja.« Ihre Miene bekam etwas Verschlagenes. »Das ist doch sicher nicht erlaubt, oder? Dass ein erwachsener Mann einen sechzehnjährigen Jungen poppt?«

Katharina zuckte zusammen. Dieser bittere, vulgäre Ton passte nicht zu einer jungen Frau wie Mara. Allerdings verriet er ihr auch, wie Mara selbst zu Leon stand.

»Wenn Leon sich mehr für Männer als für Frauen interessiert, wird kein Gesetz der Welt etwas daran ändern«, sagte Katharina so einfühlsam, wie sie konnte. »Du kannst ihn dafür hassen oder versuchen, es zu akzeptieren.« Sie dachte kurz nach. Man konnte von einer Siebzehnjährigen sicher nicht verlangen, dass sie sich in Leons Lage versetzte. Dennoch wollte sie für Verständnis werben.

»Natürlich ist das schwer«, sagte sie. »Aber er hat es sich auch nicht ausgesucht.«

Mara starrte sie an, und in ihren braunen Augen spiegelten sich die unterschiedlichsten Gefühle. Wut und Hass und Trauer. Und die stumme Bitte, dass eine gute Fee kommen und die Welt nach ihren Wünschen gestalten möge.

Im nächsten Moment drehte sie sich abrupt um und rannte davon.

Katharina sah ihr hinterher, bis sie in einem der Wirtschaftsgebäude verschwunden war. Dann wandte sie sich um. Was war wohl zwischen den beiden jungen Männern passiert? Und wie ging es Leon damit?

Neugierig schlug sie den Weg zum Schafstall ein.

***

Nils Hansen blickte auf den durchsichtigen Plastikbeutel, den er in der Hand hielt. Darin befanden sich die Drohbriefe, die er Max Meier übergeben sollte, wenn dieser mit seinen Kollegen von der Spurensicherung eintraf. Bis dahin hatte er dafür zu sorgen, dass die Kramers keine Beweisstücke aus dem Haus entfernten.

Hansen tappte ungeduldig mit dem Fuß. Natürlich wollte er dabei sein, wenn die Kollegen die Computer und den Laserdrucker konfiszierten und Hellmann und Gabriele Kramer die Fingerabdrücke abnahmen. Und er war gespannt, ob die Beamten von der BKI Flensburg und vom LKA Kiel Beweise fanden. Aber ihm dauerte das alles zu lange.

Er wusste doch, wer die Briefe verschickt hatte.

Sein Blick wanderte zu dem Schuppen, in dem Kevin verschwunden war. Vermutlich feuerte er wieder mit seinem Bolzenschussgerät auf leere Flaschen. Oder er dachte darüber nach, wie er den verräterischen Computer beiseiteschaffen und die Festplatte zerstören konnte.

Hansen umklammerte die Tüte fester und rückte seine Dienstmütze zurecht. Er könnte die ganze Sache abkürzen, wenn er Kevin zum Reden brachte. Und sich bei der Gelegenheit auch die Uniform zurückholen, die ihm Kevin gestohlen hatte.

Erneut warf er einen Blick auf das Bauernhaus. Bis die Kollegen aus Flensburg da waren, würde es noch mindestens eine halbe Stunde dauern. Zeit genug, um ein wenig auf eigene Faust zu ermitteln.

Natürlich war das nicht der Auftrag, den ihm Katharina Berg erteilt hatte. Doch das zwischen Kevin und ihm war mehr als eine dienstliche Angelegenheit. Es war eine persönliche Sache, und Hansen war noch immer verdammt wütend, dass er am Vortag halb nackt über die Felder hatte rennen müssen und schließlich auch noch seiner Mutter in die Arme gelaufen war. Er würde die Schmach nicht einfach hinnehmen. Kevin hatte ihn über den Tisch gezogen, und Hansen würde ihm deshalb eine Lektion erteilen. Und wenn er dabei die Ermittlungen vorantrieb, würde sich auch Katharina Berg sicher nicht darüber beschweren.

Noch einmal schaute Nils Hansen zum Haus. Dann marschierte er entschlossen auf den Schuppen zu.

***

Er sollte es nicht tun. Er sollte nicht hier liegen. Nicht in diesem Stall. Und nicht mit Julian. Aber es war einfach zu schön.

Ganz sacht streichelte Julian über seinen Körper. Er strich ihm über die Augenbrauen, fuhr an seiner Nase und seinem leicht geöffneten Mund entlang und malte Schlangenlinien auf seinen Hals. Wie kleine Vögel bewegten sich Julians filigrane Finger über seine Brust, verweilten bei seinen Brustwarzen und umkreisten sie spielerisch. Dann wanderte die Hand weiter, über den nur mit einem zarten Flaum bewachsenen Bauch zum Nabel, der ebenfalls ein paarmal umfahren wurde, ehe die Hand den Slip erreichte.

Leon versteifte sich unwillkürlich. Er hatte Angst vor dem, was geschehen würde, wenn Julian nicht aufhörte. Und zugleich gab es nichts, was er sich sehnlicher wünschte.

Julians Finger fuhren am Bund seines Slips entlang, schlüpften ein paar Zentimeter weit hinein und zogen sich dann wieder zurück. Er streichelte über den weichen Stoff der Unterhose, machte aber einen Bogen um Leons Geschlecht, das sich dagegendrückte. Stattdessen streichelte er Leons Lenden und führte seine Finger an der Innenseite der Oberschenkel entlang bis zum Knie. Aufreizend langsam wiederholte er die Prozedur auf der anderen Seite. Er kitzelte Leon in den Kniekehlen und ließ seine Finger bis zu Leons Füßen wandern.

Leon ächzte, als Julian mit den Nägeln sacht über seine Fußsohlen strich. Seine Nervenenden vibrierten, und sein Slip stellte sich auf wie ein Zelt.

»Oh, bitte«, stöhnte er. Er sehnte sich danach, dass ihn Julian dort, zwischen seinen Beinen, berührte. Doch Julian dachte überhaupt nicht daran.

Er beugte sich vor und hauchte kleine Küsse auf Leons Fußsohlen und Zehen. Dann küsste er sich die Beine hinauf bis zu

Leons Lenden, machte aber wieder einen großen Bogen um seine sensibelste Region.

Leon griff mit beiden Händen nach Julians Kopf und drückte ihn in die Richtung, in der er ihn haben wollte.

»Bitte«, flüsterte er. »Ich kann nicht mehr.«

Doch Julian löste mit einem Lächeln Leons Arme und zwang sie zurück auf den Boden.

»Halt still«, sagte er. »Du darfst dich nicht bewegen. Und reiß dich ein bisschen zusammen. Sonst verpasst du das Beste.« Er tippte auf den höchsten Punkt des Unterhosenzelts, und Leon seufzte. Doch Julians Hand war längst wieder verschwunden.

Stattdessen bedeckte er jetzt Leons Bauch mit kleinen Küssen, und Leon wand sich. Sein Atem ging immer schneller. Was würde als Nächstes geschehen?

Julian küsste ihn leidenschaftlich. Dann löste er sich von ihm und schloss seine Lippen um Leons rechte Brustwarze. Er saugte daran und knetete gleichzeitig die linke mit den Fingern.

Leon stöhnte laut. Julians Berührungen sandten heiße Blitze von seinen Brustwarzen aus durch seinen Körper. Sie fuhren durch seinen Unterleib, trafen sich und explodierten in einem gigantischen Feuerwerk.

***

Katharina zog leise die Tür zum Schafstall auf und schlüpfte hinein. Einen Augenblick lang blieb sie stehen, bis sich ihre Augen an das Dämmerlicht gewöhnt hatten. Anschließend sah sie sich um.

Auf den ersten Blick schien sich niemand im Gebäude aufzuhalten. Doch dann hörte sie aus dem hinteren Abteil, über dem ein paar rot glühende Wärmelampen hingen, ein Stöhnen.

Sie huschte dorthin und bemühte sich, vorsichtig auf das Stroh zu treten, das am Boden lag, um keine Geräusche zu verursachen. Die flexiblen Sohlen ihrer Sneakers leisteten ihr dabei gute Dienste.

Als sie den Bereich erreicht hatte, in dem offenbar die neugeborenen Lämmer aufgepäppelt wurden, blieb sie stehen. Im Stroh unter einer der Lampen lag Leon. Er hatte die Augen geschlossen und die Arme entspannt zu beiden Seiten ausgebreitet. Bis auf einen schwarzen Baumwollslip war er nackt, und das Licht schimmerte rötlich auf seiner blassen Haut. Er wirkte entrückt, so als wäre er gerade auf einer Reise in eine wunderbare Welt gewesen und hätte noch Mühe, zurückzukehren.

Neben ihm kniete Julian Brunner, der eine olivgrüne Camouflagehose und ein enges schwarzes Hemd trug, das er bis zum Bauchnabel aufgeknöpft hatte. Seine blondierten Haare fielen ihm in die Stirn. Er streichelte sacht über Leons Körper, und auf seinen Lippen lag ein Lächeln.

Katharina betrachtete die beiden. Ganz offensichtlich gab es hier nichts, weshalb man sich Sorgen machen musste. Die beiden jungen Männer gingen zärtlich miteinander um und genossen es. Ganz sicher geschah das, was sie taten, einvernehmlich und keinesfalls gegen den Willen des minderjährigen Leon.

Auf leisen Sohlen schlich sie zurück zur Tür und schlüpfte nach draußen. Sie wartete einen Moment und schlug dann mit der Faust gegen die Tür.

»Herr Kramer!«, rief sie. »Sind Sie da drin? Hier ist Kriminalhauptkommissarin Katharina Berg von der Polizeidirektion Husum. Ich muss mit Ihnen sprechen.«

Sie bemerkte, dass sich ein paar Zoobesucher nach ihr umsahen, und verzog den Mund.

Wenn es ihr darum gegangen war, keine unnötige Aufmerksamkeit auf Leon und seinen Freund Julian zu lenken, hatte sie sich für die falsche Methode entschieden. Sie hätte einfach abwarten sollen, bis die beiden herauskamen, oder versuchen sollen, Leon auf seinem Handy zu erreichen. Aber die besten Ideen kamen einem ja oft erst, wenn es zu spät war.

21

Von drinnen hörte er das leise Sirren und gleich darauf das charakteristische Geräusch zersplitternden Glases.

Nils Hansen riss die Schuppentür auf und stürmte hinein. Mit zwei Schritten war er bei Kevin und entwand ihm das Bolzenschussgerät.

»So, Freundchen«, sagte er. »Jetzt reden wir zwei mal Tacheles.«

»He!« Kevin sah aus, als wollte er protestieren, überlegte es sich dann aber anders. Schließlich hatte er auch noch etwas in seinem Besitz, das Nils Hansen sicher gern zurückhaben wollte. Stattdessen angelte er einen Kaugummi aus der Brusttasche seines Overalls, wickelte das Papier ab und steckte ihn in den Mund. Mit betont gelangweilter Miene kaute er und formte eine Blase, die er platzen ließ.

»So?«, nuschelte er, während er die Kaugummifäden wieder in den Mund sog. »Und worüber?«

Vor ein paar Jahren wäre Hansen noch auf ihn hereingefallen. Er kannte solches Gebaren von seinen früheren Mitschülern zur Genüge. Damals hatte er geglaubt, diese Jungs wären besonders tough und cool. Heute wusste er, dass sie lediglich versuchten, ihre Unsicherheit zu verbergen.

Er hielt die Tüte mit den Drohbriefen hoch.

»Diese Dinger hier«, sagte er. »Die hast du geschrieben.«

Kevins Kaubewegungen verstärkten sich, doch seine Mimik hielt stand.

»Ach ja?«, spottete er. »Wissen Sie das? Haben Sie meine Fingerabdrücke darauf gefunden?«

»Das brauche ich nicht.« Hansen betrachtete das Bolzenschussgerät in seiner Hand. »Die Briefe sind so dumm, dass sie nur von dir stammen können.« Tatsächlich hätte nicht einmal er selbst auch nur halb so viele Rechtschreibfehler in so kurzen Texten untergebracht. Dabei war er in Deutsch wirklich keine Leuchte. Was ihm die Vorgesetzten, die seine Berichte lesen mussten, oft genug bestätigten. Wenn er tatsächlich eine höhere Laufbahn einschlagen wollte, musste er dringend an dieser Schwäche arbeiten.

Kevin beförderte den Kaugummi von einer Backentasche in die andere.

»Das ist doch nur Ihre ganz persönliche Meinung.«

Hansen schaute ihn an.

»Ich dachte, du bist ein echter Kerl. Keine Memme«, versuchte er, Kevin zu provozieren. »Ein richtiger Mann steht zu seinen Taten.«

Kevin wedelte mit dem Zeigefinger.

»Ganz billiger Trick«, konterte er. »Das zieht bei mir nicht.«

»Wie wäre es dann hiermit?« Hansen hob das Bolzenschussgerät. »Illegaler Waffenbesitz. Das ist eine Straftat. Dafür kannst du ins Gefängnis kommen.«

Kevins Blick flackerte.

»Sie haben doch gesagt, das bleibt unter uns.«

»Und warum soll ich dir einen Gefallen tun, wenn du mir keinen tust? Wenn du sogar noch mit meiner Uniform abhaust, obwohl wir abgemacht hatten, dass du sie nur eine halbe Stunde ausleihst?«

Kevin wischte sich die Hände an der Hose ab. Langsam schien ihm der Schweiß auszubrechen.

»Die Waffe ist aber gar nicht illegal. Die gehört dem Betrieb.«

Hansen lächelte. Solange Kevin mauerte, kam er nicht an ihn heran. Aber wenn der Junge anfing, mit Gesetzen zu argumentieren, hatte er verloren. Damit kannte sich Hansen aus. In der Schule war er bestenfalls mittelmäßig gewesen, doch in der Polizeidirektion für Aus- und Fortbildung in Eutin hatte er alles aufgesogen, was man ihm beigebracht hatte.

»Das heißt, du hast das Recht, sie im Betrieb – in diesem Fall der Metzgerei, in der du deine Ausbildung machst – bestimmungsgemäß zu benutzen.«

Kevins Augen weiteten sich ein wenig. Offenbar hatte er nicht damit gerechnet, dass Hansen so gut informiert war.

»Du kannst damit bei deinem Arbeitgeber das Schlachtvieh betäuben. Aber du darfst sie nicht mit nach Hause nehmen, um damit auf Flaschen zu schießen«, fuhr Hansen unerbittlich fort. »Wenn ich das zur Anzeige bringe, kriegst du mindestens eine Geldstrafe. Falls du Pech hast, auch ein paar Tage hinter Gittern.«

Kevin verschluckte sich an seinem Kaugummi.

»Hey, Mann. Immer langsam.« Er hob die Hände. »Ich schieße doch nicht auf Leute oder Tiere. Bloß auf die ollen Flaschen.«

Hansen wog die Waffe in der Hand.

»Es liegt bei dir. Entweder du sagst mir, wer die Drohbriefe verfasst hat – oder das hier wandert in die Asservatenkammer.«

»Okay.« Kevin fuhr sich über die kurz geschorene blonde Haarinsel auf seinem Kopf. »Ich hab die Dinger geschrieben und an diesen Transvestiten geschickt.«

Hansen hob den Finger.

»Dominik Otten ist kein Transvestit. Er ist Travestiekünstler.«

Kevin glotzte ihn blöde an. »Hä? Was ist denn da der Unterschied?«

Hansen, der sich nicht schon wieder in ein Thema verstricken wollte, das ihn überforderte, hob abwehrend die Hand.

»Das kannst du googeln. Ich will wissen, warum du diesen Dreck hier produziert hast.«

Kevin breitete die Arme aus.

»Das ist doch wohl klar. Weil die hier keiner haben will. Meine Mutter und Lutz nicht. Und ich auch nicht.«

»Hm.« Hansen betrachtete die Tüte mit den Schmutzbriefen. »Aber genützt hat es nichts. Die Herren im Kleid sind trotzdem gekommen. Und weil ihr so sauer wart, seid ihr rübergegangen und habt euren Stallmist auf die Bühne gekippt.«

Er hatte gar nicht damit gerechnet, dass Kevin auch diese Tat zugeben würde. Doch der hatte sich offensichtlich noch nicht von dem Schock erholt, dass ihm Hansen erfolgreich Paroli bot.

»Das war nicht meine Idee«, sagte er. »Das war Lutz. Der ist fast ausgeflippt, weil sich seine Manager beschwert haben. Die haben gesagt, in einem solchen Umfeld können sie nicht an ihrer inneren Reinheit arbeiten. Und dass sie nicht wiederkommen, wenn das nicht aufhört.«

»Aber du hast mitgemacht.« Nils Hansen ließ nicht locker.

Kevin, der langsam seine Fassung wiederfand, grinste.

»Klar. Das war ein Heidenspaß. Und *dafür* kommt man ja wohl nicht in den Knast.«

»Nein. Dafür nicht.« Hansen sah Kevin ruhig ins Gesicht. »Aber wenn man anschließend die Kontrolle verliert, weil der *Abschaum* da drüben noch immer nicht aufhört zu tanzen. Wenn man sich dann den Traktor schnappt und einen von denen über den Haufen fährt. Das war euer Trecker. Und am Lenkrad befinden sich nur deine Fingerabdrücke«, erinnerte er den Jungen.

Alles Coole fiel plötzlich von Kevin ab.

»Nee, Mann. Das können Sie mir nicht anhängen. Das war ich nicht.« Er schien verzweifelt sein Hirn zu durchforsten, um etwas zu finden, das ihn entlasten konnte. Auf einmal leuchteten seine Augen auf.

»Sie denken, wir sind die Einzigen, die ein Motiv hatten?«, sagte er, und seine Stimme überschlug sich fast. »Das stimmt aber nicht. Diese … diese Künstler da drüben, die hatten auch Streit. Das habe ich selbst gesehen.«

Nils Hansen stand ganz still. Als ob er sich auf einer Eisplatte befände, die leise zu knacken begonnen hatte. Er durfte jetzt keinen falschen Schritt machen. Dann würde er womöglich etwas Größeres erwischen als nur den Schreiber schmutziger Drohbriefe.

»Was genau«, fragte er, »hast du da beobachtet?«

***

Als Leon die Tür öffnete, trug er einen dunkelgrünen Overall. Von Julian Brunner war nichts zu sehen.

Verwirrt musterte der jüngere Kramer-Sohn Katharina. Seine Augen glänzten, und sein Gesichtsausdruck wirkte entrückt.

»Sie wollen zu mir?«, fragte er, und seine Stimme klang verwaschen und rau.

»Ich habe eigentlich nur eine Frage«, erklärte Katharina, entschlossen, ihn nicht in Verlegenheit zu bringen. »Es geht um ein paar Briefe, die Dominik Otten bekommen hat. Sie sind auf dem Drucker im Arbeitszimmer Ihres Stiefvaters ausgedruckt worden.«

Leon versuchte, sich zu konzentrieren.

»Was denn für Briefe? Warum hat Lutz an Herrn Otten geschrieben?«

»Nun ja. Es waren keine freundlichen Briefe. Und sie waren anonym. Der Verfasser hat darin gedroht, dass den Künstlern Schreckliches widerfahren würde, wenn sie ihren Auftritt in der Scheune von Andrea Wilke nicht absagen.«

»Sie meinen … das waren Morddrohungen?«

»Nach dem, was Freitagnacht geschehen ist, muss man das wohl so sehen.«

Leon schüttelte den Kopf. Er konnte es offensichtlich nicht glauben.

»Sind Sie sicher?«, fragte er. »Ich meine, dass die Briefe wirklich von uns gekommen sind?«

»Leider ja.« Katharina hob die Hände. Der Junge tat ihr leid. Es musste schwer sein, mit seiner Neigung in einer Familie aufzuwachsen, die so offen homosexuellenfeindlich eingestellt war. Die Frage, ob er die Briefe geschrieben hatte, brauchte sie sich nach der Szene, die sie im Schafstall gesehen hatte, eigentlich nicht mehr zu stellen.

Leon rieb sich mit beiden Händen über das Gesicht. Offensichtlich fiel es ihm schwer, das Erlebte beiseitezuschieben.

»Wenn das stimmt«, sagte er, »dann kommt eigentlich nur einer dafür in Frage.«

Sie sah ihm an, in welchem Zwiespalt er sich befand. Er wollte ihr helfen, aber zugleich widerstrebte es ihm zutiefst, ein Familienmitglied zu beschuldigen. Auch wenn man ihm gegenüber nicht dieselbe Loyalität an den Tag legte.

»Sie denken an Ihren Bruder Kevin, nicht wahr?«, baute ihm Katharina eine Brücke.

Leon nickte.

»Von den Briefen hatte ich keine Ahnung«, sagte er. »Ich weiß nur, dass Lutz und Kevin das mit dem Stallmist waren. Ich habe sie gesehen, als sie mit ihren weißen Kostümen und den leeren Kübeln zurück auf den Hof gekommen sind. Aber …«

»Ja?«

»Es wäre nett, wenn Sie ihnen nicht sagen, dass Sie das von mir haben. Kevin hat mir Schläge angedroht, wenn ich den Mund aufmache.«

Katharina legte ihm kurz eine Hand auf die Schulter.

»Keine Sorge«, sagte sie. »Ihr Geheimnis ist bei mir gut aufgehoben.«

Leons Blick flackerte, und seine Augen huschten unwillkürlich nach hinten in das Stallgebäude, wo sich Julian irgendwo versteckt halten musste. Dann schaute er Katharina wieder an.

»Danke«, sagte er leise.

***

Kevin Kramer stieß die Schuppentür auf und bedeutete Nils Hansen, ihm zu folgen.

»Kommen Sie«, sagte er und führte Hansen über den Hof bis zum Zaun des Nachbargrundstücks. Er flankte lässig mit gestreckten Beinen darüber und sah sich nach Hansen um.

Nils Hansen versuchte, ein Pokerface aufzusetzen. Er war nicht unsportlich, aber Geräteturnen war nie seine Stärke gewesen. Er hatte immer Angst gehabt, irgendwo hängen zu bleiben.

Also legte er beide Hände auf den Zaun und bugsierte sein rechtes Bein mühsam hinüber. Blöderweise waren die Bretter höher, als seine Beine lang waren, sodass sich schnell ein unangenehmer Druck aufbaute. Eilig zog er das linke Bein nach und atmete auf, als er auf der anderen Seite war.

Kevin feixte, sah dann aber ein, dass er derzeit nicht unbedingt in der Position war, sich derbe Späße erlauben zu können. Er dirigierte Hansen zur Rückseite des Hofgebäudes der Wilkes und deutete auf ein Fenster, das zur ehemaligen Waschküche zu gehören schien.

Hansen folgte seiner Aufforderung und spähte durch die Scheibe. Im Inneren sah er Tische und Spiegel wie in einem

Friseursalon. Anscheinend war das die Garderobe für die Künstler, die in Andrea Wilkes Kulturscheune auftraten.

»Da hat man einen guten Blick, nicht wahr?«, sagte Kevin.

Nils Hansen nickte und wartete darauf, was kommen würde.

»Da habe ich reingeschaut. Und gesehen, wie sie es getrieben haben. Der Dunkelhaarige, der jetzt tot ist. Und der andere, der mit den Strähnchen.«

»Clemens Raddatz und Julian Brunner?«, fragte Hansen.

Kevin zuckte mit den Schultern.

»Keine Ahnung, wie die heißen. Die beiden Jüngeren eben. Und die haben sich gegenseitig … äh … na ja. Sie wissen schon.«

Jetzt, wo es darauf ankam, war es mit Kevins Coolness offenbar nicht mehr weit her. Dummerweise war auch Nils Hansen alles andere als souverän, wenn es um dieses Thema ging.

»Du meinst, die hatten …«, er räusperte sich, »… Geschlechtsverkehr?«

»Ja.« Kevin schien erleichtert, dass Hansen ein adäquates Wort gefunden hatte. »Und außerdem hatten sie Streit. Also, nicht die beiden Jüngeren, sondern der Dunkelhaarige und der Dritte.«

»Dominik Otten?«

»Ich hab doch schon gesagt, ich weiß nicht, wie die heißen.«

»Otten hast du immerhin Drohbriefe geschickt. Mit seinem Namen und seiner Adresse drauf.«

»Ja. Gut. Dann eben Otten. Und der hat sich mit dem Toten gezofft.«

»Ach ja?« Nils Hansen spürte, wie sich seine Nackenhaare aufstellten. »Der hat den beiden zugesehen? Und es hat ihm nicht gepasst, dass die zusammen … äh …«

»Nee.« Kevin ersparte es ihm, erneut einen geeigneten Begriff zu suchen. »Das war später. Da waren die schon …«, er hustete, »… fertig.« Auf seinen Wangen erschienen rote Flecken, und Hansen hätte fast gegrinst. Natürlich ließ sich kaum ein Junge in Kevins Alter die Gelegenheit entgehen, ein bisschen zu spannen. Aber was hatte Kevin darüber hinaus empfunden? Hatte der Anblick seinen Hass genährt? Oder hatte er die Sache, entgegen seinen Beteuerungen, anregend gefunden?

Doch das war ein Thema, das Nils Hansen erst recht nicht vertiefen wollte.

»Hast du mitbekommen, weshalb die beiden gestritten haben?«, erkundigte er sich stattdessen.

»Aber hallo.« Kevin setzte eine wichtige Miene auf. »Es ging um die Show. Der Tote –«

»Clemens Raddatz.«

»Jo. Der wollte unbedingt eine Erotik-Nummer daraus machen. Aber der andere –«

»Dominik Otten.«

»Genau. Der hat gesagt, das ist seine Show. Er macht nur Schongsong, keinen perversen Kram.« Kevin schnaubte. »Als ob das andere, was die da machen, nicht versaut ist.«

»Und deshalb gab es Krach?«, hakte Hansen nach.

»Aber so was von.« Kevin hob die Brauen. »Die haben sich angebrüllt, das muss man bis nach Tönning gehört haben.«

Nils Hansen nickte nachdenklich. Wenn Kevin die Wahrheit sagte, warf das ein neues Licht auf den Fall. Dann waren die Hofnachbarn von Andrea Wilke womöglich nicht die Einzigen, die ein Motiv gehabt hatten, Clemens Raddatz anzugreifen.

»Danke«, sagte er. »Ich glaube, das hilft uns weiter.«

Kevins Augen leuchteten hoffnungsvoll.

»Das heißt, Sie zeigen mich nicht an? Und ich kann das Bolzenschussgerät wiederhaben?« Seine Stimme wurde ein wenig kleinlaut. »Das gehört nämlich meinem Chef. Der macht mir die Hölle heiß, wenn das weg ist.«

Nils Hansen lächelte. Das fühlte sich richtig gut an, wenn man so einen Lümmel mal ordentlich in die Schranken wies.

»Du bekommst es«, sagte er großmütig. »Aber erst mal kriege ich meine Uniform zurück.«

»Ja, klar.« Kevin nickte, machte aber keine Anstalten, sich in Bewegung zu setzen.

Nils Hansen marschierte zurück zum Zaun und gestikulierte ungeduldig. Kevin holte tief Luft und kam dann schwerfällig hinter ihm her.

Als sie auf demselben mühsamen Weg wie zuvor den Schuppen der Kramers erreicht hatten, griff Kevin nach einer Plastiktüte, die drinnen neben der Tür gestanden hatte.

»Hier«, sagte er und hielt sie Nils Hansen hin, schaute ihm aber nicht in die Augen.

Hansen warf einen Blick in den Beutel und schluckte. Seine schöne neue Uniform, die er erst vor drei Tagen bekommen hatte, war über und über mit Schlamm bedeckt.

»Was, zum Teufel, hast du damit gemacht?«

Kevin grinste schief.

»Nichts, eigentlich. Ich bin bloß gestolpert und in einen Graben gefallen.«

Nils Hansen verschloss die Tüte wortlos und hastete zu seinem Dienstwagen. Das hatte ihm gerade noch gefehlt.

***

Sie hatte eben die Fahrertür ihres Cabrios geöffnet, als sie hinter sich Schritte hörte. Katharina drehte sich um und entdeckte Leon Kramer und Julian Brunner, die über den Parkplatz vom Eingangsgebäude des Westküstenparks aus auf sie zuliefen.

Ein wenig außer Atem blieben sie vor ihr stehen.

»Ich wollte es eigentlich nicht sagen«, erklärte Brunner und schaute zärtlich zu Leon, dem die zu langen Ärmel des grünen Overalls über die Hände rutschten. »Aber Leon meint, es ist besser, wenn wir ehrlich sind.«

Katharina lächelte die beiden an.

»Sie müssen mir das nicht erklären«, sagte sie. »Sie beide sind ein Paar, nicht wahr?«

Julian machte eine unsichere Geste. Leon schaute auf seine Schuhe. Er malte mit den Spitzen ein paar Kreise in den Sand. Schließlich hob er den Kopf wieder.

»Ja?«, sagte er leise und tauschte einen schnellen Blick mit Julian. Der hörte auf zu gestikulieren und lächelte.

»Ja«, bestätigte Leon, wie jemand, der sich endlich entschieden hat, den Sprung ins kalte Wasser zu wagen. Seine Augen glitten von Julian zu Katharina. »Aber woher …?«

»Ich bin Polizistin«, scherzte sie und blinzelte den beiden zu. »Es ist mein Job, solche Dinge herauszufinden.«

Doch das Lachen, das sie erwartet hatte, blieb aus.

»Das … macht es vielleicht einfacher«, sagte Julian schließlich. »Oder auch nicht.«

Katharina musterte den jungen Mann. Er trug auch jetzt ein leichtes Make-up, das seine weiblichen Züge betonte, während die enge Kleidung zugleich seinen männlichen Körper hervorhob. Auf seinen Wimpern und Wangen glänzte ein silbriger Puder, doch unter dem Glitter und der aufgesetzten Leichtigkeit schienen auch tiefe Gefühle zu schlummern.

»Da ist noch etwas, das Sie mir sagen wollen«, stellte sie fest. »Oder besser gesagt: Es gibt etwas, das Sie einerseits gern loswerden, auf der anderen Seite aber lieber geheim halten möchten.«

»Ja.« Julian lachte übertrieben und wedelte in einer seiner typischen Posen mit den Händen. »Das haben Sie schön auf den Punkt gebracht.«

»Julian«, mahnte Leon leise, und sein Freund gab seine Haltung wieder auf.

»Also, raus damit«, sagte er ernst, und seine Stimme klang plötzlich eine Oktave tiefer. »Sie sind nicht die Einzige, die es herausgefunden hat. Clemens wusste auch, dass ich mich in Leon verliebt habe. Dass ich versucht habe, ihn zu verführen.« Er lachte bitter und ballte die Faust. »Ich habe es ihm selbst erzählt. Weil ich nie meine verdammte Klappe halten kann. Aber ich war so voll davon. Ich brauchte einfach jemanden zum Reden.«

Katharina spürte, wie sich ihr Magen zusammenzog. Das klang nicht so, als wäre Clemens Raddatz freundlich mit diesem Wissen umgegangen.

»Wie hat er reagiert?«

Julian fuhr sich durch die blondierten Haare.

»Er hat versucht, Kapital daraus zu schlagen.«

»Wie das?«

»Na ja.« Der Travestiekünstler warf Leon einen zärtlichen Blick zu. »Leon ist erst sechzehn. Und ich bin vierundzwanzig.«

»Raddatz hat gedroht, Sie anzuzeigen? Wegen des Versuchs, einen Minderjährigen zu verführen?«

»Ja.«

»Und er hat eine Gegenleistung verlangt, wenn er es nicht tut.«

Julian nickte. Es schien, als wolle er etwas sagen, brachte die Worte aber nicht heraus.

Leon griff nach der Hand seines Freundes und drückte sie.

»Clemens war ein Schwein«, presste Julian hervor, schaffte es aber nicht, Leon dabei anzusehen. »Er wollte, dass ich zur Verfügung stehe, wenn er Lust auf mich hat.« Brunners Gesicht verzerrte sich. »Ich bin weiß Gott kein Kind von Traurigkeit«, gestand er. »Wenn ich einen hübschen Mann sehe, muss ich ihn haben. Ich bin nicht immer treu. Das habe ich Leon auch gesagt.«

Der nickte, schien aber nicht besonders glücklich darüber zu sein. Was man natürlich verstehen konnte. Katharina dachte an den attraktiven Klavierspieler, auf den Brunner ebenfalls ein Auge geworfen hatte. Leon würde wohl damit leben müssen, dass es überall Konkurrenz gab. In dieser Hinsicht waren schwule Männer nicht anders als heterosexuelle.

»Aber Clemens war nicht hübsch«, fuhr Julian Brunner fort. »Und mit seiner Vorstellung von Erotik konnte ich überhaupt nichts anfangen. Lack und Leder und Kleider als Aphrodisiakum. Das ist nicht meine Welt. Auf der Bühne mag ich es abgedreht. Aber im Bett will ich es einfach nur soft und romantisch.«

Katharina, die sich an das harmonische Bild von Julian und Leon im Schafstall erinnerte, nickte.

»Trotzdem haben Sie es versucht«, sagte sie. »Sie haben sich von Raddatz nötigen lassen, seine sexuellen Phantasien zu erfüllen.«

»Ja. Einmal«, gab Brunner zu. »Doch ich fand es schrecklich.«

Katharina betrachtete den Travestiekünstler. Sie hasste es, wenn Personen, die ihr sympathisch waren, plötzlich zu Verdächtigen wurden.

»Ich vermute, Raddatz hat sich damit nicht zufriedengegeben?«, hakte sie nach. »Er wollte eine Fortsetzung?«

»Natürlich.« Brunner wedelte affektiert mit der Hand. »Aber er hätte sie nicht bekommen.«

Katharina hob die Augenbrauen.

»Also mussten Sie damit rechnen, dass er Sie anzeigt. Wegen Verführung Minderjähriger.«

Brunner tauschte einen Blick mit Leon.

»Ja. Das habe ich erwartet.«

Katharina betrachtete das frisch verliebte Paar. Die Bedrohung, die Clemens Raddatz in Brunners Augen dargestellt hatte, war ohne Frage ein Mordmotiv.

»Wir wissen, dass uns das verdächtig macht«, sagte Julian. »Deswegen wollte ich auch nichts sagen. Aber Leon meinte, dass Sie die Wahrheit ohnehin irgendwann herausfinden. Und dass wir dann noch viel schlimmer in der Klemme stecken, weil wir gelogen haben.«

Katharina lächelte Leon an. Er war ein erstaunlich weitsichtiger junger Mann und für seine sechzehn Jahre ausgesprochen reif. Aber vielleicht wurde man so, wenn man eine Neigung hatte, die man ständig vor der Welt oder zumindest vor seinem direkten Umfeld verstecken musste. Sie konnte verstehen, dass sich Julian Brunner von ihm angezogen fühlte.

»Ich muss Sie das jetzt fragen: Haben Sie beide oder einer von Ihnen den Traktor gesteuert, mit dem Clemens Raddatz angefahren wurde?«

»Nein. Das waren wir nicht.« Brunner hob schwach die Mundwinkel. »Aber das würden wir natürlich auch sagen, wenn wir es getan hätten.«

»Es wäre gut, wenn Sie für den Abend nach der Premiere ein Alibi hätten«, erklärte Katharina, die von Herzen hoffte, dass keiner der beiden der Täter war, den sie suchten.

Brunner seufzte theatralisch.

»Hätte ich das geahnt! Ich wollte noch hinter Jérôme herfahren!«

Katharina erinnerte sich, dass der Pianist in der Mordnacht zu seinem Freund nach Hamburg gereist war. Auch Leon war offenbar über die unerwiderte Leidenschaft informiert. Er wirkte verletzt.

Brunner tippte ihm spielerisch auf die Nase.

»He, Kleiner. Das hat nichts mit dir zu tun. Da geht es nur um Sex. Das zwischen uns, das ist etwas ganz anderes.«

Katharina hätte beinahe die Augen verdreht. Sie hatte nicht angenommen, dass Homosexuelle treuer waren als ihre heterosexuellen Geschlechtsgenossen, aber sie hatte gehofft, dass sie zumindest nicht dieselben Plattitüden verwendeten. Eine Illusion augenscheinlich, doch zumindest schien man offener mit dem Thema umzugehen.

»Sie haben also kein Alibi für die Nacht?«

Brunner schüttelte den Kopf.

»Wir haben im Bett gelegen. Jeder in seinem eigenen. Ich habe gelesen, und Leon hat Musik gehört. Wir haben aneinander gedacht. Aber keiner von uns hatte den Mut, dem anderen wenigstens eine SMS zu schreiben. Wir haben Clemens nicht ermordet. Aber beweisen können wir das nicht.«

Katharina nickte. Solche Situationen gab es eben. Die beiden standen auf der Verdächtigenliste. Und dort würden sie bleiben, bis Raddatz' Mörder gefunden war. Oder bis feststand, dass niemand anderer als sie für die Tat in Frage kam.

***

Marlies Hansen betrachtete das vor Schmutz starrende Kleidungsstück, das ihr Sohn ihr hinhielt.

»So«, sagte sie. »Das ist also die Uniform, die du *verloren* hast. Und was, in Gottes Namen, ist anschließend damit passiert?«

Nils rieb sich betreten den Hinterkopf.

»Na ja«, gab er zu. »Ich habe sie nicht wirklich verloren. Ich habe sie verliehen.«

»Ach so?« Seine Mutter hob die Augenbrauen. »Darf man das?«

»Nee.« Hansen kam sich vor wie ein Schuljunge. So hatte er sich zum letzten Mal gefühlt, als er sich mit dem neu erworbenen Mixer seiner Eltern einen Erdbeershake hatte machen wollen. Blöderweise hatte er den Deckel nicht auf das Gerät gesetzt, und die rosafarbene Flüssigkeit hatte sich an der Decke und sämtlichen

Wänden verteilt. Seine Eltern hatten daraufhin die Küche neu streichen müssen. Aber damals war er acht gewesen. Jetzt war er dreiundzwanzig und eigentlich alt genug, um seine Probleme allein zu lösen. Doch in diesem Fall war er ratlos. Er hatte alles versucht, aber die Flecken auf der Uniform gingen einfach nicht raus.

»Nee«, sagte er wieder. »Das darf man eigentlich nicht.«

»Aha.« Seine Mutter schien nicht bereit, ihn so schnell zu erlösen. »Und weshalb hast du es dann getan?«

Hansen spürte, wie er rot wurde.

»Das … war eine Wette.«

Er sah, wie sich im Kopf seiner Mutter eines zum anderen fügte.

»Deshalb bist du gestern in der Unterhose nach Hause gekommen«, erkannte sie.

»Hm.« Hansen wollte nicht darüber reden. Er wollte am liebsten überhaupt nicht mehr daran denken. »Meinst du, du kriegst die Flecken raus?«

»Natürlich.« Marlies Hansen stemmte empört die Hände in die Hüften. »Der Fleck, den ich nicht herausbekomme, muss erst noch erfunden werden. Allerdings«, setzte sie hinzu, »hätte ich auch eine Bitte.«

Hansen blickte überrascht auf.

»Ja, klar«, sagte er bereitwillig. »Was denn?«

»Ach, nichts Besonderes«, wiegelte Marlies Hansen ab. »Ich dachte nur, ich könnte heute Abend etwas kochen. Und es wäre schön, wenn du Frau Berg einlädst, dazuzukommen.«

Nils Hansen spürte, wie ihm das Herz in die Hose rutschte. Die bisherigen Mahlzeiten, die seine Mutter für Katharina Berg gestaltet hatte, waren für ihn selbst kein Genuss gewesen. Nicht weil das Essen ein Reinfall gewesen wäre, sondern weil seine Mutter ihm mit ein paar Anspielungen auf seine aktuellen Fälle mehr Würze verliehen hatte, als Hansen lieb war. Aber er hatte wohl kaum eine Wahl.

»Sicher«, erwiderte er. »Gern. Ich sage ihr Bescheid.«

Seine Mutter strahlte.

»Aber …«, wagte er einen Vorstoß.

»Ja?«

»Vielleicht könntest du etwas machen, das weniger … äh … geschmacklos ist als ein Tatort aus Fleisch und Gemüse.«

Marlies Hansen schaute pikiert.

»Es hat dir nicht geschmeckt?«

»Doch«, beeilte sich Nils Hansen zu versichern. »Es war nur … irgendwie peinlich.«

»Ach so.« Seine Mutter wedelte großzügig mit der Hand. »Keine Sorge. Ich habe schon eine Idee. Und da ist überhaupt nichts Anstößiges dabei.«

»Dann ist es ja gut«, sagte Nils Hansen erleichtert und machte sich aus dem Staub. Anscheinend war er noch einmal glimpflich davongekommen.

Erst als er vor dem Haus in den Wagen stieg, fragte er sich, ob er seiner Mutter auch trauen konnte.

22

Katharina Berg drückte die Klinke mit dem Ellenbogen herunter und schob die Tür mit der Schulter auf. Sie hatte in der Eisdiele neben der Kirche zwei Latte macchiato gekauft und dem Besitzer versprochen, die leeren Gläser später zurückzubringen. Die angebotenen Styroporbecher hatte sie abgelehnt. Es gab nicht viel, was sie persönlich zum Umweltschutz beitragen konnte. Aber die Vermeidung überflüssigen Mülls gehörte definitiv dazu.

Weil sie beide Hände voll hatte, verzichtete sie darauf, anzuklopfen. Hätte sie geahnt, was sie daraufhin zu sehen bekommen würde, hätte sie sich vermutlich anders entschieden. Oder auch nicht. Der Anblick, der sich ihr bot, war einfach zu herrlich.

Nils Hansen stand vor dem Spiegel in seinem Büro. Er hatte seine Jacke ausgezogen und sein Hemd bis zum Bauchnabel aufgeknöpft. Die Mütze hatte er in einem kecken Winkel auf seinem Kopf platziert. Seine Hände lagen auf seinem Hinterteil, das deutlich runder wirkte als gewöhnlich. Entsprechend eng saß seine Uniformhose.

Hansen massierte seine füllige Rückseite und bewegte die Hüften im Takt der Musik, die aus den Boxen seines Computers drang. Den Refrain sang er mit.

»Girl, look at that body … I work out … I'm sexy and I know it …«

Katharina biss sich auf die Zunge, um nicht laut zu lachen. Schnell schlüpfte sie ins Zimmer. Es war ja nicht nötig, dass Hansens Kollegen in der Dienststelle ihn so zu sehen bekamen.

Irgendwo am anderen Ende des Ganges wurde eine Tür geöffnet. Katharina spürte einen Lufthauch, weil offenbar in dem anderen Zimmer, genau wie bei Hansen, ein Fenster offen stand. Im daraus resultierenden Durchzug knallte Hansens Bürotür zu.

Nils Hansen fuhr herum.

»Frau Berg«, stammelte er und lief rot an. »Sie … ich …«

Er wusste offenbar nicht, was er als Erstes tun sollte. Schließlich entschied er sich für den einfacheren Teil und machte die Musik aus.

»Ich habe Kaffee mitgebracht«, sagte Katharina und stellte die Gläser auf Hansens Schreibtisch.

»Äh … ja … toll. Danke«, stotterte Hansen.

Katharina zog die beiden langstieligen Kaffeelöffel hervor, die ihr der Eisdielenbesitzer mitgegeben hatte. Sie setzte sich auf Hansens Besucherstuhl und löffelte den Milchschaum von ihrem Getränk. Der war zwar auf dem Weg zur Polizeistation erheblich zusammengefallen, aber ein Rest war noch da.

Nils Hansen wirkte unschlüssig. Er schien nicht preisgeben zu wollen, was er mit seiner Kehrseite angestellt hatte. Doch zugleich war ihm die Hose zu eng geworden, als dass er sich entspannt damit hätte hinsetzen können.

Er probierte es trotzdem, sprang aber sofort mit schmerzverzerrtem Gesicht wieder auf. Was ihm eben noch aufregend und sinnlich erschienen war, hatte plötzlich den gegenteiligen Effekt.

Mit hochrotem Kopf lockerte er den Gürtel seiner Uniformhose. Dann griff er hinein und beförderte zwei halb durchsichtige Gebilde hervor. Sie hatten jeweils einen Durchmesser von vielleicht fünfzehn und eine Dicke von etwa fünf Zentimetern. Von der Konsistenz her erinnerten sie an Quallen mit einer festen Außenhaut.

»Die … äh … hat Herr Dr. Steinhaus von der Rechtsmedizin geschickt«, erläuterte Hansen und legte die Objekte auf den Tisch. »Er meinte, wir sollten sie in die Asservatenkammer tun.«

»M-hm.« Katharina öffnete ein Zuckertütchen und schüttete den Inhalt in ihren Kaffee. »Und was hat Sie daran gehindert?«

Nils Hansen wand sich. Er griff nach seinem Latte macchiato und trank einen großen Schluck. Gleich darauf verzog er den Mund. Er hatte keinen Zucker genommen, und der Kaffee war bitter.

»Er … er hat nicht gesagt, was das für Dinger sind. Ich habe ein bisschen im Internet recherchiert, und dann habe ich es herausgefunden. Es sind –«

»Buttpads«, sagte Katharina.

Hansen starrte sie an, als hätte sie sich vor seinen Augen in ein weißes Kaninchen verwandelt.

»Ich wusste das auch nicht«, beruhigte sie ihn. »Aber Wolfgang – Dr. Steinhaus – hat es mir erklärt.«

Nils Hansen wirkte erleichtert. Er deutete auf seinen Computer.

»Es gibt spezielle Läden für Travestiebedarf«, berichtete er. »Da kann man alles kaufen, was man braucht, um sich wie eine richtige Frau zu fühlen. Kleider und Schuhe in Übergrößen. Perücken und künstliche Wimpern und Fingernägel. Miederhöschen und gepolsterte BHs. Silikonkissen für die Brust und für den Po. Und …«, er linste auf die Erhebung in seinem Schritt, die sich mittlerweile zum Glück ebenso verkrümelt hatte wie der Milchschaum auf seinem Kaffee, »noch ein paar Dinge, die ein bisschen unappetitlich sind.«

Katharina dachte an die seltsamen Utensilien, die sie in Clemens Raddatz' Nachttisch gefunden hatte. Einige davon fielen mit Sicherheit in die letztgenannte Kategorie. Raddatz war offenbar ein guter Kunde in diesen Geschäften gewesen.

»Dr. Steinhaus hat übrigens auch gesagt, dass die Kollegen

vom LKA mit der DNA fertig sind«, berichtete Hansen, dem offensichtlich daran lag, das Thema zu wechseln. »Das Blut am Traktor stammt eindeutig von Clemens Raddatz.«

Womit zumindest die Tatwaffe identifiziert war. Blieb nur die Frage, wer den Trecker in der Nacht gefahren hatte.

»Haben Sie auch etwas von Max Meier gehört?«, erkundigte sie sich. »Kann er schon abschätzen, wann mit der Analyse der Drohbriefe zu rechnen ist?«

Ein zufriedener Ausdruck legte sich auf Hansens Gesicht und vertrieb die peinliche Röte.

»Nein«, erwiderte er und konnte den Stolz in seiner Stimme nicht unterdrücken. »Aber ich weiß, wer die Briefe geschrieben hat.«

»Ach so?«

»Es war Kevin«, verkündete Hansen. »Er hat es zugegeben.«

Katharina sah ihn überrascht an. Abgesehen von seinen Schwierigkeiten, geeignete Kanäle für seine Libido zu finden, schien er sich zu einem wirklich guten Polizisten zu entwickeln.

»Ich habe sogar noch mehr«, erzählte er. »Ich habe auch herausgefunden, wer Dominik Otten mit Mist beworfen hat.« Er machte eine Pause, um die Spannung zu steigern.

»Kevin und Lutz Hellmann«, sagte Katharina.

Hansen machte ein enttäuschtes Gesicht.

»Ja. Aber woher wissen Sie das?«

»Leon hat die beiden beobachtet, als sie von der Kulturscheune zurückgeschlichen sind. Sie haben ihn dazu verdonnert, den Mund zu halten. Doch dafür ist er zu ehrlich.«

»Hm.« Hansen schien sich zu ärgern, dass er ihr nicht so weit voraus war, wie er gehofft hatte. Er gab zwei Beutel Zucker in seinen Kaffee und rührte heftig darin herum. Dann richtete er sich wieder auf.

»Das ist aber noch nicht alles«, erklärte er und hob den Löffel. »Kevin und Hellmann waren nicht die Einzigen, die einen Grund hatten, Raddatz zu töten.«

»Nein«, sagte Katharina, doch Nils Hansen schien nicht zu bemerken, dass sie dabei an etwas Bestimmtes dachte.

»Kevin hat entdeckt, wie Clemens Raddatz und Julian Brunner miteinander … zusammen … Ich meine …« Hansen verstummte, und die Röte in seinem Gesicht nahm wieder zu.

»Er hat sie beim Geschlechtsverkehr beobachtet«, sagte Katharina, und Hansen nickte erleichtert.

»Ja. Und außerdem hat er gesehen, wie sich Dominik Otten und Clemens Raddatz gestritten haben.«

»Weil Otten eifersüchtig war?«, fragte Katharina irritiert.

»Nein.« Hansen nippte an seinem Kaffee. »Es ging um die Konzeption der Show. Raddatz wollte mehr Erotik auf der Bühne, aber Otten hat darauf beharrt, dass sie Chanson machen. Wenn Kevin die Wahrheit sagt, sind da ganz schön die Fetzen geflogen.«

»Und Sie glauben, Otten hätte Raddatz deshalb ermordet?«

Hansen holte Luft, um seinen Verdacht zu erläutern, und ließ sie dann wieder entweichen, ohne etwas zu sagen. Offenbar ging ihm bei näherer Betrachtung selbst auf, dass das nicht unbedingt ein hinreichendes Motiv war.

»Also bleibt es bei Hellmann und den Kramers?«, fragte er ernüchtert. Von den Lorbeeren, die er sich erhofft hatte, war nicht viel übrig geblieben.

»Nein.« Katharina lächelte. Sie wollte Hansen nicht demotivieren. Aber trotzdem machte es ihr Spaß, ihn beeindrucken zu können.

»Der Sex zwischen Raddatz und Brunner war nicht einvernehmlich«, erklärte sie. »Raddatz hat Brunner erpresst.«

Sie sah, wie die Zahnräder in Hansens Kopf arbeiteten, doch ohne das Puzzlestück, das ihm fehlte, konnte er das Rätsel nicht lösen.

»Womit denn?«, fragte er schließlich.

»Brunner hat sich in Leon Kramer verliebt«, berichtete Katharina. »Er war so leichtfertig, Raddatz davon zu erzählen. Dass er versucht hat, Leon zu verführen. Und Raddatz hat ihm gedroht, ihn anzuzeigen. Weil Leon minderjährig ist.«

Nils Hansen verzog das Gesicht, während er sich bemühte, all die neuen Informationen zu ordnen.

»Das heißt … Julian Brunner und womöglich auch Leon Kramer hatten ebenfalls ein Motiv, Raddatz zu töten?«

Katharina nickte. Sie waren ein gutes Stück mit den Ermittlungen vorangekommen. Doch statt ein paar Verdächtige streichen zu können, war die Liste lediglich länger geworden.

»Wir müssen noch einmal mit allen Beteiligten sprechen«, sagte sie und schaute auf ihre Uhr. »Morgen. Für heute machen wir Feierabend.«

Sie bemerkte, dass Hansen unruhig auf seinem Stuhl herumrutschte.

»Das ist Ihnen doch recht?«, erkundigte sie sich.

»Ja.« Hansen wischte sich die Hände an der Hose ab. »Das passt mir gut. Meine Eltern erwarten mich zum Abendessen.«

Er sprach nicht weiter, doch Katharina hatte das Gefühl, dass er noch nicht fertig war.

»Meine Mutter hat gesagt, ich soll Sie einladen vorbeizukommen«, setzte er endlich hinzu.

Katharina lächelte. Sie mochte Hansens Eltern.

»Gern«, sagte sie.

Nils Hansen nickte und nuschelte etwas in seinen nicht vorhandenen Bart.

Katharina war sich nicht ganz sicher. Aber es klang wie: »Das hatte ich befürchtet.«

23

Hartmut Hansen riss schwungvoll die Haustür auf. Er hatte dieselben feuerroten Haare wie sein Sohn, und auch sein Gesicht war stark gerötet. Wahrscheinlich litt er unter Bluthochdruck.

»Hallo! Meine Frau hat mir gesagt, dass Sie kommen«, strahlte er und bat Katharina herein.

Sie folgte ihm durch den Flur an der geschlossenen Küchentür vorbei in die gute Stube. Dort war bereits alles hergerichtet.

Auf dem Tisch lag eine gestärkte weiße Tischdecke. Darauf standen tiefe und flache Teller mit weiß-blauem Friesenmuster. Das glänzende Besteck war akkurat darum herum angeordnet worden, und in den Stövchen brannten Teelichter. Ergänzt wurde das Ensemble von einem dreiarmigen Kerzenleuchter und einer geschmackvollen Vase mit einem üppigen Strauß bunter Wiesenblumen.

Fast war es Katharina peinlich, dass sie derart hofiert wurde.

Im Flur klapperte eine Tür, und dann kam Marlies Hansen herein. Auch ihre Wangen waren gerötet, vermutlich vom Kochen. Sie trocknete sich die Finger an einem Geschirrtuch ab und schüttelte Katharina die Hand.

»Frau Berg! Wie schön, dass Sie kommen konnten«, sagte die dralle kleine Frau herzlich.

Katharina lächelte.

»Ja. Ich freue mich auch sehr«, erwiderte sie.

»Das Essen ist gleich fertig«, erklärte Marlies Hansen und bedeutete ihrem Mann, den Aperitif in die bereitstehenden Gläser zu füllen.

Während er Katharina einen Kelch mit einer rötlich schimmernden Flüssigkeit reichte, verschwand Marlies Hansen wieder in die Küche.

»Himbeersekt. Den Sirup habe ich selbst angesetzt«, erklärte er, und Katharina, die an ihrem Glas nippte, stellte fest, dass sie selten etwas so Exquisites gekostet hatte.

Hartmut Hansen, der sie genau beobachtet hatte, nickte zufrieden.

»So«, sagte er. »Sie ermitteln also in Garding? Wegen der Leiche auf Pedersens Acker?«

Katharina war nicht verwundert. Selbst wenn sein Sohn ihm nichts erzählt haben sollte, hatten sich die Neuigkeiten natürlich längst zu ihm herumgesprochen. Schließlich gehörte auch Hartmut Hansen mit seinem Hof in Poppenrade zu der bäuerlichen Gemeinschaft im Herzen Eiderstedts.

»Ja. Das war ein ziemlich brutaler Mord«, entgegnete sie.

Hartmut Hansen sah sie nachdenklich an.

»Und Sie glauben, dass es jemand vom Kramer-Hof getan hat? Bernds Frau? Oder ihr neuer Lebensgefährte?«

»Zumindest war ihr Traktor die Mordwaffe«, bestätigte Katharina, obwohl sie diese Information eigentlich nicht an Privatpersonen weitergeben durfte. Aber die Eltern von Nils Hansen waren ja fast so etwas wie eine eigene Familie.

Hansen schüttelte traurig den Kopf.

»Da geht alles den Bach runter, seit Bernd und Kristian tot sind«, bemerkte er.

Katharina schaute ihn neugierig an. Sie wollte gern mehr über die verstorbenen Ehemänner von Andrea Wilke und Gabriele Kramer erfahren.

»Wie war das mit den beiden?«, fragte sie. »Vor dem Unglück, meine ich.«

Hartmut Hansen schnaubte leise.

»Die beiden waren die dicksten Freunde. Dabei waren sie so verschieden, wie man nur sein kann. Bernd Kramer hatte den Hof von seinen Eltern übernommen. Das sind echte Bauern, schon in der fünften Generation. Bernd war dafür gemacht. Der konnte richtig anpacken. Und Gabriele … das ist eine Pfundsfrau.« Sein Blick ging in Richtung Küche, wo seine Ehefrau die letzten Vorbereitungen für das Abendessen traf. »Nicht so flink im Kopf wie meine Marlies natürlich. Aber den Haushalt und die Kinder hat sie tipptopp in Schuss.«

Katharina wiegte bedenklich den Kopf. Kevin Kramers politische Einstellung erschien ihr nicht gerade als Musterbeispiel gelungener Erziehung.

Hansen winkte ab.

»Früher war der nicht so. Als Bernd noch gelebt hat, waren die beiden ständig zusammen unterwegs. Beim Fußball und auf dem Schießplatz. Und natürlich auf dem Feld. Kevin hat schon als kleiner Junge überall mitgeholfen. Und die beiden hatten große Pläne. Nach Kevins Metzgerlehre wollten sie anfangen, alte Hausschweinrassen zu züchten und ihre eigene Wurst zu verkaufen.«

Hansen kippte den Rest seines Himbeersekts hinunter und stellte das Glas beiseite.

»Als Bernd verunglückt ist, ist der Junge mit abgestürzt«, sagte er. »Im übertragenen Sinne. Er wusste einfach nicht, wohin mit seiner Trauer und Wut. Und dann hat er sich mit den falschen Leuten eingelassen.«

Was Kevins Einstellung verständlicher, wenn auch nicht akzeptabler machte.

»Leon hat es besser weggesteckt«, fuhr Hartmut Hansen fort. »Aber der war auch schon immer mehr ein Mutterkind. Bernd fand, dass Gabriele ihn verzärtelt.« Er hob vielsagend die Augenbrauen. »Stellen Sie sich das vor. Der Knabe hat mit *Puppen* gespielt.«

Marlies Hansen steckte ihren Kopf von der Küche in den Flur.

»Geschadet hat es ihm nicht«, rief sie. »Er ist ein feiner Junge geworden.«

Dem konnte Katharina nur zustimmen.

»Und Kristian Wilke?«, kam sie auf den Ausgangspunkt von Hansens Bericht zurück. »Der war kein guter Bauer?«

»Doch, doch.« Hansen schob die Hände in die Taschen seiner Cordhose. »Er war fleißig. Wir haben uns oft über unsere Anbaumethoden ausgetauscht. Er hat, genau wie wir, ausschließlich Bio gemacht. Aber trotzdem war er anders.«

»Er war nicht von hier«, brüllte Marlies Hansen aus der Küche. Offenbar hatte sie ausgesprochen feine Ohren und konnte dem Gespräch in der Stube trotz ihres Geschirrgeklappers folgen.

»Kristian war eigentlich Biologe«, erklärte Hartmut Hansen. Er füllte sein leeres Glas wieder auf und nippte daran. »Er war irgendwie zu Geld gekommen und hat den Hof gekauft, um sein eigenes experimentelles Biokonzept zu erproben. Daran war auch nichts auszusetzen. Kristian war ein netter Kerl. Selbstbewusst, neugierig und abenteuerlustig.« Er kratzte sich am Kopf. »Ich weiß auch nicht. Er war zu allen freundlich, aber irgendwie hat er sich nicht in die Gemeinschaft eingefügt.«

»Das lag an seiner Frau.« Marlies Hansen trug eine Suppenschüssel herein und stellte sie auf der Wärmeplatte ab. »Andrea ist nur Kristian zuliebe auf den Hof gezogen. Sie selbst wäre lieber in der Stadt geblieben.«

»Hm.« Hartmut Hansen kratzte sich am Kinn. »Man hatte immer den Eindruck, dass sie fand, sie sei etwas Besseres als wir – die alteingesessenen Eiderstedter Bauern. Wir waren ihr zu ungebildet. Nicht intellektuell genug. Sie hatte schließlich vorher irgendetwas mit *Kultur* zu tun.«

»Hartmut.« Marlies Hansen sah ihren Mann tadelnd an. Der hob ergeben die Hände.

»Ja, ja. Schon gut.« Er zwinkerte Katharina zu. »Meine Frau meint, ich solle Mitleid mit Andrea haben. Aber wenn Sie meine ehrliche Meinung hören wollen: Sie ist ein vertrocknetes, biestiges Weib.«

»Hartmut!«

Hansen machte eine abwehrende Handbewegung.

»Ich weiß jedenfalls nicht, was Kristian an ihr gefunden hat.«

Marlies Hansen schnalzte mit der Zunge.

»Das ist eben so. Man schaut nicht immer dahinter. Ich liebe dich ja auch, obwohl du so ein unverbesserlicher Sturkopf bist.«

Hartmut Hansen drohte ihr mit dem Finger. »Du!«

Marlies Hansen lachte und ging zurück in die Küche. Ihr Mann wandte sich wieder Katharina zu.

»Kristian und Bernd, die waren jedenfalls ein Herz und eine Seele. Ich denke, weil sie beide so begeisterte Kletterer waren. Jede freie Minute waren sie gemeinsam unterwegs. Und die beiden Frauen haben sich notgedrungen auch miteinander angefreundet.«

»Aber nach dem Tod ihrer Ehemänner war es damit vorbei.«

»Ja.« Hansen nickte. »Ich glaube, Gabriele wirft Andrea vor, dass sie Kristian nicht davon abgehalten hat, mit Bernd diese riskante Tour zu machen.« Er schüttelte den Kopf. »Dabei ist das wirklich dumm. Kristian hat immer getan, was er wollte. Er hätte sich von Andrea nicht aufhalten lassen. Und Bernd war ja schließlich erwachsen.« Er hob kurz die Hände und ließ sie wieder fallen. »Aber so ist das eben. Als sie mit Lutz Hellmann, diesem Spinner, ihr Rückbesinnungszentrum eröffnet hat, dachte ich, jetzt kommt wieder ein bisschen Ruhe in die Sache. Aber dann hatte Andrea die Idee mit der Kulturscheune. Als Gabriele gehört hat, dass sie eine Travestieshow etablieren will, war es endgültig vorbei. Seitdem herrscht bei denen Krieg.«

Und im Krieg gab es eben Tote.

Marlies Hansen kam wieder in die Stube und band ihre Schürze ab. Darunter kam ein hübsches blaues Kleid zum Vorschein.

»So«, sagte sie. »Jetzt wollen wir aber nicht mehr über diese schrecklichen Dinge reden. Das Essen ist fertig.«

Hartmut Hansen leerte sein Sektglas und trat dann in den Flur.

»Nils!«, brüllte er über die Treppe nach oben. »Komm runter! Dein Besuch ist da!«

***

Nils Hansen zupfte das dunkelblaue Hemd und die gleichfarbige Hose zurecht. Dann beugte er sich vor und fuhr mit der Bürste über seine glänzenden Schuhe.

Das Outfit hatte erhebliche Ähnlichkeit mit seiner Dienstkleidung, nur eben ohne die Abzeichen. Er hoffte, dass ihm das half, an diesem Abend die Fassung zu bewahren. Er hatte sich weiß Gott oft genug vor Katharina Berg blamiert. Allein schon die Sache mit den Buttpads ... Es war wirklich sträflich dumm gewesen, sie auszuprobieren. Doch so war das manchmal. Er tat Dinge, ohne richtig darüber nachzudenken. Als würde eine fremde Macht die Kontrolle übernehmen.

Noch einmal würde ihm das nicht passieren. Er hatte sich gestählt. Mit ein paar Übungen aus einem Meditationsbuch und einer kalten Dusche. Wie ihm erst jetzt einfiel, entsprach das genau dem Konzept von Lutz Hellmann. Aber wenn die Manager, die auf den Kramer-Hof kamen, teures Geld dafür bezahlten, konnte es ja nicht falsch sein.

Er atmete noch einmal tief durch und eilte dann die Treppe hinunter.

Seine Eltern und Katharina Berg saßen bereits am Tisch. Wie immer sah sie umwerfend aus mit ihren weiten schwarzen Hosen, der leuchtend gelben Bluse und den dunklen Locken, die ihr über die Schultern fielen.

»Da bist du ja endlich.« Seine Mutter bedeutete ihm, sich zu setzen.

Nils nahm folgsam neben seinem Vater Platz, Katharina direkt gegenüber.

»Hallo«, sagte er.

Katharina lächelte.

»Hallo. Schick sehen Sie aus.«

»Danke.« Hansen hörte, dass seine Stimme knarrte, und trank schnell einen Schluck Himbeersekt.

Marlies Hansen wartete, bis er das Glas wieder abgesetzt hatte. Dann hob sie den Deckel von der Suppenterrine. Ein Zauberkünstler, der seinen besten Trick vorführte, hätte es nicht effektvoller machen können.

Nils Hansen schluckte. Gebannt sah er zu, wie seine Mutter die Kelle in die Schüssel tauchte und Katharinas Teller füllte.

Es war eine klare Nudelsuppe. Allerdings hatten die Nudeln eine ungewöhnliche Farbe. Sie waren hellblau. Und sie hatten die Form von Sternen.

Katharina lachte.

Hartmut Hansen, dessen Teller als nächster gefüllt wurde, fischte einen der Sterne mit dem Löffel heraus und betrachtete ihn.

»Warum sind die blau?«, erkundigte er sich.

»Ach.« Marlies Hansen lächelte und schöpfte Suppe in Nils' Teller. »Das ist nur, damit er sieht, dass wir seine Beförderung nicht vergessen haben.«

»Hm.« Hartmut Hansen ließ den Stern zurück in seinen Teller gleiten. »Sind aber mehr als drei. Wenn er so viele haben will, muss er sich ordentlich anstrengen.«

Nils Hansen spürte, wie seine Ohren zu glühen begannen. Warum musste seine Mutter ihre Scherze immer auf seine Kosten machen? Auf der anderen Seite sollte er wahrscheinlich froh sein. Die Sterne waren zumindest unverfänglich. Da hatte er schon weitaus Schlimmeres erlebt.

»Eigentlich«, insistierte sein Vater, »wollte ich aber wissen, wie du das hingekriegt hast, dieses Blau.«

»Lebensmittelfarbe«, sagte seine Mutter und füllte ihren eigenen Teller. »Aus natürlichen Rohstoffen. Umweltverträglich und gesundheitlich vollkommen unbedenklich.«

»Gut«, erwiderte Hartmut Hansen und schaufelte sich die blauen Sterne in den Mund.

Nils, der bei dem Anblick eher an Seegetier als an seine Uniform denken musste, tat es ihm nach kurzem Zögern gleich. Zum Glück schmeckten weder die Sterne noch die Suppe fischig.

»Lecker«, erklärte Katharina Berg und schaute mit leichtem Bedauern auf die Terrine, in der sich nur noch ein winziger Rest Suppe befand, den Marlies Hansen umgehend auf ihren Teller beförderte.

»Warten Sie nur ab«, versprach seine Mutter. »Es kommt noch besser.«

Nils leerte seinen Teller und seufzte. Das war genau das, was er befürchtete.

Seine Mutter trug das benutzte Geschirr in die Küche und kehrte mit einer großen Platte zurück, die von einer Haube bedeckt war. Wenn er Pech hatte, befand sich darunter eine getreue Nachbildung ihres aktuellen Mordszenarios.

Doch Marlies Hansen hatte dieses Mal offenbar kein Tatortfoto in die Finger bekommen. Der Hauptgang sah völlig normal aus. Es gab helles Fleisch, Kartoffelspalten und gebratene Auberginen. Nichts davon wirkte irgendwie anzüglich. Vielleicht, dachte er hoffnungsvoll, gingen seiner Mutter ja langsam die Ideen aus.

Marlies Hansen füllte den Teller ihres Gastes und lud dann ihrem Sohn eine ordentliche Portion auf.

»Pute«, sagte sie. »Mit den Brüsten musst du aufpassen. Wenn du da mit der Gabel hineinstichst, könnte etwas herausspritzen.«

Er wusste nicht, ob seine Mutter auf irgendetwas anspielte. Katharina Berg zumindest hatte genau dieselbe Assoziation wie er selbst. Sie prustete und hatte Mühe, den Bissen, an dem sie gekaut hatte, im Mund zu behalten.

»Alles in Ordnung?«, fragte Marlies Hansen.

»Ja. Wunderbar.« Katharina trank einen Schluck Wein. »Ich musste nur gerade an etwas denken.« Sie sah Nils Hansen bedeutungsvoll an. »An Objekte, die ebenfalls außen fest sind und innen weich.«

Hansen spürte, wie die Hitze auf seinen Wangen zunahm. Er beugte sich so tief über seinen Teller, wie er nur konnte, und hoffte, dass seine Mutter nicht nachfragen würde. Natürlich vergeblich.

»Ach ja? Was könnte das denn sein?«, erkundigte sie sich.

»Eier«, riet Hartmut Hansen. »Oder Würstchen. Die spritzen auch, wenn man sie ansticht.«

Nils schob sich einen viel zu großen Bissen in den Mund und würgte. Das Essen seiner Mutter war wie immer vorzüglich, aber genießen konnte er es nicht. Mussten denn alle am Tisch ständig irgendwelche Anspielungen auf seine erotischen Fehltritte machen? Oder lag es an ihm, dass er in ganz alltägliche Dinge etwas Sexuelles hineindeutete?

»Nein.« Katharina lächelte. »Ich dachte nicht an etwas Essbares.« Sie zwinkerte Nils Hansen zu. »Ich bin nur kürzlich an einer Schule vorbeigefahren. Da haben sich ein paar Kinder mit Wasserbomben beworfen.«

Nils tauchte vorsichtig von seinem Teller auf. Würde sie es dabei belassen? Oder käme als Nächstes der Hinweis, dass die Kinder allerdings keine Luftballons mit Wasser gefüllt hatten, sondern etwas anderes?

Doch für den Moment schien er davongekommen zu sein. Das Essen war zu gut, um sich zu unterhalten, und eine Weile kauten sie schweigend. Schließlich entfernte Marlies Hansen die leeren Teller und ging in die Küche, um das Dessert zu holen.

Sofort versteifte sich Nils Hansen wieder, doch der Nachtisch war absolut harmlos. Es waren kleine Grießklöße, gefüllt mit Himbeersirup. Dazu gab es Vanillesoße. Nils nahm sich gleich drei. Die Klöße waren so klein, dass man sie sich komplett in den Mund schieben konnte. Wenn man dann daraufbiss, rann der süße Himbeersaft die Kehle hinunter und vermengte sich mit dem sanften Aroma der Soße.

»Hm. Göttlich«, seufzte er und schaute enttäuscht auf die leere Schüssel.

»Ich habe noch mehr«, sagte seine Mutter und ging in die Küche, um Nachschub zu holen. Sie platzierte drei weitere Klößchen auf seinem Teller und schüttete Soße darüber.

Nils spießte eines mit der Dessertgabel auf und steckte es in den Mund. Er zerbiss die feste Grießumhüllung, und der Inhalt des Klößchens ergoss sich in seine Mundhöhle. Allerdings schmeckte er anders als bei den vorherigen. Gar nicht fruchtig und süß, sondern eher … scharf. Seine ganze Kehle brannte plötzlich wie Feuer, und er hatte das Gefühl, keine Luft mehr zu bekommen.

»Mutter!«, japste er und wedelte hilflos mit den Händen. »Was ist das?«

Marlies Hansen lächelte spitzbübisch.

»Habe ich das nicht gesagt?«, fragte sie. »Das sind Travestieklößchen.«

Nils schaufelte Vanillesoße in seinen Mund und spülte mit Wasser nach, doch der Effekt war marginal. Noch immer schien seine gesamte Speiseröhre in Flammen zu stehen.

»Tra… Traves… Was sind denn Travestieklößchen?«, keuchte er.

Seine Mutter breitete die Hände aus.

»Ich dachte, das ist offensichtlich«, sagte sie und blinzelte Katharina zu. »Es ist nicht immer das drin, was man glaubt.«

24

»Hach, nein.« Julian Brunner warf die Arme in die Luft und fuchtelte mit den Händen. »Das geht doch nicht! Sie können nicht all meine Klamotten mitnehmen.«

Die beiden uniformierten Beamten, die Brunners Kleidungsstücke in Säcken verstauten, beachteten ihn nicht. Sie hatten sich Latexhandschuhe übergestreift und räumten Hosen, T-Shirts und Jacken aus dem Schrank. Die Kleider ließen sie hängen.

Brunner raffte seinen schwarz glänzenden Morgenmantel über der Brust zusammen.

»Was soll ich denn jetzt anziehen?«

Katharina Berg, die den beiden Beamten bei der Arbeit zusah, machte eine entschuldigende Geste.

»Es tut mir leid«, erklärte sie. »Sie bekommen Ihre Besitztümer so schnell wie möglich zurück. Vielleicht können Sie sich solange etwas von Herrn Otten leihen?«

Brunner holte theatralisch Luft.

»Dominique«, betonte er, »hat überhaupt nicht meine Größe. Und dann dieser Stil!« Er fuchtelte wieder, als müsse er eine ganze Armada von Fliegen verscheuchen. »Damit kann ich mich nicht auf die Straße trauen.«

Mit verzweifelter Miene schaute er zu, wie die letzte Hose in einem der Plastiksäcke verschwand.

»Was wollen Sie denn überhaupt mit den Sachen?«

Katharina gab den uniformierten Beamten mit einem Nicken zu verstehen, dass ihr Auftrag erledigt war, und die beiden verschwanden eilig mit ihrer Beute.

»Ihre Kleidung wird im LKA untersucht«, erläuterte sie anschließend. »Auf Spuren, die vom Traktor der Kramers stammen könnten.«

Brunner sah aus, als wollte er in Tränen ausbrechen.

»Sie denken doch, dass ich es war!«, schniefte er. »Das ist nun der Dank! Ich habe Leon ja gesagt, dass wir lieber nichts verraten sollten. Solchen wie uns glaubt man ohnehin nicht.«

Katharina hatte Mitleid mit dem jungen Mann. Trotzdem musste sie sich zusammenreißen, um nicht zu lachen. Brunner benahm sich wie ein drittklassiger Schauspieler, der mangelndes Talent mit übertriebener Theatralik wettzumachen versuchte.

»Ich halte Sie nicht für den Schuldigen«, erwiderte sie. »Aber in meinem Beruf dreht sich alles um Fakten. Meine persönliche Überzeugung tut dabei nichts zur Sache. Wir benötigen Beweise. Und in diesem Fall geht es vor allem darum, Sie zu entlasten.«

Brunner verharrte in seiner affektierten Pose, als hätte jemand einen Film angehalten.

»Ach so?«

»Wenn wir keine Rückstände – Schmutz oder Öl oder dergleichen – an Ihrer Kleidung finden, die sich mit dem Trecker der Kramers in Verbindung bringen lassen, entlastet Sie das. Es wäre ein Indiz, dass Sie den Traktor nicht gefahren haben.«

»Hm.« Brunners Hände zuckten. »Aber bei denen« – er wies anklagend aus dem Fenster zum Nachbarhof – »haben Sie das nicht gemacht. Denen haben Sie Ihre Sachen nicht weggenommen. Weil Sie denen mehr glauben als mir.«

Katharina lächelte.

»Sie irren sich«, teilte sie ihm mit. »Gerade jetzt sind ein paar Kollegen auf dem Kramer-Hof und beschlagnahmen die Kleidung von Gabriele und Leon Kramer und Lutz Hellmann.«

»Ach ja?« Brunner begann wieder mit den Armen zu rudern. »Die untersuchen Sie? Und ausgerechnet die Sachen von Kevin sehen Sie sich nicht an?«

Katharina holte tief Luft. Auf die Dauer machte sie Brunners Herumgezappel nervös. Für ihren Geschmack übertrieb er es mit der schwulen Attitüde. Aber vermutlich konnte er gar nicht anders.

»Kevin«, erläuterte sie, »bestellt auf dem Kramer-Hof die Felder. Natürlich würden wir an seiner Kleidung Spuren finden, die vom Traktor stammen. Aber die haben keine Beweiskraft. Weil sie auch bei einer anderen Gelegenheit als bei der Attacke auf Clemens Raddatz entstanden sein können.«

Ihr war durchaus bewusst, dass auch das Fehlen von Spuren an der Kleidung der anderen diese nicht wirklich entlastete. Schließlich konnte sich jeder von ihnen einen Overall übergezogen haben, den er anschließend hatte verschwinden lassen. Trotzdem mussten sie die Sachen untersuchen. Sonst würde man ihnen am Ende vorwerfen, dass sie ihre Hausaufgaben nicht gemacht hatten.

Sie deutete auf Brunners Bett, auf dem Decke und Kissen zu einem Haufen geknüllt lagen.

»Setzen Sie sich doch«, bat sie.

Brunner sah aus, als wollte er protestieren, fügte sich aber dann.

Katharina drehte den Stuhl, der vor dem kleinen Schreibtisch stand, herum und nahm ihm gegenüber Platz. Sie beugte sich vor und verschränkte die Hände.

»Clemens Raddatz hat also Ihr Vertrauen missbraucht. Nachdem Sie ihm gestanden haben, was Sie für Leon empfinden und dass Sie versucht haben, den Jungen zu verführen, hat er gedroht, Sie anzuzeigen.«

Brunner nickte niedergeschlagen. Dieses Mal verzichtete er darauf, die Antwort mit seiner überbordenden Gestik zu untermalen.

»Was hat er Ihnen gesagt, was passiert, wenn er es tut?«

Brunner riss die Augen weit auf.

»Ich käme ins Gefängnis«, flüsterte er. »Auf Sex mit Minderjährigen gibt es bis zu zehn Jahre. Und …«, seine Stimme wurde so leise, dass Katharina ihn kaum noch verstehen konnte, »… ich wüsste ja, was die Leute im Gefängnis mit …«, er schluckte, »… mit Kinderfickern tun würden.« Er atmete zitternd ein und stieß die Luft dann wieder aus. »Dagegen, hat er gesagt, wäre es doch geradezu ein Spaziergang, wenn ich nur ihm zu Diensten sein müsste.«

Katharina betrachtete den Travestiekünstler. Wahrscheinlich lag es an seiner Neigung, dass er sich dem Druck gebeugt hatte. Bis heute wurden Menschen wegen ihrer Homosexualität benachteiligt. Und vielen Schwulen fiel es schwer, das Gefühl abzuschütteln, nicht »richtig« zu sein.

»Sie haben ihm geglaubt«, stellte sie fest. »Deshalb sind Sie auf seine Erpressung eingegangen.«

Brunners Arme fuhren in die Luft.

»Was hätte ich denn tun sollen?«

Er senkte den Kopf, aber Katharina hatte die Tränen gesehen, die in seinen Augen glänzten. Sie hätte ihn gern getröstet. Doch vorher musste sie ein paar Dinge klären.

»Sie haben sich auf ihn eingelassen. Aber dann haben Sie gemerkt, dass Sie es nicht können.«

Brunner schluchzte leise.

»Clemens war widerlich. Ich habe ihn so *gehasst.*«

»So sehr, dass Sie ihm am Abend nach der Premiere gefolgt sind?«

»Nein.« Brunner wischte sich die Tränen aus dem Gesicht und verschmierte dabei seine Schminke. »Das habe ich Ihnen doch gesagt. Ich habe gelächelt, bis die letzten Premierengäste gegangen waren. Und dann habe ich mich in meinem Zimmer verkrochen und mir die Decke über den Kopf gezogen.«

Wieder sah er Katharina an, und erneut hatte sie Mühe, ernst zu bleiben. Mit seiner zerlaufenen Wimperntusche sah er aus wie ein Clown.

»So ist das eben«, seufzte er. »Ich bin kein starker Mann. Ich bin eine Memme. Ich konnte mich noch nie wehren.«

Katharina musterte den Künstler und stellte fest, dass sie dazu neigte, ihm zu glauben. Er war einfach nicht der Typ, der jemanden mit einem Traktor über den Haufen fuhr. Selbst dann nicht, wenn er denjenigen *gehasst* hatte. Aber auch sie konnte nicht in die Menschen hineinsehen.

Sie stand auf.

»Wenn Sie nichts getan haben, müssen Sie sich auch keine Sorgen machen«, sagte sie freundlich. »Wir werden denjenigen finden, der Clemens Raddatz ermordet hat.«

Brunner nickte, doch nach wie vor schien ein schweres Gewicht auf seinen Schultern zu lasten.

Katharina zwinkerte ihm zu.

»Und das mit Leon und Ihnen, das ist vollkommen in Ordnung.«

Brunner runzelte die Stirn.

»Heißt das … Sie zeigen mich nicht an?«

Katharina deutete auf den Berg von Zeitschriften auf seinem Nachttisch.

»Sie sollten gelegentlich etwas anderes lesen als Modemagazine«, versetzte sie. »Dann wüssten Sie, dass Sex mit Jugendlichen, die mindestens sechzehn sind, nicht verboten ist. Er ist nur strafbar, wenn er nicht einvernehmlich geschieht oder wenn es sich bei den Jugendlichen um Schutzbefohlene handelt. Aber Sie sind nicht Leons Lehrer oder Betreuer. Und Sie haben ihn wohl auch nicht zum Geschlechtsverkehr gezwungen. Also dürfte das in Ihrem Fall nicht gelten.«

Brunner schnellte vom Bett, als wäre unter seinem Po eine Sprungfeder explodiert.

»Sie meinen … das mit Leon und mir … das ist gar nicht illegal?«

»Nein.«

Brunner hüpfte aufgeregt zur Tür.

»Oh mein Gott. Dieser Mistkerl hat mich belogen! Das muss ich Leon sofort erzählen.«

»Herr Brunner!«

Der Travestiekünstler blieb stehen, die Hand schon auf der Klinke.

»Ja?«

Katharina blickte bedeutungsvoll auf seinen seidenen Morgenmantel und seine bloßen Füße.

»Ich will mich ja nicht einmischen«, sagte sie. »Aber ich an Ihrer Stelle würde mir vorher etwas anziehen. Und das Make-up erneuern.«

Brunner huschte zurück zum Spiegel und schaute hinein.

»Ach du liebe Güte!«, quietschte er.

***

Zum Glück ließ die Uniformjacke ein wenig Spielraum. Sonst wäre sie ihm an diesem Montagmorgen angesichts seiner geschwollenen Brust womöglich ein wenig eng geworden.

Er, Nils Hansen, beaufsichtigte die Arbeit der Kollegen, die auf dem Kramer-Hof die Kleidungsstücke sicherstellten. Dabei hatte jeder von ihnen mehr hellblaue Sterne auf den Schultern als er selbst. Aber er führte das Kommando.

»Du kümmerst dich um die Sachen des Mannes«, wies er einen älteren grauhaarigen Beamten an und deutete auf das Schlafzimmer von Gabriele Kramer und Lutz Hellmann. »Und du«, er winkte einen zweiten, hageren Kollegen heran, »nimmst die Sachen von der Frau.« Er blickte sich um und entdeckte den blonden Hünen, der sich beim Schießtraining immer über ihn lustig machte. »Eh, Sven«, rief er und wedelte in die entsprechende Richtung. »Hier. Du sammelst die Klamotten von Leon ein.«

Keiner der drei protestierte. Alle taten brav, was er angeordnet hatte. Auch wenn er meinte, in den Augen von Sven ein boshaftes Funkeln gesehen zu haben. So, als hätte der noch etwas in petto, das Hansen bei späterer Gelegenheit zu spüren bekommen würde. Doch darüber wollte er sich jetzt keine Gedanken machen. Er wollte den Moment genießen.

Aus dem Augenwinkel entdeckte er etwas Weißes, das unten durch den Flur huschte. Er trat ans Geländer, erblickte aber nur noch das Rückenteil einer Karatejacke und wilde braune Haare, die darüberfielen. Dann war Lutz Hellmann aus der Tür, die leise ins Schloss fiel.

Nils Hansen raste die Treppe hinunter. Er riss die Haustür auf. Da, hinter der Scheune, sah er gerade noch die weiß gekleidete Gestalt in Richtung Wäldchen eilen.

Hansen nahm die Beine in die Hand und sauste über den Hof. Er sprintete zur Scheune und bog so rasant um die Ecke, dass Sand und Steine aufspritzten. Die weiße Jacke verschwand im Dickicht zwischen Büschen und Bäumen.

Nils Hansen rannte auf das Waldstück zu und tauchte in das dunkle Grün. Er lief, so schnell er konnte, doch der Abstand verringerte sich nicht. Dabei war Hellmann fast dreißig Jahre älter als er. Aber der Guru war ganz offensichtlich verdammt gut in Form.

An dem Konzept mit den kalten Bädern und der Körperertüchtigung schien mehr dran zu sein, als er gedacht hatte. Womöglich sollte er selbst auch einmal an einem dieser Seminare teilnehmen. Doch wahrscheinlich konnte er sich das mit seinem Einkommen, das auch als Polizeiobermeister noch immer schmal war, gar nicht leisten.

Lutz Hellmann verließ den Weg und zwängte sich zwischen dem wuchernden Grün tiefer in den Wald. Im nächsten Moment hatte Hansen ihn aus den Augen verloren.

Keuchend lief er bis zu der Stelle, an der Hellmann verschwunden war. Die abgeknickten Äste wiesen ihm den Weg. Er schob sie beiseite und folgte dem Pfad heruntergetretener Gräser. Sein Hosenbein verfing sich in ein paar Brombeerranken, und ein dünner Zweig, den er beiseitegeschoben hatte, peitschte ihm beim Zurückschnellen ins Gesicht. Hansen fluchte und zerrte an seiner Hose, um sich zu befreien.

Es schien eine halbe Ewigkeit zu dauern, und vor seinem geistigen Auge sah er schon, wie Katharina Berg spöttisch die Brauen hob, wenn er ihr gestand, dass er den Flüchtigen verloren hatte. Doch dann konnte er sich endlich weiterbewegen und kämpfte sich mit neuem Elan durch die Botanik.

Im nächsten Moment stand er auf einer Lichtung.

Lutz Hellmann saß im Schneidersitz im hohen Gras, die aneinandergelegten Hände auf Nasenhöhe gehoben. Ganz langsam öffnete er die Lider, sodass seine Bernsteinaugen sichtbar wurden.

»Nanu?«, sagte er gespielt verblüfft. »Was tun Sie denn hier?«

Nils Hansen schnaufte.

»Das wollte ich Sie fragen.«

Hellmann knickte seine Hände zu den Seiten ab, sodass er aussah wie eine dieser orientalischen Statuen. Die mit diesen seltsamen Zipfelmützen auf dem Kopf.

»Ich meditiere«, entgegnete er.

Hansen fixierte den Guru ärgerlich. Er wusste, dass Hellmann log. Nie im Leben war der wie ein Rennpferd durch das Unterholz geprescht, um dann ausgerechnet hier den Pfad der Erleuchtung zu suchen. Aber was hatte ihn stattdessen angetrieben?

Nils Hansen ließ seinen Blick über die Lichtung schweifen. Das hohe Gras war noch feucht vom Morgentau, und als er genauer hinsah, entdeckte er undeutliche Fußabdrücke zwischen den Halmen. Sie führten zu einem knorrigen Baum, der bei einem Sturm umgestürzt war.

Hansen näherte sich dem Stamm und betrachtete ihn. An der Seite entdeckte er eine Spalte und spähte hinein.

Der Stamm war hohl!

Eilig zog er ein Paar Latexhandschuhe aus seiner Hosentasche und streifte sie über die Finger. Dann steckte er die Hand in die Höhle.

Er tastete darin herum und fand etwas, das sich nicht wie modriges Holz anfühlte. Stattdessen war es glatt und knisterte. Hansen griff danach und zog das Objekt heraus.

Es war eine Plastiktüte, gefüllt mit getrockneten Blättern, die aussahen wie Tee. Als Polizist wusste Hansen allerdings, dass es sich um etwas anderes handelte.

***

Die Beamten, die sie angefordert hatte, verstauten die Kisten mit der Kleidung von Julian Brunner, Gabriele und Leon Kramer und Lutz Hellmann in zwei Mercedes-Vito-Bussen und stiegen in ihre Fahrzeuge. Als sie an ihr vorbeifuhren, salutierten sie grüßend. Der Fahrer des zweiten Einsatzwagens, ein blonder Riese, ließ die Seitenscheibe herunter.

»Moin, Frau Berg«, sagte er. »Wenn Sie POM Hansen suchen, der ist abgehauen. Hat womöglich unter der ganzen Verantwortung keine Luft mehr gekriegt.«

Sein Beifahrer lachte, und der Riese brauste davon, ehe Katharina etwas entgegnen konnte.

Ärgerlich sah sie den Wagen hinterher. Sie wusste nicht, was sie mehr aufbrachte – die unkollegiale Art oder dass sich Hansen einfach davongeschlichen hatte.

Sie ging um die Scheune herum und stellte fest, dass das Übungsgelände verwaist war. Was Hellmann wohl heute mit seinen Managern anstellte?

Neugierig kletterte sie auf die Leiter des Bassins und hielt prüfend eine Hand ins Wasser. Es war weitaus kälter, als sie erwartet hatte. Bei den derzeitigen Außentemperaturen von deutlich über zwanzig Grad hätte sich das Becken eigentlich aufheizen müssen. Da das nicht der Fall war, musste Hellmann eigens eine Kühlung installiert haben.

Katharina lachte leise. Von beheizten Pools hatte sie schon gehört. Aber ein gekühltes Schwimmbecken – und das in Norddeutschland? Wenn Hellmann die Philosophie von Sebastian Kneipp ernst nahm, war das allerdings nur konsequent.

Sie hörte ein lautes Knacken, und dann trat Lutz Hellmann aus dem kleinen Wäldchen. Er trug wieder seinen Karateanzug, diesmal allerdings nicht mit Flip-Flops, sondern mit weißen Basketballschuhen kombiniert. Für einen Spaziergang im Wald waren Strandschläppchen ja auch nicht das Richtige.

Erst jetzt fiel ihr auf, dass Hellmann alles andere als entspannt wirkte. Den Grund dafür entdeckte sie einen Moment später. Es war Nils Hansen, der den Reinheitsguru ungeduldig vor sich hertrieb. Sie ging den beiden entgegen.

»Frau Berg!«, rief Hellmann, als er sie entdeckte. »Vielleicht können Sie Ihren übereifrigen Kollegen zur Vernunft bringen.«

Er drehte sich halb um, und Katharina sah, dass seine Arme mit Handschellen auf den Rücken gefesselt waren.

Sie warf dem jungen Polizeiobermeister einen fragenden Blick zu. »Sie haben Herrn Hellmann festgenommen? Aus welchem Grund?«

Statt einer Antwort hielt ihr Hansen einen Plastikbeutel hin, in dem sich getrocknete Blätter befanden. Katharina öffnete die Tüte und schnupperte am Inhalt.

»Ach«, sagte sie zu Hellmann. »Jetzt bin ich aber enttäuscht. Ich dachte, Sie wollten sich und Ihre Klienten von allem reinigen, das ihr Seelenheil gefährdet.«

Der selbst ernannte Guru verdrehte die Augen.

»Sie müssen das in größeren Zusammenhängen sehen«, erläuterte er. »Zu jeder Zeit und in allen Kulturen hat es zur Erleuchtung dazugehört, sich bewusstseinserweiternder Substanzen zu bedienen. Wir handeln nicht damit, und wir zwingen auch niemanden, sie zu nehmen. Aber man darf sich diesen Erfahrungen nicht verschließen.«

Katharina wehrte ungeduldig ab.

»Von mir aus rauchen Sie Marihuana, so viel Sie wollen. Das interessiert mich nicht«, sagte sie. »Ich will wissen, wer Clemens Raddatz ermordet hat.«

Hellmann seufzte theatralisch.

»Glauben Sie, die Antwort auf diese Frage ändert sich, wenn Sie sie immer wieder stellen? Wir. Waren. Das. Nicht.«

Katharina signalisierte Nils Hansen, dem Reinheitsguru die Handschellen abzunehmen.

Hellmann lächelte zufrieden.

Hansen schaute betrübt.

Katharina hielt den Marihuana-Beutel hoch.

»*Mir* ist das egal«, erklärte sie. »Aber wir werden diesen Fund selbstverständlich an die zuständigen Kollegen weitergeben.«

Hellmanns Bernsteinaugen funkelten ärgerlich.

»Das ist diese deutsche Beamtenmentalität. Diese Engstirnigkeit. Sie hätten Castaneda lesen sollen. Dann wüssten Sie, welchen Gewinn man daraus ziehen kann, die Rauschmittel der Natur zu genießen.«

Katharina lachte leise. Sie *hatte* die Bücher von Carlos Castaneda gelesen, zumindest die ersten fünf oder sechs. Zu der Zeit, als sie studiert hatte, war das eine Art Pflichtlektüre unter den selbst ernannten intellektuellen Revoluzzern gewesen.

Der erste Band hatte sie fasziniert, weil die Rauscherlebnisse, die der Autor schilderte, spannend waren. Aber in den folgenden Bänden wurden die beschriebenen Halluzinationen und die verwendeten Drogen immer abstruser, sodass sie die Lektüre schließlich beendet hatte, weil das alles für sie zunehmend nach einem Bericht aus der Psychiatrie klang. Was vielleicht auch mit den Vorlesungen zu tun gehabt hatte, die sie zu dieser Zeit besuchte.

Sie sah Lutz Hellmann mit gespielter Verwunderung an.

»Ich dachte, Ihr Weg zur Erleuchtung führt über Askese, kalte Bäder und Körperertüchtigung.«

Der Guru hob das Kinn.

»Das eine schließt das andere nicht aus.«

»Finden Sie?« Katharina legte den Kopf schief. »Ist es nicht schwer, die eigenen Ursprünge zu erkennen, wenn man sich mit Drogen die Sinne vernebelt?«

»Das tut man ja nicht. Man geht im Gegenteil über die Grenzen. Hinter die Barrieren, die das Unbewusste errichtet hat.«

»Lassen wir das doch einfach den Richter entscheiden«, schlug Katharina vor. Sie hatte keine Lust, sich länger mit Hellmann herumzuschlagen.

Ihm ging es offenbar ähnlich.

»Egal, wie viele Steine man uns in den Weg legt«, verkündete er, »wir werden weitermachen.«

Damit drehte er sich um und marschierte über den Hof zum Haus.

»Sie lassen ihn einfach gehen?«, fragte Nils Hansen. Er sah ein wenig verstimmt aus.

Katharina presste die Fingerspitzen an die Stirn.

»Ich würde ihn auch gern festnehmen«, entgegnete sie schärfer als beabsichtigt. »Ich mag ihn nämlich nicht. Aber ich muss mich leider an die Gesetze halten. Ein paar Gramm Marihuana reichen nicht für eine Verhaftung. Und es spielt keine Rolle, ob wir beide uns vorstellen können, dass er Clemens Raddatz getötet hat. Wir haben nicht den Hauch eines Beweises dafür.«

Nils Hansen ließ den Kopf hängen, und Katharina bereute sofort, dass sie ihren Frust an ihm ausgelassen hatte.

»Tut mir leid«, sagte sie. »Dieser Fall macht mich mürbe.«

Was natürlich auch an ihren Gefühlen für Dominik Otten lag. Und daran, dass sie sich lieber mit ihm beschäftigt hätte als mit der frustrierenden Suche nach einem Mörder, dem sie einfach nicht näher zu kommen schienen. Sie wünschte, sie könnte sich in irgendein Café setzen, den vorbeiflanierenden Menschen zusehen und genauer in sich hineinhorchen. Auf die tiefe Sehnsucht, sich bei Otten anzulehnen und sich fallen zu lassen. Und auf das Unbehagen, das sich in ihrer Magengrube breitmachte, wenn der Mann, der sie so anzog, hinter Make-up und Mascara verschwand und sich in eine Frau verwandelte, die sie als absolut richtig und vollkommen falsch zugleich empfand.

Nils Hansen nickte und verstaute die Handschellen wieder in der entsprechenden Tasche seines Pistolengurts.

»Ja. Es ist vertrackt«, stimmte er zu. »Wir haben nichts in der Hand. Bloß das Geständnis von Kevin, dass er die Drohbriefe geschrieben hat. Und dass Hellmann und er für die Attacke mit den Mistkübeln verantwortlich sind.«

Katharina war froh, dass er ihr nicht böse war.

»Ich halte es nach wie vor für möglich, dass einer der beiden –

Kevin oder Hellmann – Clemens Raddatz im Affekt mit dem Traktor angefahren hat, nachdem sie mit ihrem Schmutzangriff nichts erreicht haben«, sagte sie. »Aber wir können auch Julian Brunner nicht als Täter ausschließen.« Auch wenn sie das, wie sie feststellte, gern getan hätte. Aber die Suche nach einem Mörder war eben kein Wunschkonzert.

Nils Hansen nahm seine Dienstmütze ab und strich seine strohigen roten Haare zurecht.

»Er hatte das stärkste Motiv«, bestätigte er. »Wenn er wirklich geglaubt hat, dass er in den Knast muss, wenn Raddatz ihn anzeigt.«

Katharina schaute auf das Wohnhaus der Kramers. Nicht nur für Julian, auch für Leon Kramer könnte die Angst vor der Anzeige ein Beweggrund gewesen sein. Schließlich wäre dabei auch seine Neigung, die er so dringend vor sich selbst und der Welt verstecken wollte, ans Tageslicht gekommen. Wer wusste schon, wozu ein Sechzehnjähriger fähig war, den der Zwiespalt zwischen der ersten großen Liebe und dem Wunsch nach Normalität fast zerriss? Und die Tatwaffe war immerhin ein Traktor, der sich im Besitz seiner Familie befand. Hinzu kam, dass keiner der beiden jungen Männer ein Alibi hatte. Das Einzige, was momentan für sie sprach, war Katharinas Instinkt, dass sie unschuldig waren. Doch seit sie Dominik Otten begegnet war, kämpfte sie selbst um ihr emotionales Gleichgewicht. Sie suchte Nähe und verlor dabei den Überblick. Und zugleich gelang es ihr nicht, sich wirklich einzulassen. Ihre Gefühle waren in diesem Fall einfach kein zuverlässiges Werkzeug.

25

Wie sollte man in diesem Chaos etwas finden? Die Kollegen von der IT-Beweissicherung in Flensburg hatten ihm ein Abbild der Festplatte von Clemens Raddatz' Computer zugeschickt. Aber gegen die Aufgabe, dort etwas Verwertbares zu entdecken, war die Suche nach der Nadel im Heuhaufen ein Kinderspiel.

Raddatz hatte sämtliche Dateien auf dem Desktop abgelegt. Weil es mehr waren, als der Bildschirm fassen konnte, hatte der Rechner die älteren Daten in den entsprechenden Ordner verschoben, wo sich nun Text-, Bild- und Musikdokumente in munterem Durcheinander tummelten.

Nils Hansen schüttelte verständnislos den Kopf. Was war so schwer daran, ein paar Ordner anzulegen und mit sinnvollen Namen zu versehen? Die Grundlagen, um zumindest die unterschiedlichen Dateitypen entsprechend einzusortieren, brachte sogar das Betriebssystem selbst schon mit. Doch vielleicht lag Raddatz' Ablagestrategie ja auch eine Absicht zugrunde: Wer auf seinem Rechner etwas suchte, wurde nicht so leicht fündig.

Das Benennen von Dateien zumindest hatte Raddatz beherrscht. Allerdings hatte er ausschließlich nichtssagende Titel vergeben.

Hansen öffnete eine Videodatei mit dem Namen »Sommerspiele 18. August 2016«.

Es handelte sich um eine Aufnahme, die offenbar mit einer Handykamera oder einer digitalen Videokamera minderer Qualität angefertigt worden war. Sie zeigte einen spartanisch eingerichteten Raum, dessen Mobiliar aus einer grauen Zweiercouch, einem niedrigen Tisch und zwei Fußhockern bestand. In einer Ecke standen einige Bierkästen.

Im nächsten Moment wurde es allerdings interessant. Clemens Raddatz betrat den Raum. Er trug ein enges Lederkleid, das seinen künstlichen Busen hervorhob, und hochhackige schwarze Stiefel, die ihm bis zu den Knien reichten. Er war verführerisch geschminkt und hatte eine Perücke mit langen blonden Haaren aufgesetzt. In der Hand hielt er eine Leine.

Am zugehörigen Lederhalsband wurde ein Mann in den Raum geführt, der auf allen vieren hinter Raddatz herlief. Bis auf das Halsband und eine Maske, die seinen Kopf umhüllte, war er unbekleidet.

Raddatz gab seinem »Hund« offenbar Befehle, denn der

nackte Mann machte Männchen und apportierte einen Ball, den Raddatz in die Ecke warf. Schließlich führte Raddatz ihn zu einem am Boden stehenden Blechnapf, den Hansen bisher nicht bemerkt hatte.

Raddatz verschwand kurz und kam gleich darauf mit einer geöffneten Dose in der Hand zurück. Mit einem Löffel beförderte er den Inhalt in den Napf und zeigte herrisch darauf.

Nils Hansen verzog das Gesicht. Raddatz würde den anderen doch nicht wirklich *Hundefutter* essen lassen?

Doch der nackte Mann tat genau das.

»Igitt!«, rief Hansen und rollte auf seinem Bürostuhl zurück.

Warum, um alles in der Welt, musste er jedes Mal, wenn er gemeinsam mit Katharina Berg ermittelte, nicht nur mit sexuellen Eskapaden, sondern mit irgendwelchen vollkommen abseitigen Praktiken konfrontiert werden? Dabei war doch schon die ganz gewöhnliche Erotik ein Minenfeld für ihn. Dass jemand allen Ernstes Spaß daran haben sollte, wie ein Hund behandelt zu werden, war einfach zu viel.

Er rückte wieder an den Tisch und wollte die Datei schließen, aber irgendetwas hinderte ihn. So abstoßend das auch war, er wollte wissen, wie es weiterging.

Raddatz trat mit einem Grinsen vor die Kamera und hielt die leere Dose hoch. Hansen las die Aufschrift und entdeckte, dass es sich nicht um Hundenahrung, sondern um Gulaschsuppe handelte. Das war vielleicht etwas weniger widerlich, aber ekelhaft genug. Hansen wusste aus eigener Erfahrung, wie das Zeug schmeckte, wenn man sich nicht die Mühe machte, es zu erwärmen.

Der »Hund« leerte seinen Napf offenbar nicht schnell genug. Raddatz zerrte ihn ungeduldig weg. Dann führte er die Leine zwischen den Beinen des Mannes hindurch und schlang sie mehrfach um Bauch und Oberschenkel, sodass seine Genitalien immer enger eingeschnürt wurden. Zum Schluss befestigte Raddatz eine zweite Leine am Halsband und nötigte den anderen, eine Art Hindernisparcours zu durchqueren: über die Hocker und Bierkisten hinweg und unter dem niedrigen Tisch hindurch.

Nils Hansen presste unwillkürlich die Beine zusammen. Der Druck, den die hinterlistige Fesselung bei diesen Übungen auf die Männlichkeit von Raddatz' Partner bewirkte, musste schier unerträglich sein.

Als der »Hund« seine Runde absolviert hatte, löste Raddatz die Fesseln. Zu Hansens Überraschung schien dem Mann auf dem Video die Behandlung gefallen zu haben, und er lechzte offenbar nach mehr. Raddatz tat ihm den Gefallen und setzte sich breitbeinig auf die Couch, und der Kopf des »Hundes« verschwand unter dem Lederrock seiner »Herrin«. Was er dort tat, konnte Hansen natürlich nicht erkennen. Aber angesichts von Raddatz' entrücktem Gesichtsausdruck reichte selbst seine Phantasie aus, sich die Sache vorzustellen.

Eilig stellte er das Video ab. Davon brauchte er wirklich nicht mehr zu sehen.

Unschlüssig ließ er den Mauszeiger über die weiteren Dateien wandern. Er hatte überhaupt keine Lust, sich eingehender mit dieser Materie zu beschäftigen.

Zum Glück begann in diesem Moment das Telefon auf seinem Schreibtisch zu klingeln. Dankbar riss er den Hörer von der Station.

»Polizeiobermeister Nils Hansen, Polizeistation Garding«, meldete er sich.

»Max Meier«, sagte eine sonore Bassstimme am anderen Ende. »Wir haben einen Treffer.«

»Tatsächlich?« Nils Hansen rutschte auf seinem Stuhl nach vorn. Vielleicht würde ihn der Mann von der Spurensicherung ja von seiner Aufgabe erlösen.

»Die Klamotten, die Sie und Ihre Kollegen heute Morgen eingesammelt haben«, erläuterte Meier. »Da war etwas dabei. Einer der Männer hatte Öl vom Traktor an seiner Hose.«

»Tatsächlich?« Nils Hansen schob die Computermaus beiseite. »Und wer?«

»Der jüngere der beiden verbliebenen Travestiekünstler«, sagte Meier und klang, als würde er diesen Umstand bedauern. »Julian Brunner.«

»Ach.« Hansen war überrascht, obwohl er wusste, wie viel gegen Brunner sprach. Er konnte sich den schrillen Paradiesvogel einfach nicht am Steuer des Todestraktors vorstellen. »Das wird Frau Berg interessieren.«

Max Meier am anderen Ende brummte.

»Ich habe versucht, sie zu erreichen«, entgegnete er. »Aber sie geht nicht an ihr Handy. Deshalb dachte ich, Sie könnten die Nachricht überbringen.«

Nils Hansen spürte, wie ihn Adrenalin durchströmte.

»Ich gebe das weiter«, erwiderte er und verabschiedete sich. In der nächsten Sekunde sprang er auf und warf den Telefonhörer auf die Station.

Er überlegte nur kurz. Dann schaltete er seinen Rechner aus, setzte seine Uniformmütze auf den Kopf und machte sich auf den Weg zum Wilke-Hof.

***

Ein leises Rattern auf den Schienen kündigte das Nahen des Zuges an. Dominik Otten, der direkt unter dem blauen Schild mit der Aufschrift »Mommsen-Stadt Garding« stand, hob die Hand, als wolle er zum Abschied winken. Katharina imitierte seine Geste, und Ottens Fingerspitzen berührten die ihren. Federleicht strich er an ihren Fingern entlang und malte mit dem Mittelfinger Kreise auf ihre Handfläche. Dann kehrte er wieder zu den Spitzen zurück.

Es war nur eine hauchzarte Berührung, doch Katharina kam es vor, als hätte sich ein Stromkreis geschlossen. Als würden ihre Seelen über diese filigrane Brücke miteinander verschmelzen. Sie konnte sich nicht erinnern, schon einmal so empfunden zu haben.

Otten trat einen Schritt zurück, und Katharina schloss unwillkürlich die Hand, als könnte sie den Abdruck seiner Haut auf diese Weise festhalten.

Der Zug fuhr mit kreischenden Bremsen ein.

»Danke, dass du mich hergefahren hast«, sagte Otten und

drückte auf den Türsensor. Die Wagentüren öffneten sich mit einem durchdringenden Piepen.

Otten stieg ein und drehte sich noch einmal zu Katharina um. Ein attraktiver androgyner Mann in einem gut geschnittenen dunkelgrauen Anzug, schwarzen Halbschuhen und einem silbrig glänzenden Hemd, das gut mit seinen kieselgrauen Augen korrespondierte. Das halblange, von grauen Strähnen durchsetzte blonde Haar fiel ihm bis auf die Schultern. Wie schon zwei Tage zuvor musste Katharina an Prinz Eisenherz denken.

»Ich schätze, die Besprechung wird nicht lange dauern«, erklärte er. »Bis heute Abend bin ich wieder zurück. Und wenn mich nicht alles täuscht, gibt es dann etwas zu feiern.« Er versenkte seinen Blick in ihrem. »Ich würde dich gern zum Essen einladen. Der ›Rote Hahn‹ in Tönning soll hervorragend sein.«

Katharina zögerte. Sie hatte sich schon viel zu sehr auf Otten eingelassen. Sie sollte lieber warten, bis der Fall abgeschlossen war.

Er streckte den Arm nach ihr aus.

»Bitte«, drängte er. »Mach mir die Freude.«

Ein schriller Pfiff ertönte, und wieder piepte die Wagentür.

Otten zog eilig den Kopf zurück. Katharina hob die Hand.

»Ich werte das als Ja«, rief er, ehe die Tür zuschlug.

Der Zug setzte sich in Bewegung und fuhr langsam aus dem Bahnhof.

Katharina sah ihm nach, bis er nur noch ein winziger Punkt war, der mit dem Horizont verschmolz. Dann drehte sie sich um und ging den gepflasterten Weg zwischen den Rasenflächen entlang, vorbei an dem überdachten Fahrradständer und dem Wartehäuschen aus Glas und Metall, zurück zum Parkplatz vor dem Gardinger Bahnhof. Am Himmel wechselten sich Sonne und Wolken ab, und in ihrem Inneren schien dasselbe zu passieren.

Katharina seufzte. Sie musste dringend etwas tun, um ihr Gleichgewicht wiederzufinden.

***

»Ach herrje!« Julian Brunner schlug die Hände vor den Mund. »Das hatte ich ja vollkommen vergessen.«

Er zog einen großen Koffer unter seinem Bett hervor und kramte darin herum. Schließlich hielt er eine kompakte Digitalkamera hoch.

»Wir haben da einen kleinen Film gemacht«, erläuterte er. »Am Abend vor der Premiere.«

Brunner entfernte die Speicherkarte aus der Kamera und schob sie in den Schlitz des Laptops, der auf seinem Schreibtisch stand. Er fuhr den Rechner hoch und öffnete ein Programm für Videodateien.

Nils Hansen ließ sich auf den Stuhl vor dem Tisch sinken. Schon jetzt bereute er, dass er beschlossen hatte, Julian Brunner allein zu vernehmen. Er hatte Katharina Berg ebenso wenig erreicht wie Max Meier. Womöglich hatte sie ein Problem mit ihrem Handy. Oder sie hatte es abgestellt. Und er hatte gedacht, dass es besser war, keine Zeit zu verlieren. Doch jetzt fragte er sich, ob er sich womöglich übernommen hatte. Der Film war jedenfalls nichts für schwache Nerven.

Er zeigte Clemens Raddatz in seinem Lederkleid, das Busen und Po betonte. Beides war prall, sah aber trotzdem natürlich aus.

Hätte Hansen nicht gewusst, dass es sich in Wirklichkeit um Silikonpads aus dem Travestie-Shop handelte, wäre er unter Garantie darauf hereingefallen.

Raddatz lehnte lasziv am Traktor der Kramers und vollführte sinnliche Gesten um seine erogenen Zonen herum. In der nächsten Einstellung lag er wie ein Pin-up-Girl auf der Motorhaube des Treckers, in einer weiteren tat er so, als würde er an einem der riesigen Reifen wie an einem überdimensionalen Stück Lakritz lecken. In der letzten Sequenz vollführte er schwingende Hüftbewegungen auf der Rückseite der Zugmaschine, als wollte er sich mit dem Traktor vereinen.

Brunner klickte auf das kleine Kreuz in der oberen rechten Ecke, mit dem das Videoprogramm geschlossen wurde.

»Er hat mich genötigt, diese Aufnahmen zu machen«, erläuterte er. »Deshalb waren wir in der Fahrzeughalle auf dem Kramer-Hof.«

»Obwohl Sie wussten, wie man dort über Sie denkt?« Hansen sah den Travestiekünstler ungläubig an. »Sie sind da eingebrochen und haben auch noch Licht gemacht, ausgerechnet bei den Leuten, von denen Sie wussten, dass sie Sie so schnell wie möglich wieder loswerden wollten? Hatten Sie keine Angst, dass man Ihnen etwas antun würde, wenn man Sie erwischt?«

Julian Brunner zuckte mit den Schultern.

»Clemens wollte es. Ich hatte keine Wahl.«

»Warum?« Hansen konnte es nicht fassen. »Weshalb wollte er dieses Wagnis eingehen?«

Brunner lachte freudlos. »Weil er so war. Das Risiko ... die Gefahr, entdeckt zu werden ... das hat ihm einen Kick gegeben. Er meinte, das macht ihn so richtig geil.«

Nils Hansen sprang auf. Er wollte so schnell wie möglich von hier weg. Doch im letzten Moment, ehe er aus der Tür war, setzte sein Verstand wieder ein.

»Clemens Raddatz hat also auf dem Traktor posiert?«, hakte er nach. »Und Sie haben den Film gedreht?«

Brunner gestikulierte in Richtung seines Computers.

»Das haben Sie doch gesehen.«

Hansen nickte.

»Das erklärt aber nicht, wie das Öl vom Trecker an Ihre Kleidung gekommen ist«, bemängelte er.

Brunner fuhr sich nervös durch die Haare.

»Ach, verdammt. Ich wollte nicht ...« Er ließ den Arm wieder sinken und öffnete erneut das Videoprogramm. Ein weiterer Film startete, und Nils Hansen umklammerte die Stuhllehne und starrte verwirrt auf den Monitor.

Da lag jemand unter dem Traktor. Zu sehen waren nur die Beine, allerdings kam Hansen die Camouflagehose bekannt vor. Es war dieselbe, die auch Julian Brunner getragen hatte.

Was tat er dort? Brunner war doch kein Mechaniker. Und was hatte er mit dem Trecker der Kramers zu schaffen?

Eine zweite Person trat ins Bild, eine Frau mit langen blonden

Haaren und hochhackigen Stiefeln und einem engen Lederkleid. Hansen erkannte Clemens Raddatz oder, wie er angesichts des Outfits richtiger sagen sollte, Cindy Dars.

Der Transvestit trat zu Brunner und zog an seinen Beinen, und Brunner glitt mitsamt dem Rollbrett unter dem Traktor hervor. Hansen sah, dass er ein schwarzes Hemd trug. Sein Gesicht und seine Hände waren mit Öl verschmiert.

Die Kamera war für diesen Film offenbar auf ein Stativ montiert worden. Die Einstellung änderte sich nicht, und es gab auch keine Schnitte. Nils Hansen konnte – musste – sich das Ganze in Echtzeit ansehen.

Clemens Raddatz hockte sich rittlings über Julian und beugte sich zu ihm vor. Er küsste ihn und knabberte an seinen Ohrläppchen. Als er sich wieder aufrichtete, war sein Gesicht ebenfalls mit Öl beschmutzt, doch ihm schien das zu gefallen. Er leckte sich die Lippen und ließ seine Hände über Julians Körper gleiten. Beinahe unerträglich langsam knöpfte er Julians Hemd auf und schob es beiseite.

Der junge Mann befand sich ganz offensichtlich in einem heftigen Zwiespalt. Einerseits gab er sich dem Transvestiten nicht freiwillig hin, doch auf der anderen Seite erregte ihn das, was dieser tat, unübersehbar. Er wand sich unter Raddatz, und sein Mund öffnete sich zu einem tiefen Stöhnen.

Brunner verbarg sein Gesicht in den Händen.

»Das ist so peinlich«, jammerte er.

Hansen warf ihm nur einen kurzen Blick zu und konzentrierte sich wieder auf die Bilder auf dem Monitor.

Raddatz knöpfte Julians Hose auf. Dann erhob er sich und zog sie ihm von den Beinen. Mit einem Lächeln blickte er auf seinen Spielgefährten hinunter und schob ihn so weit mit dem Rollbrett unter den Traktor, dass sich Julian kaum noch rühren konnte. Anschließend kniete er sich neben ihn und begann, Julians Genitalien zu massieren. Hansen betrachtete den Prozess fasziniert. Brunner wand sich, soweit seine Lage unter dem Trecker das zuließ, und sein Stöhnen verstärkte sich. Es war nicht zu übersehen, dass die Behandlung nicht ohne Wirkung blieb.

Brunner schlug auf eine Taste am Computer, und der Bildschirm wurde schwarz.

»Er hat das getan, um mich zu erniedrigen«, klagte er. »Er wollte mir zeigen, dass ich schwach bin. Dass ich es nicht schaffe, meinen Körper zu kontrollieren.«

Nils Hansen wusste genau, was er meinte. Deutlich spürte er, wie es zwischen seinen Lenden pulsierte. Er konnte nur hoffen, dass Brunner es nicht bemerkte.

»Clemens hat das genossen«, berichtete dieser aufgewühlt. »Es hat ihm Spaß gemacht, andere nach seinen Vorstellungen zu dirigieren.«

Hansen dachte an das Hunde-Video und gab Brunner im Stillen recht. Er deutete auf den dunklen Bildschirm. Es schien, als wäre der Fall klar.

»Das hat Sie auf die Idee gebracht, stimmt's?«, fragte er. »Diese Sache mit dem Traktor. Er hat Sie damit erniedrigt. Und Sie haben ihn überfahren.«

»Nein.« Brunner wedelte hektisch mit den Fingern. »Ich war das nicht. Ich könnte dieses Ding überhaupt nicht bedienen. Ich habe nicht mal einen Pkw-Führerschein.«

Hansen dachte nach. So einen modernen Trecker zu lenken war in der Tat kein Kinderspiel. Es war allerdings auch kein Hexenwerk. Trotzdem hoffte er, dass Brunner nicht der Mörder war, den sie suchten. Natürlich hatte der Travestiekünstler ein starkes Motiv gehabt. Aber auf der anderen Seite glaubte Hansen noch immer, dass der Täter jemand war, der etwas gegen Männer in Frauenkleidern hatte. Möglicherweise, weil das eine Sache war, die er selbst noch weniger begriff als die gleichgeschlechtliche Liebe. Aber vielleicht konnte Brunner es ihm ja erklären.

»Was genau ist eigentlich so toll daran, eine Frau zu sein?«, erkundigte er sich.

Julian Brunner, der merkte, dass er dabei war, Hansen auf seine Seite zu ziehen, lachte erleichtert.

»Nichts. Ich will keine Frau sein. Ich finde es einfach nur grandios, auf der Bühne in eine vollkommen andere Rolle zu schlüpfen.«

Hansen dachte angestrengt nach und schüttelte dann den Kopf.

»Tut mir leid. Ich kann mir das nicht vorstellen.«

Brunner lächelte.

»Kommen Sie doch einfach heute Abend in unsere Garderobe«, schlug er vor. »Dann zeige ich es Ihnen.«

***

Hinter dem Deich eröffnete sich der Blick auf die Salzwiesen. Zahllose Schafe grasten entlang der Feldwege. In einiger Entfernung ragte der hübsche rot-weiß gestreifte Leuchtturm mit den beiden baugleichen Wärterhäuschen auf.

Katharina zog die Riemen ihres Rucksacks enger und machte sich auf den Weg dorthin. Sie blickte über die karge Landschaft, die sich bis zum Meer hinzog, und sog die salzige Luft in die Lungen. Der Himmel war so klar, dass sie das Gefühl hatte, bis in die Unendlichkeit sehen zu können. Über ihrem Kopf drehten ein paar Möwen kreischend ihre Runden.

Der Verbindungsweg verlief schnurgerade. Ab und an knickten Seitenpfade im rechten Winkel ab. Katharina entschied sich für den zweiten, der direkt zum Leuchtturm zu führen schien. Sie überquerte mehrere Wasserläufe, die sich durch die Wiesen zogen, und stützte sich auf das Holzgeländer einer der Brücken, um die Ruhe und Weite in sich aufzunehmen.

Seit sie vor drei Tagen Dominik Otten zum ersten Mal begegnet war, hatte sie das Gefühl, nicht mehr klar denken zu können. Dabei war es genau das, was sie jetzt tun musste. Die logische Analyse und das psychologische Einfühlungsvermögen waren ihre Stärken. Damit konnte sie jeden Fall lösen. Aber wenn ihr Instrumentarium nicht mehr funktionierte, war sie verloren.

Deshalb hatte sie sich für den Spaziergang zum Leuchtturm Westerheversand entschieden und ihr Handy abgestellt. Wenn es einen Ort gab, an dem sich ihre Gedanken klären ließen, war es dieser.

Sie lief weiter auf das Eiderstedter Wahrzeichen zu, das noch immer weit entfernt schien, obwohl sie bereits eine ganze Weile darauf zugegangen war.

Katharina konzentrierte sich auf ihre Schritte und betrachtete den sandigen Weg, auf dem sich ihre Füße gleichförmig bewegten.

Als sie das nächste Mal den Kopf hob, war der Leuchtturm ganz nah.

26

Katharina stellte ihr Cabrio vor der Polizeistation Garding ab und lief energisch die Stufen zum Eingang hinauf. Der Spaziergang zum Leuchtturm hatte ihr gutgetan.

Auf dem Rückweg hatte sie noch eine Weile den Schafen auf dem Deich zugesehen und sich schließlich am Kiosk neben dem Parkplatz einen schnellen Kaffee gegönnt. Danach hatte sie sich gestärkt genug gefühlt, um den Fall Raddatz wieder in Angriff zu nehmen.

Sie klopfte an Hansens Tür und sah, wie er zusammenzuckte, als sie beinahe in derselben Sekunde sein Büro betrat. Doch dieses Mal war er nicht in irgendwelche peinlichen erotischen Aktivitäten verstrickt, er war einfach nur in seine Arbeit versunken.

»Da sind Sie ja!«, rief er, nachdem er den Schreck überwunden hatte. »Ich habe ein paarmal versucht, Sie zu erreichen.«

Katharina zog ihr Handy aus der Jackentasche und warf einen Blick darauf. Das Display war schwarz. Offenbar hatte sie nach ihrem Spaziergang vergessen, es wieder einzuschalten.

Sie schob es zurück in die Tasche und sah Nils Hansen neugierig an.

»Was gab es denn?«

»Die Kollegen vom LKA haben auf den Kleidungsstücken, die wir konfisziert haben, Öl gefunden. Vom Traktor der Kramers.«

»Ach so?«

»Es waren die Klamotten von Julian Brunner«, berichtete

Hansen. »Aber es gibt eine Erklärung dafür, wie das Öl an seine Kleidung gekommen ist. Raddatz hat ein … Video … mit ihm in der Fahrzeughalle der Kramers gedreht. Ich habe es gesehen.«

»Ein Video?«

»M-hm. Einen … äh … *Erotik*-Film.«

»Und Sie denken, das entlastet ihn? Es könnte ja auch den Verdacht gegen Brunner erhärten.«

»Hm.« Hansen sah konzentriert auf seinen Rechner. »Brunner hätte gute Gründe gehabt, sich an Raddatz zu rächen. Aber ich glaube ihm, dass er nicht gewusst hätte, wie man so einen modernen Traktor bedient. Das ist nämlich nicht ganz einfach.«

Katharina schaute den jungen Polizeiobermeister erstaunt an. Diesen Aspekt hatte sie noch gar nicht bedacht.

»Außerdem«, Hansen blickte noch immer an ihr vorbei, »habe ich noch etwas anderes herausgefunden.«

»Aha?« Katharina wartete gespannt. Was Hansen entdeckt hatte, beschäftigte ihn offenbar so intensiv, dass er Mühe hatte, es in Worte zu fassen.

»Auf der Festplatte von Raddatz' Rechner«, begann er umständlich, »da waren unter anderem ein paar Dokumente mit Liedkompositionen.«

»Und?«

»Es gibt jeden Song in zweifacher Ausfertigung. Eine Version, die Clemens Raddatz gespeichert hat. Und eine, die von Dominik Otten stammt.«

Katharina spürte, wie sich ihr Herzschlag beschleunigte.

»Sie meinen …«

»Die Dateien von Raddatz sind allesamt später angelegt worden als die von Otten.« Hansen machte eine vage Geste. »Natürlich könnte es sein, dass Raddatz die Lieder in Ottens Auftrag bearbeitet hat. Oder dass Otten als Ghostwriter für Raddatz aktiv war. Aber wenn Sie meine ganz persönliche Meinung wissen wollen …«

Katharina nickte, obwohl sich in ihrem Kopf die Gedanken überschlugen. Die Fakten, die Hansen ihr präsentierte, ließen eigentlich nur einen Schluss zu. Und der hatte Konsequenzen, vor denen sie lieber die Augen verschlossen hätte.

Nils Hansen holte tief Luft.

»Ich glaube … Raddatz hat die Kompositionen von Otten gestohlen«, sagte er und ergänzte leise: »Das wäre dann ein Mordmotiv. Für Dominik Otten.«

Katharina erwiderte nichts. In ihrer Brust schien ein schwerer Klumpen heranzuwachsen. Sie ließ sich auf den Besucherstuhl vor Hansens Schreibtisch sinken und starrte aus dem Fenster in den blassblauen Himmel über der hohen grauen Mauer.

***

»Ziehst du bitte die Schuhe aus?«

Andrea Wilke zeigte verärgert auf Maras derbe Stiefel, an denen dicke Erdklumpen hafteten. Einige davon hatten sich bereits auf dem frisch gewischten Küchenboden verteilt.

Ihre Tochter tat so, als habe sie nichts gehört. Sie marschierte zum Kühlschrank, nahm eine Tüte Milch heraus und goss etwas davon in einen Topf, den sie auf den Herd stellte. Als die Milch warm war, angelte sie nach der Dose mit dem Kakaopulver und gab zwei gehäufte Esslöffel dazu. Sie schüttete den fertigen Kakao in einen Becher und setzte sich an den Küchentisch. Auf den Fliesen zeigten deutliche Schuhabdrücke, welchen Weg sie gegangen war.

Andrea stellte die Dose zurück ins Regal und die Milchtüte in den Kühlschrank. Dann spülte sie den schmutzigen Topf aus und trocknete ihn mit dem Handtuch.

»Ich verstehe nicht, weshalb du so wütend auf mich bist«, sagte sie.

Mara schlürfte geräuschvoll ihren Kakao.

»Weil du nichts kapierst.«

Andrea seufzte. Seit Kristian tot war, war es so schwer geworden mit Mara. Es war, als suche sie ständig Streit, weil sie nur so ihre Trauer bewältigen konnte. Offenbar sah sie nicht, dass auch ihre Mutter litt. Ohne Kristian erschien ihr alles so sinnlos.

»Ich weiß nicht, was du meinst«, sagte sie müde und setzte sich Mara gegenüber.

Ihre Tochter hob den Blick von ihrem Becher.

»Du hast alles kaputt gemacht.«

Andrea spürte, wie ihr der Geduldsfaden riss.

»Was?«, fragte sie barsch. »Was habe ich kaputt gemacht?«

Mara verschränkte die Arme vor der Brust. Sie sah aus wie ein trotziges kleines Mädchen.

»Das mit Leon«, sagte sie endlich.

Andrea Wilke schüttelte den Kopf. Sie hatte einiges erwartet. Dass Mara ihr die Schuld am Tod ihres Vaters gab. Oder daran, dass sie hier auf dem Land hockte, weit weg von allem, was Jugendliche in ihrem Alter interessierte. Aber Leon?

»Was ist denn mit Leon?«

Mara funkelte sie zornig an.

»Der trifft sich mit diesem Julian. Den *du* hierhergeholt hast.«

Andrea verstand überhaupt nichts.

»Was ist denn dabei, wenn sich die beiden anfreunden?«

Mara sprang so heftig auf, dass ihr Kakaobecher umkippte. Die braune Flüssigkeit verteilte sich auf dem Küchentisch.

»Bist du so verpeilt, oder tust du nur so?«, brüllte sie. »Die haben sich nicht *angefreundet*. Die … die … ficken miteinander.«

Andrea blickte ihrer Tochter nach, die mit großen Schritten aus der Küche stürmte. Erst jetzt begriff sie, was sie eigentlich längst hätte sehen sollen. Mara war in Leon verliebt. Und der hatte sich gegen sie entschieden.

Im Flur war ein Tumult zu hören. Im nächsten Moment fiel die Haustür mit einem Knall ins Schloss, und Katharina Berg betrat die Küche.

»Entschuldigung«, sagte sie. »Ich konnte nicht umhin, den Rest Ihres Streits zu hören.«

Andrea Wilke merkte, dass es ihr gleichgültig war. Sollte die Kommissarin doch hinter die Fassade blicken. Es lag ja ohnehin schon alles offen.

»Ich bin keine gute Mutter«, sagte sie bitter. »Ich habe meine Tochter unglücklich gemacht.«

Die Kommissarin breitete die Hände aus. Sie sah aus, als würde sie selbst ebenfalls von schweren Gedanken gepeinigt.

»Das ist nichts, wovor man seine Kinder beschützen kann«, sagte sie mit einer Melancholie, die etwas ganz anderes zu meinen schien. »Die erste vergebliche Liebe. Und das Leben, das nicht immer so ist, wie man es sich wünscht.«

Andrea wischte sich mit dem Ärmel ihrer Bluse über die Augen. Sie durfte sich jetzt nicht unterkriegen lassen.

»Sie haben recht«, sagte sie. »Aber es fühlt sich nicht so an.«

Sie ging zur Spüle und nahm einen Lappen, mit dem sie den Kakao vom Tisch wischte. Dann bemerkte sie, dass Katharina noch immer in der Tür stand.

»Kann ich irgendetwas für Sie tun?«

Die Kommissarin nickte.

»Ich muss mit Herrn Otten sprechen. Aber ich erreiche ihn nicht.«

Andrea hob die Hände. Sie hatte nur kurz mit Dominik geredet, ehe er sich eilig auf den Weg gemacht hatte.

»Er wollte zu seiner Plattenfirma nach Hamburg«, erläuterte sie, obwohl die Kommissarin das eigentlich wissen musste. Hatte sie ihn nicht selbst nach Garding zum Bahnhof gefahren? »Und er hat anscheinend mal wieder sein Mobiltelefon nicht eingeschaltet.«

»Deshalb suche ich nach Herrn Brunner«, erklärte Katharina. »Ich dachte, er kann mir vielleicht weiterhelfen.«

Andrea lächelte. Die Kommissarin gefiel ihr. Sie war eine zielstrebige Frau, die sich nicht von Widrigkeiten aufhalten ließ.

»Julian hat sich mein altes Fahrrad ausgeliehen«, berichtete sie. »Er wollte nach St. Peter-Ording an den Strand.« Sie spürte, wie ihre Mundwinkel wieder nach unten sanken. »Mit Leon.«

27

Bei »Gosch« drängten sich die Mittagsgäste. Auf dem großen Platz davor und auf der Seebrücke mit den schräg stehenden gelben

Laternen waren Scharen von Touristen unterwegs, die allerhand Gepäck zum Strand oder zurück zu ihren Unterkünften trugen. Katharina sah zusammengeklappte Liegen und Sonnenschirme, bunte Eimer, Schaufeln und Förmchen, Luftmatratzen und einen ganzen Zoo aufblasbarer Gummitiere. Trotzdem entdeckte sie das Paar, das auf einer Bank in einer der ersten Ausbuchtungen der Seebrücke saß, sofort.

Die beiden jungen Männer hatten die Füße ausgestreckt und schauten über die Salzwiesen zum Meer. Zum Schutz gegen die Sonne hatten sie einen Schirm aufgespannt. Er war rosa und hatte überhängende Stoffstreifen am Rand, die im Wind flatterten.

Katharina entrichtete die Kurtaxe an dem weiß gestrichenen Haus am Aufgang zur Seebrücke und ging über die federnden, wellenförmig auf und ab führenden Bohlen zu den beiden.

»Verzeihung«, sagte sie leise. Leon Kramer und Julian Brunner wandten ihr die Köpfe zu.

»Frau Berg.« Brunner sprang auf und faltete eilig den Schirm zusammen. Erst dann schien er sich daran zu erinnern, dass er nichts Verbotenes tat.

Katharina musterte den jungen Travestiekünstler und musste sich ein Lächeln verkneifen. Brunner trug einen dunkelgrünen Overall und feste schwarze Schuhe, dazu eine ebenfalls dunkelgrüne Baseballkappe. Anscheinend hatte er sich das Outfit aus den Beständen des Westküstenparks geborgt. In der neutralen Kleidung und ohne sein übliches Make-up sah er kein bisschen schwul aus.

»Es tut mir leid, wenn ich Sie beide störe«, sagte sie zu Brunner. »Aber ich würde gern noch einmal mit Ihnen sprechen.«

Leon erhob sich eilig.

»Kein Problem«, erklärte er. »Ich wollte sowieso noch etwas essen, bevor ich zum Westküstenpark fahre.«

Er lief in Richtung Deich, ehe Julian ihn zurückhalten konnte.

Der Travestiekünstler seufzte.

»Er will mich nicht in der Öffentlichkeit küssen«, erklärte er. »Wegen der Leute.«

»Lassen Sie ihm Zeit«, riet Katharina. »Er ist schließlich erst sechzehn.«

Sie ging mit Julian zu Leon, der neben dem weiß gestrichenen Häuschen wartete, und deutete zum Lokal »Sandperle«.

»Darf ich Sie beide zu einem kleinen Imbiss einladen?«

Leon schob die Hände in die Taschen seiner Jeans.

»Nee. Danke. Ich hol mir lieber was am Kiosk.«

Katharina legte ihm leicht eine Hand auf die Schulter.

»Ich möchte mit Ihnen sprechen. Mit Ihnen beiden.«

Leon seufzte. »Okay.«

Brunner klemmte sich den rosafarbenen Schirm unter den Arm und bot Leon den anderen. Leon tat so, als würde er es nicht bemerken. Katharina ergriff die Chance und hakte sich bei Brunner ein.

Gemeinsam marschierten sie zur Terrasse des Lokals. Julian und Leon setzten sich in einen der Strandkörbe, Katharina nahm ihnen gegenüber auf einem Stuhl Platz. Sie bestellte einen Latte macchiato, Brunner einen doppelten Espresso, Leon ein Sandwich. Einen Moment lang musterte sie die beiden jungen Männer schweigend. Dann beugte sie sich vor.

Sie hatte sich eine Strategie zurechtgelegt, die nicht dem Vorgehen nach Handbuch entsprach. Natürlich konnte sie behaupten, dass sie auf möglichst unverfälschte Informationen aus war. Doch wenn sie ehrlich war, wollte sie einfach nur nicht glauben, was ihr seit dem Gespräch mit Nils Hansen durch den Kopf ging.

»Nach allem, was wir bisher wissen, haben Sie beide das stärkste Motiv für den Mord an Clemens Raddatz«, erklärte sie und blickte Leon an. »Herr Brunner hat meinem Kollegen überzeugend versichert, dass er nicht in der Lage ist, einen modernen Traktor zu steuern. Aber ich vermute, bei Ihnen sieht das anders aus. Sie leben schließlich auf einem Bauernhof.«

Leons Gesicht bekam rote Flecken.

»Sie denken, dass ich …?« Die Worte blieben ihm im Hals stecken.

»Der Trecker gehört Ihrer Familie. Sie wissen sicherlich, wie man ihn fährt. Und Sie waren verzweifelt. Clemens Raddatz hat Ihre Liebe zu Julian bedroht. Er wollte dafür sorgen, dass Ihr Freund ins Gefängnis wandert. Und Sie haben keinen anderen Ausweg gesehen, als Clemens Raddatz aus dem Weg zu schaffen.«

Leon japste nach Luft.

»Nein. Bitte. Das war ich nicht. Als … das … passiert ist, wusste ich doch noch gar nicht, dass ich Julian … dass wir …« Er brach ab.

»Es gibt niemanden sonst, der für diese Tat in Frage kommt«, behauptete Katharina, um Julian Brunner zu einer Reaktion zu provozieren. Mit Erfolg.

»Doch«, sagte der junge Travestiekünstler leise.

Leon schaute verwirrt. Brunner schluckte und wirkte sichtlich erleichtert, als die Bedienung den Kaffee brachte. Er schaufelte so viel Zucker in seinen Espresso, dass Katharina befürchtete, die kleine Tasse würde überquellen. Endlich legte er den Löffel beiseite.

»Es gibt noch jemanden, der ein Motiv hatte, Clemens das Licht auszuknipsen«, gestand er. »Aber ich komme mir vor wie ein Schwein, wenn ich Ihnen sage, was ich weiß. Und Sie denken wahrscheinlich, dass ich es nur tue, damit Sie Leon und mich nicht länger verdächtigen.«

Leon musterte seinen Freund verständnislos.

Katharina löffelte ihren Milchschaum.

»Lassen Sie es auf einen Versuch ankommen«, schlug sie vor.

Brunner nippte an seinem Espresso und verzog das Gesicht.

»Ihh.« Angewidert betrachtete er die kleine Tasse. »Der ist ja ekelhaft süß.«

»Sie hätten weniger Zucker nehmen sollen«, bemerkte Katharina.

»Ich?« Brunner schaute auf die Zuckerdose, die vor ihm stand. »Oh.«

Er machte der Bedienung ein Zeichen und orderte einen neuen Espresso.

»Ich fürchte, ich bin ein bisschen mit den Nerven zu Fuß«, gestand er und verfiel wieder in seine ausladende Gestik. Zusammen mit seinem Tierpfleger-Outfit wirkte sie ebenso lächerlich wie traurig.

Er wartete, bis der frische Kaffee kam, und leerte die Tasse dann in einem Zug.

»Ich bin mir nicht sicher, ob es richtig ist«, sagte er. »Ich verdanke Dominique so viel. Und Clemens ... Sie wissen ja, was er mir ... uns angetan hat.«

Katharina legte ihren Löffel beiseite. Die Angst, dass Nils Hansen mit seinem Verdacht richtiglag, verstärkte sich. Auch Leon hörte auf zu kauen.

»Es gibt also einen Grund, weshalb Dominik ... Dominique Clemens Raddatz getötet haben könnte?«, fragte Katharina und bemühte sich um einen neutralen Ton.

Brunners Hände flatterten auf und ab.

»Nein. Eigentlich nicht. Ich meine ... deswegen bringt man doch niemanden um. Andererseits ...«

Julian Brunner seufzte. Er nahm seinen Löffel und rührte in der noch vollen Espressotasse, in der sich aus Kaffee und Zucker ein zäher Brei gebildet hatte.

»Dominique hatte sich so viel davon versprochen. Es war ja nicht nur die ganze Arbeit, die sie hineingesteckt hat. Es war auch ... eine sehr emotionale Geschichte.«

Katharina spürte, wie sich ihr Magen verkrampfte.

»Es geht um Dominiques neues Album, nicht wahr?«, fragte sie. »Clemens Raddatz hat die Kompositionen gestohlen.«

Brunner riss die Augen auf.

»Das wissen Sie?« Er schob die Espressotasse beiseite. »Können Sie sich das vorstellen? Dominique hatte seit Jahren keine Platte mehr gemacht, aber jetzt hatte sie ein paar neue Liedtexte geschrieben und die Melodien dazu komponiert. Sie hatte die Dateien auf ihrem Laptop. Und dann ist kurz nach unserer Anreise der Rechner abgestürzt. Es war alles weg.«

»So?« Katharina konnte sich vorstellen, wie die Geschichte weiterging, wollte es aber von Brunner hören.

»Am Tag unserer Premiere hat sie erfahren, dass Clemens einen Plattenvertrag abgeschlossen hat. Mit Dominiques Produzenten. Clemens hat ihm Dominiques Kompositionen verkauft. Unter seinem Namen.«

Katharina spürte, wie Übelkeit in ihr hochstieg. Der Diebstahl seines geistigen Eigentums war das Schlimmste, was einem Künstler widerfahren konnte. Sie hatte schon erlebt, wie Dramaturgieassistenten und Volontäre aus der Haut gefahren waren, weil sich ihre Vorgesetzten ihre Texte unter den Nagel gerissen und unter ihrem eigenen Namen im Programmheft oder in der Zeitung abgedruckt hatten. Wie viel schlimmer musste es sein, wenn es nicht nur ein kurzer Artikel war, sondern die Musik für ein ganzes Album?

»Wie hat Dominique darauf reagiert?«, fragte sie.

»Sie hat es nicht gezeigt«, sagte Brunner. »Sie tut immer so, als würde sie über den Dingen stehen. Aber ich habe zufällig mitbekommen, wie sie mit dem Produzenten telefoniert hat. Sie war wütend. Sie hat geschrien. Und sie hat geweint. Doch genützt hat es nichts.«

Die Übelkeit in Katharinas Magen verwandelte sich in einen Klumpen, der ihr aufs Herz drückte. Dominik Otten hatte eine Saite in ihr berührt, die schon lange niemand mehr zum Klingen gebracht hatte. Obwohl sie keine Ahnung hatte, wie sie mit einem Mann leben sollte, der die meiste Zeit als Frau auftrat, musste sie sich eingestehen, dass sie sich in ihn verliebt hatte. Was an sich schon das Potenzial zu einer mittelschweren Katastrophe hatte. Und nun war er auch noch der neue Hauptverdächtige im Mordfall Raddatz. Sie hatte plötzlich das Gefühl, sich nicht mehr bewegen zu können.

Brunner sah sie mit seinen himmelblauen Augen an.

»Glauben Sie, dass Dominik es getan hat?«, fragte er. »Dass er Clemens getötet hat?« Offenbar war diese Tat so schrecklich, dass man sie einer Frau nicht zuordnen konnte. Nicht einmal einer, die nur nach außen hin eine war.

Katharinas Energie kehrte mit einem Schlag zurück.

»Ich weiß es nicht«, verkündete sie und stand auf. »Aber ich werde es herausfinden.«

28

Nils Hansen blickte angestrengt auf seinen Bildschirm.

»Also hat er die Lieder tatsächlich gestohlen«, sagte er. »Das hatte ich befürchtet.«

Katharina versuchte, das Grummeln in ihrer Magengegend zu ignorieren.

»Ja. Raddatz hat sich die Kompositionen von Ottens neuem Album unter den Nagel gerissen und unter seinem Namen an die Plattenfirma verkauft.«

Hansen verstrubbelte seine roten Haare.

»Das ist ein starkes Motiv«, bemerkte er unbehaglich.

Katharina hob die Hände. Hansen hatte natürlich recht. Doch sie wollte es einfach nicht glauben.

»Es hängt wohl davon ab, welche Bedeutung diese Platte für ihn hatte«, erwiderte sie vage.

»Hm.« Nils Hansen wandte sich wieder seinem Rechner zu. »Ich habe da mal ein paar Daten zusammengetragen. Otten ist fünfundfünfzig. Geboren ist er in Hamburg. Seine Eltern haben dort ein kleines Antiquitätengeschäft. Otten hat eine Lehre als Kunstschreiner gemacht und anschließend in Berlin Kunstgeschichte studiert. In dieser Zeit ist er das erste Mal als Travestiekünstler aufgetreten. Er war so erfolgreich, dass er das Studium abgebrochen und ausschließlich vom Gesang gelebt hat. Er hat auch ein paar Platten produziert, die sich gut verkauft haben.«

Er drehte am Rad seiner Computermaus.

»Um die Jahrtausendwende war Dominique O. eine der schillernden Figuren in der Hamburger Travestieszene. Aber in den letzten Jahren ist es ruhiger um sie geworden. Sie hat nicht mehr die ganz großen Auftritte. Und die letzte Platte liegt sechs Jahre zurück.«

Er schaute vom Bildschirm auf.

»Möglicherweise, weil die Konkurrenz zu groß geworden ist. Als Otten anfing, gab es – abgesehen von Georgette Dee – nicht viele bekannte Künstler in der Szene. Aber in den letzten Jahren sind etliche andere dazugekommen, die prominenter und erfolgreicher sind als er. Man muss ja nur an Conchita Wurst oder Olivia Jones denken.«

Katharina sah den jungen Polizeiobermeister beeindruckt an. Nach seinen anfänglichen Berührungsängsten hatte er sich offenbar einen guten Überblick über die Szene verschafft.

»Das heißt, diese Platte war vermutlich sehr wichtig für ihn«, folgerte er. »Oder besser gesagt: für sie.«

Katharina schaute auf ihre Armbanduhr. Dominik sollte mittlerweile aus Hamburg zurück sein. Von dem Termin bei jener Produktionsfirma, der Clemens Raddatz die Kompositionen seines Kollegen verkauft hatte. Und die diese Platte nun voraussichtlich doch mit Dominik machen würde.

Raddatz hätte das Projekt beinahe vereitelt. Und die Person, die von seinem Tod am unmittelbarsten profitierte, war Dominik Otten. Oder richtiger gesagt: Dominique O.

Katharina fuhr sich mit der Hand über das Gesicht. Sie hatte das Gefühl zu schwimmen. Wie sollte man sich einem Menschen gegenüber verhalten, der ständig seine Identität wechselte?

»Macht Ihnen das keine Schwierigkeiten?«, fragte sie Hansen. »Dass Otten manchmal ein Mann ist und manchmal eine Frau?«

»Nee. Wieso?« Nils Hansen rollte auf seinem Bürostuhl ein Stück vom Tisch weg. »Es ist doch ganz einfach. Wenn er Hosen trägt, ist er ein Mann. Und wenn er ein Kleid anhat, ist er eine Frau.«

Katharina musste lachen. Sie hatte Hansens schlichte Denkart schon oft belächelt, doch jetzt entdeckte sie, dass auch eine Art von Weisheit darin lag. In diesem Moment hätte sie gern etwas davon gehabt.

***

Das Unkraut flog zu allen Seiten davon. Andrea Wilke war so in ihre Tätigkeit versunken, dass sie Katharina Berg und Nils Hansen überhaupt nicht bemerkte. Erst als Hansen sich räusperte, weil ihn ein Büschel zerfleddertes Grün an der Hose getroffen hatte, blickte sie auf.

»Oh, Verzeihung.« Die Betreiberin der Kulturscheune sprang hastig auf die Füße und wischte sich die Hände an ihrer verwaschenen Jeans ab, die bereits zahlreiche Flecken aufwies. Anscheinend war sie extra für die Gartenarbeit ausgewählt worden. »Kann ich Ihnen helfen?«

»Wir sind auf der Suche nach Herrn Otten«, sagte Katharina und betrachtete die tiefen Falten, die sich in das Gesicht der Hofbesitzerin eingegraben hatten. Sie musste daran denken, was ihr Hartmut Hansen am Vorabend über die beiden Nachbarsfamilien erzählt hatte. Es war sicher schwer, nicht nur den Tod des eigenen Mannes verkraften zu müssen, sondern auch noch die Anfeindungen der einstigen Freundin, die ihr die Schuld an dem Unglück gab.

»Dominik? Der wollte einen Spaziergang über die Felder machen, nachdem er aus Hamburg zurück war«, sagte Andrea Wilke und wies über die Äcker, auf denen gelbe Blumen blühten. »Er liebt diese Landschaft.«

»Dann warten wir, bis er wiederkommt«, erwiderte Katharina. Ein Teil von ihr war erleichtert, dass das Gespräch aufgeschoben war. Natürlich wollte sie so rasch wie möglich Klarheit, aber auf der anderen Seite fürchtete sie, dass eine Wahrheit ans Tageslicht kam, die ihr nicht gefallen würde.

»Was wollen Sie denn von ihm?«, fragte Andrea Wilke lauernd. »Sie glauben doch nicht, dass er Clemens Raddatz überfahren hat?«

Nils Hansen warf sich in die Brust.

»Wir führen eine Mordermittlung durch«, verkündete er. »Wir müssen mit allen Personen im Umfeld des Opfers sprechen.«

Andrea Wilke musterte ihn von oben herab.

»Schön. Aber Dominik war es sicher nicht. Welchen Grund sollte er denn gehabt haben, Raddatz zu töten? Abgesehen davon natürlich, dass er ein ziemlich unangenehmer Zeitgenosse war?«

Katharina überlegte, ob es klug war, das Thema mit der Betreiberin der Kulturscheune zu erörtern. Aber Andrea Wilke kannte Dominik Otten gut. Es war sicher interessant zu hören, was sie dazu zu sagen hatte.

»Raddatz hat Otten bestohlen«, erläuterte Katharina. »Er hat ihm die Kompositionen für sein neues Album entwendet und unter seinem Namen an die Plattenfirma verkauft.«

»Wie bitte?« Andrea Wilke zog die Gartenhandschuhe aus und steckte sie in die hintere Tasche ihrer Jeans. »Das darf doch nicht wahr sein!«

Sie dachte nach und hob dann mit einem Seufzen die Hände.

»Aber wenn ich ehrlich sein soll, wundert es mich nicht. Raddatz war ein Soziopath. Der hatte keinen Respekt vor den Gefühlen und dem Eigentum anderer.« Sie lächelte verlegen. »Es ist natürlich nicht nett, so etwas über einen Toten zu sagen. Aber es ist die Wahrheit.«

»Für Herrn Otten war das sicher eine Katastrophe«, sagte Katharina. »Es wäre sein erstes Album nach sechs Jahren Pause gewesen. Eine Chance, noch einmal ganz nach oben zu kommen.«

Andrea Wilke nickte düster.

»Ja. In den letzten Jahren lief es nicht mehr so gut. Deshalb habe ich ihn ja überhaupt nur überreden können, seine Travestieshow als festen Bestandteil unseres Programms in der Kulturscheune zu etablieren.« Ihre Augen bohrten sich in Katharinas. »Aber selbst wenn es ihm das Herz zerrissen hätte: Er hätte Raddatz deshalb nicht angegriffen. Dazu ist er überhaupt nicht in der Lage. Dominik ist die Friedfertigkeit in Person.«

»Jeder kann die Kontrolle verlieren, wenn man ihn genug reizt«, warf Nils Hansen ein.

Andrea Wilke kniff die Augen zusammen und blickte nachdenklich über die Felder. Schließlich wandte sie sich wieder zu Hansen.

»Nicht Dominik«, sagte sie entschieden. »Der würde so etwas niemals tun.«

»Nicht einmal dann, wenn es um seine Existenz geht?«, hakte Hansen nach, der offenbar nicht so schnell klein beigeben wollte.

Die Falten auf Andrea Wilkes Stirn vertieften sich.

»Ich denke, ich habe Ihre Frage bereits beantwortet«, entgegnete sie scharf. »Doch wenn Sie unbedingt an Ihrer vorgefassten Meinung festhalten wollen …«

Hansen wich unwillkürlich einen Schritt zurück. Katharina hob beschwichtigend die Hand.

»Wir beschuldigen niemanden. Aber Sie werden sicher verstehen, dass wir mit Herrn Otten reden müssen.«

»Bitte.« Andrea Wilke zog ihre Handschuhe wieder aus der Tasche und streifte sie über die Finger. Dann hockte sie sich in das Beet und fuhr fort, das Unkraut herauszurupfen. »Tun Sie, was Sie nicht lassen können.«

***

»Das war deutlich«, bemerkte Nils Hansen, während sie über den Weg von den Gemüsebeeten zum Haus gingen. »Sie kann sich jedenfalls nicht vorstellen, dass Otten der Täter ist, den wir suchen.«

Katharina schaute über die Felder. Die Richtung, die ihre Ermittlungen genommen hatten, behagte ihr überhaupt nicht.

»Vielleicht hat sie ja recht«, schlug Nils Hansen vor. »Womöglich ist der Täter jemand, den wir noch gar nicht kennen.«

Katharina wandte ihm den Kopf zu.

»Wie kommen Sie darauf?«, erkundigte sie sich.

»Na ja.« Hansen gestikulierte verlegen. »Ich dachte, es könnte ja sein, dass Julian Brunner nicht der Einzige war, den Raddatz erpresst hat. Möglicherweise haben die anderen Männer in seinen Filmen auch nicht freiwillig mitgespielt.«

Katharina runzelte die Stirn. Sie überlegte, ob sie irgendetwas verpasst hatte.

»Was denn für Filme?«, fragte sie.

Nils Hansen räusperte sich geräuschvoll.

»Ach so … Das habe ich Ihnen noch gar nicht erzählt. Auf Raddatz' Festplatte waren so … ähm … selbst gedrehte …«

»Erotikvideos?«

»Genau!« Nils Hansen nickte enthusiastisch.

»Und die haben Sie sich angesehen?«

»Nur eins«, erwiderte Hansen. »Das hat mir gereicht.«

Katharina schmunzelte. Sie erinnerte sich nur zu gut, wie

Hansen vor zwei Jahren bei der Durchsicht der Filme des ermordeten Pornoproduzenten in Verlegenheit geraten war.

»Haben Sie auf dem Video jemanden erkannt?«

»Nein.« Hansen rieb sich die Hände an der Uniformhose ab. »Raddatz' … äh … Partner … hatte eine Maske über dem Kopf.«

»Also haben wir keine Ahnung, wer der große Unbekannte sein könnte.«

Hansen zog sein Notizbuch aus der Jackentasche.

»Max Meier hat die Auswertung von Raddatz' Handydaten geschickt«, erläuterte er. »Er hat tonnenweise Nummern gespeichert, aber das waren offenbar alles flüchtige Bekanntschaften. Mit keinem seiner Kontakte hat er öfter als zwei- oder dreimal telefoniert oder SMS ausgetauscht. Die Einzigen, mit denen er in den letzten vier Wochen häufiger telefoniert hat, waren seine Kollegen Otten und Brunner und Ottens Produzent. Und ein paar Berliner Clubs, in denen Schwule und Transvestiten verkehren.«

Katharina warf einen Blick auf die Liste, die Hansen erstellt hatte. Tatsächlich tauchten in den sieben Tagen vor Raddatz' Tod nur die Nummern von zwei Teilnehmern öfter als einmal auf.

»Das ist die Nummer eines dieser Clubs«, erklärte Hansen. »Und die andere ist die der Produktionsfirma. Das waren die einzigen Gespräche, die etwas länger gedauert haben. Interessante SMS gab es gar nicht. Keine Verabredungen, keine Drohungen und auch sonst nichts.«

Was nicht darauf hindeutete, dass sich Raddatz in der letzten Zeit neue Feinde gemacht hatte. Und selbst wenn, war es wenig plausibel, dass einer von ihnen eigens nach Eiderstedt gereist war, um Raddatz hier mit dem Traktor der Familie Kramer zu überrollen.

Ob es ihr gefiel oder nicht – der Täter musste eine Person sein, die zurzeit auf dem Wilke- oder dem Kramer-Hof wohnte. Und die Wahrscheinlichkeit, dass es sich dabei um Dominik Otten handelte, war in den letzten Stunden dramatisch gestiegen.

Dass sich Andrea Wilke so entschieden vor ihren alten Freund gestellt hatte, hatte nicht dazu beigetragen, Katharinas Misstrauen zu mindern. Im Gegenteil.

Sie sah, dass Hansen ungeduldig von einem Fuß auf den anderen trat.

»Sie müssen nicht warten«, erklärte sie. »Ich kann allein mit Otten reden, wenn er zurückkommt.«

Hansen schob sein Notizbuch zurück in die Tasche.

»Und was mache ich?«, fragte er.

Katharina, die dringend ein Ventil für ihre Emotionen brauchte, zwinkerte ihm zu.

»Schauen Sie sich doch die restlichen Filme an«, schlug sie vor. »Vielleicht entdecken Sie ja noch etwas, an dem Sie sich aufrichten können.«

***

Nils Hansen sah ihr nach, wie sie ins Wohnhaus der Wilkes ging, und seufzte ergeben. Warum blieben die unangenehmen Aufgaben jedes Mal an ihm hängen? Es war doch schon jetzt klar, dass er sich wieder in irgendetwas verstricken würde, wenn er sich Raddatz' pornografische Machwerke ansah.

Dann fiel ihm ein, dass er ja auch noch eine Verabredung hatte. Mit Julian Brunner. In der Garderobe der Travestiekünstler. Was natürlich kaum weniger schlüpfrig war. Aber es war zumindest das kleinere von zwei Übeln.

29

Der Stein schlug durch die Wasseroberfläche. Konzentrische Kreise liefen von der Stelle weg über den Teich. Leon Kramer hob einen neuen Stein auf und schleuderte ihn hinein. Das Muster brach auf. Die Wellen überlagerten sich.

Warum war nur alles so kompliziert? Weshalb konnte er nicht ganz normal sein?

Er wollte nicht, dass die Leute ihn schief ansahen. Er wollte sich nicht heimlich mit jemandem treffen und dieses wunderbare Gefühl in irgendeinem Gebüsch oder einer schmutzigen Toilette erleben. Er wollte heiraten und eine ganz normale Familie haben. Vater, Mutter und Kind. So, wie es alle anderen auch hatten.

Vielleicht musste er sich einfach nur mehr anstrengen. Die Gefühle beiseiteschieben, die er hatte, wenn Julian ihn berührte. Schließlich war er mitten in der Pubertät. Da war es doch normal, dass man verwirrende Bedürfnisse hatte? Das musste nicht bedeuten, dass man anders war.

Wenn er Mara eine Chance gab. Sich wirklich auf sie einließ. Dann würde er möglicherweise entdecken, dass es doch funktionierte.

Leon hörte leise Schritte hinter sich und fuhr herum.

Da stand dieser Mann, der ihn zum ersten Mal mit diesem Thema konfrontiert hatte. Die Diva mit den halblangen blonden Haaren und dem schlichten schwarzen Kleid, die auf der Deichbühne in St. Peter-Ording ein Lied nur für ihn gesungen hatte. Leon wusste nicht, woher dieser Mensch den Mut nahm, in aller Öffentlichkeit so herumzulaufen.

»Hey, Leon.« Dominik Otten hob einen flachen Stein auf und ließ ihn über das Wasser springen. »Hast du über das nachgedacht, was ich dir neulich gesagt habe?«

»Hm.« Leon schob die Hände in die Taschen seiner Jeans. Ein Teil von ihm wollte einfach weglaufen. Aber der andere war neugierig.

»Ich … Darf ich Sie was fragen?«

Die kieselgrauen Augen blickten ihn freundlich an.

»Ja. Sicher.«

»Sie … Waren Sie schon immer … so?« Leon deutete auf das Kleid, das Ottens Beine umspielte.

Der Travestiekünstler lächelte.

»Nein. Früher war das einfach nur eine Verkleidung. Für die Bühne. Es hat mir Spaß gemacht. Aber ich hatte nicht das Bedürfnis, als Frau zu leben.«

»Hatten Sie …« Leon wusste nicht, wie er seine Frage formulieren sollte. »Waren Sie … auch mit Frauen zusammen?«

»Ja.« Otten schaute auf das Wasser. »Ich habe wie ein ganz normaler Mann gelebt, wie man so sagt. Es hat lange gedauert, bis ich begriffen habe, dass ich einen Teil meiner Bedürfnisse ignoriere.«

»Und dann?« Leon spürte, dass er an Ottens Lippen hing, aber er konnte nicht anders.

Otten lächelte versonnen.

»Irgendwann habe ich nach einem Auftritt das Kleid nicht wieder ausgezogen. Ich bin damit durch die Straßen gelaufen. Und ich habe gespürt, dass es mich glücklich macht.«

»Und dann haben Sie angefangen, Männer zu lieben?«

»Ach.« Otten machte eine vage Geste. »Es ist nicht so wichtig, ob es Männer oder Frauen sind. Entscheidend ist, dass man den Menschen liebt. Heutzutage lebe ich den größten Teil der Zeit als Frau, und dann sind es meistens Männer, die mich begehren. Aber manchmal verliere ich mein Herz auch an eine Frau.«

Ottens Blick schweifte ab, aber Leon bemerkte es nicht. Er knibbelte am Innenfutter seiner Hosentaschen herum.

»Ist das nicht schwer?«, fragte er. »Wenn einen die Leute ständig anstarren?«

Otten erwiderte nichts, doch Leon sah, wie seine Kiefer mahlten.

»Sicher«, sagte er schließlich. »Aber ich kann nichts dagegen tun.«

»Haben Sie nie versucht, anders zu sein?«

Otten lachte leise.

»Doch. Aber es nützt nichts. Man kann die Dinge nicht ändern. Du wirst nicht glücklich, wenn du versuchst, dich in eine Form zu pressen.«

Leon zog seine Finger hervor und studierte sie.

»Aber ich will nicht, dass die Leute mich anglotzen.«

Otten legte ihm sacht eine Hand auf die Schulter.

»Natürlich kannst du versuchen, Theater zu spielen. Doch früher oder später wirst du merken, dass es dich krank macht. Wenn du dich den Erwartungen der anderen anpasst, verbiegst du dich. Du verlierst dich selbst.« Otten verstärkte den Druck. »Es ist ein schwerer und steiniger Weg. Aber wenn du nicht am

Ende einsam und verbittert sein willst, bleibt dir nichts anderes übrig, als ihn zu gehen.«

Leon hockte sich hin und ließ seine Arme zwischen den Knien baumeln.

»Ich will das nicht. Ich will ein normales Leben. Eine Familie.«

Otten trat einen Schritt zurück.

»Es gibt keinen Grund, warum du das nicht haben solltest«, sagte er ernst. »Auch Schwule können heiraten und Kinder adoptieren. Die Welt ist voller Möglichkeiten, Leon. Du musst sie nur entdecken.«

Damit drehte er sich um und spazierte über die Felder in Richtung des Wilke-Hofs. Leon kniff die Augen zusammen und erkannte, dass dort die Kommissarin mit den dunklen Locken neben ihrem roten Cabrio stand. Anscheinend wartete sie auf Otten.

Er sah zu, wie der Travestiekünstler davonging. Seine hohen Absätze behinderten ihn auf der holprigen Wiese, aber er ließ sich nicht aufhalten. Er lief unbeirrt geradeaus. Seine Arme pendelten locker neben dem Körper, und seine Hüften vollführten einen leichten, femininen Schwung. Mit jedem Schritt, den er sich entfernte, sah Leon weniger den Mann, der er war, und mehr die Frau, die er sein wollte. So, als könnte er die Welt tatsächlich nach seinen Wünschen gestalten.

Leon sprang auf. Er spürte plötzlich einen Anflug von Hoffnung. Wenn Dominik Otten das schaffte, dann könnte es ihm selbst womöglich auch gelingen. Zumindest konnte er es versuchen.

»Danke!«, rief er dem Travestiekünstler laut hinterher.

Dominik Otten blieb stehen und wandte sich um. Er lächelte.

30

Vom Land wehte noch immer warme Luft herüber. Ein leichter Wind war am Abend aufgekommen und hatte die Hitze des

Tages vertrieben, doch in den schmalen Straßen stand sie auch jetzt noch. Hier auf der großen Terrasse vor dem »Roten Hahn« in Tönning, einem wuchtigen Backsteinbau mit hohen weißen Sprossenfenstern und Fenstertüren mit bogenförmigen Oberlichtern, konnte man sie allerdings aushalten.

Katharina Berg lehnte sich auf ihrem Stuhl zurück und tat so, als würde sie die Speisekarte studieren. In Wirklichkeit wusste sie längst, was sie essen wollte. Aber es war eine gute Gelegenheit, Dominik Otten, der ihr gegenübersaß, ungestört zu betrachten.

Auch dieses Mal hatte er sich dafür entschieden, als Frau aufzutreten. Das Kleid war schlicht. Die rosafarbene Federboa, die er um den Hals trug, war es nicht. Die Gäste an den Nachbartischen starrten mehr oder weniger offen zu ihnen herüber. Otten gab vor, es nicht zu bemerken, doch Katharina sah an seiner verspannten Haltung, dass es ihm unangenehm war.

Sie fragte sich, warum er sich nicht für Hemd und Hose entschieden hatte. In Hamburg oder Berlin mochte man sich auch mit eindeutig männlicher Physiognomie als Frau auf die Straße wagen können. Doch hier auf dem Land war Otten ein Unikum. Aber vielleicht ging es genau darum. Nicht klein beizugeben, obwohl es unbequem war. Seinen Weg zu gehen, auch wenn er steinig war.

Konnte dieser Mann ein Mörder sein? Hatte er den Traktor der Kramers über das Feld auf Clemens Raddatz zugesteuert, weil dieser ihm die Kompositionen für sein neues Album gestohlen hatte?

Katharina konnte es sich nicht vorstellen. Doch womöglich war genau das der Grund, warum er sich ihr im Kleid präsentierte. Einer Frau traute man einen solch brutalen Mord einfach nicht zu.

Die Bedienung kam und nahm ihre Bestellungen auf, und Katharina legte ihre Karte beiseite. Sie wusste, dass es ein Fehler war, bei einem privaten Treffen mit Otten zu reden, statt ihn auf der Polizeistation zu befragen. Aber sie schaffte es einfach nicht, ihn wie einen gewöhnlichen Verdächtigen zu behandeln.

»Du hast mir nicht die Wahrheit gesagt«, begann sie das unvermeidliche Gespräch.

Otten spielte mit seiner Gabel.

»Worüber?«

»Über dein Motiv, Clemens Raddatz zu ermorden.«

Otten legte die Gabel beiseite und schaute sie aus seinen kieselgrauen Augen an.

»Warum denkst du, ich könnte eines gehabt haben?«

»Er hat dir deine Kompositionen gestohlen, oder nicht?«

Otten sank auf seinem Stuhl zurück.

»Woher weißt du das?«

»Wir haben die Dateien auf Raddatz' Rechner gefunden. Und Brunner hat es bestätigt.«

Otten fuhr sich durch die halblangen Haare.

»Das Album sollte mein Comeback werden. Ein halbes Jahr lang habe ich an den Stücken gearbeitet. Ich hatte meinen Laptop mit den Liedern dabei, um bei Andrea den letzten Schliff vorzunehmen. Aber dann ist der Rechner abgestürzt, und sämtliche Dateien waren weg.« Otten lachte ein leises, unfrohes Lachen. »Zuerst glaubte ich, es wäre einfach Pech gewesen. Ich habe mich verflucht, weil ich keine Sicherheitskopien angelegt hatte. Schließlich habe ich meinen Produzenten angerufen und ihm von dem Malheur erzählt. Und der hat mir gesagt, dass Clemens ihm Musik für eine CD angeboten hat.« Otten seufzte schwer. »Es waren meine Lieder.«

»Hast du nicht versucht, sie zurückzubekommen?«

Die Kellnerin kam und stellte die Getränke auf den Tisch, eine Flasche Wasser und eine Karaffe mit Weißwein. Otten schenkte ein und hob sein Glas. Katharina stieß mit ihm an.

»Clemens hat mich ausgelacht. Ob ich beweisen könne, dass die Stücke von mir sind.«

Katharina nippte an ihrem Wein.

»Und das konntest du nicht. Weil Raddatz nicht deine Dateien verschickt hat. Er hat die Texte kopiert und neue Dokumente erstellt. Und die weisen ihn als Urheber aus.«

Otten neigte zustimmend den Kopf.

»Das heißt, du hattest keine Chance, deine Werke zurückzuerhalten.«

Otten breitete die Hände aus. »Das ist das Schicksal aller Künstler. Gegen den Diebstahl geistigen Eigentums ist man weitestgehend machtlos.«

Katharina spürte, wie sich etwas in ihrer Körpermitte zusammenballte.

»Warst du nicht wütend?«

Otten leerte sein Glas in einem Zug.

»Natürlich war ich das. Aber ich bin nicht derjenige, der am Abend nach der Premiere auf den Traktor gestiegen ist und Clemens über den Haufen gefahren hat. Stattdessen habe ich mit meinem Produzenten telefoniert und ihn bekniet, mit Clemens zu reden. Er kennt meine musikalische Handschrift. Er wusste genau, dass die Stücke von mir sind. Aber er wollte lieber mit Clemens arbeiten. Er meinte«, Otten verzog den Mund, »etwas mehr Erotik und Pep würden ihm bessere Verkaufszahlen bescheren.«

Katharina fühlte Erleichterung.

»Das heißt, du hast für die Tatzeit ein Alibi?«

Otten betrachtete den Teller mit dem Rinderfiletsteak, den Kartoffelecken und den Butterbohnen, den die Bedienung vor ihm abstellte.

»Ja. Das heißt es dann wohl.«

***

Es war, als hätte man ihn in einen engen Kokon gezwängt. Das Mieder umschloss seinen Unterleib so fest, dass sich seine Männlichkeit bis fast in den Bauchraum zurückzog. Zugleich drückten die dicken Buttpads gegen seine Kehrseite. Es fühlte sich an, als würde er auf einem steifen und ungleichmäßig gefüllten Polster sitzen.

Vor seiner Brust klebten zwei weitere dicke Kissen. Sie wurden von einem BH gehalten, dessen Träger tief in seine Schultern schnitten. Der rückseitige Verschluss kniff ihn in die Haut. Und die Busenimitate selbst waren so schwer, dass es sich anfühlte, als würden sie seinen Oberkörper zu den Knien hinunterziehen.

Nils Hansen versuchte, in der unbequemen Kleidung eine halbwegs erträgliche Position zu finden. Er streckte den Rücken durch und stützte sich mit beiden Händen auf die Armlehnen des Sessels. Ja, so ging es.

»Sie müssen still sitzen«, verlangte Julian Brunner.

Hansen sank ergeben zurück auf die Buttpads und schaute in den großen Schminkspiegel.

Der Travestiekünstler und gelernte Stylist trug eine dicke Schicht Make-up auf Hansens Gesicht auf. Er tuschte seine Wimpern und Augenbrauen und bepinselte seinen Mund mit einem blutroten Lipgloss. Zum Abschluss setzte er ihm eine Perücke mit langen blonden Haaren auf.

Nils Hansen schluckte. Das da im Spiegel war nicht mehr er. Es war eine Frau. Eine schöne Frau.

Brunner nötigte ihn aufzustehen und hielt ihm ein langes Kleid hin. Es war schmal geschnitten und nachtschwarz. Mühsam zwängte sich Hansen hinein. Als Brunner den Reißverschluss auf der Rückseite zuzog, hatte er das Gefühl, keine Luft mehr zu bekommen.

»So. Jetzt noch die Schuhe«, erklärte der Travestiekünstler und dirigierte ihn zu einem Paar schwarzer, hochhackiger Pumps. Er hob Hansens Fuß und streifte ihm den ersten Schuh über.

»Halten Sie sich fest«, riet er und griff nach Hansens anderem Bein, sodass dieser gezwungen war, auf dem hohen Absatz zu stehen. Es war, als würde er versuchen, auf Stelzen zu balancieren. Eilig legte er eine Hand auf Brunners Schulter und stützte sich ab.

Der Travestiekünstler bugsierte auch seinen zweiten Fuß in den entsprechenden Pumps. Dann schlüpfte er unter Hansens Fingern weg.

Hansen ruderte mit den Armen. Unter seinen Hacken befanden sich nur noch dünne, kippelige Stifte. Sein ganzes Gewicht schien auf den Zehen zu ruhen, die in einem unnatürlichen Winkel abgeknickt waren und sich anfühlten, als würden sie im nächsten Moment brechen. Der riesige Busen zog ihn unbarmherzig nach vorn. Und das Mieder saß so eng, dass er kaum die Hüften bewegen konnte, um sich auszubalancieren.

Julian Brunner beobachtete ihn mit einem feinen Lächeln.

»Sie müssen noch ein wenig üben«, erklärte er und griff nach Hansens Hand.

Er führte ihn durch den Gang zur Bühne, und Hansen stolperte hinter ihm her. Als er vorn an der Rampe stand, ließ Brunner ihn wieder los und tauchte in den dunklen Zuschauerraum.

Nils Hansen wackelte hilflos auf seinen Stilettos. Nicht auszudenken, wenn er jetzt das Gleichgewicht verlor und nach vorn auf die Stühle stürzte. Er würde sich mindestens die Nase brechen und sich womöglich sogar ein paar Zähne ausschlagen.

Plötzlich flammte ein Scheinwerfer auf, und Hansen stand im grellen Bühnenlicht. Ein Knacken signalisierte, dass Brunner die Lautsprecher eingeschaltet hatte. Im nächsten Moment startete das Playback. Es war »Stimme« von EFF, einer von Hansens absoluten Lieblingssongs.

»Los. Singen Sie!«, rief Brunner, und Hansen griff nach dem Mikrofon. Vor seinem geistigen Auge füllten sich die leeren Reihen mit Zuschauern, und er sang mit Inbrunst. Das Kleid und die hochhackigen Schuhe störten plötzlich überhaupt nicht mehr. Im Gegenteil. Sie waren wie ein starker Halt, der es ihm ermöglichte, sich fallen zu lassen.

»Hör auf die Stimme, hör, was sie sagt, sie war immer da, komm, hör auf ihren Rat …«

Als das Lied zu Ende war, verlor sich Brunners einsamer Applaus fast in dem Saal, doch Hansen war trotzdem von einem wunderbaren Gefühl ergriffen.

»Schön.« Brunner stieg zu ihm auf die Bühne. »Der Gesang war zwar furchtbar, aber man hat gesehen, dass es Ihnen Spaß macht.«

Hansen war ein wenig beleidigt. So schlecht war seine Stimme nicht. Das sagten jedenfalls seine Kumpel, mit denen er gelegentlich die Anfeuerungsgesänge für den TSV St. Peter-Ording übte.

»Und? Wie fühlt es sich an, eine Frau zu sein?«, erkundigte sich Brunner.

»Gut. Ich meine: Es fühlt sich gut an, jemand ganz anderes zu sein«, erwiderte Hansen nach kurzem Nachdenken.

Brunner lächelte.

»Und – macht es Sie an?«

Hansen horchte vorsichtig in sich hinein. Nein. Da war nichts. Offenbar gehörte er nicht zu den Männern, die das Tragen von Frauenkleidern sexuell erregend fanden. Zum Glück.

»Also sind Sie kein Transvestit«, stellte Brunner fest und trat dicht hinter ihn.

Er öffnete den Reißverschluss des Kleids, das flatternd zu Boden glitt. Anschließend schnürte er das Mieder auf, und Hansen seufzte erleichtert, weil seine empfindlichsten Teile nicht länger gequetscht wurden. Bewegen konnte er sich allerdings immer noch nicht, weil er nach wie vor auf den wackeligen Pumps stand und ihn außerdem das Kleid behinderte, das wie eine Fessel um seine Knöchel lag.

Brunner knetete Hansens silikonverstärkten Po und umfasste dann den künstlichen Busen. Sanft ließ er seine schmalen Hände über Hansens Hüften nach unten gleiten und strich über seine Lenden. Dann presste er sich eng an Hansens Rückseite und griff ihm zwischen die Beine.

Ein heißer Strahl wie ein Blitzschlag durchzuckte Hansen. Es war einer der intensivsten Glücksmomente, die er bisher erlebt hatte. Noch stärker war allerdings die Sorge, die ihn in der nächsten Sekunde befiel.

Er war doch nicht etwa schwul?

***

Der Boden unter ihren Füßen schwankte. Dabei sahen die Pflastersteine auf dem Eiderdeich, der vom historischen Tönninger Hafen aus am »Multimar Wattforum« vorbeiführte, eigentlich recht stabil aus. Womöglich war sie selbst es, die nicht mehr recht im Gleichgewicht war. Die dritte Karaffe Wein war eindeutig zu viel gewesen.

Dominik Otten bot ihr seinen Arm, und sie hängte sich bei ihm ein. Über der Eider verdämmerte rötlich die Abendsonne und warf funkelnde Flecken auf das Wasser. Über den leuchtend blauen Himmel schob sich die Nacht wie eine dunkle Decke. Neben ihnen flammten die Straßenlaternen auf.

Otten blieb neben einem der Modelle stehen, die man auf dem Deich platziert hatte. Es war der Jupiter. Otten tippte auf die glänzende Kugel.

»Mit dir würde ich zu den Sternen fliegen«, sagte er weich.

Katharina zog ihn weiter.

»Das ist ein Planet«, korrigierte sie und ging zu einem der Schilder, auf denen die alten Ziegenrassen vorgestellt wurden, die neben dem Deich grasten. Ein Bock mit zotteligem weißbraunen Fell sah zu ihnen hoch und meckerte.

»Der hat auch keinen Sinn für Romantik«, bemerkte Otten.

Katharina schmiegte ihren Kopf an seine Schulter.

»War das etwa eine Anspielung?«

Otten blieb wieder stehen und neigte sich ihr zu.

»Keine Ahnung, wie du darauf kommst«, murmelte er.

Katharina lachte und löste sich von ihm. Sie lief weiter bis zum Mars und legte ihre Hände um die Kugel.

»Da fehlen die Männchen«, monierte sie.

Otten breitete die Arme aus.

»Ich bin doch hier«, rief er. »Ein Außerirdischer in Lebensgröße.«

Katharina wandte sich eilig ab. Sie fand es vollkommen in Ordnung, dass Otten so war wie er war. Aber die Gefühle, die er in ihr auslöste, waren ein Chaos. Sie fand ihn faszinierend. Aber sie wollte einen Partner, der sie ergänzte. Keinen, der versuchte, so zu sein wie sie selbst. Und der für andere eine Witzfigur war. Sie hatte nie das Bedürfnis gehabt, »normal« zu sein. Trotzdem fiel es ihr schwer, sich auf einen Menschen einzulassen, der derart aus dem Rahmen fiel.

Dominik Otten trat hinter sie und umschlang sie mit beiden Armen. Katharina lehnte sich bei ihm an.

Otten hauchte ihr zarte Küsse aufs Haar. Dann drehte er sie zu sich um. Er umfasste ihr Gesicht mit den Händen und küsste sie auf den Mund. Seine Lippen waren weich, und er schmeckte nach Rauch und Wein.

Katharina schloss die Augen und ließ sich fallen. Ihr Kopf wurde leicht, und durch ihren Körper floss eine sanfte Wärme. Sie fühlte sich geborgen.

Sie erwiderte seine Umarmung, und Otten drückte sie an sich. Sofort spürte sie ihn und musste lächeln. Dominik Otten mochte ja aussehen und sich bewegen wie eine Frau. Aber unter dem Kleid war er ein ganz normaler Mann.

Otten ließ sie los, und es fühlte sich an, als sei ein Stück von ihr selbst verloren gegangen.

»Komm«, sagte er und nahm ihre Hand.

Sie gingen zum Spielplatz neben dem Wattforum, und Otten deutete auf die Schaukel, die man dort aufgestellt hatte. Es war ein großer Reifen, der an dicken Ketten hing.

Otten setzte sich in den Ring und zog Katharina auf seinen Schoß. Er stieß sich mit den Füßen ab, und sie begannen, sacht zu schwingen. Das Wattforum und das glitzernde Wasser der Eider glitten an ihren Augen vorbei.

Otten brachte die Schaukel wieder zum Stehen.

»Komm zu mir«, bat er und half Katharina, sich rittlings auf seinen Schoß zu setzen. Dann stieß er die Schaukel erneut an.

Ihre Lippen fanden sich, und Katharina tauchte ein. Sie schwebte auf einer Wolke aus Leichtigkeit und Glück.

Sie hielt sich an ihm fest, und er holte weiter Schwung. Immer höher schaukelten sie, und Katharina hatte das Gefühl, dass es keine Grenzen mehr gab.

Sie konnten bis in den Himmel fliegen.

31

Über den Feldern stieg die Sonne auf. Sie tauchte die Landschaft mit den unzähligen Windrädern in ein goldenes Licht und spiegelte sich auf dem Wasser der Eider.

Katharina Berg, die auf dem Deich in Richtung Hafen ging,

atmete die kühle Morgenluft ein. Sie fühlte sich noch immer benommen. Dabei war es am Abend bei zärtlichen Küssen geblieben. Obwohl sie beide mehr gewollt hatten. Aber wie so oft hatte auch in diesem Fall die Vernunft gesiegt.

Solange der Mordfall Raddatz nicht abgeschlossen war, durfte es keine Beziehung mit Dominik Otten geben. Auch wenn er kein unmittelbar Tatverdächtiger mehr war. Zur Sicherheit hatte Katharina Nils Hansen per SMS gebeten, Dominiks Alibi zu überprüfen. Bisher hatte sie keine Antwort erhalten, aber sie glaubte nicht, dass Dominik sie belogen hatte. Doch selbst bei dieser Konstellation warf es ein schlechtes Licht auf ihre Ermittlungen, wenn sie sich noch weiter auf Otten einließ. Genau genommen hatte sie die Grenze ohnehin schon überschritten. Alles andere musste warten, bis der Fall Raddatz geklärt war, sonst würde sie ernstlich in Schwierigkeiten geraten.

Also hatten sie sich getrennt, auch wenn es Katharina beinahe das Herz zerrissen hatte. Sie hatte sich mit dem Taxi zum Strandhotel »Fernsicht« bringen lassen und sich dort ein Zimmer genommen. Um noch selbst zu fahren, hatte sie zu viel getrunken. Sie wollte auch den Zauber des Abends nicht zerstören, indem sie auf den Wilke-Hof zurückkehrte.

Dominik hatte sich vor dem Wattforum von ihr verabschiedet. Er wollte ein wenig allein sein und später mit dem Taxi nach Garding fahren.

Katharina erreichte den historischen Hafen und lief über das Kopfsteinpflaster um das Hafenbecken herum. Am liebsten hätte sie eines der Segelboote genommen und wäre für einen Tag hinaus aufs Meer gefahren. Um einfach alles zu vergessen und ihre innere Mitte wiederzufinden. Oder vielleicht sollte sie auch einen der Kurse von Lutz Hellmann besuchen. Der war schließlich auf die Rückbesinnung spezialisiert.

Sie betrachtete die hübschen Häuser, die sich dicht an dicht auf dem Wall aufreihten, manche weiß, manche aus Backstein. Gemütlich und einladend sahen sie aus mit ihren spitzen Giebeln und den großen, blank geputzten Sprossenfenstern. Vor fast jedem Haus stand eine Bank. In ein paar Stunden würden die Geschäfte öffnen und frischen Fisch und kalte Getränke, Postkarten und Souvenirs anbieten. Vor den Cafés und Restaurants würden die Sonnenschirme aufgeklappt, und man könnte an einem der Tische mit Blick auf den Hafen und die Eider Platz nehmen.

Doch Katharina hatte ein anderes Ziel. Sie ging weiter über den Deich, vorbei am imposanten Bau des Wasser- und Schifffahrtsamtes, an den Planetenmodellen und an den Schildern mit den Schafrassen zum »Multimar Wattforum«. Sie wollte sich noch einmal auf den Abenteuerspielplatz mit dem rot-weiß gestreiften Miniaturleuchtturm setzen und die Erinnerung an den gestrigen Abend nachklingen lassen.

Sie summte leise vor sich hin und umrundete das Gebäude. Dann blieb sie abrupt stehen.

Die Bank auf dem Spielplatz war bereits besetzt.

Eine Gestalt in einem schwarzen Kleid saß reglos mit ausgestreckten Beinen darauf. Ihre Arme hingen schlaff herunter. Ihre Augen waren weit geöffnet und starrten blicklos in den strahlend blauen Himmel. Nur die rosafarbene Federboa flatterte sacht im Wind.

32

Nils Hansen trat das Gaspedal bis zum Anschlag durch. So früh am Morgen waren die Straßen nahezu leer. Ohnehin war hier auf Eiderstedt nicht viel Verkehr. Dafür musste man immer damit rechnen, dass plötzlich ein Traktor von einem der Felder auf die Landstraße bog. Aber er hatte ja das Blaulicht und die Sirene eingeschaltet. Wer immer auf der B 202 zwischen Garding und Tönning die freie Durchfahrt blockierte, musste den Weg schleunigst frei machen.

Das gute Gefühl, das sich für Nils Hansen gewöhnlich damit verband, den Wagen im Einsatz zu fahren, fehlte in diesem Moment allerdings völlig. Er hatte Katharina Berg nie anders als stark und souverän erlebt. Doch als sie ihn vor einer halben Stunde angerufen hatte, hatte ihre Stimme hilflos und verstört geklungen. Er machte sich echte Sorgen.

Auf der anderen Seite konnte er seinen Stolz nicht ganz unterdrücken. Katharina hatte ihn gebeten, zu kommen. Ihn. Und nicht Max Meier von der Spurensicherung. Den hatte sie natürlich auch angefordert. Aber ihr erster Anruf hatte ihm gegolten. Polizeiobermeister Nils Hansen von der Polizeistation Garding.

Er nahm die Ausfahrt nach Tönning mit so viel Schwung, dass er beinahe aus der Kurve geflogen wäre. Für einen Moment geriet der Wagen ins Schlingern, und Hansen kurbelte am Lenkrad und bremste, bis das Auto wieder in der Spur war. Dann sauste er über die Zufahrtsstraße zum »Multimar Wattforum«. Sein Herz hämmerte noch schneller.

Auf dem Parkplatz vor dem Naturzentrum stoppte er den Wagen und sprang heraus. Er eilte um das Gebäude herum zum Abenteuerspielplatz und stülpte beim Laufen seine Dienstmütze über den Kopf.

Dominik Otten lag rücklings auf der Bank. Katharina Berg hockte ihm gegenüber im Sand. Sie hatte die Hände in den Schoß gelegt und hielt ihren Blick auf Otten gerichtet. Sie wirkte nicht weniger starr als der Tote.

***

Sie spürte mehr, als dass sie sah, wie sich jemand neben sie setzte.

»Was ist passiert?«, fragte Nils Hansen.

Katharina atmete tief durch. Sie musste sich zusammenreißen. Auch wenn sie das Gefühl hatte, in Stücke zu brechen. Sie hatte Dominik nicht retten können. Nun musste sie wenigstens seinen Mörder finden. Das war sie ihm schuldig.

»Wir waren im ›Roten Hahn‹«, erklärte sie. »Wir haben dort zu Abend gegessen und anschließend einen Spaziergang über den Deich gemacht. Hier am Spielplatz haben wir uns getrennt.« Sie fuhr sich mit der Hand über die Augen. »Er war nicht der Mörder von Clemens Raddatz, nicht wahr?«

»Nein.« Nils Hansen zog sein Notizbuch hervor. »Ich habe mit dem Plattenproduzenten gesprochen. Er sagt, er hat am Abend des Mordes mit Dominique O. telefoniert. Sie haben sich gestritten. Dominique wollte, dass er ihre Kompositionen zurückgibt, aber der Produzent hat sich geweigert. Er wollte lieber mit Clemens Raddatz arbeiten.« Hansen sah Katharina an. »Ich habe die Verbindungsnachweise geprüft. Das Gespräch hat fast eine Stunde gedauert, von halb zwölf bis halb eins.« Er runzelte die Stirn. »Diese Künstler haben sonderbare Zeiten, um zu telefonieren.« Er wedelte seinen Einwurf beiseite. »Jedenfalls: Um halb zwölf hat Clemens Raddatz – oder besser gesagt: Cindy Dars – noch gelebt. Da haben wir … äh …«, Nils Hansen räusperte sich, »uns vor dem Dorfkrug verabschiedet.«

Trotz ihrer schwermütigen Stimmung musste Katharina lächeln.

»Und nach Dominiques Telefonat«, fuhr der junge Polizeiobermeister eilig fort, »war Cindy bereits tot. Das hat mir Dr. Steinhaus von der Rechtsmedizin bestätigt.«

Katharina atmete tief durch. Dann erhob sie sich und schüttelte ihre dunklen Locken aus. Sie musste sich jetzt auf ihre Kompetenzen besinnen. Und dazu gehörte, aus dem, was sie sah, die richtigen Schlüsse zu ziehen.

Sie ließ ihren Blick über den Spielplatz wandern, von den blau-weiß gestreiften Strandkörben über die Spielgeräte bis zu dem rot-weißen Miniaturleuchtturm.

Natürlich war es möglich, dass sie es mit einem Zufallstäter zu tun hatten. Jemandem, der Dominik und sie am Abend im »Roten Hahn« oder auf dem Abenteuerspielplatz beobachtet hatte und dem der Mann im Kleid ein Dorn im Auge gewesen war.

Dominik war, soweit sie das beurteilen konnte, mit seiner eigenen Federboa erdrosselt worden. Es konnte sich also um eine Tat im Affekt handeln. Doch Tönning war nicht gerade ein Sammelbecken für frustrierte, intolerante und gewaltbereite Menschen. Die Leute hier auf Eiderstedt trugen das Land im Herzen. Die Weite, die Ruhe und die Gelassenheit. Sie bedachten einen Paradiesvogel wie Dominik vielleicht mit schiefen Blicken. Aber sie fuhren nicht gleich aus der Haut.

Katharina schaute hinüber zur Eider, die sich hinter den Wiesen mit den Schafen zum Sperrwerk wälzte. Sie durften einen Zufallstäter natürlich nicht ausschließen. Aber besonders wahrscheinlich war diese Möglichkeit nicht.

Also musste es jemand sein, der Dominik gezielt getötet hatte. Eine Person, die von ihrer Verabredung gewusst hatte oder die ihnen gefolgt war. Dieselbe vermutlich, die auch Clemens Raddatz ermordet hatte. Dass die beiden Travestiekünstler von zwei verschiedenen Tätern aus unterschiedlichen Gründen umgebracht worden waren, schien kaum vorstellbar. Doch wer hatte ein so starkes Motiv, dass er ein zweites Mal mordete?

Sicher gab es Täter, die nach dem ersten Tötungsdelikt jegliche Hemmung verloren. Aber der weitaus größere Teil war von der eigenen Tat schockiert und erschrocken. Wenn die Mordlust verflogen war, blieb oft nur ein schales Gefühl der Leere. Die Energie, die den Motor der Zerstörungsmaschinerie angetrieben hatte, war verbraucht.

Es sei denn, der Hass schwelte noch immer. Weil der Täter sein Ziel nicht erreicht hatte.

Katharina spürte, wie ihr ein Schauer über den Rücken lief.

»Ich glaube, es war eine Verwechslung«, sagte sie zu Nils Hansen, der immer noch am Boden hockte und offenbar ebenfalls heftig grübelte.

Hansen sprang auf. Er klopfte sich den Sand von der Hose und schaute sie verwirrt an.

»Sie meinen … jemand hat Dominique aus Versehen getötet?«

Katharina deutete zu der großen Diva.

»Nicht Otten. Raddatz.«

In Hansens Kopf arbeitete es sichtlich. Dann leuchteten seine Augen auf.

»Sie denken … der Anschlag auf Cindy … der hat eigentlich Dominique gegolten?«

»Es ist nur eine Möglichkeit. Aber sie erscheint mir plausibel. Dominik hat mir erzählt, dass er oft nachts auf den Feldern spazieren geht.« Katharina hielt einen Moment inne und fragte sich, warum sie ständig in der männlichen Form von ihm sprach. Immerhin machte er mit seiner Kleidung deutlich, wie er betrachtet werden wollte. Was überraschenderweise Nils Hansen problemlos gelang, während sie selbst immer wieder stolperte. Aber Hansen hatte sich ja auch nicht in den Travestiekünstler verliebt.

»Die beiden sahen sich zwar nicht gerade ähnlich«, fuhr sie fort und beschloss, die Personalpronomen einfach so weit wie möglich zu umgehen, »aber im Dunkeln und mit dem Kleid ...«

»Der Täter hat also Cindy angefahren und erst danach entdeckt, dass er die Falsche erwischt hat«, setzte Hansen ihren Gedanken fort. »Und dann hat er auf eine Gelegenheit gewartet, Dominique zu töten.«

Katharina ging zu einem der blau-weiß gestreiften Strandkörbe, die auf dem Spielplatzgelände verteilt standen, und setzte sich hinein.

»Er hat sie gefunden«, sagte sie leise.

***

Max Meier legte Katharina Berg einen Arm um die Schultern, und Nils Hansen knirschte mit den Zähnen. Warum war er selbst nicht auf diesen Gedanken gekommen? Aber bestimmt hätte Katharina die Geste abgewehrt, wenn sie von ihm gekommen wäre. Bei Meier ließ sie es sich gefallen.

»Der Täter hat sie erdrosselt«, bestätigte der Kriminaltechniker, was Katharina und Hansen bereits vermutet hatten. »Mit ihrer eigenen Federboa«, fügte er hinzu, und seine Bassstimme vibrierte vor aufrichtiger Erschütterung.

»Eine Tat im Affekt?«, erkundigte sich Hansen, der sich nicht so einfach beiseiteschieben lassen wollte.

»Eher nicht. Dann wäre der Angriff von vorn erfolgt.« Meier sah ihn ernst an, und Hansen erkannte beschämt, dass es ihm überhaupt nicht um Konkurrenz ging. Er wollte einfach nur trösten.

»Spuren?«, fragte Katharina.

»Keine verwertbaren.« Meier machte eine bedauernde Geste. »Der Sand ist zu weich, um Schuhabdrücke zu erkennen. Aber die Position der Boa«, er deutete auf die beiden Enden, die über der Rückenlehne der Bank hingen, »deutet darauf hin, dass sich der Täter hinter ihrem Rücken angeschlichen hat.«

Dominique O. hatte also auf der Bank gesessen und in den Sternenhimmel geschaut. Und dann hatte jemand von hinten die Enden ihrer Federboa ergriffen und sie zugezogen. So lange, bis Dominique O. zuerst das Bewusstsein verloren hatte und dann ihr Herz aufgehört hatte zu schlagen.

»Ein gemeiner Mord«, bestätigte Meier. »Ich hoffe, ihr findet den Täter schnell. Es macht mich verdammt wütend, wenn Menschen getötet werden, nur weil sie sich nicht an irgendwelche gesellschaftlichen Konventionen halten.«

Katharina lächelte schwach.

»Wir wissen nicht, ob das der Grund war.«

Meier legte ihr die Hände auf die Schultern.

»Du wirst es herausfinden. Und du wirst denjenigen, der dafür verantwortlich ist, zur Rechenschaft ziehen.«

Nils Hansen sah, wie sich auf Katharinas Gesicht eine Verwandlung vollzog. Die Trauer wich einer grimmigen Entschlossenheit.

»Das werde ich«, erwiderte sie.

Nils Hansen seufzte. Natürlich war er froh, dass Katharina ihre Energie wiederfand, doch er verspürte auch Bedauern, dass nicht er derjenige war, der das bewirkt hatte. Aber was konnte man gegen einen Mann wie Max Meier schon ausrichten?

33

Andrea Wilke keuchte. Ihr Gesicht wurde wachsbleich. Dann knickten ihre Knie ein, und sie sank in sich zusammen. Nils

Hansen sprang eilig dazu und half ihr, sich auf der Küchenbank niederzulassen. Andernfalls wäre die Hofbesitzerin einfach auf den Boden gekracht.

»Dominik …«, hauchte sie. »Dominik ist tot?«

Katharina nickte.

»Es tut mir leid«, sagte sie und hoffte, dass Andrea Wilke nicht merkte, wie viel Mühe es sie selbst kostete, Haltung zu bewahren und professionell zu agieren. »Ich fürchte, Herr Otten war von Anfang an das Ziel. Der Tod von Clemens Raddatz war höchstwahrscheinlich ein Unfall.«

»Aber …«, Andrea Wilke schnappte nach Luft, »… wer würde denn Dominik etwas antun wollen? Er war doch die Güte in Person. Clemens, der hat keine Gelegenheit ausgelassen, sich Feinde zu machen. Dominik hat immer versucht, alle miteinander zu versöhnen.«

Katharina spürte, wie ihre Augen feucht wurden. Schnell wandte sie sich ab. Sie goss heißes Wasser aus dem Topf in die Kanne, in die sie zwei Teebeutel gehängt hatte, und stellte sie zusammen mit ein paar Tassen auf den Tisch. Dann setzte sie sich Andrea Wilke gegenüber. Nils Hansen rutschte neben der Betreiberin der Kulturscheune auf die Bank.

»Ich nehme an, es war Dominiks … Lebensstil, der jemandem ein Dorn im Auge war«, sagte Katharina.

Andrea Wilke deutete müde aus dem Fenster zum Nachbarhof.

»Kevin«, erklärte sie. »Seit sein Vater tot ist, sucht er nach Strukturen, die ihm Halt geben. Und er hat sie gefunden. Bei seinen neuen Freunden, die klare Vorstellungen davon haben, was gut und richtig ist. Das sind Menschen, die sehr weit rechts stehen. Die reagieren nicht mit Unverständnis. Die reagieren mit Hass.«

Katharina schenkte Tee ein.

»Das ist eine Spur, der wir nachgehen«, bestätigte sie und versuchte, ihre Gefühle beiseitezuschieben. »Aber Kevin ist womöglich nicht der Einzige, der ein Motiv hatte.«

Andrea Wilke erwachte so unvermittelt aus ihrer Lethargie, dass Katharina zusammenzuckte. Die Hofbesitzerin schlug mit der Faust auf den Tisch. Der Tee in ihrer Tasse schwappte über.

»Ich weiß, dass er es war!«, keifte sie. »Er hat doch auch diese Schmutzbriefe geschrieben. Und er ist der Einzige von denen, der nicht kapiert, dass es Grenzen gibt.«

So plötzlich, wie sie sich aufgerichtet hatte, fiel Andrea Wilke wieder in sich zusammen.

»Entschuldigung«, murmelte sie. »Ich weiß, dass Sie Ihre Arbeit gut machen. Aber Dominiks Tod ist so … überflüssig. Das macht mich so unglaublich wütend.«

Katharina erhob sich.

»Ich kann Sie verstehen«, erklärte sie. Schließlich ging es ihr nicht anders. »Und ich versichere Ihnen, dass wir alles tun, um seinen Mörder zu fassen.« Sie legte Andrea Wilke eine Hand auf die Schulter. »Ruhen Sie sich ein wenig aus. Wir kommen wieder, wenn wir noch Fragen haben.«

Sie ging durch den Flur zur Haustür und trat auf den Hof. Aus dem Augenwinkel sah sie, dass Nils Hansen ihr folgte.

»Glauben Sie das auch?«, erkundigte er sich, nachdem er die Tür ins Schloss gezogen hatte. »Dass es Kevin war?«

Katharina schaute über die Felder mit den abgemähten Halmen. Der Himmel, der sich darüberspannte, war klar und wolkenlos. Man konnte kilometerweit sehen.

»Ich könnte mir vorstellen, dass er im Affekt auf jemanden losgeht«, überlegte sie und bemühte sich, ihre Gedanken zu fokussieren. »Offenbar reagiert er ja allergisch auf Schwule. Aber dass er kurz nacheinander zwei Menschen kaltblütig ermordet? Das passt nicht zu ihm.«

Sie fühlte sich auf einmal vollkommen erschöpft.

»Ich weiß es nicht«, sagte sie. »Vielleicht sollte ich die Ermittlungen lieber abgeben. Ich bin viel zu tief in die ganze Sache verstrickt.«

»Unsinn.« Nils Hansen strich resolut seine Uniformjacke glatt. »Sie sind die Einzige, die diesen Fall lösen kann. Sie kennen die Geschichte dahinter. Und Sie verstehen die Menschen, die davon betroffen sind. Jemand, der Dominique und Cindy nicht gekannt hat, begreift doch überhaupt nicht, worum es geht.«

Katharina blickte den jungen Polizeiobermeister verblüfft an.

Wann war er so erwachsen geworden? Oder war sie es, die ihm bisher einfach keine Chance gegeben hatte, es zu zeigen?

»Was schlagen Sie vor?«

Hansen richtete seine Dienstmütze neu aus.

»Wir reden mit den Leuten vom Kramer-Hof«, erwiderte er. »Ich denke, Frau Wilke hat recht. Der Täter muss von dort kommen. Gabriele und Kevin Kramer und Lutz Hellmann sind diejenigen, die sich von der Travestieshow gestört fühlten. Und es war ihr Traktor, mit dem Raddatz – Cindy – überfahren worden ist.«

Katharina nickte. Hansens Argumentation war plausibel. Julian Brunner und Leon Kramer, die beiden einzigen anderen Verdächtigen im Fall Raddatz, hatten keinen Grund gehabt, Dominik Otten zu töten. Für den Mord an Clemens Raddatz hatten sie ein Motiv gehabt, weil Raddatz Brunner erpresst hatte, für den an Otten nicht. Im Gegenteil. Dominik hatte Julian und Leon sogar ermutigt, ihre Neigung offen auszuleben. Das hatte er ihr bei ihrem Abendessen im »Roten Hahn« verraten.

Sie schluckte trocken, als sie an den Blick aus seinen kieselgrauen Augen dachte. Hätte sie seinen Tod verhindern können, wenn sie offener gewesen wäre? Wenn sie ihn in dieser Nacht mit in ihr Hotelzimmer genommen hätte? Dann wäre er seinem Mörder nicht begegnet.

Doch dafür war es nun zu spät. Ganz abgesehen davon, dass ihn das vermutlich auch nicht gerettet hätte. Der Täter hätte lediglich auf eine andere Gelegenheit gewartet.

Sie atmete tief durch und versuchte, sich zu konzentrieren. Das Einzige, was sie jetzt noch für Dominik tun konnte, war, seinen Mörder zu finden. Und das würde ihr nur gelingen, wenn sie verstand, was ihn angetrieben hatte.

»Die Attacke mit dem Traktor könnte eine Tat im Affekt gewesen sein«, sagte sie nachdenklich. »Aber für den Anschlag auf dem Spielplatz gilt das nicht.«

»Nein.« Nils Hansen machte eine zustimmende Geste. »Der Angriff kam von hinten. Das war kein spontaner Impuls. Das war Vorsatz.«

»Und das bedeutet, dass das Motiv zumindest beim zweiten Mal etwas anderes war als heiße Wut.«

Nils Hansen legte fragend den Kopf schief. Er sah offenbar nicht, worauf sie hinauswollte.

»Ich meine«, erklärte sie, »dass wir uns womöglich getäuscht haben. Wir sind nach dem Mord an Raddatz davon ausgegangen, dass es überschäumende Emotionen waren, die die Aggression ausgelöst haben. Lutz Hellmanns und Gabriele Kramers Zorn über die Kulturscheune. Kevins Abscheu angesichts der tanzenden Schwulen. Julians und Leons Wut über Raddatz' Erpressung. Oder Ottens Verzweiflung über den Diebstahl seiner Werke. Wir dachten, der Täter hätte für einen Moment die Kontrolle verloren. Aber bei dem Angriff auf Otten war das anders.«

Hansen schnippte mit den Fingern, als ärgerte er sich, nicht von selbst darauf gekommen zu sein.

»Natürlich!«, rief er. »Das war keine Tat im Affekt, sondern ein geplanter Mord. Und das heißt, der Täter ist nicht einfach durchgedreht. Der hat seine Wut geschürt und auf seine Chance gewartet. Und dann hat er zugeschlagen.«

Katharina schaute zum Kramer-Hof hinüber.

»Das war jemand, der kalt und überlegt vorgegangen ist«, fasste sie ihre Einsicht zusammen. »Und das Motiv war …«

»Tief sitzender Hass«, sagte Hansen, der offenbar nach wie vor von Kevin Kramer als Täter ausging.

»Oder etwas wirklich Existenzielles«, ergänzte Katharina und zwinkerte Hansen zu, um die trübe Stimmung ein wenig aufzuheitern. »Geld.«

34

Die Empörung war zumindest gut gespielt. Lutz Hellmann, wieder einmal in seinem unvermeidlichen Karateanzug, warf die Arme in die Luft.

»Warum begreifen Sie es nicht?«, lamentierte er. »Wir stehen für den gewaltfreien Weg. Wir suchen Erleuchtung.«

»Mit illegalen Drogen«, bemerkte Katharina gallig.

»Jetzt hören Sie doch damit auf!« Hellmann fuchtelte mit der Hand vor ihrem Gesicht herum. »Das bisschen Marihuana. Das war nur für den Eigenbedarf.«

Katharina schnitt ihm mit einer ungeduldigen Handbewegung das Wort ab.

»Das fällt nicht in mein Ressort. Mord und Totschlag dagegen schon.«

Gabriele Kramer, die neben ihrem Lebensgefährten stand, rang die Hände.

»Wir tun doch nur Gutes. Wir führen die Menschen zurück zu ihren Wurzeln.«

»Aber Männer, die sich wie Frauen kleiden, stören Ihr Reinheitsbild.«

»Deshalb bringen wir sie doch nicht um!«, brüllte Hellmann, der zunehmend die Fassung verlor.

Katharina musterte ihn bedeutungsvoll.

»Korrigieren Sie mich, wenn ich mich täusche. Aber ich habe den Eindruck, dass Sie zu unkontrollierten Gewaltausbrüchen neigen.«

Hellmann ballte die Fäuste.

»Ist es das, was man bei der Polizei lernt? Verdächtige so lange zu provozieren, bis ihnen der Kragen platzt? Und ihnen dann einen Strick daraus zu drehen?«

»Nein«, entgegnete Katharina, die sich umso ruhiger fühlte, je mehr Hellmann die Beherrschung verlor. »Das tun Sie bereits von ganz allein.«

Nils Hansen zog sein Notizbuch hervor.

»Vielleicht lässt sich die Sache ja ganz einfach klären«, schlug er vor. »Wenn Sie für letzte Nacht ein Alibi haben.«

Der Guru und die Bäuerin wechselten einen beredten Blick.

»Ja, wir –«, begann Gabriele Kramer.

»Nein«, fiel ihr Lutz Hellmann ins Wort. »Wir haben keines. Wir lagen im Bett und haben geschlafen.«

Gabriele Kramer schien ihm widersprechen zu wollen, unterließ es aber, als er sie scharf ansah.

Katharina runzelte die Stirn. Entweder lieferten die beiden soeben eine oscarreife Vorstellung ab. Oder sie hatten tatsächlich ein Alibi, das sie nicht preisgeben wollten. Doch das konnte ja kaum der Fall sein. Was könnte es in der Welt einer biederen Bäuerin und eines Reinheitsgurus wohl geben, das so unaussprechlich war, dass sie dafür in Kauf nahmen, des zweifachen Mordes verdächtigt zu werden?

***

»Was sagst du da? Dominique ist tot?«

»Ja.« Katharina, die auf ihrem Bett im Gästezimmer von Andrea Wilke lag, starrte an die Decke.

»Ach herrje.« Ellen Berg schwieg betroffen. »Was ist denn geschehen?«

Katharina umklammerte den Telefonhörer fester.

»Irgendjemand hat ihn ermordet«, sagte sie.

»Doch nicht etwa so brutal wie Cindy?«

»Nein.« Katharina legte den Kopf in den Nacken. »Man hat ihn erdrosselt. Mit seiner eigenen Federboa.«

»Hat sie sich nicht gewehrt?«

»Nein«, sagte Katharina erneut. Sie fühlte sich, als würde ein schwerer Stein auf ihrer Brust liegen und ihr die Luft abdrücken. »Der Angriff kam von hinten.«

»Wie … Ich meine: Wo ist es passiert?«, fragte ihre Mutter.

»Auf dem Abenteuerspielplatz neben dem ›Multimar Wattforum‹. Letzte Nacht.«

»Was hat sie denn dort getan?«

»Wir …«, Katharina schluckte. »Wir haben uns dort getrennt.«

»Ach so?«

»Wir haben im ›Roten Hahn‹ zu Abend gegessen«, erläuterte Katharina. »Anschließend haben wir einen Spaziergang auf dem Eiderdeich gemacht.«

»Und was wolltet ihr auf dem Spielplatz?«

»Wir haben geschaukelt.«

»Ach.« Ihre Mutter seufzte. »Das hast du schon als kleines Mädchen so gern getan. Ich weiß noch, wie du immer auf der Schaukel im Garten gesessen hast, die dein Vater gebaut hatte. Stundenlang hast du dich nach oben geschwungen und gesungen. Rudi Carrell. Die Nachbarn konnten die Lieder schon nicht mehr hören.«

»Hm.« Katharina, die sich nicht gern daran erinnerte, dass sie das halbe Viertel mit ihrem kindlichen Gesang beglückt hatte, versuchte das Thema zu wechseln. »Danach bin ich ins Hotel gegangen. Dominik wollte noch bleiben.«

Eine Weile war es still in der Leitung.

»Warum«, erkundigte sich ihre Mutter endlich, »hat sie dich nicht begleitet?«

Katharina schloss die Augen.

»Das wollte er. Ich wollte es nicht.«

»Das ist schade. Dominique war ein wundervoller Mensch.«

»Ja. Aber er war auch ein Verdächtiger im Mordfall Raddatz.«

»So.« Ihre Mutter klang, als würde sie nicht glauben, dass das der wahre Grund war. Tatsächlich war sich Katharina ja selbst nicht sicher.

»Das war eine schwierige Situation für mich«, versuchte sie zu erklären. »Aber jetzt ... Ich wünschte, ich hätte mich anders entschieden. Dann würde Dominik vielleicht noch leben.«

Wieder entstand eine bedeutungsschwere Pause.

»Mach dir keine Vorwürfe, mein Mädchen«, sagte Ellen Berg schließlich resolut. »Du konntest nicht wissen, was passieren würde. Du hast einfach getan, was du für das Richtige hieltest.«

»Ja.« Katharina zupfte an der Bettdecke. »Aber war es das auch?«

»Ach, Kind.« Ihre Mutter seufzte. »So ist das im Leben.«

Katharina vernahm, wie sie mit dem Finger über das Polster einer Lehne strich. Sicher saß sie wie immer in ihrem Sessel am Fenster.

»Wie hat es Andrea denn aufgenommen?«, erkundigte sich Ellen Berg. »Das ist ja ein schwerer Schlag für sie.«

Katharina dachte an das leichenblasse Gesicht der Hofbesitzerin.

»Sie ist beinahe zusammengeklappt. Dass nun zwei ihrer drei Diseusen tot sind, war ein bisschen viel für sie.«

Ihre Mutter lachte leise.

»Wenn es nur das wäre.«

Katharina richtete sich auf. Da war ein Unterton in der Stimme ihrer Mutter. So, als wüsste sie etwas, das Katharina auch erfahren sollte.

»Was denn noch?«

Sie hörte das leise Tapsen von Pfoten und das Geräusch, das entstand, wenn Ophelia, die Katze ihrer Mutter, auf deren Schoß sprang.

»Dominique und Andrea«, erklärte Ellen Berg, »das war nicht nur eine gute Freundschaft.«

»Du meinst …«, Katharina versuchte, sich die Diseuse und die verhärmte Betreiberin der Kulturscheune zusammen vorzustellen, »… die beiden waren ein Paar?«

Sie verspürte einen Stich. Warum hatte ihr Dominik nichts davon gesagt?

Die Katze schnurrte behaglich, weil sie offenbar ausgiebig gestreichelt wurde.

»Ja«, sagte Ellen Berg. »Damals, als Andrea noch in Hamburg im Kulturbüro gearbeitet hat. Dominique hat zu der Zeit ihre ersten Gehversuche als Diva unternommen. Da war sie nur auf der Bühne Frau und ansonsten ganz Mann. Ein sehr attraktiver Mann, übrigens. Wenn Konstantin nicht gewesen wäre …«

»Mama!«

»Keine Sorge. Dein Vater ist der Einzige, den ich jemals wollte. Aber Dominique hatte so eine Aura. Sie war einfach faszinierend. Und Andrea war von ihr hingerissen.«

Katharina seufzte. Wenn sie selbst Dominik in dieser Phase seines Lebens kennengelernt hätte, wäre es vielleicht einfacher gewesen. Aber letztlich war er immer derselbe Mensch gewesen. Es lag an ihr, dass sie es nicht wirklich geschafft hatte, sich auf ihn einzulassen.

»Was ist dann geschehen?«

»Ach.« Ihre Mutter seufzte leise. »Das, was so oft passiert. Dominique hatte wohl eine flüchtige Affäre mit einem Kollegen. Und Andrea ist keine Frau, die so etwas verzeiht. Sie hat sich von ihr getrennt.« Ihre Mutter atmete tief durch, und Ophelia, die sich offenbar gestört fühlte, sprang mit einem Fauchen auf den Boden. »Kurz darauf hat sie Kristian kennengelernt. Ebenfalls ein faszinierender Mann, wenn auch ganz anders als Dominique. Kristian war ein Idealist. Einer, der mit seiner biologischen Landwirtschaft die Welt verbessern wollte. Andrea hat ihn bewundert, und ihm hat das gefallen. Die ganz große Liebe war es wohl nicht. Aber Andrea wollte Trost, und den hat sie bei ihm gefunden. Sogar ihre Stelle im Kulturbüro hat sie aufgegeben, um mit ihm auf den Hof nach Garding zu ziehen. Wir haben in der Zeit öfter miteinander telefoniert. Und ich hatte immer den Eindruck, sie würde es bedauern. Wer weiß. Vielleicht wäre sie wieder nach Hamburg zurückgekehrt, wenn nicht …« Ihre Mutter verstummte.

»Wenn nicht … was?«, hakte Katharina nach.

»Wenn Mara nicht geboren worden wäre, wollte ich sagen. Aber das ist nur das dumme Geschwätz einer romantischen alten Frau. Dominique hatte Andrea enttäuscht, und bei Kristian hat sie Sicherheit gefunden. Das war das, was sie immer wollte.«

Katharina sah aus dem Fenster in die dunkle Nacht. Der Himmel war wolkenverhangen. Vom Mond und von den Sternen war nichts zu sehen.

»Man kann seine Meinung ändern.«

»Ja.« Ellen Berg erhob sich, und ihre Stimme klang, als wollte sie nicht länger alten Geschichten nachhängen. »Aber das hat sie nicht getan.«

35

Rosafarbene Kunststofffasern. Aufgenommen aus verschiedenen Entfernungen und Winkeln. Bildschirmfüllend und in einer scheinbar nicht enden wollenden Reihe.

Nils Hansen klickte schneller durch die Tatortfotos auf seinem Monitor. Das eine oder andere zog er mit der Bildschirmlupe groß und ließ es anschließend wieder schrumpfen. Dann hielt er inne. Dort, zwischen all dem rosafarbenen Plüsch, war noch eine andere, dunklere Faser.

Er griff nach dem Telefon und tippte aus dem Kopf die Nummer der Abteilung 6 für Kriminaltechnik, Erkennungsdienst und IT-Beweissicherung der Bezirkskriminalinspektion Flensburg ein. Schon nach dem ersten Klingeln meldete sich – trotz des frühen Morgens – eine sonore Bassstimme.

»Max Meier, BKI Flensburg, Kommissariat 6.«

Nils Hansen schluckte. Selbst am Telefon war Meier respekteinflößend. Er hatte etwas an sich, dass er selbst sich neben ihm ständig fühlte wie ein Schuljunge, der noch grün hinter den Ohren war.

»POM Hansen, Polizeistation Garding. Ich … äh … habe eine Frage«, stotterte er.

»Ja?« Meiers Stimme blieb freundlich. Auf Hansens Verunsicherung ging er nicht ein.

»Auf den Fotos vom Tatort … von der Federboa … da ist so eine schwarze Faser. Ich wollte wissen, was das ist.«

Er hörte, wie eine Tastatur klapperte.

»Welches Bild?«

»Dreihundertachtzehn.«

»M-hm.« Wieder klackerte es. »Hm.« Max Meier verstummte. Nils Hansen wartete ungeduldig.

»Ah. Jetzt weiß ich, was Sie meinen.« Meier klang angespannt. Hansen hörte, wie er auf den Tasten tippte.

»Ich checke gerade unsere Spurenliste«, erläuterte Meier. »Aber … da ist nichts. Warten Sie mal.«

Der Hörer wurde unsanft auf dem Tisch abgelegt. Hansen vernahm Schritte, die sich entfernten und einen Moment später wieder näherten.

»So. Hier haben wir das gute Stück«, erläuterte Meier. »Das müsste dann ja … Hier!« Meier schien zufrieden zu lächeln. »Ich würde sagen … das ist ein Haar.« Er schnalzte mit der Zunge.

»Schade, dass uns das bei der ersten Besichtigung durch die Lappen gegangen ist.«

»Na ja«, relativierte Hansen. »In Wirklichkeit ist es bestimmt ziemlich klein. Ich habe es auch nur entdeckt, weil ich mir die Vergrößerung angeschaut habe.«

»Das hätten wir natürlich ebenfalls getan«, sagte Meier. »Und die Kollegen vom LKA hätten sich die Boa auch noch Millimeter für Millimeter angesehen. Allerdings hätte das einige Zeit gedauert. Hier türmt sich überall so viel Arbeit …« Er seufzte. »Aber das Haar hat Priorität. Es könnte immerhin vom Täter stammen. Wir schicken es sofort zur DNA-Analyse. Und es wäre natürlich hilfreich, wenn wir eine Vergleichsprobe hätten.«

Nils Hansen sprang auf.

»Selbstverständlich«, erwiderte er schneidig. Fast hätte er noch die Hand an die Dienstmütze gelegt. Dabei hatte er die überhaupt nicht auf dem Kopf.

Max Meier, der anscheinend durchs Telefon sehen konnte, wie er sich zum Affen machte, lachte leise.

»Schön. Ich melde mich, sobald ich etwas habe.«

»Ebenso«, gab Hansen zurück.

»Ach, und Polizeiobermeister Hansen?«, sagte Max Meier.

»Ja?«

»Das war hervorragende Arbeit.«

Damit legte er auf, und Nils Hansen tat dasselbe. Er nahm seine Dienstmütze vom Haken und setzte sie auf. Aber dann konnte er doch nicht an sich halten. Er ballte die Hand zur Faust und stieß einen Jubelschrei aus.

***

Lutz Hellmann rannte den Sandhügel hinauf. Mit den Taucherflossen an den Füßen war das tatsächlich alles andere als einfach. Immer wieder rutschte er auf dem weichen Untergrund weg und schlitterte ein paar Meter abwärts. Er keuchte und fühlte, wie ihm Schweißtropfen über das Gesicht rannen.

Oben auf dem Hügel wartete Gabriele. Sie trug einen roten

Bikini aus einem glänzenden Material. Auf ihrem Kopf saß keck ein roter Sonnenhut mit einer breiten Krempe.

Gabriele leckte sich die Lippen und sah ihm verheißungsvoll entgegen. Zwischen ihren Beinen schimmerte der Stoff des Bikinihöschens feucht.

Hellmann verstärkte seine Anstrengungen. Erschwert wurde die Sache dadurch, dass die stramm sitzende Radlerhose, die er trug, immer enger wurde. Sie bot schlichtweg zu wenig Platz, um sich gleichzeitig auszudehnen und zu bewegen.

Aber er musste einfach dort hinauf. Die Hitze in seinen Lenden wurde langsam unerträglich. Er ließ sich auf die Knie fallen und kroch den Rest des Weges auf allen vieren.

Gabriele zog ihn hoch und küsste ihn leidenschaftlich. Ungeduldig streifte sie ihm die Hose von den Beinen und stieß ihn wieder zu Boden. Sie stieg aus ihrem Höschen, setzte sich rittlings über ihn und begann, sich langsam und rhythmisch auf ihm zu bewegen.

Hellmann schloss die Augen. Bunte Punkte tanzten hinter seinen Lidern. Sein ganzer Körper vibrierte, und alles Blut schien sich in seinem Lendenbereich zu konzentrieren. Er spürte, wie eine gewaltige Welle auf ihn zurollte.

Gabriele erhob sich mit einem Ruck.

Hellmann öffnete die Augen und stöhnte.

»Bitte. Hör nicht auf.«

Gabriele schlüpfte in ihr Bikinihöschen und warf ihm eine Kusshand zu.

»Fang mich doch«, rief sie und rannte den Hügel hinunter.

Hellmann rappelte sich mühsam auf. Er zog seine Hose wieder hoch und folgte ihr.

Gabriele lief leichtfüßig zum Bassin, stieg die Treppe empor und balancierte über das Brett, das sie am Vortag für eine Übung über das Becken gelegt hatten. In der Mitte blieb sie stehen.

»Na, komm«, lockte sie ihn. »Hol mich.«

Hellmann patschte unbeholfen mit seinen Schwimmflossen über den Hof und kletterte auf die Treppe. Vorsichtig setzte er erst den einen, dann den anderen Fuß auf das Brett und ging mit unsicheren Schritten auf Gabriele zu. Die blieb stehen, bis er sie fast erreicht hatte, und tippelte dann geschickt zur gegenüberliegenden Beckenseite. Sie stieg über den Rand auf eine Leiter, die sie offenbar in weiser Voraussicht dort angelehnt hatte.

Hellmann schnaufte.

»Na warte«, drohte er.

»Das tue ich doch«, neckte ihn Gabriele. Sie tauchte ihren Zeigefinger in das Becken und rieb mit dem nassen Finger über den Stoff ihres Bikinioberteils. Er sah, wie sich ihre Brustwarzen aufrichteten. Anschließend benetzte sie ihre Finger erneut und führte sie zwischen ihre Beine.

Hellmann leckte sich die Lippen. Er war so hart, dass es beinahe wehtat.

Zentimeter für Zentimeter arbeitete er sich auf dem schmalen Brett weiter zum Rand vor.

Gabriele wartete, bis er nur noch einen halben Meter von ihr entfernt war. Dann griff sie nach dem Balken, den sie im rechten Winkel zwischen Brett und Beckenrand geklemmt hatte. Sie drückte von unten dagegen, und das Brett, auf dem er stand, neigte sich zur Seite.

Lutz Hellmann ruderte mit den Armen, doch mit den Taucherflossen an den Füßen war es unmöglich, das Gleichgewicht zu halten. Er stürzte ins Bassin, und das kalte Wasser schlug über seinem Kopf zusammen.

Er wusste, dass es vierzehn Grad warm war. Schließlich sollten sich seine Kursteilnehmer nicht verkühlen. Doch angesichts der Hitze in seinem Körper fühlte es sich an, als wäre er in Eiswasser eingetaucht.

Prustend kam er an die Oberfläche und stemmte sich am Beckenrand hoch. Er machte ein paar hilflose Versuche, musste aber einsehen, dass er mit den Flossen an den Füßen keine Chance hatte, auf die Leiter zu kommen. Ihm blieb nichts anderes übrig, als zurück zur Treppe zu schwimmen und dort auszusteigen.

Als er endlich auf dem Trockenen war, war seine Erregung komplett in sich zusammengefallen. Und Gabriele war wieder auf den Sandhügel geklettert. Lächelnd stand sie da und winkte.

Hellmann zog die nasse Spandexhose so weit nach oben, wie es nur ging. Dann tapste er mit seinen Schwimmflossen zur Sanddüne und machte sich erneut an den Aufstieg.

Es war die reinste Hölle. Aber er liebte dieses Spiel.

***

Ein dunkles Haar. Wenn er Pech hatte, stammte es von Clemens Raddatz. Die Künstler benutzten schließlich dieselbe Garderobe. Da konnte schon ein Haar des einen in die Federboa des anderen geraten. Doch vielleicht hatte er ja auch Glück, und das Haar gehörte dem Mörder von Dominique O. Und dafür käme dann nur einer in Frage: der Reinheitsguru Hellmann. Der stand zwar nicht ganz oben auf Hansens Liste, aber sowohl Kevin als auch Gabriele Kramer waren blond. Und andere Verdächtige gab es, soweit er das sehen konnte, nicht.

Die Frage war nur, wie er an Hellmanns DNA herankam. Natürlich konnte er Katharina bitten, beim Untersuchungsrichter einen entsprechenden Beschluss zu erwirken. Noch besser wäre es allerdings, wenn er selbst die nötige Probe besorgen könnte. Das würde die ganze Sache erheblich abkürzen.

Beschwingt verließ er die Polizeistation, setzte sich in seinen Dienstwagen und drehte den Zündschlüssel. Der Motor röchelte, sprang aber nicht an. Hansen runzelte die Stirn. Was war das jetzt?

Er probierte es erneut, doch das Ergebnis blieb dasselbe. Hansen betätigte den Hebel für die Motorhaube und stieg aus. Er prüfte den Ölstand, den Füllstand der Batterie und sämtliche Kabelverbindungen, konnte aber nichts entdecken, das nicht in Ordnung war. Ärgerlich trat er einen Schritt zurück. Wäre der Wagen ein älteres Modell, könnte er einiges mehr tun. Doch bei den modernen Fahrzeugen war die gesamte Technik in einer Plastikkiste versteckt, und man brauchte einen Spezialcomputer für die Fehlerdiagnose.

Sein Blick fiel auf das Nummernschild des Wagens.

»Ach nee«, sagte er laut. Er öffnete erneut die Wagentür, zog den Zündschlüssel aus dem Schloss und studierte den Anhänger.

Dann schlug er die Motorhaube zu, verschloss die Türen und stopfte den Schlüssel in die Hosentasche.

Eilig lief er zurück in sein Büro, riss den Telefonhörer von der Station und tippte eine Nummer ein.

»Klaas«, sagte er, als die Verbindung zustande kam. »Du hast mein Auto genommen.« Er lauschte, was sein Kollege zu entgegnen hatte. Offenbar hatte es auf der B 5 einen Unfall gegeben.

»Gut«, knurrte Nils. »Da kann man nichts machen. Aber beeil dich.«

Klaas gab ihm eine kleinlaute Antwort, und Hansen beendete das Gespräch. Er rückte das Telefon und die Papiere auf seinem Schreibtisch zurecht und marschierte ein paarmal von einer Wand zur anderen. Ungeduldig sah er auf die Uhr. Er wollte zu Hellmann. Und stattdessen saß er hier fest, weil sich sein Kollege nicht darum gekümmert hatte, dass das zweite Einsatzfahrzeug der Polizeistation repariert wurde.

Aber was konnte er schon tun? Er würde sich jetzt beim Italiener an der Kirche einen Kaffee holen. Und wenn er zurück war, war hoffentlich auch der Wagen wieder da.

36

Das weite, leere Land wich langsam dichterer Besiedelung. Immer häufiger führte die Straße durch Ortschaften. Die Häuser am Straßenrand wurden größer.

In Rendsburg lenkte Katharina ihr Cabrio durch den Tunnel, der unter dem Nord-Ostsee-Kanal hindurchführte. Der Verkehr war zäh, weil noch immer gebaut wurde. Sie war froh, als sie die Stadt hinter sich ließ.

Auf der Autobahn nach Kiel konnte sie den Wagen rollen lassen. Sie blickte über die Landschaft. Obwohl Eiderstedt nur knapp hundert Kilometer entfernt war, sah es hier ganz anders aus. Die schleswig-holsteinische Ostküste bestach mit sanften

Hügeln, Feldern mit goldenem Weizen und tiefgrünem Mais und zahlreichen Bäumen. Die Westküste war weit und platt und rau, mit leuchtend grünen Wiesen, auf denen Kühe und Schafe grasten. Katharina hätte nicht sagen können, was ihr besser gefiel. Es war beides wunderschön.

Als sie nach Kiel hineinfuhr, faltete sie den Stadtplan auf und legte ihn auf den Beifahrersitz. Vorsichtshalber klemmte sie ihn mit der Wasserflasche fest, damit er nicht davonflog, weil sie wie üblich das Verdeck aufgeklappt hatte.

Sie wählte den Weg am Wasser entlang. Die riesigen Skandinavienfähren lagen dort. Am gegenüberliegenden Ufer waren die blauen Werft-Kräne von »German Naval Yards« und »ThyssenKrupp« zu sehen. Etwas später eröffnete sich der Blick auf die Förde. Die türkisfarbene Ostsee glitzerte im Sonnenlicht. Unzählige Segelboote fuhren darauf herum.

Erst als sie hinter den zahllosen Masten im Yachthafen die grauen Schiffe der Marine entdeckte, fiel ihr auf, dass sie zu weit gefahren war. Sie bog in eine baumbestandene, mit Kopfstein gepflasterte Allee und steuerte zurück in Richtung Zentrum.

Als sie das Cabrio auf dem Parkplatz des Universitätsklinikums Schleswig-Holstein abstellte, schlug die Erschöpfung wie eine Welle über ihr zusammen. Einen Moment lang hatte sie den Impuls, einfach umzudrehen. Aber dann stieg sie doch aus dem Wagen und ging auf das Gebäude zu.

Sie hatte beschlossen, sich angemessen von Dominik zu verabschieden. Und das würde sie auch tun.

***

Nils Hansen parkte seinen Dienstwagen hinter der Scheune des Kramer-Hofs und schlich um das Gebäude herum. Vermutlich absolvierte Hellmann mit seinen Kursteilnehmern dort drinnen wieder irgendwelche Übungen. Es würde ihm sicher nicht gefallen, wenn der Polizeiobermeister ihn dabei störte. Was genau der Grund war, weshalb es Nils Hansen ein besonderes Vergnügen sein würde.

Hansen schob das Scheunentor auf. Im nächsten Moment stieß er enttäuscht die Luft aus. Die Scheune war leer.

»Kann ich Ihnen helfen?«, sagte eine Stimme an seinem Ohr, und Hansen machte erschrocken einen Satz zur Seite.

Vor ihm stand Gabriele Kramer. Sie hatte ihre Fäuste in die Hüften gestemmt und funkelte ihn ärgerlich an. Vor dem Bauch trug sie wieder die Schürze mit dem riesigen Kohlrabi.

»Haben Sie einen neuen Durchsuchungsbefehl?«, schnarrte sie. »Ansonsten muss ich Sie bitten, zu gehen. Das hier ist Privatgelände. Und wir mögen es nicht, wenn man bei uns herumschnüffelt.«

Nils Hansen rückte seine Dienstmütze zurecht.

»Es heißt Durchsuchungsbeschluss«, korrigierte er. »Und ich brauche keinen. Ich suche Herrn Hellmann«, erklärte er.

Die Bäuerin breitete die Arme aus.

»Hier ist er nicht«, sagte sie.

Hansen straffte sich und reckte das Kinn. Gabriele Kramer war größer und breiter als er, und unter ihrem tadelnden Blick hatte er das Gefühl zu schrumpfen.

»Wir ermitteln in zwei Mordfällen«, erläuterte er. »Und Sie sind verpflichtet, bei der Aufklärung eines Verbrechens mitzuwirken.«

Die Bäuerin verzog den Mund.

»Nu blas dich mal nicht so auf«, schnaubte sie. »Du bist doch der Lütte von Hartmut Hansen, oder nicht? Der lieber Falschparker aufschreibt, statt mit seinem Vater den Hof zu führen?«

Nils Hansen stöhnte leise. Es war einfach ein Kreuz, auf dem Dorf zu leben. In der Stadt würde ihm die Uniform Respekt verschaffen. Aber hier auf dem Land beachtete man sie gar nicht. Da war er nur der kleine Nils, der von allen belächelt wurde. Hier in Garding waren seine Missgeschicke Legende. Wie er beim Spielen in die Regentonne gefallen war. Wie er versucht hatte, den alten Gaul zu reiten, und prompt abgeworfen worden war. Oder wie er sich beim Einfangen einer entflohenen Kuh im Elektrozaun verheddert hatte.

Hansen schüttelte die Erinnerungen ungeduldig ab. Er war

schon lange nicht mehr der kleine Nils. Er war Polizist. Und als solchen hatte man ihn zu respektieren, egal, ob man ihn von früher kannte oder nicht.

»Hartmut Hansen ist mein Vater, ja«, erwiderte er streng. »Und ich bin Polizeiobermeister Nils Hansen. Ich bin dienstlich hier. Und ich kann mich nicht erinnern, dass wir uns jemals geduzt hätten.«

»Heijeijei«, machte die Bäuerin. »Ganz der Alte. Dieselben roten Haare. Und dasselbe aufbrausende Temperament.«

»Frau Kramer.« Hansen zückte Bleistift und Notizblock. »Sagen Sie mir jetzt, wo ich Herrn Hellmann finde, oder muss ich ihn offiziell in die Polizeistation vorladen?«

Gabriele Kramer verdrehte die Augen.

»Ach du liebe Güte. Humor hast du auch genauso wenig wie dein Vater. Wirklich schade. Deine Mutter ist doch eine patente Person. Es wäre gut, wenn du ein bisschen mehr von ihr hättest.«

Hansen steckte seinen Block zurück in die Tasche.

»Bitte. Ganz wie Sie wollen«, sagte er und drückte sich an ihr vorbei.

Er war noch keine fünf Schritte gegangen, als sie wieder vor ihm stand.

»Nun sei doch nicht so ein Mimöschen«, polterte sie. »Lutz ist mit seinem Kurs in der Dünen-Therme. Sie machen Aquajogging.«

Nils Hansen lupfte seine Dienstmütze.

»Verbindlichsten Dank«, sagte er. »Das werde ich mir natürlich nicht entgehen lassen.«

Er klemmte sich die Mütze unter den Arm und eilte zu seinem Dienstwagen. Wenn man im Kampf gegen diese Matrone einen Sieg errungen hatte, sollte man schnellstens das Feld räumen. Die Gefahr, beim nächsten Gegenschlag unterzugehen, war einfach zu groß.

***

Dr. Wolfgang Steinhaus wartete an der Eingangstür des Instituts für Rechtsmedizin auf Katharina. Die Dame am Empfang hatte sie angemeldet und ihr den Weg erklärt. Obwohl sie nicht zum ersten Mal hier war, hatte sie aufmerksam zugehört. In den unzähligen Gängen und Treppenhäusern des Klinikums verlief man sich nur allzu leicht.

Der kahlköpfige Rechtsmediziner mit der vorstehenden Adlernase reichte ihr die Hand. Er musterte sie aus seinen hellen Augen und zog sie dann in seine Arme. Katharina lehnte ihren Kopf an seine Brust.

Nach einer Weile löste sie sich aus seiner Umarmung. Steinhaus legte die Hände auf ihre Schultern und sah sie ernst an.

»Sollen wir es angehen?«, fragte er.

Katharina nickte.

Steinhaus verharrte noch einen Moment in seiner Position. Dann drehte er sich um.

»Komm«, sagte er.

Er führte Katharina durch die gekachelten Gänge in einen kleinen Raum, der mit Blumen und einigen stilvollen Landschaftsaufnahmen dekoriert war. In der Mitte stand auf einem niedrigen Tisch ein offener Sarg. Dahinter brannten ein paar Kerzen.

»Es ist gut, dass du hier bist«, erklärte Steinhaus. »Ihre Eltern waren schon da, aber sonst scheint sich niemand von ihr verabschieden zu wollen.«

Katharina holte tief Luft. Dann trat sie an den Sarg.

Im nächsten Moment hatte sie Tränen in den Augen.

Steinhaus' Kollegen hatten ganze Arbeit geleistet. Das hochgeschlossene schwarze Kleid verdeckte die Nähte des Y-Schnitts, mit dem der Körper geöffnet worden war. Die dezent aufgetragene Schminke verlieh dem Gesicht Leben und zugleich etwas Ätherisches.

Sie war wieder Dominique O., und sie sah wunderschön aus. Die halblangen blonden Locken ringelten sich um ihr Gesicht. Ihre Augen waren geschlossen, und ihr Mund schien zu lächeln. Sie sah aus, als würde sie schlafen und einen glücklichen Traum träumen.

»Danke«, sagte Katharina leise. »Ich bin sicher, genau so hätte Dominik … Dominique sich das gewünscht.«

Wieder spürte sie Steinhaus' Hände auf ihren Schultern.

»Wir tun, was wir können, um den Menschen, die zu uns kommen, Respekt zu erweisen«, sagte er.

Katharina drehte sich zu ihm um. Der große, hagere Mann, der nicht ein einziges Haar auf dem Kopf hatte, entsprach – wie die Mehrzahl seiner Kollegen – nicht dem Bild, das in Romanen und Fernsehfilmen gern von Rechtsmedizinern gezeichnet wurde. Tatsächlich waren die meisten dieser Ärzte nicht roh, gefühllos und voller Galgenhumor. Es waren ernste, engagierte und nachdenkliche Menschen. Aber selbst unter ihnen stach Wolfgang Steinhaus heraus. Nicht nur durch seine eindrucksvolle Adlernase, sondern auch durch seinen unbestechlich scharfen Blick. Was er in diesem Moment wieder einmal bewies.

»Da war etwas Besonderes zwischen euch, nicht wahr?«, fragte er sanft.

Katharina nickte. Ihre Kehle war wie zugeschnürt, und in ihren Augen schwammen Tränen.

Steinhaus reichte ihr ein Taschentuch.

»Ich hätte nicht geglaubt, dass man jemanden mit einer Federboa erdrosseln kann«, sagte er. »Ich hätte erwartet, dass sie reißt. Aber dieses Exemplar war offenbar stabil genug.«

Katharina begriff, dass er ihr eine Brücke bauen wollte. Von der persönlichen Betroffenheit zurück zu dem professionellen Ehrgeiz, geschehenes Unrecht aufzuklären.

»Sie hat nicht lange leiden müssen«, ergänzte der Rechtsmediziner. »Der Angriff ist anscheinend rasch erfolgt. Sie muss den Druck auf ihren Hals gespürt haben, aber als sie reagiert hat, war es mit einiger Sicherheit schon zu spät. Du weißt ja: Es dauert nur fünf bis zehn Sekunden, bis die Bewusstlosigkeit eintritt, wenn einem jemand die Blutzufuhr zum Gehirn abschnürt.«

Katharina presste die Lippen zusammen.

»Wir hatten drei Karaffen Wein«, sagte sie. »Das vermindert die Reaktionsgeschwindigkeit.«

Steinhaus schob ihren Einwand mit einer knappen Handbewegung beiseite.

»Ich glaube kaum, dass das eine Rolle gespielt hat. Sie ist überrascht worden. Und die reflexhafte Reaktion besteht darin, nach dem Drosselwerkzeug zu fassen. Das Bedürfnis, es zu lockern, um wieder atmen zu können, ist einfach übermächtig. Bis man begreift, dass es andere, bessere Wege gäbe, sich zu verteidigen, ist es meist zu spät.«

Katharina holte tief Luft.

»Was denkst du?«, erkundigte sie sich. »War der Angreifer ein Mann? Oder hätte auch eine Frau die nötige Kraft aufgebracht?«

Steinhaus wiegte den Kopf.

»Doch, ja«, entgegnete er. »Das ist weniger eine Frage der Kraft. Mehr eine der Technik. Wenn man die Enden des Seils – oder in diesem Fall: der Federboa – überkreuzt, muss man keinen besonders großen Zug ausüben. Das hätte auch eine Frau geschafft.«

Katharina seufzte. Sie hatte gehofft, auf diese Weise Gabriele Kramer aus dem Kreis der Verdächtigen ausschließen zu können. Doch so wie es aussah, war auch die Bäuerin noch immer im Rennen. Sie musste dringend herausfinden, was sie und Lutz Hellmann ihr verheimlicht hatten. Womöglich war es ja auch ein gemeinschaftlich begangener Mord.

Katharina wandte sich wieder dem Sarg zu und strich sacht über Ottens Gesicht. Sie wünschte sich, sie hätte die Gelegenheit öfter genutzt.

»Die Staatsanwaltschaft hat übrigens den Leichnam von Clemens Raddatz freigegeben«, sagte Steinhaus hinter ihr. »Er wird nach Berlin überführt. Seine Ehefrau kümmert sich um die Beisetzung.«

Katharina beugte sich rasch hinunter und küsste den Toten auf die Wange. Dann wandte sie sich wieder zu Steinhaus.

»Sag mir Bescheid, wenn du weißt, wann und wo Otten beerdigt wird«, bat sie. »Ich möchte gern dabei sein.«

»Das mache ich.« Der Rechtsmediziner reichte ihr die Hand und legte ihr die andere auf den Rücken, um sie zur Tür zu führen.

»Ach ja«, sagte er, ehe er sie in die Welt der Lebenden entließ. »Sind die Silikonkissen eigentlich bei euch angekommen?«

Katharina musste lächeln. Die Trauer, die bleischwer auf ihren Schultern gelastet hatte, lockerte ihren Griff ein wenig.

»Allerdings«, entgegnete sie. »Und Polizeiobermeister Hansen hat die Buttpads umgehend ausprobiert. Er hat in seinem Büro getanzt. Und dazu gesungen.«

»So?« Steinhaus zog eine seiner schmalen Augenbrauen nach oben. »Was denn?«

Katharina wollte es eigentlich nicht, weil das Institut für Rechtsmedizin nicht der richtige Ort dafür war. Aber das Bild, das sie vor ihrem geistigen Auge sah, war einfach zu herrlich.

»I'm sexy and I know it«, prustete sie, und Steinhaus stimmte in ihr Lachen ein.

37

Der Parkplatz vor der Dünen-Therme war belegt, und auch die umliegenden Plätze waren komplett überfüllt. Nils Hansen überlegte gerade, den Polizeiwagen einfach auf der freien Fläche vor dem Eingang abzustellen, als ein himbeerfarbener Lupo umständlich aus einer Parkbucht auf dem kleinen Platz gegenüber der Therme rangierte.

Eilig riss er das Steuer herum und gab Gas. Er fegte an einem schwarzen BMW vorbei, der bereits den Blinker gesetzt hatte, dann aber ein Stück zurückgefahren war, um dem Lupo-Fahrer das Manövrieren zu erleichtern. Ehe der weißhaarige Mann am Steuer des BMWs wusste, wie ihm geschah, hatte Hansen ihm die Lücke vor der Nase weggeschnappt.

Er sprang aus dem Wagen und bemerkte, dass ihn der BMW-Fahrer wütend anstarrte. Er sah aus, als hätte er am liebsten das Fenster heruntergelassen, die Faust geschüttelt und Hansen seine Empörung entgegengebrüllt. Dass es sich bei dem Verkehrsrowdy um einen Polizisten handelte, hielt ihn offenbar davon ab. Er ließ den leistungsstarken Motor aufheulen und drehte eine weitere Runde durch die Einkaufsmeile.

Nils Hansen richtete seine Dienstmütze aus und marschierte auf den Eingang der Dünen-Therme zu. Er wollte gerade nach seiner Brieftasche greifen, als ihm einfiel, dass er keine Badehose dabeihatte. Abrupt änderte er die Richtung und lief zu der Ladenzeile, die vom Parkplatz zur Seebrücke führte.

Er fand ein Paar Badeshorts, die mit Delphinen bedruckt waren, und nahm sie, obwohl ihn das Dessin unangenehm an den letzten Fall erinnerte, den er gemeinsam mit Katharina Berg bearbeitet hatte. Dazu erstand er noch eine Badekappe, weil er nicht wusste, ob in der Therme das Tragen einer Kopfbedeckung Pflicht war.

Mit der Tüte in der Hand ging er wieder zum Bad und kaufte sich eine Eintrittskarte. Er schlüpfte in seinen neu erstandenen Schwimmdress und verstaute seine Uniform in einem der abschließbaren Schränke. Dann betrat er die Schwimmhalle.

In den Becken schimmerte das warme Nordseewasser in verlockendem Hellblau. Durch die großen Panoramafenster an der Rückseite des Raums hatte man einen herrlichen Blick über die Dünen- und Salzwiesenlandschaft bis zum Meer.

Eines der Becken war mit einer Schnur mit roten und weißen Schwimmkörpern in zwei Hälften aufgeteilt worden. Auf der rechten Seite vergnügten sich die normalen Badegäste. Auf der linken mühten sich die Manager aus Hellmanns Kurs mit dicken orangefarbenen Schaumstoffwürsten.

Hellmann selbst stand mit knielangen weißen Badeshorts am Beckenrand. Im Mund hatte er seine Trillerpfeife. In regelmäßigen Abständen ertönte ein schriller Pfiff, während er seine Truppe unbarmherzig antrieb.

»Die Arme nach oben! Nach rechts beugen! Und nach links beugen! Und die Hände nach vorn. Und halten. Halten. Halten.« Wieder ein Pfiff. »Und die beiden Enden der Rolle zusammenführen.« Er gestikulierte zu einem Manager, dessen Schaumstoffwurst auf der Wasseroberfläche lag. »Die Rolle in die Luft.

Sie soll einen Bogen bilden! Und die Hände auseinander. Und wieder zusammen.« Er betätigte seine Pfeife. »Und die Arme wieder nach oben.«

Nils Hansen beobachtete fasziniert, wie die Teilnehmer sich abstrampelten. Auch wenn die Schaumstoffgebilde kaum etwas wiegen konnten, schien die Gymnastik anstrengend zu sein. Den Managern stand der Schweiß auf der Stirn, obwohl sie sich bis zum Hals im Wasser befanden. Oder vielleicht auch genau deswegen. Offenbar hatten sie keinen festen Boden unter den Füßen und mussten nicht nur mit den Rollen hantieren, sondern sich auch noch durch permanentes Wassertreten an der Oberfläche halten. Davon abgesehen eignete sich Wasser mit einer Temperatur von – wie er im Eingangsbereich gelesen hatte – achtundzwanzig Grad natürlich auch nur bedingt zur Abkühlung.

Hansen schlenderte gemächlich am Beckenrand entlang. Als er direkt hinter Hellmann war, verpasste er ihm einen schnellen Bodycheck. Der Guru verlor das Gleichgewicht und stürzte ins Wasser. Zwei Sekunden später tauchte er prustend wieder auf.

»Verdammt!«, kreischte er. »Meine Kontaktlinsen! Ich habe meine Kontaktlinsen verloren!«

Er paddelte mit unsicheren Schlägen zum Rand und blinzelte heftig, das Gesicht rot vor Wut.

»Wer war das, verdammt noch mal? Und was sollte das?«

Erbost schaute er sich nach dem Übeltäter um. Als er ihn entdeckte, schüttelte er die Faust in Hansens Richtung.

»Du Rotzlöffel!«, brüllte er. »Na warte.«

Hellmann stemmte sich am Beckenrand hoch, und Nils Hansen beeilte sich, aus seiner Reichweite zu kommen. Ganz offensichtlich hatte ihn Hellmann dank seiner eingeschränkten Sicht nicht erkannt, was seinem Plan entgegenkam, ihn gleichzeitig aber auch riskanter machte. Nils lief zur Reifen-Rutsche und kletterte hastig die Stufen hinauf. Hinter sich hörte er Hellmann keuchen.

»Gleich hab ich dich.«

Hansen drehte sich um und sah, dass Hellmann nur knapp

zwei Meter hinter ihm war. Eilig schnappte er sich einen der riesigen Gummireifen, warf sich darauf und sauste durch die orangefarbene Röhre nach unten.

Hellmann, der sich nur auf die Verfolgung, nicht aber auf die unvermeidliche Abfahrt konzentriert hatte, erreichte den Eingang der Rutsche und ruderte mit den Armen, als wollte er das Unglück im letzten Moment verhindern. Doch die Physik war gegen ihn, und die Trägheit seines eigenen Körpers beförderte ihn erbarmungslos nach vorn. Er stürzte in die Röhre und wurde vom herabrauschenden Wasser erfasst und mitgerissen.

Hansen drehte sich auf seinem dicken Gummipolster, das ihn sanft durch die schneckenförmig gewundene Röhre beförderte. Hinter ihm strampelte Hellmann und versuchte mit den Füßen, die rasante Talfahrt abzubremsen. Ohne den vorgesehenen Riesenreifen war das vermutlich kein Vergnügen.

Es dauerte nur eine halbe Minute, dann schoss Hansen aus der fünfundneunzig Meter langen Rutsche ins Auffangbecken. Er warf den luftgefüllten Gummiring beiseite und spazierte pfeifend zum Schwimmbecken zurück.

Auch Hellmann, der bis zum Ende seines persönlichen Höllenritts noch keine gute Haltung gefunden hatte, wurde von der Röhre ausgespuckt. Er rappelte sich stöhnend auf, blickte wild um sich und rannte dann hinter Hansen her.

Die Teilnehmer seines Kurses sahen den beiden neugierig entgegen.

Nils Hansen blieb stehen und grinste. Hellmanns Schussfahrt durch die Röhre hatte sichtbare Spuren hinterlassen. Nicht nur seine Arme, auch sein Bauch und seine Unterschenkel waren so rot, als hätte er Bekanntschaft mit einem Schwarm Feuerquallen gemacht.

Hansen tänzelte am Beckenrand herum und machte sich bereit. Er war überzeugt, dass er den Guru hinreichend auf Touren gebracht hatte.

Hellmann kam auf ihn zu wie ein wütender Stier und hob die Hand.

»Du verdammtes Früchtchen«, fauchte er und holte aus, um

Nils eine saftige Ohrfeige zu verpassen. Der war sich plötzlich gar nicht mehr sicher, ob sein Plan so klug war, wie er gedacht hatte. Er versuchte, dem Schlag auszuweichen, kam aber auf dem nassen Boden ins Rutschen und wäre beinahe lang hingeschlagen. Hellmanns ausgestreckte Hand landete schmerzhaft auf seiner Wange.

»Jetzt ist aber mal Schluss hier!«

Ein Riese von einem Mann stand plötzlich zwischen Hansen und Hellmann. Er war komplett in Weiß gekleidet und trug offene Bootsschuhe, die ihm auf dem rutschigen Boden Halt boten. An seinem Hemd befand sich ein Aufnäher, der ihn als Mitarbeiter der Dünen-Therme auswies.

»Das ist doch kein Kindergarten. Wir haben Badegäste, die in Ruhe schwimmen möchten. Wenn ihr euch prügeln wollt, geht gefälligst vor die Tür.«

»Pah!« Hellmann, von dessen Badeshorts das Wasser tropfte, stemmte die Hände in die Seiten. »Sagen Sie das ihm.« Er deutete blinzelnd auf Hansen. »Das ist hier der Unruhestifter.« Er spuckte verächtlich auf den Boden, wandte sich ab und marschierte in Richtung der Umkleidekabinen.

Nils Hansen fischte eilig das Glasröhrchen aus der Seitentasche seiner Badehose. Zum Glück hatte es die Schussfahrt durch die Reifen-Rutsche heil überstanden, und auch der Gummiverschluss hatte dicht gehalten. Nils schraubte ihn heraus und ging in die Hocke.

Mit dem Wattestäbchen, das sich im Inneren des Behälters befunden hatte, tupfte er Hellmanns Hinterlassenschaft vom Boden. Dann schob er das Stäbchen wieder in die Glasröhre und schraubte sie sorgfältig zu.

»Danke, Kollege«, sagte er zu dem Bademeister, der ihm mit wachsender Verwunderung zugesehen hatte. »Mehr wollte ich gar nicht. Nur eine kleine Speichelprobe.«

Er winkte den Managern im Becken, die jetzt entspannt auf ihre Schaumstoffwürste gestützt dahintrieben, und machte sich auf den Weg zur Dusche. Summend ließ er sich das Wasser über sein Gesicht rieseln.

Im nächsten Moment hörte er damit auf und fluchte. Er hatte kein Handtuch.

38

Die Sonne stand schon tief, und die Familien mit den Kindern waren bereits gegangen. Links und rechts von ihr war nichts zu sehen als der weiße, feinkörnige Sand am Strand von St. Peter-Böhl. Das Meer war ruhig und rollte in gemächlichen Wellen auf sie zu.

Mara Wilke schlüpfte aus dem Overall des Westküstenparks und warf ihn achtlos beiseite. Darunter trug sie einen gewagten, rot-grün gemusterten Bikini. Eigentlich war das nicht ihr Stil, ebenso wenig wie die anderen Dinge, mit denen ihre Mitschülerinnen ihre Weiblichkeit zur Schau stellten. Sie mochte keine Kleider, die so kurz waren, dass man sie auch als Gürtel hätte benutzen können. Hochhackige Schuhe fand sie einfach nur unpraktisch. Und Schminke war nichts anderes als widerlicher Glibber. Nie im Leben hätte sie sich etwas Derartiges ins Gesicht geschmiert.

Ihr Vater hatte sie darin bestärkt. Für ihn waren Natur und Natürlichkeit das höchste Gut gewesen. Ihre Mutter fand diese Dinge ebenfalls wichtig, doch sie war auch der Ansicht, dass eine Frau etwas aus sich machen sollte. Als ob sie selbst das tun würde. Seit Maras Vater tot war, hatte sich ihre Mutter komplett zurückgezogen. Nur bei der Planung ihrer Kulturscheune war sie aufgelebt. Und als Dominik Otten zugesagt hatte, mit den »drei Diseusen« regelmäßig dort aufzutreten, hatten ihre Augen geleuchtet.

Aber jetzt war Otten genauso tot wie ihr Vater. Und ihre Mutter war noch tiefer in das Loch gefallen, aus dem sie sich gerade erst herausgearbeitet hatte.

Doch daran wollte Mara in diesem Moment nicht denken.

Leon hatte ihr eine SMS geschrieben. Er wollte sich hier am Strand mit ihr treffen. Sich mit ihr gemeinsam den Sonnenuntergang ansehen. Deshalb war sie in St. Peter-Bad in die nächstbeste Boutique gegangen und hatte den Bikini gekauft. In diesem Fall mussten einfach schwere Geschütze aufgefahren werden.

Mara entrollte ihr Badehandtuch und streckte sich darauf aus. Die tief stehende Sonne streichelte ihr Gesicht, und sie schloss die Augen und träumte.

Wie Leon ihr gestand, dass er sie liebte. Wie er sich über sie beugte und sie küsste. Wie er schüchtern den Verschluss ihres Oberteils öffnete und sacht über ihren Busen fuhr, ihren Bauch mit kleinen Küssen bedeckte und seine Hand in das enge Bikinihöschen schob. Sie spürte, wie sich zwischen ihren Beinen eine angenehm feuchte Wärme sammelte, und stöhnte leise.

Neben ihr knirschte der Sand, und ein dunkler Schatten fiel über sie. Mara öffnete erwartungsvoll die Augen.

Im nächsten Moment quiekte sie und setzte sich auf.

»Kevin! Was tust du hier?«

Kevin Kramer hielt ihr einen Strauß zerrupfter Wiesenblumen entgegen.

»Ich … äh … wollte dir sagen, dass es mir leidtut. Das neulich im Schuppen.«

Mara sprang auf die Füße.

»Wo ist Leon?«, fragte sie.

Kevin lächelte schief.

»Er kommt nicht.«

»Ach so?« Mara stemmte die Hände in die Seiten. »Und weshalb nicht?«

»Weil … Er weiß nichts von der Verabredung. Ich habe sein Handy benutzt. Ich dachte, wenn du siehst, dass die SMS von mir ist, kommst du nicht.«

»Da hast du ausnahmsweise richtig gedacht.« Mara schäumte. Dafür hatte sie den teuren Bikini gekauft? Damit Kevin hier stand und sie anglotzte?

Kevin hielt ihr immer noch die Blumen hin.

»Bitte, Mara. Gib mir doch eine Chance.«

Mara spitzte die Lippen. Dieser bettelnde Blick, mit dem Kevin sie ansah, gefiel ihr. Warum sollte sie nicht ein bisschen Spaß mit ihm haben?

»Du glaubst, das reicht?«, fragte sie und deutete auf seinen spärlichen Strauß. »Ein paar Blümchen, die du irgendwo auf der Wiese ausgerissen hast?«

Kevin ließ die Blumen sinken.

»Was soll ich denn sonst tun?«

»Zeig mir, dass du es bereust«, forderte Mara. »Und dass du mich wirklich willst.«

Kevin strich ein paarmal mit der flachen Hand über die blonde Haarinsel auf seinem Kopf. Seine Augen leuchteten.

»Klar. Was soll ich tun?«

Sie betrachtete seine dicke Armeejacke, die feste Hose und die schweren Stiefel.

»Geh ins Wasser«, verlangte sie. »Zeig mir, wie schön du schwimmen kannst.«

»Wenn's weiter nichts ist.« Kevin ließ sein spärliches Sträußchen in den Sand fallen und öffnete die Knöpfe seiner Jacke.

Mara wedelte mit dem Zeigefinger.

»Mit den Klamotten«, forderte sie. »Wie ein echter Held, der jemanden in Seenot rettet.«

Kevin machte ein zweifelndes Gesicht. Dann entschied er, dass es die Sache wert war, und rannte ins Meer. Er hechtete hinein, schwamm ein paar Züge und kam mit triefenden Klamotten wieder heraus.

»Und jetzt?«, fragte er.

Mara zögerte. In ihrem Kopf nahm ein verwegener Plan Gestalt an. Sie würde dafür über ihren Schatten springen müssen. Aber irgendwann musste sie das ohnehin, wenn sie nicht als einsames Mauerblümchen enden wollte. Und Kevin war so verschossen in sie, dass er zumindest nicht über ihre Unerfahrenheit lachen würde.

»Zieh dich aus«, hauchte sie, und Kevin leistete ihrem Befehl eilig Folge.

Mara betrachtete ihn erstaunt. Kevin war ein Idiot, aber er

hatte einen tollen Körper. Man sah ihm an, dass er regelmäßig trainierte. Und die Tattoos auf seinen Armen – gewundene Bänder mit verschlungenen Linien, aus denen rechts eine geballte Faust und links eine züngelnde Schlange erwuchs – waren ziemlich cool.

Sie konnte nur hoffen, dass er nicht merkte, wie aufgeregt sie war. So lässig sie konnte, streckte sie sich wieder auf ihrem Badehandtuch aus.

»Dann zeig mir doch mal, was du draufhast«, forderte sie ihn auf.

Kevin kniete sich neben sie. Er schob eine Hand unter ihren Rücken und löste den Verschluss ihres Oberteils. Nicht so schüchtern, wie es Leon in ihrem Traum getan hatte, sondern zielsicher und routiniert. Er streifte den dünnen Stoff beiseite und beugte sich über ihren Busen. Er saugte und leckte an ihren Brustwarzen, und hundert kleine Schauer und Blitze jagten durch Maras Körper. Sie konnte kaum glauben, wie schön das war. Und dass es Kevin war, der das mit ihr anzustellen vermochte.

Zwischen ihren Beinen wurde es wieder warm. Kevins Finger wanderten genau dorthin und rieben über ihr Bikinihöschen. In Maras Unterleib baute sich eine Welle auf, überschlug sich und löste die Spannung in einer wohligen Explosion.

Kevin leckte sich die Lippen. Er wollte ihr das Höschen herunterziehen, doch Mara stieß ihn weg. Er verlor die Balance und landete im Sand.

Mara sprang eilig auf. Sie zitterte, und ein Teil von ihr verlangte nach mehr, doch zugleich hatte sie auch schreckliche Angst. Und dann war da ja auch noch ihr Plan.

»Danke«, keuchte sie. »Das reicht. Ich nehme deine Entschuldigung an.«

Kevin starrte sie mit wässrigen Augen an. Sie konnte deutlich sehen, wie groß sein Verlangen war.

»Was?«

Mara riss sich zusammen. Selbst wenn sie ihn in diesem Moment längst nicht mehr so blöd fand wie bisher – bei Jungs wie

Kevin musste man sich Respekt verschaffen, sonst war man von vornherein verloren.

»Du glaubst doch nicht im Ernst, dass ich dich ranlasse?«, fragte sie so abfällig, wie sie es vermochte. »Nach deiner bescheuerten Aktion mit den Handschellen und der Ohrfeige? Nach allem, was du Leon angetan hast? Und nachdem du mich gerade so verarscht hast mit der falschen SMS?« Sie schüttelte den Kopf. »Nee, Kevin. Echt. Du bist nicht mein Typ. Und selbst wenn. Hör erst mal auf, dich wie ein Penner zu benehmen, wenn du was von mir willst.«

***

»Was ist denn das?«

Katharina Berg deutete auf den rosafarbenen Zettel, der unter dem Scheibenwischer des Polizeiautos klemmte. Nils Hansen, der gerade den Motor hatte starten wollen, kniff die Augen zusammen. Er sprang aus dem Wagen und zog das Papier unter dem Wischerblatt hervor.

»Das darf doch nicht wahr sein«, stöhnte er. »Das ist ein Strafzettel.«

Katharina nahm ihm das Blatt aus der Hand und studierte es.

»Sie haben keinen Parkschein gelöst«, stellte sie fest. »Die Kollegen vom Ordnungsamt in St. Peter-Ording machen da offenbar keinen Unterschied.«

»Aber ich war im Einsatz.«

»Im Schwimmbad?« Katharina lehnte sich in ihrem Sitz zurück. Sie war froh über das Geplänkel mit Hansen. Es lenkte sie von dem Schmerz ab, der ihr das Herz schwer machte.

»Hellmann war dort mit seinen Managern aquajoggen«, erläuterte Hansen.

»Und da wollten Sie dabei sein, um sich fit zu halten?«

»Nein.« Hansen schaute sie ernst an. »Ich wollte seine DNA.«

»Aha?«

»Ich habe ein Haar entdeckt«, berichtete der Polizeiobermeister. »An der Federboa, mit der Dominique O. …« Er brach ab.

»Ich dachte, die Boa ist bei der Kriminaltechnik?«, fragte Katharina verwundert.

»Das ist sie.« Hansen lächelte flüchtig. »Ich habe mir die Tatortfotos angeschaut. Und dabei habe ich es gesehen. Ein kurzes dunkles Haar. Max Meier hat es asserviert und lässt die DNA bestimmen. Aber er braucht eine Vergleichsprobe.«

Katharina spürte, wie ihr ein Schauer über den Rücken lief. Womöglich war das der Durchbruch, den sie so dringend brauchten.

»Ein dunkles Haar?«, wiederholte sie nachdenklich. Da kamen nicht viele Personen in Frage. Kevin Kramer war blond, genau wie seine Mutter. Und Julian Brunner und Leon Kramer waren es ebenfalls.

»Es könnte natürlich von Clemens Raddatz sein«, erläuterte Hansen. »Die haben sich ja im selben Raum umgezogen. Aber vielleicht stammt es auch vom Mörder. Und von unseren Verdächtigen hat nur einer dunkle Haare.«

»Unser Reinheitsguru Hellmann.«

Katharina überlegte kurz. Lutz Hellmann hatte für beide Morde ein Motiv. Die Travestiekünstler waren ihm ein Dorn im Auge, weil sie sein Rückbesinnungskonzept störten. Und er hatte für keine der beiden Taten ein Alibi. Zumindest keines, das er preiszugeben bereit war.

»Ich finde, das reicht«, entschied sie. »Ich rufe den Untersuchungsrichter an und beantrage einen Haftbefehl. Und dann nehmen wir Lutz Hellmann mal so richtig in die Mangel.«

Nils Hansen nickte zufrieden. Diese Art von Polizeiarbeit war offenbar ganz nach seinem Geschmack.

***

Kevin sah konsterniert zu, wie Mara wieder in ihren Overall stieg und Badehandtuch und Bikinioberteil an sich raffte. Die Schuhe klemmte sie sich unter den Arm. Dann lief sie davon, ohne sich noch einmal umzudrehen.

Er rappelte sich auf und versuchte, den Sand von seinem

feuchten Körper zu fegen, aber es war ein aussichtsloses Unterfangen. Schließlich stieg er einfach in seine nassen Klamotten und machte sich auf den Weg zum Parkplatz.

Der Sand scheuerte beim Laufen auf der Haut. Das war nicht nur unangenehm, das war die reinste Folter. Insbesondere zwischen seinen Beinen, wo das Blut heftig pulsierte. Und der Weg zwischen den Salzwiesen hindurch bis zum Häuschen, an dem die Strandgebühr erhoben wurde, schien kein Ende zu nehmen.

»Diese blöde Kuh!«, fluchte Kevin laut und trat mit den Füßen in den Boden neben dem Weg. Kleine Wolken aus Erde und ausgerissenen Grashalmen stoben auf.

Als er endlich den alten Golf erreichte, ließ er sich stöhnend auf den Fahrersitz fallen. Sein ganzer Körper fühlte sich an, als hätte ihn jemand mit Sandpapier abgerieben. Das einzig Gute war, dass zumindest seine Erregung abgeklungen war und nicht mehr schmerzhaft gegen die enge Hose drückte.

Wütend schlug er mit der Hand auf das Lenkrad und heulte auf, als ein scharfer Schmerz durch seine Finger fuhr. Es war einfach nicht fair. Erst machte sie ihn heiß, und dann ließ sie ihn am ausgestreckten Arm verhungern. Jeder anderen hätte er dafür eine gescheuert. Aber Mara … Mara war etwas Besonderes. Sie war nicht nur ein Mädchen, das er ins Bett kriegen wollte. Sie war … mehr.

Maras Standpauke kam ihm wieder in den Sinn.

Vielleicht hatte er es ja wirklich nicht besser verdient. Er war kein netter Junge gewesen in der letzten Zeit. Seit sein Vater tot war, wütete er gegen die ganze Welt.

Er musste plötzlich daran denken, wie ihm sein Vater das Fahren beigebracht hatte. Sechzehn war er gewesen, und sie waren gemeinsam auf dem abgemähten Acker herumgesaust. Er hatte das Auto durch die tiefen Schlammpfützen in den Furchen gelenkt und den Wagen von oben bis unten mit Dreck besudelt. Und sein Vater hatte gelacht, bis er kaum noch Luft bekam. Damals war er glücklich gewesen.

Die Trauer packte ihn plötzlich wie eine kalte Hand, die sein Herz umklammerte, und heiße Tränen rannen ihm über die

Wangen. Er ließ sie laufen. Was nützte es denn, stark zu sein, wenn man dabei so hart und kalt wurde wie ein Stein?

Erst als das Schluchzen weniger geworden und die Tränen versiegt waren, wischte er sich das Gesicht mit dem Ärmel ab und startete den Motor. Er wusste nicht, ob er es konnte. Aber er würde versuchen, sich zu bessern.

39

Lutz Hellmann saß mit verschränkten Armen am Küchentisch. Vor ihm lag ein rosafarbenes Blatt, das Katharina Berg und Nils Hansen berechtigte, ihn festzunehmen.

»Das ist doch lächerlich«, sagte er. »Halten Sie mich für so beschränkt, unter den Augen der Polizei einen Mord zu begehen?«

Katharina setzte sich ihm gegenüber.

»Ich glaube, Ihnen fehlt die Selbstkontrolle. Sie konnten sich einfach nicht damit abfinden, dass die Travestiekünstler nicht bereit waren, das Feld zu räumen.«

Hellmann lächelte fein.

»Richtig. Damit will und werde ich mich nicht zufriedengeben. Ich habe bereits einen Anwalt eingeschaltet und Klage eingereicht.«

»Aber die Mühlen der Justiz mahlen langsam. Es wird dauern, bis Sie recht bekommen. Wenn das Gericht überhaupt in Ihrem Sinne entscheidet. Und bis dahin sind vielleicht alle potenziellen Teilnehmer Ihrer Kurse abgesprungen.«

»Das sage ich ja!« Gabriele Kramer knallte zwei Porzellanbecher auf den Tisch und schenkte ihrem Lebensgefährten und Katharina Tee ein. Nils Hansen hatte dankend abgelehnt. Er beschränkte sich darauf, das Gespräch zwischen Katharina und Hellmann zu beobachten und sich Notizen zu machen. »Bis das da nebenan aufhört, sind wir pleite.«

Sie wandte sich mit hochrotem Gesicht an Katharina.

»Finden Sie das richtig?«, fragte sie. »Dass man auf diese Weise unsere Existenz zerstört?«

Katharina spürte, wie ihr linkes Auge zu zucken begann. Es gab ein paar Dinge, die sie nicht ertrug. Dümmliche Selbstgerechtigkeit gehörte eindeutig dazu.

»Ich denke, dass jeder das Recht auf eine eigene Weltanschauung hat. Und ich verstehe nicht, was Ihre Kunden daran stört, wenn auf dem Nachbarhof ein paar Travestiekünstler auftreten.«

Lutz Hellmann seufzte tief.

»Was ist daran so schwer zu begreifen? Was würden Sie denn sagen, wenn jemand neben einem Kindergarten einen Puff eröffnet?«

»Lutz!« Gabriele Kramer war offenbar empört über die Wortwahl ihres Lebensgefährten.

Katharina echauffierte sich eher über den Inhalt.

»Das ist wohl kaum ein passender Vergleich«, entgegnete sie. »Ihre Kunden sind keine Kinder. Und die Travestiekünstler prostituieren sich nicht.«

»In meinen Augen tun sie das«, beharrte Hellmann. »Und ich bin nicht bereit, das zu akzeptieren.«

Nils Hansen richtete sich auf.

»Sie wollten, dass die Diven verschwinden«, konstatierte er. »Das ist ein Mordmotiv.«

Hellmann sah ihn nachsichtig an.

»Sie sind ein aufrechter und geradliniger Mensch. Aber Sie denken zu schlicht.«

Hansen lief rot an.

»Wir haben an der Federboa, mit der Dominik Otten erdrosselt wurde, ein Haar gefunden, das von Ihnen stammen könnte«, ereiferte er sich. »Und Sie haben für die Tatnacht kein Alibi.«

»Und?«

»Deshalb sind Sie vorläufig festgenommen.«

»Das können Sie doch nicht machen!« Gabriele Kramer schaute den jungen Polizeiobermeister nervös an. »Wir sind gerade mitten in einem Kurs. Wenn wir den abbrechen müssen, werden die Teilnehmer allesamt ihr Geld zurückfordern.«

»Das ist ihr gutes Recht«, bemerkte Katharina. Es machte ihr Spaß, zuzusehen, wie die beiden Moralapostel unter Hansens Druck mürbe wurden.

»Aber wir können es uns nicht leisten!«, rief Gabriele Kramer. »Wir zahlen doch noch das Equipment ab. Und den Hof haben wir schon beliehen.«

Katharina breitete die Hände aus. »Tut mir leid.« Sie deutete auf den rosafarbenen Zettel. »Darauf können wir keine Rücksicht nehmen. Wir müssen zwei Morde aufklären.«

Die Bäuerin atmete so heftig, dass ihr Busen wogte.

»Aber wir haben doch niemanden umgebracht.«

Hansen stand auf und steckte seinen Notizblock in die Tasche.

»Das werden wir feststellen. Dazu benötigen wir allerdings mehr als Unschuldsbeteuerungen. Wir brauchen Beweise.«

Gabriele Kramer sah auffordernd zu Lutz Hellmann, doch der ignorierte sie. Er erhob sich und hielt Hansen seine ausgestreckten Hände hin.

»Bitte. Tun Sie, was Sie nicht lassen können.«

»Nein!« Gabriele Kramer stürzte aus der Küche. Katharina hörte, wie im Flur eine Schublade aufgezogen und mit einem Knall wieder geschlossen wurde. Gleich darauf kehrte die Bäuerin mit einer bunten Pappkarte in der Hand zurück.

»Gabriele!« Die Stimme von Lutz Hellmann donnerte so laut, dass sämtliche Anwesenden zusammenzuckten. »Das tust du nicht!«

»Soll ich vielleicht tatenlos zusehen, wie sie dich mitnehmen?«

»Sie werden mich auch wieder zurückbringen.«

Die Bäuerin wirkte hin- und hergerissen. Katharina nutzte den Moment und schnappte sich das Pappkärtchen aus ihrer Hand.

Es war eine Visitenkarte. Sie war mit unzähligen roten Herzchen bedruckt und gehörte zu einem Etablissement namens »Happy Changers«. Die Adresse befand sich im Hamburger Stadtteil St. Pauli.

»So.« Katharina schmunzelte und gab die Karte an Hansen weiter, ehe Lutz Hellmann danach greifen konnte. »Und dort waren Sie letzte Nacht?«

Hellmann knirschte mit den Zähnen.
»Ja«, sagte er widerwillig.
Nils Hansen studierte die Visitenkarte.
»›Happy Changers‹? Was ist das?«
Katharina, die von ihrer Mutter davon gehört hatte, blinzelte ihm zu.
»Das«, sagte sie, »ist ein Swingerclub.«
»Ach.« Hansen schaute zwischen der rotwangigen Bäuerin und dem bärtigen Guru hin und her. »Da haben Sie beide gestern … äh … geswingt?«
»Ja.« Hellmann sah ihn herausfordernd an. »Haben Sie ein Problem damit?«
Hansen wechselte einen kurzen Blick mit Katharina.
»Nee«, sagte er. »Wir nicht. *Wir* sind ja tolerant.«

40

Das Klingeln des Telefons riss sie aus dem Schlaf. Katharina tastete nach dem Handy, das sie auf dem Nachtschrank abgelegt hatte, und drückte auf einen der Knöpfe. Sie hoffte, dass es der richtige war.
»Berg?«, krächzte sie.
»Guten Morgen, Katharina«, meldete sich eine warme Bassstimme am anderen Ende. Max Meier von der Spurensicherung. Sie blinzelte in Richtung ihres Reiseweckers. Es war gerade erst Viertel vor sieben.
»Max? Bist du schon im Büro?«
»Sicher«, erwiderte Meier. »Hier stapelt sich schließlich die Arbeit. Und wir alle wollen, dass dieser Fall so schnell wie möglich geklärt wird.«
Katharina verspürte tiefe Dankbarkeit. Sie wusste, dass sich die Kollegen ihretwegen so ins Zeug legten. Fälle, die eine schnelle Aufklärung erforderten, hatten sie schließlich ständig. Wenn sie

deshalb jedes Mal ihre Nachtruhe verkürzen würden, wären sie längst alle mit Burn-out aus dem Dienst ausgeschieden.

»Hast du etwas Neues?«, fragte sie und schwang die Beine aus dem Bett.

»Allerdings.« Die Wärme in Meiers Stimme wich einem Ton, den Katharina nicht einordnen konnte. »Ich habe gerade mit Dr. Steinhaus aus der Rechtsmedizin telefoniert«, erläuterte er. Noch einer, der offenbar ihretwegen auf seinen Schlaf verzichtete. »Wir haben eine Übereinstimmung.«

»Ach so?« Katharina rieb sich die Augen. Was Meier und Steinhaus derzeit beschäftigte, war das dunkle Haar, das Nils Hansen in der Federboa entdeckt hatte. »Ist das Haar tatsächlich von Hellmann?«

Noch während sie die Frage stellte, wurde ihr klar, dass sie unsinnig war. Hellmann und seine Lebensgefährtin hatten ein Alibi. Ein ausgesprochen handfestes überdies. Der Türsteher des Swingerclubs hatte bestätigt, dass Lutz Hellmann und Gabriele Kramer bis tief in die Nacht dort gewesen waren. Sie konnten Dominique nicht erdrosselt haben.

»Nein«, sagte Max Meier denn auch. »Das Haar kommt nicht von Hellmann. Auch nicht von Clemens Raddatz.« Er machte eine kurze dramatische Pause. »Es stammt überhaupt nicht von einem Mann.«

»Ach.« Katharina griff sich unwillkürlich an den Kopf. War es womöglich ihr eigenes Haar? Immerhin war sie Dominik Otten auf dem Spielplatz sehr nah gekommen. Ihre Haare waren zwar länger als das aus der Boa, aber dazwischen gab es natürlich auch kurze. Solche, die noch im Wachstum waren.

»Tatsächlich ist es so …«, Max Meier zog seine Sätze weiter in die Länge, und sie konnte hören, wie viel Spaß er am Überbringen seiner Nachricht hatte, »… dass die Übereinstimmung nicht zwischen dem Haar und einer Probe besteht, die uns vorliegt. Sondern zwischen der DNA des Haares und der des Opfers.«

»Wie bitte?«

»Das Haar gehört einer Frau, deren Erbgut zur Hälfte mit dem von Dominique O. identisch ist.«

Die Gedanken in Katharinas Hirn rasten und überschlugen sich. Eine fünfzigprozentige Übereinstimmung bedeutete, dass zwischen den beiden Personen eine Eltern-Kind-Beziehung bestand. In schneller Folge ging sie die Menschen durch, die an diesem Fall beteiligt waren. Und dann ergab auf einmal alles einen Sinn.

»Verdammt!« Katharina sprang auf und schlug sich mit der flachen Hand vor die Stirn. »Ich hätte es sehen müssen!«

Das Haar konnte nur von Mara stammen. Was bedeutete, dass sie die gemeinsame Tochter von Andrea Wilke und Dominik Otten war. Hieß das, dass sie …? Oder ihre Mutter?

Max Meier am anderen Ende lachte leise.

»Mach dir keine Vorwürfe«, sagte er. »Es ist immer weitaus leichter, Dinge zu sehen, die man weiß.«

Katharina schaute aus dem Fenster auf den Acker der Wilkes, der in der Morgensonne lag. Der Kriminaltechniker hatte natürlich recht. Wenn man die richtigen Informationen hatte, fügten sich die Teile des Puzzles wie von selbst zusammen.

»Danke, Max«, sagte sie und drückte das Gespräch weg.

Eilig stieg sie in ihre weiten schwarzen Hosen, zog die sonnengelbe Bluse über und schlüpfte in ihre Sneakers. Dann lief sie so rasch die Treppe hinunter, dass sie beinahe gestürzt wäre.

***

Die Hühner gackerten laut und schnappten nach den Körnern, die Andrea Wilke ihnen hinwarf. Platz dazu hatten sie genug. Nachdem Andrea Wilke die Kühe verkauft hatte, waren die Hennen im ehemaligen Kuhstall einquartiert worden.

Katharina Berg schob das Tor weiter auf und schlüpfte in das Stallgebäude. Sie sah zu, wie Andrea Wilke ein besonders hübsches Huhn anlockte. Es tippelte auf sie zu und pickte die Körner direkt von ihrer Handfläche. Die Betreiberin der Kulturscheune strich der Henne zärtlich über das rotbraune Gefieder. Es passte gut zu der braunen Hose und der weiß-braun gemusterten Bluse, die sie trug.

Katharina räusperte sich. Andrea Wilke fuhr erschrocken herum. Das Huhn flatterte ängstlich davon.

»Ach, Sie sind das.« Die Hofbesitzerin erhob sich und klopfte sich die Hände an der Hose ab. »Ich dachte schon …«

»Ja?«

»Gabriele.« Andrea Wilke deutete in Richtung des Nachbarhofs. »Sie macht sich einen Spaß daraus, meine Hühner in Panik zu versetzen. Neulich hätte sie Hanna beinahe den Hals umgedreht.«

»Hanna?«

Andrea Wilke zeigte auf das hübsche Huhn, das sich auf eine Stange knapp unterhalb des Dachs verzogen hatte.

»Meine Zuchthenne. Sie hat Gabrieles Geflügel schon ein paarmal den Preis vom Züchterverband weggeschnappt. Das wurmt sie.« Sie gestikulierte ärgerlich. »Aber in Wirklichkeit geht es ihr natürlich um etwas ganz anderes.«

»Sie gibt Ihnen die Schuld am Tod ihres Ehemannes. Bernd«, sagte Katharina. »Weil Sie Ihren Mann – Kristian – nicht davon abgehalten haben, mit Bernd die halsbrecherische Tour in die italienischen Alpen zu unternehmen.«

Andrea Wilke hob die Augenbrauen.

»Ach. Das haben Sie also herausgefunden.«

»M-hm.« Katharina ließ ihren Blick durch den großen Stall schweifen. Vor Kristian Wilkes Tod musste die Familie eine respektable Herde besessen haben. »Aber nicht nur das.«

Die Betreiberin der Kulturscheune verschränkte die Arme vor der Brust.

»So? Und jetzt möchten Sie am frühen Morgen Ratespielchen veranstalten?«

»Nein. Ich wollte Ihnen die Möglichkeit geben, freiwillig ein Geständnis abzulegen.«

Andrea Wilke versteifte sich.

»Was bitte«, fragte sie, »soll ich denn Ihrer Meinung nach gestehen?«

»Die Morde an Clemens Raddatz und Dominik Otten.«

Die Hofbesitzerin lachte auf.

»Sind Sie verrückt geworden? Weshalb hätte ich die beiden denn töten sollen? ›Die drei Diseusen‹ waren doch das Kapital für meine Kulturscheune.«

»Ja.« Katharina legte den Kopf schief. »Das war eine Zwickmühle. Aber letzten Endes war es Ihnen wichtiger, dass Mara nicht erfährt, wer ihr Vater ist. Oder hatte sie es längst herausbekommen?«

Andrea Wilkes Mundwinkel zuckten.

»Sie weiß, wer ihr Vater ist. Mein verstorbener Mann Kristian.«

Katharina seufzte. Unter anderen Umständen hätte es ihr womöglich Vergnügen bereitet, die Lügen der Hofbesitzerin Schicht für Schicht zu entlarven. Aber in diesem Fall war sie selbst viel zu sehr emotional beteiligt.

»Wir haben an Dominiks Federboa ein Haar gefunden«, sagte sie.

»Von mir?«

»Nein.« Katharina sah die Betreiberin der Kulturscheune ernst an. »Von einer weiblichen Person, deren Erbgut zu fünfzig Prozent mit dem von Dominik Otten identisch ist.« Sie machte eine vage Geste. »Ich nehme an, Sie wissen, was das bedeutet.«

Andrea Wilkes Gesichtszüge entgleisten. Unvermittelt begann sie zu schreien.

»Was bildet dieser Mensch sich ein? Ich biete ihm die Chance, seine Karriere wieder in Schwung zu bringen. Und zum Dank will er mir alles kaputt machen.«

»War es nicht eher so, dass Sie ihn gebraucht haben, damit Ihre Kulturscheune ein Erfolg wird?«

Die Hofbesitzerin gestikulierte heftig.

»Dann war es eben ein Geschäft zum gegenseitigen Nutzen. Aber wenn ich geahnt hätte, dass er alte Geschichten wieder aufwärmt …«

»Wie hat er es herausgefunden?«, fragte Katharina. »Dass Mara seine Tochter ist?«

Andrea Wilke schnaubte.

»Er hatte mich nach einem Plan gefragt. Falls er sich bei seinen

Spaziergängen verläuft. Ich habe ihm gesagt, er soll in meiner Schreibtischschublade nachschauen. Dabei ist er auf Maras alten Kinderpass gestoßen und hat ihr Geburtsdatum gesehen.« Andrea Wilke holte tief Luft. »Dominik hat nachgerechnet und begriffen, dass es hinkäme. Dass wir noch … miteinander im Bett waren, als ich mit Mara schwanger wurde. Also hat er weitergestöbert. Er hat ihre Impfdokumente gefunden. Und dann hat er entdeckt, dass ihre Blutgruppe B ist, Rhesusfaktor negativ.« Andreas Augen glühten. »Genau wie bei Dominik.«

Katharina rekapitulierte, was sie von Wolfgang Steinhaus, dem Rechtsmediziner, über die Verteilung der Blutgruppen wusste. Fünfundachtzig Prozent der Bevölkerung gehörten zu den Gruppen A und Null. Und ebenso viele waren Rhesus-positiv. B und AB dagegen waren selten, genau wie der negative Rhesusfaktor. Ein B-negativer Mann, dessen Ex-Freundin ein B-negatives Kind zur Welt brachte, konnte also zu Recht auf den Gedanken kommen, dass er der Vater war.

Die Betreiberin der Kulturscheune wurde plötzlich ganz ruhig.

»Er meinte, er hätte sich immer eine Familie gewünscht. Und wie schön es wäre, dass er jetzt eine gefunden hat. Eine *richtige* Familie. Er dachte, es könnte Mara über Kristians Tod hinweghelfen, wenn sie erfährt, dass sie noch einen Vater hat. Aber das war nicht das, was *ich* wollte.«

»Nein«, erwiderte Katharina bitter. »*Sie* wollten *Normalität.*«

»Normalität?« Andrea Wilkes Augen schweiften durch die Scheune, und sie schien plötzlich wie in weiter Ferne. »Ja. Das ist es, was ich damals wollte. Als ich bemerkte, dass ich schwanger war. Dominik hatte mich betrogen, wissen Sie?«

»Ja«, sagte Katharina.

Für einen Moment verlor Andrea Wilke den Faden.

»Ja? Ach so. Ihre Mutter.« Ihr Blick verschwamm wieder. »Ich war so wütend. Dieses Flatterhafte. Nichts richtig ernst nehmen. Immer nur den eigenen Gefühlen folgen. Mal als Mann, mal als Frau. Mal mit mir, mal mit einer anderen. Wie soll so ein Mensch die Verantwortung für eine Familie übernehmen?«

Sie fuhr sich mit beiden Händen durch die Haare.

»Kristian war ganz anders. Bei ihm habe ich mich aufgehoben gefühlt. Geborgen. Er hat mir ein Nest gebaut. Er hat mir die Sicherheit gegeben, die ich mir immer gewünscht habe. Aber der Preis …«

»War zu hoch?«

»Die Freiheit. Die Lebendigkeit.« Sie schaute Katharina wieder an. »Sie wissen doch, wie das ist. Dieses Leben unter Künstlern – das lässt einen spüren, dass man existiert.«

Katharina nickte.

»Warum sind Sie nicht zurückgegangen?«

Andrea Wilke verschränkte die Arme.

»Ich hatte einen Entschluss gefasst. Ich wollte das, was alle haben. Vater, Mutter und Kind.«

»Warum nicht mit Dominik?«

»Ist das so schwer zu verstehen?« Andrea Wilkes Augen blitzten. »*Sie* haben ihn doch auch als Mann begehrt und nicht als Frau.«

Katharina wollte protestieren, doch in dem, was die Hofbesitzerin sagte, lag zumindest ein Funken Wahrheit. Andrea Wilke hatte sich ganz offensichtlich in demselben Konflikt befunden wie sie selbst. Und sie hatte eine Entscheidung getroffen. Sie hatte auf ihre Träume verzichtet um der Normalität und vielleicht auch um ihrer Tochter willen. Sie hatte ihre Gefühle weggesperrt und sich die Härte angeeignet, die sich so deutlich auf ihrem Gesicht abzeichnete. Und Dominiks Entdeckung, dass er Maras Vater war, hatte die alten Wunden wieder aufgerissen.

Katharina verspürte ein gänzlich unwillkommenes Mitleid mit der Hofbesitzerin und rettete sich in ihre dienstliche Rolle.

»Ich muss Sie festnehmen. Wegen des Verdachts, Clemens Raddatz und Dominik Otten getötet zu haben.«

Andrea Wilkes Blick huschte durch den Stall. Dann machte sie rasch ein paar Schritte zur Seite und griff nach einem Gerät, das auf einem Regalbrett neben einer der alten Laufstallboxen lag. Erst als sie das Ding auf Katharina richtete, begriff diese, dass es sich um einen Elektroschocker handelte, mit dem man Kühe betäubte.

Katharinas Hand zuckte zu ihrer rechten Hüfte, doch dort war natürlich nichts. Statt ihre Dienstwaffe am Körper zu tragen, verstaute sie sie stets im Handschuhfach ihres Cabrios. Das war selbstverständlich gegen die Vorschrift. Aber wann brauchte man das unhandliche Ding schon mal?

Jetzt zum Beispiel, dachte sie selbstironisch. Sie hätte die Pistole aus dem Wagen holen sollen, ehe sie Andrea Wilke – einer mutmaßlichen Doppelmörderin – gegenübertrat und sie mit ihren Erkenntnissen konfrontierte. Doch diese Einsicht kam nun ein wenig zu spät.

»Ich werde kein Geständnis ablegen«, sagte Andrea Wilke scharf. »Und ich gehe auch nicht ins Gefängnis.«

Katharina hob abwehrend die Hände.

»Was haben Sie denn vor?«

Die Hofbesitzerin stieß mit der Waffe nach ihr und dirigierte sie in Richtung Stalltür.

»Sie bringen mich mit dem Wagen über die Grenze nach Dänemark. Und dann sehen wir weiter.«

41

In der Nacht hatte es geregnet. Der Zufahrtsweg zum Wilke-Hof war aufgeweicht. Trotzdem gab Nils Hansen weiter Gas. Katharina Berg hatte am Telefon gesagt, er solle so schnell wie möglich kommen. Danach hatte sie aufgelegt. Ohne eine weitere Erklärung.

Hansen sah zum Gehöft hinüber und entdeckte zwei Gestalten, die aus dem Stall traten.

Die eine trug eine sonnengelbe Bluse. Ihre dunklen Locken wehten im Wind. Die andere war mit einer braunen Hose und einem weiß-braun gemusterten Oberteil bekleidet. Sie hatte etwas in der Hand. Ein Gerät, das sie auf die vor ihr Gehende gerichtet hielt.

Die beiden strebten auf den ockerfarbenen Passat zu, der vor dem Wohnhaus stand. Die Frau mit der weiß-braunen Bluse und der rötlichen Kurzhaarfrisur, die Hansen jetzt als Andrea Wilke erkannte, nötigte Katharina Berg, hinter dem Steuer Platz zu nehmen. Dann rutschte sie selbst auf die Rückbank und richtete das Objekt in ihrer Hand auf deren Hinterkopf. Der Wagen startete und kam direkt auf ihn zu.

Nils Hansen schluckte. Er begriff nicht, was da vor sich ging. Aber wenn er es richtig gesehen hatte, bedrohte Andrea Wilke Katharina mit einer Waffe, und Katharina chauffierte die Betreiberin der Kulturscheune nicht freiwillig.

Er schaute wieder nach vorn und bemerkte entsetzt, dass der Zufahrtsweg direkt vor ihm eine Rechtskurve beschrieb. Er riss das Steuer herum, doch das Auto geriet auf dem matschigen Untergrund ins Rutschen. Es schlitterte genau auf den Graben zu.

Im nächsten Moment kippte es zur Seite. Die Fahrerseite landete im Morast. Die beiden rechten Räder drehten sich in der Luft.

Nils Hansen fluchte. Aus dem freien Seitenfenster sah er, wie die beiden Frauen an ihm vorbeifuhren.

Er löste den Sicherheitsgurt und zog seine Füße unter dem Steuer hervor. Anschließend legte er sich quer über die Sitze und robbte zur Beifahrertür. Er rüttelte am Griff und versuchte, die Tür zu öffnen, doch gegen die Schwerkraft war in dieser Position nichts auszurichten.

Hansen umklammerte die Außenkante des Beifahrersitzes und hievte sich ein Stück höher. Er platzierte einen Fuß auf der Lenksäule, den anderen auf der Innenseite des Fahrersitzes. Vorsichtig streckte er sich und drückte mit beiden Händen die Tür auf. Er stemmte sich mit dem Rücken dagegen, um sie offen zu halten, und schob sich mühsam nach draußen. Erleichtert zog er seine Beine nach und sprang vom schräg liegenden Auto aus auf den Weg.

Er landete mit beiden Füßen in einer Schlammpfütze. Es quietschte, und die matschige Brühe schwappte in seine Schuhe. Das Wasser ergoss sich kalt über seine Haut und durchweichte seine Socken. Doch Hansen hatte nicht die Muße, sich darum zu kümmern. Er sah gerade noch, wie das Auto mit Katharina Berg und Andrea Wilke auf der Landstraße in Richtung Garding entschwand.

Nils Hansen schaute auf seinen Dienstwagen. Der hing halb im Graben, halb in der Luft. Ohne fremde Hilfe würde er ihn nicht wieder auf die Räder befördern können. Und dazu fehlte ihm jetzt die Zeit. Er musste Andrea Wilke aufhalten, ehe sie sich aus dem Staub gemacht hatte.

Hansen sah sich hektisch um.

Sein Blick fiel auf den grasgrünen Traktor, der vor dem Wohnhaus der Kramers stand. Kurz überlegte er, ob es eine bessere Lösung gab. Da ihm keine in den Sinn kam, rannte er los und kletterte über den Zaun, der die beiden Höfe voneinander trennte.

***

Katharina Berg bremste, noch ehe sie das Ortsschild von Garding erreicht hatte. Mit vorschriftsmäßigen fünfzig Stundenkilometern fuhr sie in Richtung Ortsmitte und hielt an der Einmündung zur B 202. Sie setzte den Blinker und blickte sich sorgfältig nach beiden Seiten um.

»Nun fahren Sie schon«, mahnte Andrea Wilke gereizt. »So unübersichtlich ist es hier ja nicht.«

Katharina legte gehorsam den Gang ein und bog auf die Bundesstraße. Tatsächlich war so früh am Morgen kaum Verkehr. Normalerweise hätte sie diesen Zustand genossen, doch jetzt wünschte sie sich alle verfügbaren Lkws, Wohnwagen und Schwertransporte herbei, um Andrea Wilke aufzuhalten. Bisher war allerdings nichts dergleichen in Sicht.

Sie erreichte die Ortsausfahrt und spürte, wie Andrea ihr den Elektroschocker in den Nacken presste.

»Und jetzt geben Sie Gas«, forderte die Betreiberin der Kulturscheune.

Katharina trat gehorsam das Pedal herunter.

***

Nils Hansen enterte die Glaskanzel des Agrotron und stellte erleichtert fest, dass der Schlüssel steckte. Das war allerdings auch das einzig Positive an der Situation.

Erst jetzt, als er vor dem Schaltpult saß, begriff er, dass es wirklich kein Kinderspiel war, dieses Gefährt in Gang zu setzen. Natürlich war er bei seinen Eltern auf dem Hof schon als Junge mit dem Trecker gefahren, als er so eben über das Lenkrad schauen und das Gaspedal mit den Fußspitzen erreichen konnte. Aber diese Zugmaschine hatte mit dem Traktor seiner Eltern so viel gemeinsam wie ein Bobbycar mit einem richtigen Auto.

In die Armlehne des Fahrersitzes war eine Steuerungseinheit integriert, die an die Bedienelemente einer Spielkonsole erinnerte. Neben einem Bildschirm in Laptopgröße gab es zahllose bunte Knöpfe und einen Joystick, außerdem einen weiteren kleinen Monitor, der an der vorderen rechten Kabinenstrebe angebracht war.

Aus den Prospekten, die er mit seinem Vater gewälzt hatte, wusste Hansen, dass man bei diesem Traktor zwischen verschiedenen Fahrprogrammen wählen konnte. Je nachdem, wofür man sich entschied, regelte man die Geschwindigkeit entweder mit dem Joystick, mit einem Drehregler in der Lehne oder mit einem Fußpedal.

Nils Hansen holte einmal tief Luft und wendete den Schlüssel im Zündschloss.

Der leistungsstarke Motor erwachte mit einem dumpfen Wummern. Hansen trat versuchsweise auf das Gaspedal, aber nichts passierte. Dafür leuchteten auf den beiden Monitoren zahllose farbige Symbole auf. Hansen ignorierte sie. Er drückte nacheinander auf die verschiedenen Knöpfe und testete, ob er den Traktor in Fahrt bringen konnte. Endlich schien er die richtige Kombination gefunden zu haben. Der Trecker setzte sich in Bewegung und nahm rasch Tempo auf.

Nils Hansen schnalzte zufrieden mit der Zunge. Das war doch etwas anderes als der altersschwache Traktor seines Vaters! Aber genau deshalb hatte Hartmut Hansen das gute Stück ja auch ersetzt.

Die Tür des Bauernhauses öffnete sich, und Lutz Hellmann stürzte heraus.

»He!«, brüllte er. »Bleiben Sie sofort stehen. Was Sie da tun, ist Diebstahl!«

»Tut mir leid«, rief Hansen zurück und schob den Joystick weiter nach vorn. »Das ist ein Notfall.«

Er preschte nur knapp an Hellmann vorbei. Von den riesigen Reifen spritzte Schlamm auf und besudelte den weißen Karateanzug des Reinheitsgurus von oben bis unten. Unter anderen Umständen hätte sich Hansen über diesen Anblick köstlich amüsiert. Doch jetzt gerade hatte er Wichtigeres zu tun.

Der Wagen von Andrea Wilke war in Richtung Garding gefahren und befand sich mittlerweile sicher schon auf der B 202. Wenn er ihm auf diesem Weg folgte, würde er ihn niemals einholen. Der Trecker war zwar für eine Zugmaschine schnell, aber mehr als fünfzig Stundenkilometer Höchstgeschwindigkeit gab er nicht her. Selbst mit einem schrottreifen Passat konnte man ihn problemlos abhängen.

Ihm blieb nichts anderes übrig, als die Abkürzung über die Felder zu wählen. Und zu hoffen, dass er sich hinsichtlich des Reiseziels der beiden Frauen nicht täuschte.

Entschlossen schlug er das Lenkrad nach links ein und rumpelte über den Acker in Richtung Tetenbüll.

***

Katharina Berg trödelte. Sie gab so wenig Gas wie möglich und bremste, wenn irgendwo ein Radfahrer oder ein Fußgänger am Straßenrand auftauchte. Zugleich warf sie immer wieder schnelle Blicke in den Rückspiegel.

Sie hatte Nils Hansen doch mit seinem Dienstwagen auf den Hof fahren sehen, als sie in Andrea Wilkes Auto gestiegen war. Warum folgte er ihr nicht? Hatte er nicht begriffen, dass die Betreiberin der Kulturscheune sie entführte?

Sie fuhr im Schneckentempo durch Katharinenheerd und hielt vor einem Zebrastreifen, um einer alten Frau mit Rollator das Überqueren der Fahrbahn zu ermöglichen. Hinter ihr zappelte Andrea Wilke nervös auf dem Sitz herum.

Katharina fuhr wieder an und würgte dabei den Motor ab. Sie startete erneut und zuckelte durch den Ort. Leider war er so klein, dass es trotz ihrer Verzögerungstaktik kaum eine Minute dauerte, ihn zu durchqueren. Als sie das Ortsende erreicht hatte, war von Nils Hansen noch immer nichts zu sehen. Die Bundesstraße lag einladend und leer vor ihr. Und bis Tönning kamen keine weiteren Ansiedlungen mehr, die Anlass gaben, das Tempo zu drosseln. Ergeben drückte sie das Gaspedal ein Stück weiter herunter.

Andrea Wilke beugte sich über die Lehne des Fahrersitzes nach vorn.

»Der Wagen ist alt«, sagte sie. »Aber ich bin sicher, er fährt schneller als fünfundsechzig Stundenkilometer.«

Katharina beschleunigte ein wenig. Die Tachonadel kletterte auf siebzig, dann auf achtzig. Katharina wollte den Fuß wieder vom Gas nehmen, doch Andrea Wilkes Blick war noch immer auf das Armaturenbrett geheftet.

»Wir dürfen hier hundert fahren«, informierte sie Katharina. »Und das tun wir auch.«

Katharina schaltete gehorsam höher. Sie hatte keinen Zweifel daran, dass Andrea ihren Elektroschocker benutzen würde, wenn sie sich ihr widersetzte. Und was dann passierte, wollte sie sich lieber nicht ausmalen.

In einiger Entfernung konnte sie bereits die Spitze des Kirchturms von Tönning ausmachen. Wenn Hansen sie bis dahin nicht eingeholt hatte, sah es düster aus.

Würde er erraten, dass Andrea Wilke über die Grenze wollte, und deshalb in Richtung Norden fahren? Oder würde er sich für den Weg nach Hamburg entscheiden, weil er annahm, dass es die Betreiberin der Kulturscheune dorthin ziehen würde, wo sie sich auskannte? Vorausgesetzt natürlich, er war überhaupt auf die Idee gekommen, ihr zu folgen.

42

Der Agrotron rollte durch die Furchen wie auf Schienen. Ein paarmal hatte er den Umweg über die Straße wählen müssen, um den zahlreichen Wassergräben auszuweichen, von denen die Äcker durchzogen wurden, doch jetzt konnte er wieder die Abkürzung querfeldein nehmen. Die Tachonadel kletterte auf fünfundfünfzig Stundenkilometer. Hansen saß auf dem wuchtigen Sitz mit den breiten Armlehnen und fühlte sich wie auf Wolken. Das stabile Polster und die hervorragende Federung fingen sämtliche Erschütterungen ab, und das tiefe Wummern des Motors war oben in der Glaskanzel nur als fernes Brummen zu hören. Es war fast, als würde er sich in einem Computerspiel bewegen.

Vor ihm tauchten die Häuser der kleinen Ansiedlungen Rothörn und Kirchdeich auf. Um ihn herum erstreckten sich Weiden und Äcker. Auf den großen abgemähten Feldern standen in regelmäßigen Abständen die rund gepressten Strohballen, auf den Wiesen das grüne Pendant: in Plastikplanen gewickelte Heuballen. In der luftdichten Verpackung begann das Heu zu gären und konnte später als Silage für Tierfutter oder für die Biogasanlage verwendet werden.

Nils Hansen schüttelte über sich selbst den Kopf. Da war er mitten in einer Verfolgungsjagd, die sein Polizistenherz höherschlagen ließ, und er machte sich Gedanken über Landwirtschaft. Aber so war das eben. Auch wenn es nicht seine Berufung war, konnte er seine Herkunft als Bauernsohn nicht verleugnen.

Er verließ den Acker und überquerte, ohne abzubremsen, die

L 242. Die schmale Straße dahinter war leer, und Hansen folgte ihr, bis sie sich ein paar hundert Meter später wieder aufgabelte.

Hansen fuhr weiter geradeaus, über die ausgedehnten grünen Wiesen schnurstracks in Richtung Nordosten. Zu spät bemerkte er den niedrigen Weidezaun, den ein Bauer errichtet hatte. Von der hoch gelegenen Fahrerkabine des Traktors aus wirkte die Welt da unten so winzig.

Sein Fuß ruckte automatisch zum Bremspedal, doch im nächsten Moment zog er ihn wieder zurück. Er würde ohnehin nicht mehr rechtzeitig zum Stehen kommen. Und im Augenblick gab es Wichtigeres als Zäune.

***

Katharina Berg stieg in die Bremsen. Direkt vor ihr bog ein Lkw von der Abzweigung nach Kating auf die B 202.

»Was für ein Idiot!«, rief sie reflexhaft, ehe ihr bewusst wurde, dass sie dem Fahrer dankbar sein sollte. Schließlich konnte sie durch ihn das Tempo auf knappe siebzig Stundenkilometer drosseln.

Andrea Wilke rutschte ungeduldig auf die linke Seite der Rückbank und spähte nach vorn.

»Nun überholen Sie schon!«, forderte sie. »Da kommt doch keiner.«

Katharina, die lieber bis Tönning hinter dem Lastwagen geblieben wäre, setzte seufzend den Blinker. Sie gab Gas und zog an dem Lkw vorbei. Allerdings hatte sie die Leistungsfähigkeit des alten Passats überschätzt. Der Überholvorgang dauerte weitaus länger als mit ihrem Cabrio. Und der Knick, den die B 202 auf Höhe von Kotzenbüll machte, kam beängstigend schnell näher.

Sie hatte gerade den vorderen Teil des Lastzugs erreicht, als auf der Gegenfahrbahn ein Lkw auftauchte. Ein rot lackierter monströser Truck mit v-förmig angeordneten Lichtern an der Front, die sie böse anfunkelten. Für einen Lastwagen fuhr er verdammt schnell.

Katharina trat das Gaspedal bis zum Anschlag durch. Der

Fahrer des Lkws, den sie zu überholen versuchte, bremste ein wenig ab. Katharina zog vor ihm auf die rechte Fahrbahnseite. Keine Sekunde später rauschte der rote Truck an ihr vorbei. Seine Hupe, die ausdauernd betätigt wurde, klang wie das Signal einer Heulboje.

Katharina stieß die Luft aus, die sie unwillkürlich angehalten hatte. Ihre Knie zitterten, und ihr Herz raste.

Andrea Wilke rutschte wieder in die Mitte der Rückbank.

»Sehen Sie?«, bemerkte sie scheinbar ungerührt. »Sie können ja doch schneller fahren.«

***

Es war ungefähr so, als würde man auf Streichhölzer treten. Der Weidezaun knickte um, und die Holz- und Metallteile brachen trocken in Stücke, als die riesigen Reifen des tonnenschweren Traktors darüberrollten.

»Ups.« Nils Hansen musste lachen. Das war wirklich wie in einem Computerspiel. Der Agrotron war ein Panzer. Und er selbst konnte, wenn er wollte, damit die Welt in Schutt und Asche legen. Energisch schob er den Joystick weiter nach vorn, um das Letzte aus dem Turbo-Boost herauszuholen.

Gleich darauf erreichte er das andere Ende der Weide, und die Treckerreifen zermalmten auch diese Seite der Umzäunung.

Nils Hansen grinste breit. Allerdings währte die Freude nur kurz, denn gleich darauf entdeckte er ganz in der Nähe ein Bauernhaus. Sein Übermut löste sich in Luft auf. Stattdessen meldete sich das schlechte Gewissen.

Er würde für den Schaden geradestehen müssen. Das hier war schließlich kein Spaß, auch wenn es sich so anfühlte. Unvermittelt begann er zu grübeln. Hatte er die Privathaftpflichtversicherung, die ihm sein Vater empfohlen hatte, nun abgeschlossen oder nicht?

Aber das spielte ja gar keine Rolle. Schließlich war er im Dienst. Und die Kosten für Dinge, die in Ausübung seiner Pflicht zu Bruch gingen, würde doch wohl die Behörde übernehmen. Zumindest hoffte er das.

Er überquerte die L 32, die links nach Osterhever und rechts nach Oldenswort führte, und rumpelte jenseits der Straße auf die nächste Wiese.

Wenn diese Sache hier gut ging, würde ihm sicher niemand Vorwürfe wegen ein paar kaputter Weidezäune machen. Falls er allerdings die falschen Schlüsse gezogen hatte und in die verkehrte Richtung fuhr, sah die Lage womöglich anders aus.

***

Vor ihnen tauchte die Abzweigung nach Tönning auf.

»Wir fahren auf die B 5«, informierte Andrea Wilke sie, ehe Katharina auf die Idee kommen konnte, von der Bundesstraße abzubiegen und durch den Ort zu kurven. Gehorsam steuerte sie weiter in Richtung Husum.

Fast hätte sie vor Erleichterung gestöhnt, als ein paar Meter weiter ein Licht aufflammte. Die Baustellenampel schaltete auf Rot.

Katharina hielt hinter einem weißen Opel und stellte den Motor ab. Im nächsten Augenblick spürte sie wieder das kalte Metall des Elektroschockers an ihrem Hals.

»Kommen Sie bloß nicht auf dumme Gedanken«, zischte Andrea Wilke. »Eine falsche Bewegung – und Sie haben den Alptraum Ihres Lebens.«

Katharina hob ergeben die Hände. Jetzt einen Fluchtversuch zu unternehmen wäre reinster Selbstmord. Das Einzige, was sie momentan tun konnte, war, auf Zeit zu spielen.

Vor ihr drängten die ersten Fahrzeuge aus der Gegenrichtung durch die Engstelle.

Katharina schaute in den Rückspiegel und sah, wie sich hinter ihr mehrere Autos aufreihten. Der Dienstwagen der Polizeistation Garding war nicht dabei.

Sie schloss die Augen und versuchte, sich an den Moment zu erinnern, als Andrea Wilke sie gezwungen hatte, hinter dem Steuer des ockerfarbenen Passats Platz zu nehmen. An der Einfahrt zum Hof war das Polizeiauto aufgetaucht und hatte auf sie zugehalten. Sie hatte den Motor des Passats gestartet und war ihm entgegengefahren. Und dann war der Streifenwagen ins Schlingern geraten.

Plötzlich sah sie es ganz deutlich vor sich. Nils Hansen hatte die Kontrolle über das Fahrzeug verloren und war in den Graben gerutscht. Sie hatte es aus den Augenwinkeln bemerkt, im Schock über ihre eigene Entführung aber überhaupt nicht realisiert.

Katharina öffnete die Lider wieder. Dass der junge Polizeiobermeister ihr nicht folgte, lag nicht daran, dass er die Situation falsch interpretiert hatte. Er konnte es einfach nicht. Und das hieß, dass sie auf sich allein gestellt war.

Ein letzter Lkw zuckelte aus dem Nadelöhr. Dahinter kam niemand mehr. Nur noch ein paar Sekunden, dann schaltete die Baustellenampel auf Grün.

Katharina startete den Motor und fuhr hinter dem weißen Opel in den Engpass ein.

***

Schmale Straßen und grüne Wiesen, auf denen Schafe oder Kühe grasten, wechselten sich ab. Die endlose Weite, die so charakteristisch für die Halbinsel Eiderstedt war, offenbarte sich von der Fahrerkabine des Traktors aus auf besondere Weise. Zugleich machte das trotz Turbo-Boost entnervend eingeschränkte Tempo deutlich, wie lang die Wege tatsächlich waren.

Es war wirklich zu blöd, dass er seinen Dienstwagen in den Graben gesetzt hatte. Wenn Katharina etwas zustieß, war das seine Schuld. Mit dem Polizeiauto hätte er den altersschwachen Passat der Wilkes problemlos eingeholt und müsste nicht rätseln, wohin Katharina und die Betreiberin der Kulturscheune unterwegs waren. Und natürlich hätte er auch Verstärkung rufen und Straßensperren errichten lassen können. Was ebenfalls nicht möglich war, weil er sein Handy an das Autoladekabel im Polizeiwagen gehängt hatte. Und da hing es immer noch.

Er spürte, wie der Adrenalinrausch abebbte und Raum schuf für ein anderes, weitaus unangenehmeres Gefühl. Angst.

Dass Andrea Wilke Katharina entführte, konnte nur bedeuten, dass sie Clemens Raddatz und Dominik Otten auf dem Gewissen hatte. Dass sie eine kaltblütige und skrupellose Mörderin war. Eine, die womöglich nicht davor zurückschreckte, auch eine Polizeibeamtin zu töten, wenn sie ihr nicht mehr von Nutzen war.

Die Furcht entwickelte sich zu einem Klumpen, der auf sein Herz drückte und ihm die Kehle zuschnürte. Er durfte nicht zulassen, dass Katharina etwas passierte. Er musste sie einfach retten.

Auf der Wiese vor ihm tauchten unzählige weiße Punkte auf. Schafe, wie er im nächsten Moment begriff. Sie hatten sich auf der Weide verteilt und grasten friedlich.

Nils Hansen drosselte das Tempo. Er betätigte die Hupe und ließ die Scheinwerfer an der Vorderfront des Traktors aufleuchten.

Die Schafe hoben die Köpfe.

»He!«, brüllte Hansen. »Verschwindet!«

Was die Tiere natürlich nicht hören konnten.

Hansen hupte ausdauernd und setzte mit ein paar schnellen Klicks auf dem Touchscreen in der Seitenlehne eine wahre Lichtorgel in Betrieb.

Die Schafe glotzten ihn blöd an, und Hansen fuhr das Tempo weiter herunter. Er konnte ja schlecht im Slalom zwischen ihnen hindurchkurven, und ein Blutbad unter den Tieren anrichten wollte er auch nicht.

Frustriert schlug er auf das Lenkrad.

»Na los, ihr Blödköppe!«, schrie er. »Verzieht euch endlich!«

Einen Moment lang geschah überhaupt nichts. Dann setzten sich die Schafe wie auf ein geheimes Kommando hin plötzlich in Bewegung und liefen vor dem blinkenden Riesen davon.

Nils Hansen seufzte erleichtert. Schnell schob er den Joystick wieder nach vorn, und der Traktor nahm erneut Fahrt auf.

Er rumpelte über die Wiesen und steuerte auf Witzwort zu. Dort würde er die Weiden verlassen und auf die Zufahrt zur Bundesstraße fahren. Und dann konnte er nur noch hoffen. Dass der Passat der Wilkes nicht längst vorüber war. Und dass er nicht die vollkommen falsche Wahl getroffen hatte.

43

Auf der B 5 war kaum Verkehr. Katharina ließ den Wagen rollen und schaute über die grünen Wiesen, die sich rechts und links der Straße erstreckten. Hinter den Bäumen auf der rechten Seite schimmerte hier und da die Eider hindurch.

»Was wäre so schlimm daran gewesen, wenn Mara die Wahrheit erfahren hätte?«, versuchte sie, Andrea Wilke in ein Gespräch zu verwickeln. Wenn die Betreiberin der Kulturscheune abgelenkt war, würde sie langsamer fahren können. Und damit Nils Hansen die Gelegenheit geben, irgendwelche Maßnahmen zu organisieren. Wenn er ihr nicht mit dem Dienstwagen folgen konnte, weil der im Graben hing, hatte er sicher Verstärkung gerufen. Wahrscheinlich waren die Kollegen längst dabei, Straßensperren zu errichten. Je mehr Zeit sie ihnen dafür verschaffte, desto größer war die Chance, die durchgedrehte Mörderin aufzuhalten.

»Sie hatten Angst, nicht wahr? Angst, dass Sie Mara verlieren würden.« Katharina spürte, wie die Traurigkeit sie übermannte. »Aber Dominik wollte sie Ihnen doch nicht wegnehmen.«

Andrea Wilke lehnte sich auf ihrem Sitz zurück, und sofort begann Katharina, die Geschwindigkeit zu drosseln.

»Es dreht sich aber nicht darum, was er wollte. Es geht um Mara. Sie entfernt sich immer weiter von mir. Sie wirft mir vor, dass ich ihren geliebten Vater nicht von seiner halsbrecherischen Bergtour abgehalten habe.« Ein trockenes Schluchzen entwich ihrer Kehle. »Als ob ich mir das selbst nicht schon oft genug vorwerfen würde.« Sie fuhr sich über das Gesicht. »Was meinen Sie, was passiert, wenn sie erfährt, dass Kristian gar nicht ihr Vater war? Dass ich sie ihr Leben lang belogen habe? Glauben Sie, sie würde auch nur einen Tag länger hierbleiben?«

»Ich weiß es nicht.« Katharina konzentrierte sich auf das Fahren. »Aber Sie hätten es herausfinden können. Sie hätten versuchen können, ihr Ihre Entscheidung von damals zu erklären.«

»Und dann? Was hätte ich getan, wenn es schiefgegangen wäre? Wenn sie es nicht begriffen hätte? Wenn sie mich bloß noch mehr gehasst hätte? Dann hätte ich ja wohl kaum behaupten können, es sei alles nur ein Witz gewesen. Wenn die Katze einmal aus dem Sack ist, kriegt man sie nicht wieder hinein.«

Katharina spürte, wie eine eisige Hand nach ihrem Herzen griff.

»Und deshalb mussten zwei Menschen sterben?«

Andrea Wilke hob hilflos die Hände.

»Den Tod von Raddatz habe ich nicht gewollt. Ich wusste, dass Dominik jede Nacht über die Felder wandert. Und nachdem sich Gabriele und Lutz so fürchterlich über die Travestieshow aufgeregt haben, war doch klar, wer in Verdacht geraten würde. Ich wusste, dass sie es waren, die den Stallmist auf die Bühne geschüttet haben. Und wenn sich dann noch herausstellte, dass Dominik mit ihrem Traktor überfahren worden war …« Ihr Gesicht verzerrte sich vor Wut. »Ich konnte doch nicht ahnen, dass Dominik ausgerechnet in dieser Nacht auf seinem Zimmer hockt und telefoniert. Als ich erkannt habe, dass das auf dem Feld Clemens war, war es schon zu spät.«

Sie verschränkte die Arme vor der Brust.

»Eigentlich war er selbst schuld. Hätte er Dominik seine Kompositionen nicht gestohlen, hätte der nicht in der Nacht mit seinem Plattenproduzenten telefoniert. Dann hätte ich gleich den Richtigen erwischt.«

Katharina hätte beinahe gelacht. So konnte man sich die Welt natürlich auch zurechtbiegen. Wie verbittert musste man sein, um Menschen aus dem Feld zu schlagen wie Schachfiguren, die im Weg waren?

»Haben Sie nicht daran gedacht, dass Ihre Tochter sich freuen könnte, ihrem biologischen Vater zu begegnen?«, fragte sie und verringerte weiter das Tempo.

»Ausgerechnet!« Andrea Wilke lachte heiser. »Sie haben Mara

doch kennengelernt. Sie kleidet sich kein bisschen weiblich. Und sie benimmt sich wie ein Junge. Wo soll das enden, wenn sie noch einen Vater dazubekommt, der als Frau lebt?«

»Wollten Sie ihn auch deshalb aus dem Weg haben? Damit sich Mara nicht am Ende in ihrer Geschlechtsrolle verirrt?«

Sie begegnete Andrea Wilkes Augen im Rückspiegel.

»Ja. Vielleicht. Er hätte doch keinen guten Einfluss auf sie gehabt.«

Katharina hielt die Geschwindigkeit bei sechzig Stundenkilometern und rutschte auf ihrem Sitz nach rechts, um Andrea den Blick auf das Armaturenbrett zu versperren.

»Ich dachte, das war es, was Sie an Dominik beeindruckt hat«, sagte sie. »Dass er Grenzen überschritten und sich nicht an Konventionen gehalten hat.«

»Ich fand es faszinierend«, erwiderte die Betreiberin der Kulturscheune gallig. »Aufregend. Bewundernswert. Und nicht zuletzt erotisch. Wir hatten eine tolle Zeit. Aber so jemand ist doch nicht der Richtige, um eine Familie zu gründen.« Sie schnaubte. »Ich habe es Ihnen doch schon gesagt. Das war der Grund, weshalb ich mich von Dominik getrennt und Kristian geheiratet habe, als ich merkte, dass ich schwanger war. Mit Dominik konnte ich die höchsten Gipfel erklimmen. Aber für mein Kind wollte ich eine ganz normale Familie.«

Katharina fühlte eine tiefe Trauer. Dominik hatte nur versucht, wahrhaftig zu sein, aber er war ständig zurückgewiesen worden. Auch von ihr.

»Haben Sie denn nicht gehofft, dass da doch noch etwas sein könnte? Als Sie ihn eingeladen haben, in Ihrer Kulturscheune aufzutreten?«

»Doch.« Andrea Wilkes Blick umwölkte sich. »Mit dem Mann von damals hätte ich gern noch eine Chance gehabt.« Ihr Gesicht wurde hart. »Aber diesen Mann gab es nicht mehr. Er hat ihn getötet und durch Dominique ersetzt.« Ihre Stimme wurde immer lauter. »Das war es ja, was mich so unglaublich wütend gemacht hat. Er wollte für Mara kein Vater sein, sondern eine Mutter. Aber sie hat schon eine Mutter. Sie hat *mich.*«

Katharina schluckte. Sie spürte, wie sie den Emotionen, die Andrea Wilke zu den Morden getrieben hatten, immer näher kam.

»Hätten Sie Dominik nicht einfach bitten können, Ihnen Ihr Geheimnis zu lassen?«

»Das habe ich.« Andrea Wilke beugte sich zwischen den Sitzen nach vorn und fuchtelte mit ihrem Elektroschocker. »Aber er wollte nicht. Er sagte, er habe sich immer ein Kind gewünscht. Er wollte mir Mara wegnehmen!«

»Und das konnten Sie nicht zulassen«, schloss Katharina müde. Am Ende war es immer dasselbe. Aus Liebe entstand Hass und machte die Beteiligten blind. Und statt geteilter Freude bescherten sie einander doppeltes Leid.

»Nein«, sagte Andrea Wilke leise. »Mara ist *mein* Kind.«

Katharina wollte etwas erwidern, doch sie wurde abgelenkt, weil an der Abzweigung nach Witzwort plötzlich ein grasgrüner Traktor auf die Landstraße schoss.

Katharina trat auf die Bremse. Sie konnte gerade noch feststellen, dass am Steuer der Zugmaschine ein rothaariger Mann in Polizeiuniform saß. Dann prallte der Passat gegen den Trecker, und der Airbag ging auf.

***

Andrea Wilke wurde über die Lehne des Beifahrersitzes nach vorn geschleudert. Sie knallte mit dem Kopf gegen die Windschutzscheibe und landete seitlich auf dem Sitz. Der Elektroschocker glitt ihr aus der Hand und fiel polternd in den Fußraum. Für einen Moment sah es aus, als wäre sie ausgeknockt, doch dann schüttelte sie sich wie ein nasser Hund und richtete sich wieder auf. Anscheinend hatte Andrea Wilke einen Schädel aus Eisen.

Sie tastete nach dem Elektroschocker, fand ihn aber nicht wieder. Stattdessen betätigte sie den Griff der Beifahrertür und versuchte, sie aufzudrücken. Aus der Platzwunde auf ihrer Stirn tropfte Blut.

Katharina boxte gegen den Airbag. Zugleich suchte sie an der Seite ihres Sitzes nach dem Hebel, mit dem sie ihn nach hinten fahren konnte. Als sie endlich fündig wurde, hatte Andrea Wilke bereits die Tür geöffnet und kroch nach draußen.

Katharina schob den Sitz zurück und warf sich auf Andrea Wilkes Beine. Im selben Moment tauchte an der Seitentür Nils Hansen auf. Er wirkte ein wenig benommen, und die Dienstmütze saß schief auf seinem Kopf, aber die Hand, in der er seine Waffe hielt, war ruhig, und seine Stimme war kräftig und klar.

»Endstation«, sagten er und Katharina im Chor.

44

Auf dem Friedhofsgelände standen die Trauergäste so dicht, dass von den Gräbern fast nichts mehr zu sehen war. Es war eine für den Anlass ungewöhnlich bunte und heterogene Gesellschaft. Wer es nicht besser wusste, hätte glauben können, unversehens beim Christopher Street Day gelandet zu sein. Katharina, die etwas abseits unter einer Linde stand, sah jede Menge Lack und Leder, glitzernde Kleider, grelles Make-up und wilde Perücken. Doch wie sonst sollte man eine Diva zu Grabe tragen?

Fast war es ihr unangenehm, selbst komplett in Schwarz gekleidet zu sein.

Sie spürte, wie ihr jemand eine Hand auf die Schulter legte, und drehte sich um. Der Mann, der neben sie getreten war und ebenfalls dunkle Kleidung trug, lächelte sie an. Er hatte grau meliertes Haar, ein von Falten durchzogenes Gesicht und einen stacheligen Dreitagebart.

Katharina schaute ihn erstaunt an.

»Paps! Was tust du hier?«, fragte sie, gab sich die Antwort aber im selben Atemzug selbst. »Du hast Dominik natürlich gekannt.«

Ihr Vater blickte auf den Sarg, der von den Trägern in die Grube hinuntergelassen wurde.

»Sie war eine Freundin. Eine der wenigen echten, die man in dieser Branche hat. Selbst dann noch, wenn man unterschiedliche Wege geht und nicht denselben Erfolg hat.«

Katharina blinzelte eine Träne weg. »Sie?«

»Das war es, was sie sein wollte«, sagte Konstantin Berg ernst. »So habe ich sie kennengelernt.«

Katharina spürte, wie etwas an ihrem Herzen zerrte. Weshalb gelang allen anderen, was ihr selbst so unendlich schwerfiel? Sie war doch die Letzte, der es an Toleranz fehlte.

»Ich schaffe das nicht«, gestand sie. »Ich gebe mir Mühe. Aber ich sehe immer den Mann.«

Konstantin Berg hob die Augenbrauen. »Ich nehme an, dafür gibt es eine sehr einfache Erklärung.«

»Ach so?«

Ihr Vater lächelte vielsagend. »Du hast dir einen Partner gewünscht, keine Freundin.«

Katharina lehnte sich bei ihm an. Natürlich hatte er recht.

»Findest du das nicht spießig?«, erkundigte sie sich.

Konstantin Berg legte ihr einen Arm um die Schultern.

»Ich glaube, das ist die falsche Perspektive. Es ist ja nicht so, dass du Dominiques Entscheidung nicht respektiert hast. Du wolltest einfach nur für dich etwas anderes. Das ist menschlich.«

»Aber es ist nicht das, was ich von euch gelernt habe. Ihr habt mir beigebracht, dass man sich nicht von Normen einengen lassen darf. Dass man die Freiheit hat, selbst zu entscheiden, wie man leben will. Was wäre so schlimm daran, als Frau eine Frau zu lieben? Oder eine Frau, die ein Mann ist?«

Die Trauergäste traten einer nach dem anderen an das Grab und kondolierten Dominiks Eltern, einem kleinen weißhaarigen Mann mit Cordhosen und grob gestrickter Wollweste und einer schlanken Frau mit kurzen grauen Haaren im schwarzen Häkelkleid. Die beiden wirkten freundlich und aufgeschlossen, doch Katharina brachte es nicht fertig, zu ihnen zu gehen. Vielleicht später, wenn nicht mehr so viele Zuschauer da waren.

»Es muss eben auch stimmen«, sagte ihr Vater. »In der Theorie ist natürlich alles möglich. Aber es muss auch zu deinem Gefühl passen. Du bist nicht kleingeistig, nur weil du dir einen ganz gewöhnlichen Partner wünschst.«

Katharina dachte nach.

»Ich bin mir nicht sicher, was ich wollte«, bekannte sie. »Dominik war ein attraktiver Mann. Aber es hat mich auch fasziniert, wie vollkommen er war, wenn er sich in eine Frau verwandelt hat.«

Ihr Vater zwinkerte ihr zu.

»Ja«, sagte er. »Diese Sache mit den Geschlechtern ist komplizierter, als man gemeinhin glaubt.«

Die Prozession der Trauergäste setzte sich in Bewegung und marschierte zum Friedhofstor. Katharina und ihr Vater warteten, bis die Gesellschaft außer Sicht war. Dann traten sie an das offene Grab.

Rundherum türmten sich Kränze und Blumen. Auf dem schlichten Holzkreuz stand »Dominik Otten«.

»So ist das«, bemerkte Konstantin Berg. »Wenn man seinen Namen nicht offiziell ändern lässt, interessiert am Ende niemanden mehr, wer man sein wollte.«

Katharina schaute auf den Sarg in der Grube. Sie konnte sich nicht vorstellen, dass Dominik … Dominique darin lag. Dass er … sie wirklich tot war. Dabei hatte sie den Leichnam doch selbst gesehen.

»Ich würde gern etwas dagegen tun.« Sie hob den Arm und deutete auf die Inschrift auf dem Kreuz. »Aber ich nehme an, seine Eltern hatten ihre Gründe.«

Ihr Vater schob die Hände in die Hosentaschen und blickte auf den Schriftzug.

»Was dort steht, ist nicht von Bedeutung«, sagte er. »Wichtig ist, dass wir Dominiques Andenken bewahren und ihre Botschaft weitertragen. Dass es nicht darum geht, was die anderen sagen. Sondern darum, der eigenen inneren Stimme zu folgen.«

45

Der Zuschauerraum in der Gardinger Kulturscheune war bis auf den letzten Platz besetzt. Katharina, die mit ihrer Mutter in der ersten Reihe saß, schaute sich neugierig um. Die Karten für den »Abend für Dominique O.« hatten reißenden Absatz gefunden. Sowohl bei den alten Bekannten aus der Hamburger und Berliner Künstlerszene als auch bei den Einheimischen. Katharina entdeckte den alten Bauern Peter Pedersen mit der verblichenen blauen Schiebermütze und seinen Stammtischbruder Jens Jensen mit dem lustigen Gesicht und dem flachsblonden Haar.

Marlies Hansen, die mit ihrem Gatten Hartmut Hansen die Plätze links neben ihr eingenommen hatte, stieß Katharina mit dem Ellenbogen an.

»Haben Sie gesehen?«, fragte sie und deutete mit dem Kinn in die hinterste Ecke des Raums. Katharina lachte verblüfft. Da saßen doch tatsächlich Gabriele Kramer und Lutz Hellmann, zusammen mit ihrem kompletten Managerkurs. Hellmann trug statt des üblichen Karateanzugs ein dunkles Sakko. Die wirren Haare hatte er mit einem Gummiband im Nacken zusammengefasst, den wilden Bart gestutzt. Mit der messinggerahmten Brille und der dezent gemusterten Krawatte sah er aus wie ein echter Intellektueller.

»Vom Saulus zum Paulus«, spottete Marlies Hansen. »Aber ich bin froh, dass die Kramers endlich Vernunft angenommen haben.«

»Wahrscheinlich sind sie nur gekommen, weil es die Abschiedsvorstellung ist«, bemerkte Katharina bitter. Nach diesem Abend, den Julian Brunner gemeinsam mit ein paar Bekannten aus der Szene organisiert hatte, würde die Kulturscheune ihre Tore schließen. Und die Rückbesinner auf dem Nachbarhof hätten wieder ihre Ruhe.

Marlies Hansen wiegte den Kopf.

»Ich vermute, es ist das schlechte Gewissen. Ich meine, wenn Hellmann und Gabriele diesen Kleinkrieg nicht angezettelt hätten, wäre Andrea nicht so unter Druck geraten. Und dann wäre das alles vielleicht nicht passiert.«

Katharina machte eine vage Geste. Für Hellmann und Gabriele Kramer mochte es so aussehen, auch wenn die Wahrheit komplizierter war. Doch Katharina wollte jetzt nicht darüber diskutieren. Sie spürte, wie die Trauer um Otten einen Klumpen in ihrem Magen bildete, und ließ ihren Blick weiter durch den Saal schweifen, um sich abzulenken.

Sie hielt Ausschau nach Kevin und Leon, doch keiner der beiden Kramer-Söhne war zu sehen. Leon war womöglich hinter der Bühne bei Julian. Und Kevin musste natürlich seine ablehnende Haltung demonstrieren. Doch auch nach Nils Hansen suchte Katharina zu ihrer Verwunderung vergeblich. Der junge Polizeiobermeister scheute zwar vor allem zurück, was mit Erotik zu tun hatte, hatte sich im Hinblick auf die Travestie aber erstaunlich aufgeschlossen und tolerant gezeigt.

»Wo ist denn Ihr Sohn?«, erkundigte sie sich. »Hat er Dienst?«

Marlies Hansen schmunzelte.

»Nein, nein. Er hat nur darauf bestanden, sich um das Büfett zu kümmern. Ich weiß nicht, warum, aber er wollte auf keinen Fall, dass ich das tue.«

Katharina lachte. Anscheinend hatte Nils Hansen dieses Mal beschlossen, seiner Mutter zuvorzukommen, um weitere kulinarische Unwägbarkeiten zu verhindern.

Sie wollte eine entsprechende Bemerkung machen, doch in diesem Moment ging das Saallicht aus. Am linken Bühnenrand leuchtete eine Taschenlampe auf. Ein schwarz gekleideter Mann ging gemessenen Schrittes über die Bretter und setzte sich ans Klavier. Er schlug die ersten Töne an, und Katharina erkannte das Lied sofort. Es war »Non, je ne regrette rien« von Edith Piaf.

Ein Spot flammte auf, und dann betrat eine Frau die Bühne. Sie trug ein schlichtes schwarzes Kleid und flache Pumps. Ihre halblangen gekräuselten Haare fielen ihr bis auf die Schultern. In der einen Hand hielt sie ein Sektglas, in der anderen eine brennende Zigarette.

Katharina blieb vor Staunen der Mund offen stehen. Die Frau war die perfekte Reinkarnation von Dominique O.

Die Diva legte die Zigarette im Aschenbecher ab und trat ans Mikrofon. Der Klavierspieler nahm die Finger von den Tasten.

»Guten Abend, meine Lieben«, sagte die Sängerin, und Katharina lief ein Schauer über den Rücken. Diese warme, sinnliche Stimme war ihr so vertraut wie kaum eine andere. Sie beugte sich zu ihrer Mutter.

»Das ist ja Paps«, flüsterte sie rau, während im Publikum Applaus aufbrandete.

Ellen Berg lächelte ihr zu.

»Er wollte das unbedingt. Eine Hommage an Dominique. Ich fand die Idee gut.«

»Warum habt ihr mir nichts gesagt?«

»Ach.« Ellen Berg wedelte mit der Hand. »Wir dachten, so ist es schöner. Es sollte eine Überraschung sein.«

Katharina lachte leise. Das konnte ja heiter werden. Ein Abend mit ihren Eltern *und* denen von Nils Hansen. Zwei Paare, die unterschiedlicher kaum hätten sein können, sich aber in einem trafen: ihrem verschmitzten Humor.

Der Beifall ebbte ab, und Konstantin Berg hob das Mikrofon an den Mund.

»Natürlich sehen Sie, dass ich nicht Dominique O. bin. Dominique ist tot. Man hat sie ermordet, weil sie es abgelehnt hat, ein normaler Mann zu sein. Weil sie sich nicht an die gesellschaftlichen Konventionen gehalten hat. Sie hat als Frau gelebt, ist vor dem Gesetz aber ein Mann geblieben. Was ist daran so schlimm?« Der Schauspieler breitete die Hände aus. »Eigentlich nichts. Jeder sollte doch so leben können, wie er es will. Aber Toleranz …«, er machte eine kurze, bedeutungsschwere Pause, »… Toleranz gehört zu den Dingen, die uns oft nur dann leichtfallen, wenn wir nicht selbst betroffen sind. Die Frau, die Dominique getötet hat, hatte kein Problem mit ihren Rollenwechseln, solange sie nur eine Freundin … ein Freund war. Doch als den Vater ihrer Tochter – oder womöglich eine zweite Mutter – hat sie Dominique abgelehnt. Sie hat lieber einen Mord begangen, als zuzulassen, dass ihr Kind von einer Bezugsperson begleitet wird, die ihre Geschlechtsrolle selbst definiert. Das, meine Lieben, ist etwas, worüber ihr nachdenken solltet. Macht euch stark für die Freiheit des Einzelnen. Kämpft dafür, dass jeder Mensch den Respekt erhält, den er verdient.«

Er trat einen Schritt zurück, und im Saal wurde laut geklatscht. Schließlich nahm Berg das Mikrofon wieder hoch.

»Aber heute Abend sind wir nicht zusammengekommen, um Trübsal zu blasen«, sagte er. »Wir wollen Dominiques gedenken. Uns an sie erinnern als die wunderbare Frau, die sie war.«

Das Piano setzte erneut ein, und Konstantin Berg begann zu singen. Er nahm die brennende Zigarette wieder in die Hand und verwandelte sich in Dominique O.

»Non! Rien de rien … Non! Je ne regrette rien.«

Nein. Ich bereue nichts.

Nicht nur Katharina seufzte. Ihr Vater war wirklich ein begnadeter Schauspieler, und sein Gesang war unglaublich berührend.

Als das Lied zu Ende war, jubelten die Zuschauer. Konstantin Berg verbeugte sich. Hinter ihm trugen zwei Bühnenarbeiter Barhocker herbei. Als sie wieder im Dunkel hinter dem Lichtkegel verschwunden waren, deutete Berg mit ausgestreckter Hand zum Bühnenrand.

»Zu meiner großen Erleichterung muss ich den heutigen Abend nicht allein bestreiten«, erklärte er. »Freuen Sie sich jetzt mit mir auf ›Die drei jungen Diseusen‹.«

Ein zweiter Spot flammte auf, und eine fesche Blondine im silbernen Paillettenkleid betrat die Bühne.

»Jeanette de Brune«, verkündete Berg.

Jeanette alias Julian Brunner winkte lächelnd ins Publikum und nahm den Platz auf dem rechten der drei Barhocker ein, die auf den Brettern aufgestellt worden waren.

Eine zweite blonde Frau folgte, kleiner und schmaler als Jeanette. Das Leuchten der hellblauen Augen konnte Katharina bis in die erste Reihe sehen.

»Leonie Kramer«, stellte Konstantin Berg die Sängerin vor, und Katharina sprang spontan auf und applaudierte dem jüngeren Kramer-Sohn. Sie fand es bewundernswert, dass er den

Mut hatte, zusammen mit seinem Freund Julian die Bühne zu betreten.

Leon wählte den linken Barhocker, und der Pianist spielte eine dramatische Tonfolge.

»Und …«, Konstantin Berg zog das Wort in die Länge wie ein Boxmoderator, der den Auftritt des Titelverteidigers ankündigt, »… last, but not least: Hannah Nielsen.«

Eine mittelgroße Frau mit langen dunklen Haaren erschien im Bühnengang. Sie trug ein eng anliegendes rotes Kleid, das ihr bis knapp über die Knie reichte, dazu hochhackige Schuhe im selben Farbton. Mit gewagtem Hüftschwung ging sie zu den Hockern und ließ sich zwischen Julian und Leon nieder.

Enttäuscht stellte Katharina fest, dass sie die Sängerin nicht kannte. Vermutlich eine Freundin von Dominique O. aus Berlin oder Hamburg. So versiert war sie in der Travestieszene nicht.

Der Pianist begann zu spielen, und Julian übernahm den Gesang. Nur beim Refrain stiegen Leon und die dunkelhaarige Diseuse ein. Was der Musik nicht guttat. Bei Leon schien es die Aufregung zu sein. Die Dunkelhaarige klang, als hätte sie eine Kehlkopfentzündung.

Trotzdem applaudierte das Publikum wohlwollend, als die Nummer vorbei war. Die drei jungen Diseusen erhoben sich von ihren Hockern und verbeugten sich.

Julian und Leon traten einen Schritt beiseite. Die dunkelhaarige Sängerin riss sich die Perücke vom Kopf. Darunter kam ein leuchtend roter Schopf zum Vorschein.

Katharina kniff die Augen zusammen. Das konnte doch nicht … Ihr Blick wanderte über den kräftigen Körper der Frau und die ungewöhnlich stämmigen Waden, die unter dem Kleid hervorsahen.

»Das ist doch …«

»Unser Nils!«, sagte Marlies Hansen stolz. »Singen kann er ja nicht. Aber er wollte unbedingt dabei sein, um zu zeigen, dass wir alle hinter den Travestiekünstlern stehen.«

Die einheimischen Zuschauer grölten und klatschten begeistert, als sie den jungen Polizeiobermeister erkannten. Das Statement war verstanden worden und kam gut an.

»Es ist wirklich ein Jammer, dass die Kulturscheune geschlossen wird«, sagte Katharina, während Nils Hansen und Leon die Bühne verließen.

Marlies Hansen hob die Augenbrauen.

»Aber das wird sie doch nicht. Hat Ihre Mutter Ihnen nichts gesagt?«

»Nein.«

»Ihre Eltern haben einen Verein gegründet, der sich um den Erhalt der Einrichtung kümmert. Die umliegenden Ackerflächen werden verkauft. Und das Geld wird dafür genutzt, in den Sommermonaten Kultur in der Scheune zu veranstalten.«

Marlies Hansen beugte sich ein wenig näher.

»Ihre Mutter hat mir verraten, dass sie sich nicht ganz ausgelastet fühlt, seit sie im Ruhestand ist. Sie wird ja ab und zu noch gebraucht, wenn die neue Inspizientin an ihrem alten Arbeitsplatz mal wieder nicht zurechtkommt. Aber so etwas ganz Eigenes ist doch noch besser.« Sie zwinkerte Katharina zu. »Ihre Eltern haben sogar schon einen Manager für ihr Projekt gefunden.«

»Ach so?«

Nils Hansens Mutter deutete auf die Diseuse im silbernen Paillettenkleid, die am Bühnenrand auf ihren nächsten Einsatz wartete.

»Jeanette de Brune. Oder besser gesagt: Julian Brunner.«

»Wie schön«, sagte Katharina.

Es freute sie, dass die Kulturscheune erhalten bleiben würde. Und dass sich Leon und Julian auch in Zukunft treffen konnten. Für die beiden jungen Männer nahm diese Geschichte ein versöhnliches Ende.

»Wissen Sie auch, was aus Mara wird?«, erkundigte sie sich. Die junge Frau hatte ihre gesamte Familie verloren. Erst ihren Vater Kristian, dann den biologischen Vater Dominik Otten und schließlich ihre Mutter Andrea, die als Mörderin verhaftet worden war. Das war ein schweres Los, das Mara zu tragen hatte.

Marlies Hansen lächelte.

»Ja. Der Westküstenpark hat ihr einen Ausbildungsplatz als Tierpflegerin angeboten. Sie stellen ihr eine kleine Wohnung in der Nähe zur Verfügung und geben ihr die Möglichkeit, parallel ihren Schulabschluss zu machen.«

»Ach was.« Katharina staunte. Die Überraschungen an diesem Abend nahmen kein Ende. Aber solange eine schöner war als die andere, hatte sie nichts dagegen.

Konstantin Berg, der den Auftritt der »drei jungen Diseusen« vom Bühnenrand aus verfolgt hatte, trat wieder ans Mikrofon.

»Und jetzt«, sagte er mit dem Schmelz eines versierten Conférenciers, »kommen wir zum Höhepunkt des Abends. Begrüßen Sie DJ Kay und Miss M.«

Erneut öffnete sich der Vorhang zum Bühnengang, und ein weiterer Künstler betrat die Bretter. Er war groß und kräftig und trug einen dunklen Anzug mit Hemd und Krawatte. Auf seinem Kopf saß ein schwarzer Hut, den er so tief in die Stirn gezogen hatte, dass man sein Gesicht nicht sehen konnte. In der Hand hielt er eine Gitarre.

Er nahm auf dem mittleren der drei Barhocker Platz, zupfte an den Saiten seines Instruments und gab seinem Kollegen am Klavier ein Zeichen. Das Publikum applaudierte höflich.

Der Pianist schlug die ersten Töne an, und der Mann auf dem Barhocker fiel mit seiner Gitarre ein und begann zu singen: *»Quando sono solo … e sogno all'orizzonte …«*

Der Vorhang zum Bühnengang bewegte sich erneut, und eine Frau betrat die Bretter. Sie trug ein eng anliegendes schwarzes Kleid, das ihre schlanke Figur betonte, und hochhackige Pumps. Katharina musste zweimal hinschauen, ehe sie Mara Wilke erkannte. Bisher hatte sie die junge Frau nur in Parka und Jeans gesehen. Sie war überrascht, wie hübsch Andrea Wilkes Tochter war.

Der Sänger deutete eine Verneigung in Maras Richtung an und lupfte seinen Hut. Darunter kam eine blonde Haarinsel zum Vorschein.

Katharina schnalzte leise mit der Zunge.

»Das ist ja Kevin Kramer!«

Auch viele der anderen im Saal erkannten den Jungen. Für einen Moment übertönte das Getuschel die Musik, doch gleich darauf sang Kevin weiter, mit einer dunklen, vollen Stimme, die Katharina tief im Inneren berührte.

»La luce che … hai incontrato per strada …«

Er streckte den Arm aus und nahm Maras Hand, und dann sangen beide gemeinsam den Refrain, mit Stimmen, die sich ergänzten und verschmolzen, als wären sie füreinander geschaffen: *»Time to say goodbye …«*

»Wunderbar!«, seufzte Ellen Berg. »Das hätte Dominique gefallen.«

Katharina lehnte sich auf ihrem Sitz zurück und schloss die Augen. Sie konnte ihrer Mutter nur zustimmen.

***

Im Westen war noch ein letzter rötlicher Schimmer zu sehen, der die aufgetürmten Wolken von unten einfärbte. Am schwarzen Himmel, der sich darüber wölbte, funkelten bereits die Sterne, und ein strahlender Vollmond warf sein Licht auf Garding.

Im Hof neben der Wilke-Scheune brannten Fackeln, die im Kreis um die Stehtische herum in den Boden gesteckt worden waren. Die Gäste, die nach dem »Abend für Dominique O.« noch geblieben waren, standen in kleinen Gruppen zusammen, tranken Sekt und warteten auf die Künstler. Von einem Feld in der Ferne drang das dunkle Brummen einer Erntemaschine herüber.

Katharina teilte sich den Tisch mit ihrer Mutter und Hartmut und Marlies Hansen. Sie leerte bereits ihr zweites Glas Sekt und fühlte sich nach der gelungenen Vorstellung gleichermaßen getröstet und beschwingt. Der Respekt, den Kevin und seine Angehörigen dem Verstorbenen gezollt hatten, hatte sie ein wenig mit der Nachbarsfamilie versöhnt. Und das fabelhafte Konzert, das ihr Vater und Julian Brunner gegeben hatten, hatte ein Übriges getan.

Marlies Hansen, die sich mit ihrem Mann ein Lachsbrötchen teilte, lächelte ihr zu.

»Was für ein großartiger Abend«, sagte sie.

»Hm.« Hartmut Hansen vollführte eine zustimmende Geste. »Ich dachte ja immer, Kultur sei langweilig«, bemerkte er kauend. »Aber in diesem Fall …«

Er führte seinen Gedanken nicht weiter aus, weil sich im selben Moment das Tor der Scheune öffnete und Konstantin Berg heraustrat. Er hatte sich umgezogen und trug jetzt eine dunkle Hose und ein helles Hemd mit weiten Ärmeln. Unter den Gästen kam Applaus auf, während er zu seiner Frau ging und sie in die Arme schloss. Ellen Berg lächelte, und Katharina tat dasselbe. Es war einfach schön zu sehen, wie glücklich ihre Eltern noch immer miteinander waren.

Ganz kurz streifte sie der Gedanke, ob sie selbst nicht den richtigen Partner fand, weil sie jeden Mann mit ihrem Vater verglich, der so schwer zu erreichen war. Dann kam der nächste Künstler aus der Scheune, und der Jubel wurde noch lauter.

Nils Hansen, auch er abgeschminkt und mit schwarzem Hemd und Chinos bekleidet, verneigte sich scheu und gesellte sich eilig zu seinen Eltern und Katharina an den Tisch.

Die schüttelte ihm begeistert die Hand.

»Das war toll«, sagte sie aufrichtig. »Es hat mich sehr beeindruckt, dass Sie sich mit den Künstlern auf die Bühne gewagt haben.«

Hansen neigte bescheiden den Kopf.

»Ich fand, das war das Mindeste, was man für sie tun kann. Für Dominique O., meine ich. Zu zeigen, dass das überhaupt nichts Besonderes ist. Dass auch ganz normale Leute in Frauenkleidern auftreten können. Ich meine …«, er wedelte mit den Fingern, »… ich will damit nicht sagen, dass Dominique nicht normal war. Aber …«

»Sie wollten Ihre Solidarität demonstrieren«, sagte Konstantin Berg. »Sie wollten zeigen, dass Sie die Menschen so respektieren, wie sie sind. Dass Sie niemanden dafür verurteilen, wie er sein Leben gestaltet. Dass Sie jedem das Recht zugestehen, seine eigenen Entscheidungen zu treffen.«

»Genau.« Nils Hansen nickte. Konstantin Berg legte Katharina einen Arm um die Schultern.

»Sie sind ein sehr mutiger junger Mann«, erklärte er an Hansen gewandt. »Ich bin sicher, meine Tochter ist froh, dass sie mit Ihnen zusammenarbeiten darf.«

Katharina spürte eine warme Welle, die in ihrem Inneren aufstieg. Sie schaute zu ihrem Vater und ihrer Mutter, zu Marlies und Hartmut Hansen und schließlich zu Nils Hansen, der ein wenig verlegen wirkte. Sie war wirklich froh. In der Mitte dieser wunderbaren Menschen fühlte sie sich geborgen. Auch wenn sie, wie in diesem Fall, fast den Halt verlor, gab es jemanden, der sie auffing.

»Mein Vater hat recht«, sagte sie zu Hansen. »Man soll sich ja wirklich nicht wünschen, dass auf Eiderstedt weiter gemordet wird. Aber falls doch, würde ich mich freuen, Sie wieder an meiner Seite zu haben.«

Sie hatte eigentlich erwartet, dass Nils Hansen bei ihren Worten rot werden würde. Doch sein Auftritt in der Scheune hatte offenbar etwas verändert. Er nickte und sah ihr direkt in die Augen.

»Ja«, sagte er schlicht. »Ich auch.«

Danksagung

Ich danke meiner Frau für all die schönen Momente und das Lachen, meinen Freunden für die wunderbaren Gespräche, die wir immer wieder führen, und ganz besonders meiner Freundin Anja, die die erste Fassung dieses Romans gründlich unter die Lupe genommen und verbessert hat.

Außerdem danke ich KHK Stefan Jung vom LKA Kiel, der mich wieder in einigen polizeilichen Fragen fachkundig beraten hat, meinem Lektor Carlos Westerkamp für die wie stets großartige Zusammenarbeit, meinem Agenten für Inspiration und Rückenwind, den vielen netten Menschen vom Emons Verlag, die sich so liebevoll um meine Bücher kümmern, und – last, but not least – Georgette Dee, die mir mit ihren fabelhaften Konzerten die Tür zur faszinierenden Welt der Travestie geöffnet hat.

BENGT THOMAS JÖRNSSON
Friesen Porno
EROTISCHER HEIMATKRIMI
emons: